10
18

12, AVENUE D'ITALIE. PARIS XIIIe

Sur l'auteur

Brigitte Aubert est née à Cannes en 1956. Programmatrice de cinéma, scénariste et productrice, elle a également publié une vingtaine de thrillers, dont *La Mort des bois* qui a obtenu le Grand Prix de littérature policière en 1997. Elle est également à l'origine, avec sa coauteur G. Cavali, d'autant de romans policiers et d'heroic fantasy pour la jeunesse. Elle signe avec *Le Royaume disparu* la cinquième enquête de Louis Denfert.

BRIGITTE AUBERT

LE ROYAUME DISPARU

INÉDIT

10
18

Grands détectives

créé par Jean-Claude Zylberstein

Du même auteur
aux Éditions 10/18

LE MIROIR DES OMBRES, n° 4155
LA DANSE DES ILLUSIONS, n° 4156
PROJECTIONS MACABRES, n° 4229
LE SECRET DE L'ABBAYE, n° 4377

ISBN-978-2-264-05391-6

Avertissement au lecteur

Ce récit se situe en 1898.

Dans un souci de véracité historique, je me suis appuyée sur des documents d'époque. Les conversations et les opinions des protagonistes reflètent donc l'état des connaissances de cette période.

De ce fait, certaines dates ou certaines assertions peuvent s'être révélées inexactes par la suite, mais passaient pour acquises alors.

L'exploration du continent africain n'était pas terminée, les cartes géographiques de l'intérieur des terres approximatives, l'histoire de ces royaumes de la Côte des Esclaves mal connue, les légendes nombreuses.

L'Histoire se vit au présent mais s'écrit *a posteriori*...

« … que nul n'ose à l'avenir imposer
des peines injustes, dépouiller de leurs biens
ou réduire en esclavage les Indiens,
les Noirs ou n'importe quel autre peuple ».

Pape Paul III, bulle *Sublimis Deis*,
9 juin 1537

« Les races supérieures ont un droit
vis-à-vis des races inférieures.
Je dis qu'elles ont un droit
parce qu'il y a un devoir pour elles.
Elles ont le devoir de civiliser
les races inférieures. »

Jules Ferry,
discours à la Chambre des députés,
25 juillet 1885

« Le fou appelle la pluie puis crie au secours.
Ce que tu ne peux supporter,
ne le provoque pas. »

Proverbe fon

PROLOGUE

Le jeune homme marchait d'un pas assuré le long des palmiers. Le bateau qui le ramenait en Europe avait essuyé une terrible tempête. Plus léger qu'un bouchon, il avait dansé sur les flots avant de faire escale à Cotonou, au Dahomey. On devait réparer. Insoucieux de tous les équipages, le jeune homme s'était enfoncé dans l'arrière-pays.

Il s'arrêta pour laisser passer un groupe de femmes chargées d'ustensiles divers. Les deux premières criaient *Ago, ago !* et les gens s'écartaient avec précipitation. Une d'entre elles, grande et altière, vêtue d'un pagne blanc, s'abritait sous un large parasol rectangulaire porté par une vieille femme au crâne rasé.

Une princesse et ses servantes, se dit-il. Les hommes alentour baissaient la tête en signe de respect. Mais, étranger, il n'était pas concerné par leurs us et coutumes. Il planta son regard dans celui de la jeune fille au cou gracile et au port de reine. Elle battit des cils et s'abrita derrière son éventail en nacre.

Il suivit le petit groupe du regard. Il avait encore de nombreuses heures devant lui. Il ne désirait ni s’enivrer ni dormir. Il ne souhaitait que se rapprocher de cette sculpturale beauté et plonger de nouveau ses yeux dans les siens. Bleu glacier contre golfes d’ombre.

CHAPITRE PREMIER

Le *zangbeto* était soucieux. En tant que Gardien de la Nuit, il observait le village endormi à travers le rideau de peluche rouge tendu devant sa case. Zan-gnagna, « la nuit mauvaise », avait étendu son ombre. L'odeur des ténèbres n'était pas bonne. Ce n'était pas l'absence des fragrances familières des cocotiers, des kapokiers ou des tecks, ni les remugles déconcertants de suie, de pétrole, de goudron, qui émanaient de la ville-Paris. C'était à cause du Mal. Une force maléfique rôdait dans l'enceinte et lui, le Gardien, devait protéger les âmes de ses camarades.

Il s'agenouilla devant l'*asen*, son autel portatif en fer forgé, et s'absorba dans la contemplation des motifs claniques. Chaque *asen* était différent, et les délicates ciselures d'objets ou d'animaux représentaient à la fois l'ancêtre révéré, les promesses de lui rendre hommage et l'invocation aux puissances permettant d'honorer convenablement les morts. Il déposa quelques graines de mil sur le plateau et sentit son cœur se serrer devant la figure d'une main tenant un faisceau de fil de fer : elle symbolisait le peuple et la dynastie, tenus avec fermeté par la main royale. Mais de roi, il n'y en avait plus. Les Français régnaient en maîtres.

Amer, il tira de sous sa paillasse le grand masque de raphia coloré qui, une fois enfilé, le couvrait entièrement, le faisant ressembler à une botte de foin. Il le déplia et se glissa à l'intérieur, après quoi il psalmodia à voix basse les incantations rituelles pour se mettre en transe. Il sentit peu à peu son état de conscience se modifier. Il n'était plus un homme, il n'était plus Bidossessi, il était à présent l'incarnation de l'esprit *vodun* qui l'habitait et le guidait : Zangbeto. Il ramassa un chasse-mouches imprégné du sang de la volaille qu'il avait sacrifiée un peu plus tôt. Il était prêt.

À cause du masque volumineux, il dut sortir de profil et resta ensuite un moment immobile dans l'obscurité, après avoir tapoté trois fois le seuil de la baraque avec le chasse-mouches ensanglanté. Les cases de planches recouvertes de palmes étaient silencieuses. Il fallait les protéger toutes. Par les yeux de l'esprit, il distinguait nettement l'enclos du bétail où somnolaient les chèvres et les poules, l'établi du vannier, les échoppes des artisans surmontées de leur pancarte en français, la hutte des joueurs de kora et de tambour Gangan, le bassin aux ablutions et la case-cuisine où étaient suspendues les grosses marmites familiales.

Grâce à ses pouvoirs, il pouvait même lire la grande affiche colorée placardée contre la palissade :

« GRAND VILLAGE NOIR.
150 DAHOMÉENS AU JARDIN
D'ACCLIMATATION ! »

Un périmètre bien délimité, aussi solidement clôturé qu'un parc à bestiaux. Et pourtant « on » y était entré. On rôdait dans l'ombre. Il le savait, mais n'entendait rien. Pas un bruit, même du côté du dortoir des garçons, pourtant turbulents. Un silence anormal. Il se concentra sur l'*Asê*, la force vitale qui habitait chaque chose sur terre, du bois de la palissade à la goutte de rosée du matin, attentif à la moindre disharmonie.

C'était tout près.

Il tourna lentement sur lui-même, haute silhouette de paille éclairée par la lune. Il était seul, sans ses assistants. Sans le *vodounnon*, le grand-prêtre, le prêtre. Il n'y en avait pas dans le faux village. Il lui aurait également fallu ses tambours et son *alinglè*, la clochette pour chasser les mauvais esprits. Mais Gantois, le patron blanc, les avait confisqués. « Tu ne vas pas nous assourdir avec ton vacarme toutes les nuits ! Vous êtes musulmans, bon Dieu, on vous a bâti une case-mosquée, alors suffit avec les trucs de sauvages, les djinns et tout ça, ça amuse peut-être les vieux dans la brousse, mais ici ça énerve tout le monde ! »

Le patron blanc était bête. Bête, mais influent. Il avait fait recruter les éléments de sa troupe sur la Côte des Esclaves et dans la région d'Abomey par Jean Arimi, le contremaître noir, et Bidossessi avait eu tort de penser qu'il aimerait voyager, voir le pays des Français, mieux connaître les esprits de leur curieuse religion, ceux qu'ils appelaient des « saints » et qu'ils vénéraient sous forme de statues colorées.

Il regrettait amèrement. Sa terre lui manquait, la terre vivante et chaude de ses ancêtres.

La lune disparut derrière un nuage. *Zan-houètè*. « La nuit qui se tient droite. » Minuit. Bidossessi se mit à tournoyer lentement sur lui-même, pieds nus dans la poussière, fredonnant l'*amagbè*, l'incantation. Son prénom signifiait « Tout appartient à la main divine », et il n'était que l'instrument des puissances supérieures. Il tournait de plus en plus vite sur lui-même, comme un derviche, ordonnant au Mal de s'éloigner de ce village, même si ce n'était qu'un simulacre de village fabriqué par les Blancs. Peut-être était-ce cela qui attirait les mauvais esprits ? Le mensonge. La corruption.

En ce beau mois de septembre 1898, les visiteurs se pressaient pour payer les vingt-cinq centimes de l'entrée et franchir les hautes palissades du village exotique. Ils se bousculaient devant les femmes occupées à piler le manioc, les artisans qui travaillaient le cuir, le métal, le bois. Ils s'extasiaient en faisant des papouilles aux enfants, qui répétaient inlassablement : « Donne-moi un sou, madame, donne-moi un sou, monsieur. » « Vois comme ils sont trognons ! » disaient les dames. « Malins comme des singes ! » ricanaient leurs compagnons.

Dont certains se bousculaient autour des jeunes filles nubiles, leur lançaient des mots que Bidossessi ne comprenait pas, mais qu'il devinait malpropres. Ces hommes n'avaient pas à s'approcher si près. Ni à rire avec impudence comme s'ils allaient acheter ces femmes. Bidossessi avait parfois l'impulsion de leur planter sa lance de guerrier dans le ventre.

Comme autrefois le prince d'Allada dans celui du seigneur Dan. C'était le geste fondateur du royaume. Il y avait bien longtemps, un prince venu d'Allada s'était lié d'amitié avec le roi des Fons, Dan. Peu à peu leurs relations s'étaient dégradées, du fait de la soif de pouvoir du prince et Dan, furieux, l'avait un jour provoqué : « Qu'est-ce que tu veux encore ? Construire des maisons dans mon ventre ? » Courroucé, le prince lui avait planté dans les entrailles un pieu destiné à soutenir sa future case de roi[1].

Dans le ventre de Dan. « Dan-Homè. »

1. Il existe différentes versions de ce récit fondateur, mais toutes présentent le même dénouement : Dan pose la question fatidique et se fait tuer.

Le Dahomey s'était fondé sur la colère. La puissance de la colère. Le destin de la puissance. Bidossessi n'avait pas la prétention de deviner le destin ni surtout de pouvoir l'esquiver. Il n'était qu'un instrument. Le réceptacle de volontés supérieures. Tandis que ses pensées humaines s'entrechoquaient comme des pois dans une calebasse, le regard froid et acéré de sa divinité tutélaire scrutait les ténèbres.

Bref éclat pâle, près de la salle à palabres, une place couverte qui servait aussi pour les exhibitions de danse et de luttes. Sans cesser de se mouvoir en tourbillonnant selon les rites, le masque de paille se rapprocha. Les pieds nus de son porteur effleuraient à peine la terre battue. Le sol était froid. L'air était froid. Ce monde était froid et sans substance.

Les pas compliqués de la danse constituaient un langage parfaitement compréhensible par les forces invisibles. Le *vodun* de la nuit, par l'intermédiaire des mouvements de Bidossessi, apposait le sceau de la protection sur cette terre étrangère. Mais sans l'intermédiaire du prêtre, du *hunon*, serait-ce aussi efficace ?

De nouveau cette ombre furtive. Les poings serrés sous le costume sacré, Bidossessi virevolta jusqu'à la halle à palabres, tout près de l'atelier des fabricants de cannes, comme disaient les Blancs. Ils ne comprenaient rien aux *kpo*, aux bâtons. Ils les utilisaient uniquement comme troisième jambe. Ils ne faisaient pas la distinction entre *kpota*, la canne-bâton pour assommer un animal, *kpoguè*, la canne de marche, *aligopko*, la canne des princes héritiers, *aglopko*, la canne des joueurs de tambour ou *makpo*, la plus importante, le bâton de la rage. Et de ce fait, ils ne savaient pas lire les messages que les cannes transmettaient.

L'espace où s'étaient produites les fameuses Amazones quelques heures plus tôt était vide. Le sol avait été balayé. Le trône de pacotille débarrassé de ses étoffes satinées. Les lanternes à gaz accrochées aux piliers éteintes. Le seul bruit provenait du léger bruissement de sa tenue de raphia. La lune réapparut soudain, hostile, grosse face bouffie et blême, et sa lumière spectrale se posa tel un doigt glacé sur le corps nu étendu contre le petit tumulus dédié à Legba. Sacrilège ! Bidossessi sentit sa gorge se serrer. Le mal avait frappé ! Impuissant et furieux, il courut jusqu'à la silhouette allongée et se figea.

Azan nyanya[1] *!* La victime avait été décapitée. Le sang s'écoulait d'abondance de son cou tranché, formant une mare dans les motifs de laquelle Bidossessi essayait de lire en vain. Il se redressa après avoir jeté un coup d'œil au corps. Il savait de qui il s'agissait. Il avait reconnu la cicatrice du javelot au flanc droit. Olakonitan. Son prénom signifiait « Demain ne meurt jamais ». Mais il était bel et bien mort. Et sa tête tranchée, posée sur le trône en bois, le dévisageait.

Le cœur battant, Bidossessi tendit la main vers le visage familier aux traits réguliers et aux yeux grands ouverts. Un morceau de bois sculpté dépassait de la bouche d'Olakonitan. À l'instant où il allait s'en saisir, une forte voix le fit sursauter :

— Qu'est-ce qui se passe ?

C'était Jean Arimi, le contremaître promu « chef de village ».

Bidossessi se retourna vers le Noir imposant vêtu d'un caftan rayé, qui tenait un fusil et semblait paniqué.

— Non pas moi ! Laisse-moi ! cria Arimi à la vue du masque qui pivotait vers lui.

Alertés par les cris, deux gardiens accoururent et s'arrêtèrent net.

1. Jours mauvais !

— C’est quoi, c’te blague ? lança le plus vieux, un ancien marin buriné.

— La meule de foin va nous l’expliquer, dit le plus jeune, un chômeur recruté sur place.

Ces imbéciles ne voyaient-ils pas que l’âme d’Olakonitan avait besoin d’aide ?

— Ne bouge pas, répéta le vieux comme Bidossessi faisait un pas, ne touche à rien. Et enlève ce costume. La police française n’aime pas les clowns.

Arimi restait muet. Bidossessi le fixa avec amertume à travers son masque. Il se taisait devant les deux Blancs. Mais comme tous ceux de son peuple, il connaissait la puissance du *vodun*. Et il avait peur.

CHAPITRE II

Louis Denfert regarda l'heure à sa montre de gousset, au couvercle gravé à ses initiales, un cadeau de sa fiancée Camille. Déjà six heures ! Il s'était levé en retard à cause de celle-ci, justement, de son corps opulent qui l'avait retenu dans la chaleur du lit, et il courait à présent, ses cheveux d'un blond presque blanc en bataille, le veston déboutonné, un morceau de croissant dépassant de sa poche. Foutu tramway qui passait toujours à l'heure ! Il sauta juste à temps sur la plate-forme et décida d'y rester pour pouvoir fumer. Vive la France et vive le tabac !

Avant de se rendre au *Petit Éclaireur*, il voulait passer à la Morgue relever les dernières arrivées. C'était tout aussi rapide que de se rendre au commissariat et de poireauter avec les collègues en attendant qu'un inspecteur veuille bien vous raconter sa nuit. Depuis qu'il avait pris son poste au *Petit Éclaireur*, quelques années plus tôt, Louis se félicitait d'être devenu un vrai journaliste criminel et s'efforçait d'échapper aux sujets plus ennuyeux que la pluie sur un crâne chauve en dégotant quelque beau meurtre propre à ravir la ménagère.

Descendu du tramway près du pont de l'Archevêché, il dépassa un réparateur de faïence et un vitrier qui harnachait sa hotte sur son dos, évita de se faire coincer entre un tonnelier et une carriole tirée par un âne, ne prit même pas le temps d'acheter un sou de café brûlant à la marchande ambulante sur le quai et écarta résolument la tentation de traverser pour aller boire un petit blanc au bouillon *Duval*, devant lequel une serveuse en tablier blanc dressait les tables de la terrasse. Deux sous le pain, trois sous le carafon de vin, huit sous la viande… tout était facturé séparément et lesdits bouillons connaissaient un grand succès. Tout en faisant de grandes enjambées, Louis essayait de calculer si la formule était vraiment avantageuse. Il se pressait si consciencieusement vers l'extrémité de l'île de la Cité, là où avait été relégué le funèbre bâtiment accueillant la morgue, qu'il faillit se heurter à un jeune homme qui sautait d'un fiacre. C'était son ami Albert Féclas, aussi brillant médecin légiste que criminologue, et prestidigitateur émérite de surcroît. Petit, mince, toujours tiré à quatre épingles, ses cheveux châtains bien peignés, celui-ci le dévisageait en souriant :

— Saperlipopette, Louis, ne me dites pas que vous avez couru jusqu'ici sans même vous peigner, juste pour me dire que vous acceptez ma proposition ?

— Pas question, répliqua Louis en chassant des miettes de croissant des revers de sa veste en popeline beige. Je n'ai pas de temps à perdre. Je ne suis pas explorateur.

— Vous m'aviez habitué à plus d'audace ! protesta Albert. L'Afrique, enfin ! Le continent mystérieux !

— De la brousse, des palmiers, des cases, des militaires bornés, une chaleur à vous assommer… Non, mon vieux, parlez-moi buildings, *railways*, locomotives, *cake-walk*, aéroplanes, offrez-moi l'Amérique !

— Les coutumes yankees ne passionnent pas le professeur Lacassagne.

L'éminent professeur Lacassagne, celui qui avait résolu le mystère de la malle sanglante et révolutionné la médecine légale, l'un des membres du comité directeur de la très savante revue *Archives de l'anthropologie criminelle*, incollable sur des sujets aussi variés que les tatouages ou le dépeçage criminel.

— Ce qu'il veut, c'est une étude sur les meurtres rituels au Dahomey, reprit Albert. « Meurtre », c'est un mot qui vous plaît, non ?

— Albert, je suis en train de travailler le Grand Dédé au corps pour qu'il m'envoie en reportage à New York et vous voulez me flanquer dans une casemate à écouter des balivernes concernant des tribus de sauvages ?

— Ce ne sont pas des balivernes. Vous avez lu comme moi les récits de témoins oculaires de négociants et de militaires. Ç'a même été un des arguments utilisés pour justifier la destitution du roi Béhanzin. Supprimer ces fêtes organisées en l'honneur des ancêtres et des rois défunts, au cours desquelles ont lieu des sacrifices humains. On parle de cinq cents victimes pendant les grandes Coutumes.

— C'est comme les grandes marées, ça cause plus de dégâts que les petites.

— Ce que vous pouvez être stupide, parfois !

— Mon petit Albert, je ne doute pas que fouiller dans des calebasses remplies de têtes coupées par ordre d'un monarque despotique soit palpitant, mais j'ai mieux à faire. Il y a du café chaud quelque part ?

— Dans le bureau du greffier. Je vous accompagne.

— Ne vous donnez pas cette peine, je ne veux pas vous faire perdre votre temps.

Albert ne désarmait pas :

— Ne m'avez-vous pas dit que Camille était la marraine d'un petit Sossa, né au village noir ?

— C'est son imbécile d'Edmond Rostand qui lui a demandé de tenir le rôle. Tout est bon pour se faire de la mousse dans la presse.

— Vous êtes jaloux de l'homme ou du dramaturge ?

— Je ne suis pas jaloux !

— Hum. Maintenant qu'elle est marraine d'un charmant bambin dahoméen, Camille serait sans doute attachée à ce que vous lui rameniez des images de ce beau pays fraîchement conquis à la civilisation.

— Des images ? Je ne suis pas peintre, je suis journaliste.

— Pour un homme si moderne, vous me décevez ! Moi, j'ai fait une acquisition tout à fait XXe siècle !

Tout en discutant, ils avaient traversé les locaux à l'odeur endémique de phénol, salué le garçon de salle qui lavait les cadavres à grande eau, et atteint la salle d'exposition des corps. Elle ouvrait au public à huit heures et cinq ou six personnes patientaient déjà devant la vitre. Avant qu'Albert ait pu poursuivre, le greffier sortit de son bureau. C'était un petit bonhomme pète-sec, doté de bacchantes en guidon de vélo de course, qui notait scrupuleusement dans un grand registre les funèbres arrivées heure par heure.

— Bonjour docteur, bonjour monsieur Denfert. Je suppose que vous ne venez pas pour le seul plaisir de ma conversation ?

La cafetière était maintenue au chaud sur le poêle à bois. Il saisit deux gobelets en fer-blanc et les remplit.

— La nuit a été fructueuse ? demanda Louis en sifflant une gorgée de café bouillant.

— Hélas ! Deux noyés, un enfant battu à mort, un ivrogne poignardé, une défenestrée…

— La routine, marmonna Louis dépité.

— Et ce cadavre décapité ! continua le greffier.

— Quel cadavre décapité ?

Louis avait posé son gobelet et sorti son calepin à la vitesse d'un des cow-boys de M. Buffalo Bill, qu'il avait pu applaudir deux ans plus tôt dans la capitale.

— Ce nègre du village exotique.

— Vous plaisantez ?

— C'est mon genre ? Et puis, je ne vois pas ce que ça aurait de drôle. On lui a tout de même tranché la tête.

— C'est que nous parlions du Dahomey il y a seulement quelques secondes, expliqua Albert. Qui s'occupe de l'autopsie ?

— Eh bien, d'après le tableau, c'est vous, puisque vous avez accepté de remplacer provisoirement le Dr Châtellier.

— J'y vais. À plus tard, Louis.

— Je viens avec vous.

— Mais non, vous avez mieux à faire, réviser votre anglais et votre sténographie, par exemple.

— Ce qui est triste, Albert, c'est que vous soyez toujours gai.

— Taratata ! Ah, voilà notre patient.

Couché sur une des tables de marbre noir de la salle d'autopsie reposait le cadavre sans tête. Celle-ci avait été installée dans une panière remplie de glace et, placée sur la paillasse en zinc, semblait les dévisager. Le corps, très musclé, aux pectoraux saillants, ressemblait à une statue grecque en ébène.

— Qui a apporté le défunt ? demanda Albert au commis de salle.

— Un sergent de ville. Le chef de village l'accompagnait. Un grand Noir vêtu à la musulmane. D'après lui, le mort se nommait, attendez que j'prenne sa fiche, ah voilà, Olakonitan Hazoumè. Tu parles d'un blaze !

— Vos commentaires ne sont pas nécessaires.

Le commis s'éloigna en faisant la tête.

— Louis, rendez-vous utile, téléphonez à la Préfecture et demandez qui s'occupe de l'enquête.

— Permettez, je préviens d'abord ma rédaction.

Louis se dirigea vers le téléphone mural récemment installé et appela *Le Petit Éclaireur*.

— La Glu, c'est toi ? Mais non, je ne fais pas la bringue ! Je travaille ! Passe-moi Mirbeau s'il est là, allez, magne-toi ! Ce gamin a un de ces toupets ! lança-t-il en aparté à Albert.

La Glu, un gamin des rues devenu le coursier et la mascotte du journal, n'avait pas sa langue dans sa poche et cachait son admiration pour Louis sous des pluies de quolibets.

— Ah ! Mirbeau, salut mon vieux, on a un beau meurtre, note donc…

Il dicta à son collègue écrivain un bref article, raccrocha, puis appela le quai des Orfèvres et conversa un moment avec plusieurs interlocuteurs successifs.

— C'est cette andouille de Journaux qui est chargé de l'affaire, annonça-t-il en revenant vers Albert penché sur la gorge tranchée. Il paraît qu'il tient déjà son coupable. Un autre Noir, un féticheur, qui est en fuite.

— Il a agi avec un coupe-coupe ou machette, déclara Albert. Un seul coup, terrible ! Il a le coup de main. Il aurait pu être bourreau.

— Qui vous dit que ce n'en est pas un ? répliqua Louis. Cet homme était peut-être coupable de quelque chose. N'est-ce pas vous qui nous bassinez avec vos crimes rituels ?

— Ne faites pas le malin. Examinons cette tête, avant que ce brave Journaux ne vienne nous demander des résultats en essayant de tirer profit de notre immense savoir-faire.

— C'est un nous de majesté ou bien avez-vous enfin saisi toute mon importance ?

— Comme faire-valoir, oui ! Ne jouez pas avec les scalpels, imbécile !

Louis reposa docilement la lame qu'il avait fait mine de lancer sur Albert et se concentra sur la malheureuse tête tranchée. Malgré la désinvolture qu'il affichait face à la mort, et qui tenait autant à son métier qu'aux dures conditions de vie de cette fin de siècle, il continuait à être touché au fond de lui. Les yeux des défunts le mettaient mal à l'aise. Ceux de cet Olakonitan étaient toujours ouverts, leurs iris sombres fixés sur l'éternité. Le nez était épaté, les mâchoires larges, le front haut. Un bel homme, qui ressemblait un peu au roi Béhanzin, exilé à la Martinique après sa reddition devant les troupes françaises du général Dodds.

Albert, ceint de sa lampe frontale à piles, une nouveauté dont il était très fier, s'était penché sur la bouche du malheureux.

Il saisit une pince, la plongea dans le gosier du défunt et ramena un morceau de bois prolongé par une sorte de poignée argentée et finement ciselée, ornée d'un clou.

— Voyez-vous ça ! C'était fiché dans le fond du palais.

— On dirait un gros bâtonnet de jonchet[1], observa Louis.

— Ou tout simplement un morceau de canne.

— De canne ? Comment voulez-vous la tenir sans vous enfoncer le clou dans la main ?

Albert déposa le fragment sur un plateau.

— Pensez aux récades, vous savez, ces cannes de dignitaires, comme en portaient Béhanzin et ses prédécesseurs, qui servent à la fois de sceptres et de bâtons à message.

1. Ancêtre du mikado dont certaines pièces maîtresses comportaient à leur extrémité une figure ouvragée : roi, reine, valet...

— Lesquels restent totalement indéchiffrables pour les profanes, à ce qu'on dit.

— Exact. De plus, très curieusement, au Dahomey on tient ces cannes par le petit bout et le pommeau repose au sol. Pour l'empêcher de s'user trop vite, on a coutume d'y planter un clou, lequel est, lui, en contact avec le sol.

— Le royaume des cannes à l'envers. On se croirait dans *Alice au pays des merveilles*. Cet objet est la cause de la mort ?

— Non, Olakonitan a été empalé – si je puis dire – *post mortem*. Le saignement des tissus, etc., je vous fais grâce des détails.

— Curieuse idée de décapiter un homme puis de lui planter une canne dans le clapet. Le tueur devait être pas mal en colère !

— À moins qu'il n'ait voulu symboliquement le faire taire.

— Votre symbolique me semble un peu courte sur ce coup-là. Il lui aurait plutôt arraché la langue.

— Ce que vous aimez ergoter ! Nous verrons cela plus tard, étudions plutôt les motifs gravés sur le bois et ceux du pommeau. Où est mon microscope ? Ah ! Dommage que vous ne puissiez rien voir et que je ne vous prête pas ce formidable engin.

— Quelle mesquinerie !

— C'est juste pour le plaisir de l'utiliser, à vrai dire la loupe est amplement suffisante.

Albert dégaina sa grosse loupe à la Sherlock Holmes.

— Poussez-vous, vous me faites de l'ombre, ordonna-t-il à Louis. Hum.

— Arrêtez avec vos « hum » !

— Hum. Tenez, Watson, regardez.

— Mon petit Albert, n'oubliez jamais que c'est moi le détective ! Et vous, l'ennuyeux docteur.

— Faites-moi penser à vous offrir une casquette à carreaux et à oreillettes pour Noël. Bien, nous avons une sorte de jarre avec un morceau de bois et un truc mystérieux qui pourrait être un fer à repasser.

Louis lui arracha quasiment la loupe des mains.

— Un fer à repasser dans la brousse ? Vous pensez qu'il n'y fait pas déjà assez chaud ? Je dirais une enclume, plutôt.

Albert lui reprit la loupe.

— Laissez faire l'expert ! Une enclume ! Pff ! Le travail du pommeau est d'une finesse remarquable. On distingue nettement une hache à deux lames, dont chacune porte des traits horizontaux. La mer ?

— Bel ouvrage en tout cas. Peut-être sculpté au village noir ? Mais pourquoi l'enfoncer dans le gosier de ce pauvre diable ?

— On pourrait commencer par se demander : pourquoi lui couper la tête ?

— Le mieux est de se rendre sur place, décida Louis. Avant que Journaux ne salope toute l'enquête.

— N'est-ce pas cet après-midi qu'a lieu la fête de baptême du petit protégé de Camille ? Ils vont sans doute annuler, à cause de ce meurtre.

— Vous rigolez ? Le père Gantois n'est pas du genre à cracher sur ses sous. Le baptême va lui amener un tas de visiteurs et le Grand Dédé m'a d'ores et déjà réservé une demi-page pour l'événement ! « Un nouveau petit Français à Paris ! »

— Français ?

— Le droit du sol, mon bon Albert. Sossa Diop est français *ipso facto* par sa naissance sur la terre parisienne. Il aura le droit de faire des études et son service militaire, et peut-être devra-t-il se battre contre ses anciens coreligionnaires, comme nos tirailleurs sénégalais.

— Qui parle de se battre ?

Les deux hommes se retournèrent. Un solide gaillard d'une cinquantaine d'années, aux traits burinés et à la moustache poivre et sel, remplissait tout l'encadrement de la porte.

— Émile ! s'écria Louis. Que faites-vous ici ?

— La même chose que vous ! Dire à Albert que j'en suis !

— Je vous demande pardon ?

— J'ai déjà ressorti ma tenue de campagne. Elle me va encore très bien. Fichtre, j'ai hâte d'y être !

— Louis ne vient pas, coupa Albert. Il préfère aller faire sa diva en Amérique, comme Sarah Bernhardt.

Émile dévisagea Louis, les yeux ronds. Ancien sergent du génie, obligé de prendre sa retraite après une grave blessure à la tête, il tenait à présent une salle de boxe et d'escrime et ne rêvait que plaies et bosses.

— Allons, la bleusaille ! Des meurtres rituels, des cadavres par centaines, des captifs décapités... insista-t-il, comme s'il lui proposait du caviar et du champagne.

— En parlant de décapité...

Louis s'écarta et Émile put voir le malheureux allongé sur la table de marbre.

— Sacrebleu, on vous en a déjà envoyé un exemplaire ?

— On lui a fait son affaire cette nuit au village africain. On lui a également enfoncé ce morceau de canne dans la gorge.

Émile se pencha à son tour sur le corps mutilé, puis examina minutieusement la canne et enfin la tête, glacée et rigide comme une sculpture en bois de teck.

— C'est un bâton de dignitaire, observa-t-il.

— C'est ce que disait Albert.

— Ils s'en servent pour se faire reconnaître, il confère l'autorité. Un peu l'équivalent de notre sceau royal. Quant à l'homme, c'est un Djedj. Ils vivent principalement dans la région d'Abomey. C'était le gros des sujets de Béhanzin. Ils sont détestés par les Mahis, plus au nord.

— Vous croyez qu'on a pu l'assassiner à cause de cela ?

— Ces villages noirs regroupent des indigènes de plusieurs tribus. Il peut y avoir des inimitiés.

— Le féticheur est accusé du crime, expliqua Louis.

— J'aimerais bien le rencontrer, dit Émile. Je baragouine un peu la langue.

— Il s'est enfui après avoir assommé deux gardiens blancs et menacé le chef de village.

— Il ne doit pas se cacher bien loin, déclara Émile. Un sorcier noir en plein Paris, ça ne passe pas inaperçu ! À moins de se cacher dans une cave à charbon !

Il éclata de rire, très content de sa plaisanterie, sous le regard consterné des deux autres.

— De plus, reprit-il en s'éclaircissant la gorge, nous devons rencontrer un homme chaleureusement recommandé par mon ami sergent-major. Un commerçant au fait de toutes les combines et au mieux avec les potentats locaux. Nous avons rendez-vous.

— Dans ce cas, au village ! décida Louis.

Bidossessi n'avait jamais appris à lire, mais il y avait des mots qu'il reconnaissait, des mots mentalement photographiés en quelque sorte, et dont on lui avait appris le sens. Le mot « hôtel » par exemple. C'était un endroit où l'on pouvait dormir en donnant de l'argent au patron. Mais il n'avait pas d'argent. Et malgré les vêtements volés au vieux marin, il doutait qu'on veuille de lui dans l'établissement.

Il restait donc terré dans la vaste cour de l'entrepôt où il avait trouvé refuge, derrière une grande cuve métallique, cerné de tonneaux et de charrettes. La casquette et l'écharpe du vieux garde lui couvraient en partie le visage, mais ses habits étaient trop courts pour lui si bien que ses jambes et ses bras dépassaient, beaucoup trop noirs pour cette ville blanche. *Aï-houn-hon*[1]. La terre ouvrait sa porte. On était dans le mois de *zosun*, le mois de la deuxième récolte, mais ici dans la ville de pierre, aucune femme ne se hâtait, son panier sur la tête, aucun homme ne se pressait, la houe à l'épaule. Il faisait beau et doux, et Bidossessi avait le mal du pays.

En s'enfuyant, il avait ramassé le grand masque fétiche et avait couru jusqu'au dortoir des garçons. On y trouvait des placards fabriqués par les gens de Paris, dans lesquels on leur avait enjoint de ranger toutes sortes de choses. Il y avait caché le masque sous une pile de couvertures, ainsi que ses colliers aux nombreux pendentifs, ses bracelets emplumés et ses bagues. Il n'avait gardé que son amulette, une blague de cuir contenant de la peau de serpent pilée, qu'il avait baisée plusieurs fois avant de quitter la pièce à reculons, avec l'impression d'être observé. Il n'aurait peut-être pas dû fuir. Mais les Blancs n'auraient pas compris ce qui s'était passé, l'auraient accusé de meurtre et auraient raillé comme d'habitude le culte sacré. S'il voulait servir au mieux les esprits et réparer le mal commis, il devait rester libre et attendre que le fétiche lui parle.

Une fois franchie la palissade, il avait couru au hasard. Sans le savoir, il avait tourné le dos au bois de Boulogne où il aurait pu aisément se dissimuler, pour errer dans le XVIe arrondissement. Il s'était

1. *Aï* : terre ; *houn* : ouvre ; *hon* : porte. L'aurore.

retrouvé sur une grande route bitumée où roulaient des machines-vapeur et des charrettes à chevaux. Des magasins de charbon et d'ustensiles ménagers, quelques troquets, des fabriques. Des passants affairés dont certains lui lançaient des regards curieux. Un jeune homme maigre et mal rasé l'avait abordé, mais Bidossessi avait pressé le pas et l'homme avait renoncé après avoir craché par terre et lancé des mots d'une voix peu aimable.

De sa cachette, il apercevait une affiche placardée contre une palissade et devant l'affiche un petit garçon, armé d'une brosse et d'un seau de colle. Il distinguait une toile rayée rouge et blanc et de grosses lettres jaunes. Le petit garçon posa sa brosse, remonta son pantalon rapiécé tenu par une ficelle, ramassa un mégot qu'il épousseta et rangea dans sa besace, puis, sans transition, se dirigea droit vers lui. Paniqué, Bidossessi se releva à demi, prêt à s'enfuir, mais le gamin le héla tranquillement, les pouces dans les poches.

— Hé ! mon poteau ! Tu cherches du boulot ?

De quoi parlait-il ? Bidossessi fit un pas sur le côté.

— T'entraves que dalle ou quoi ? Reste donc là pendant qu'j'te cause ! Faut que je t'ramène au patron. Tu connais le clown Chocolat ? Tu sais faire rire en recevant des claques ?

Bidossessi comprenait le français, mais pas quand on le parlait à une telle vitesse. Le petit garçon avait une voix aiguë qui contrastait avec son attitude adulte. Ses yeux bleus brillaient dans son visage blanc comme du kaolin.

— T'es sourd ? T'as pas faim ?

Faim. Bidossessi n'avait pas vraiment faim. Il avait peur. Il était troublé. Ce qui s'était passé au village, le meurtre – et la bagarre et la fuite qui en étaient la conséquence –, prouvait que de mauvais esprits très puissants étaient à l'œuvre. Il devait se cacher pour échapper aux policiers obtus, mais aussi à ces forces inconnues et hostiles. L'enfant lui proposait un travail, semblait-il. Bidossessi était fort. Il hocha la tête.

— C'est bon ! Tope là ! lança le garçon, tout guilleret.

Bidossessi considéra la main crasseuse qu'on lui tendait et la serra, comme il avait vu les Blancs faire entre eux. Le gosse ricana.

— Allez, Cirage, ramène-toi ! Tu vas voir, le cirque c'est la belle vie, à condition de pas être trop difficile, pour sûr !

Cirage ? Toujours hésitant, Bidossessi se déplia entièrement et entreprit de suivre le gamin qui trottinait devant lui sans cesser de parler, comme tous les enfants. Ils longèrent un jardin public et Bidossessi regarda à travers les grilles dans l'espoir vain d'apercevoir un arbre sacré, un baobab ou un iroko de préférence. Personne ne semblait se recueillir, des petits enfants criaient et couraient en tous sens, suivis par des femmes en tablier. Des bonnes. Il en avait vu à Abomey et à Cotonou, au service des maîtres blancs ou des riches métis affranchis revenus du Brésil. Sa propre sœur était partie comme bonne chez un colonel. Elle aimait les belles robes et les bijoux. Elle voulait ouvrir une boutique. Elle ne voulait plus vivre dans la demeure de leurs pères. « On n'est pas que le fils de son père. On est aussi le fils de son temps », disait un proverbe fon. Et les temps changeaient.

— Ferme la bouche ou tu vas avaler une mouche ! lui jeta le garçon en riant. De quel pays d'sauvages est-ce que tu viens ?

— Dan-Homè, répondit Bidossessi de sa grosse voix sonore.

— T'as tué des Français avant qu'on vous flanque la rouste ?

— Non. Bidossessi tué personne.

— Remarque, tu serais pas assez pomme pour m'l'dire, hein ! Bidossessi, c'est ton nom, hein ? Purée de blaze ! Tu seras Cirage, c'est mieux. Dis donc, tu pourrais pas nous dégoter deux ou trois Amazones ? Le public les adore.

Bidossessi ne répondit pas. Des Amazones de la garde royale avaient été engagées par Gantois, d'autres se produisaient avec des troupes de danseurs indigènes. Quelle déchéance pour ces guerrières d'élite, impitoyables et insensibles à la douleur, de se retrouver à se trémousser devant un parterre de faces blêmes !

— Moi, j'm'appelle Momo, reprit le gamin. Et le cirque, c'est celui du père Rizzoli. Grande gueule, mais bon cœur, tu verras. Vingt-deux ! V'là les cognes, tu l'ouvres pas, tu m'laisses causer !

Deux agents en pèlerine sombre arrivaient en face et ils tiquèrent à la vue de l'homme noir. Bidossessi sentit son ventre se contracter. Devrait-il faire du mal à ces hommes ?

— Vous allez où comme ça ? demanda le plus gros, qui avait une tête de phacochère moustachu.

— Ben, on r'tourne marner ! Cirque Rizzoli, sur l'terrain vague près d'la porte Maillot. Lui, c'est Cirage, not' nègre comique. C'est lui qui s'prend les baffes ! Devriez venir ce soir avec vos dames, tenez, j'ai des cartons d'invitation.

Les agents hésitèrent puis empochèrent les cartons, un peu gênés.

— Soyez là à huit heures tapantes ! leur cria encore Momo comme ils s'éloignaient. Allez, Cirage, magne-toi.

Bidossessi se détendit légèrement en voyant les policiers s'éloigner. Il ne voulait pas être pris, mais il ne voulait pas non plus devoir montrer ses pouvoirs. Le Gardien de la Nuit avait besoin d'œuvrer discrètement.

Le village ouvrait à huit heures. Installé là pour dix semaines, avec son décor africanisant d'opérette, entouré d'une haie épaisse et de palissades, il offrait au visiteur payant la vision surprenante de la vie quotidienne d'un village dahoméen, du lever au coucher du soleil. Simples quidams, journalistes, savants de tout acabit affluaient, et chacun y allait de son commentaire, de ses plaisanteries, de ses comptes rendus. C'était une bonne affaire, à la moralité irréprochable et aux intentions louables : faire se « rencontrer » les civilisations. L'organisateur prévoyait aussi souvent que possible des événements extraordinaires propres à faire revenir le public. C'est pourquoi les directeurs veillaient toujours à avoir dans leur troupe deux ou trois femmes enceintes, en espérant qu'elles ne perdraient pas l'enfant lors de la traversée.

On était samedi, la cérémonie de l'abattage rituel du mouton était prévue à neuf heures et une petite file d'attente s'était déjà formée. Louis détailla le programme :

— Danse et chants des griots à dix heures, concours de lutte à onze heures, à midi grand déjeuner en musique avec galettes d'igname et poisson séché pour les indigènes, haricot de mouton pour les visiteurs, à deux heures charge des Amazones, à quatre heures cérémonie de baptême en présence du marabout, suivie d'une grande fantasia, danse des fétiches, tambours et magie.

— Il est à craindre que la fin des réjouissances ne soit un peu écourtée, fit observer Albert. À moins qu'il n'y ait plusieurs féticheurs. Louis, faites-vous donc connaître du personnel, qu'on puisse doubler cette file d'attente. La presse est toujours mieux reçue que la science.

Cinq minutes plus tard, on les faisait entrer par la porte de service. Ils se retrouvèrent à l'intérieur de l'enclos, de l'autre côté du portique en crépi ocre où s'étalaient en grandes lettres : VILLAGE DAHOMÉEN. Ils longèrent l'enclos à bétail, la case-infirmerie où un jeune interne lisait une revue médicale, la demeure du chef, plus spacieuse, et la factorerie devant laquelle se trouvaient des tourniquets à cartes postales. Au milieu de leurs cases, les villageois s'affairaient sans se hâter, ouvraient les échoppes, préparaient leurs costumes. Louis observa ces hommes et ces femmes de haute stature, bien bâtis, la peau ornée de tatouages en relief pour la plupart. Certains leur adressaient le salut traditionnel, le bras levé trois fois à hauteur du visage.

— Belle race, observa Émile en leur répondant de même. Ils sélectionnent les plus beaux spécimens pour l'exposition. Les grassouillets et les courts sur pattes restent au pays.

Louis désigna la case-mosquée.

— Je croyais que la population était en grande partie animiste.

— Exact, confirma Émile. Mais l'islam gagne du terrain dans le Nord. On voit même des Noirs catholiques s'y convertir, sans doute parce que la foi mahométane permet la polygamie. Le colonel François pense que ce n'est pas une mauvaise chose : n'importe quelle religion plutôt que pas de religion.

— Mais le *vodun* est une religion, objecta Albert.

— Quoi ? Adorer de vieux bouts de bois et des poupées de paille ?

— D'un point de vue scientifique, il n'y a pas grande différence entre se prosterner devant un fétiche ou devant sainte Rita, s'obstina Albert.

— Ne perdez pas votre temps avec Émile, il est sourd à toutes les canonnades de la pensée.

Une vieille femme qui fumait la pipe devant sa case préfabriquée les salua de la tête. Une autre préparait la pâte d'igname du matin. Des enfants jouaient dans la poussière et se lançaient des mots français en guise d'insulte : « Mamizelle », « donne des sous », « cannibale ». Le mouton prêt à être égorgé bêlait dans son enclos et le boucher aiguisait sa lame.

Un garçon d'environ treize ou quatorze ans sortit d'une case fermée par un rideau de peluche rouge et les observa gravement. Il était mince et musclé, les cheveux ras, le nez plat, les mâchoires saillantes, le menton volontaire, les joues marquées de cicatrices verticales, de larges anneaux aux oreilles.

— Scarifications rituelles, expliqua Albert. Notre revue a publié un article là-dessus. Les garçons se soumettent au *diffoni*, le rite d'initiation durant lequel ils se font rosser d'importance. Un bizutage plus que violent. Ce jeune-là a déjà gagné les boucles d'oreilles en cuivre. Il doit avoir dans son logis le chapeau aux cornes de buffle et le javelot.

— Il n'a pas l'air de nous porter dans son cœur, fit remarquer Louis.

Un Noir imposant venait vers eux, vêtu d'un caftan blanc et coiffé d'un calot. Louis se présenta, ainsi que ses camarades, et l'homme inclina le buste.

— Soyez les bienvenus. Je suis Jean Arimi, le chef de village. Quelque chose vous intéresse en particulier ?

Louis expliqua que sa fiancée serait la marraine de la cérémonie de baptême et Arimi se détendit. Il proposa de leur faire visiter les lieux en détail. Pas un mot sur le meurtre survenu quelques heures plus tôt. Ne pouvant y tenir, Albert se lança :

— Je suis médecin légiste et j'ai eu hélas à m'occuper ce matin d'un de vos compatriotes, assassiné cette nuit ici même. Olakonitan Hazoumè. Un de vos féticheurs est soupçonné, je crois.

Arimi tiqua et se raidit légèrement.

— La police enquête sur cette affaire, répliqua-t-il. Un bien triste drame, mais sur lequel je n'ai pas de commentaire à faire, vous le comprendrez.

Il s'exprimait dans un français excellent, malgré un accent prononcé, et de manière courtoise mais ferme.

— Vous étiez présent au moment du crime ? questionna Louis.

— Si j'avais été là, cela ne se serait pas produit, monsieur…

— Denfert, Louis Denfert, du *Petit Éclaireur.*

— Ah, un reporter ! Je suis arrivé hélas trop tard. J'ai bien essayé d'arrêter le meurtrier, avec l'aide de deux gardiens, mais il a réussi à s'enfuir.

— Comment ? demanda Émile.

— Je vous demande pardon ?

— Vous étiez trois, il était seul, comment a-t-il fait pour se sauver ?

Arimi continua à sourire, mais son regard se durcit. Il n'aimait pas évoquer ce qui s'était passé. La force stupéfiante du *zangbeto*. Le masque tourbillonnant, doué de la vie propre au *vodun*, avait dégagé une chaleur intense, feulé comme une panthère de paille, et avait soudain roulé à leurs pieds, vide ! Alors que les deux gardiens hébétés se demandaient comment le type à l'intérieur s'était évaporé, ils furent saisis par une main de fer qui leur cogna le crâne l'un contre l'autre. Puis l'esprit déchaîné avait arraché le vieux fusil des mains d'Arimi, paralysé par un sortilège qui l'empêchait de courir et de respirer, dans un silence surnaturel, jusqu'à ce que la lune se cache de nouveau et que les sons reviennent. Il avait repris son souffle avec peine. Conscient d'avoir offensé un esprit puissant, il avait prié pour qu'il ne revienne pas se venger.

— Bidossessi est fort et rusé, se borna-t-il à dire. Mais je ne sais pas si le commissaire Journaux apprécierait que…

— Le commissaire Journaux connaît l'utilité de la presse, l'assura Louis, mentant effrontément. Nous avons souvent collaboré. Et le Dr. Féclas est un éminent criminologue. Quant au sergent Germain, c'est une des gloires du génie.

— J'ai eu moi-même l'honneur de servir chez les tirailleurs ! déclara Arimi en saluant Émile.

Sur ces entrefaites, un villageois ceint d'un long pagne se présenta et tira Arimi par la manche en lui parlant avec volubilité dans une langue inintelligible.

— Il y a au moins une quinzaine de langues différentes au Togoland et au Dahomey, chuchota Émile à Louis. Je baragouine un peu le fon-gbe, mais je ne connais pas celle-ci.

— Je suis obligé de vous laisser, les préparatifs de la journée… leur apprit Arimi. Nous ouvrons dans quelques minutes. Voyons… Figdabé, viens là, fais visiter ces messieurs !

Il hélait le garçon maussade qui n'eut d'autre choix que d'approcher d'un pas traînant.

— Dépêche-toi ! Bien, je vous laisse.

Ils le remercièrent pour son amabilité et se tournèrent vers Figdabé dont les yeux bruns évitaient les leurs.

— Tu parles français ? demanda Émile.

— Un peu.

— D'où viens-tu ?

— De quelque part.

— Mais encore ?

— Qu'est-ce que ça peut faire ? De toute façon, c'est tout à vous, maintenant. Vous allez donner de nouveaux noms.

Louis prit conscience avec plus d'acuité que les hommes et les femmes de ce village, qui riaient, chantaient et préparaient une fête pour amuser les visiteurs, faisaient partie d'un peuple vaincu six ans plus tôt. Que lesdits visiteurs, hilares et condescendants, étaient les vainqueurs qui avaient destitué leur roi et envahi leur royaume. On trouvait normal que les farouches Amazones, dont les consœurs s'étaient battues jusqu'à la mort contre les troupes françaises, miment aujourd'hui joutes et combats pour le plaisir des conquérants. Le drame de ces gens était devenu un aimable spectacle. Certains y voyaient la preuve du caractère versatile des populations noires, de l'insouciance du bon sauvage. Mais Louis comme Albert et Émile, enfants élevés pauvrement dans des milieux industrieux, y voyaient plutôt l'empreinte de la nécessité qui effaçait débats et idéologies sous la contrainte de la survie.

— Où s'est déroulé le crime ? demanda Albert tout à trac.

Figdabé haussa les épaules et désigna du doigt la case à palabres encore vide.

Ils contemplèrent en silence le trône revêtu en hâte d'un nouveau tissu à rayures, le sol où l'on voyait encore des traces de sang mal lessivées.

— La terre a bu, dit Figdabé. Elle avait soif.

— Montre-nous où se trouvait le corps ! ordonna Louis.

Figdabé s'exécuta, tout en prenant soin de ne pas marcher sur l'emplacement.

— La police est venue cette nuit ? demanda Louis.

Le garçon hocha la tête.

On avait donc soigneusement étudié le lieu du crime.

— Ils ont tout mesuré, confirma Figdabé. Et dessiné sur de grandes feuilles.

Albert, courbé en deux, qui scrutait chaque pouce de terrain, lança :

— Croquis planimétrique. Ils établissent un plan des lieux en volume à l'aide d'un abaque redresseur.

— Ils ont beaucoup demandé au chef Arimi comment était la figure de Bidossessi, compléta Figdabé.

— Le fameux « portrait parlé » de cet olibrius de Bertillon ! se moqua Louis. Avec ces trois cent cinquante-huit mille descriptions de lobes d'oreilles et de bosses de nez ! Je plains les inspecteurs qui doivent se farcir ça tous les jours.

— Sans compter le « tableau des nuances de l'iris humain », ricana Albert. Remarquez, Sherlock Holmes dit lui-même : « Toutes les oreilles diffèrent les unes des autres ; il n'y en a pas deux semblables[1]. »

— La dactyloscopie, voilà l'avenir ! s'enthousiasma Louis. Depuis deux ans qu'on fait figurer les empreintes digitales de la main droite sur les fiches de signalement, on aura bientôt un catalogue complet de la criminalité ! Relever les empreintes, voilà ce qu'il faut faire.

— Pour les comparer avec quoi ? objecta Émile. M'étonnerait que ces villageois figurent au fichier de l'identité judiciaire. Votre dactyloscopie, ça ne marche que pour les récidivistes ! Ou alors, il faudrait ficher toute la population.

— On y viendra, hélas. Tout le monde en carte, comme les filles !

— Bon, tout a été bousculé, nettoyé ! grogna Albert en refermant sa sacoche. Difficile de se faire une idée des déplacements des protagonistes. Il faudra se procurer le procès-verbal des premières constatations.

1. « La boîte en carton », nouvelle d'Arthur Conan Doyle publiée pour la première fois dans le *Strand Magazine* en 1893.

Émile se tourna vers Figdabé qui les observait. Que comprenait-il de leurs échanges ?

— Tu étais là cette nuit, quand le féticheur a assassiné cet homme ?

— Le *zangbeto* n'a tué personne. C'est l'esprit mauvais qui a frappé Olakonitan.

— Avec un coupe-coupe ?

Figdabé baissa la tête sans répondre.

— Tu as vu quelque chose ? le pressa Louis. Ils s'étaient disputés ?

— Pas du tout ! Ils venaient du même village, ils étaient frères de lait !

— Les messieurs y peuvent pas rester là !

Ils se retournèrent. Un Noir vêtu d'une robe à rayures orangées et chargé d'instruments de musique leur faisait signe de partir.

— Les griots y z'y viennent pour chanter tantôt, il faut tout installer, patron !

D'autres hommes arrivaient, déballaient leurs affaires. Louis et les autres acquiescèrent et suivirent Figdabé qui les promena mollement à travers les différents emplacements, annonçant d'une voix maussade : les tisserands, le bac des serpents, le crocodile-fétiche, les bijoutiers, l'infirmerie…

Le village avait ouvert ses portes et les visiteurs commençaient à affluer. Blagues et commentaires bon enfant fusaient.

Ils firent une halte prolongée chez le fabricant de cannes. L'homme ne parlait pas le français, c'était un Haoussa musulman, et Figdabé, qui faisait l'interprète, assura qu'il ne lui manquait aucune de ses pièces. Il les fabriquait lui-même et s'en serait rendu compte, si on l'avait volé. Ils continuèrent leur visite, à la fois préoccupés du meurtre et curieux de ce qu'ils découvraient. On entendit soudain un mouton bêler désespérément puis des spectateurs applaudir. Le sacrifice était consommé. Louis, qui avait passé son enfance dans la campagne normande, se souciait peu d'y assister.

— Montre-nous donc l'intérieur d'une case, demanda-t-il.

Le garçon fit signe à une femme en boubou coloré de s'écarter du seuil et ils contemplèrent l'intérieur sombre et frais. Deux couchettes en bois, des paillasses, des draps, une malle, quelques calebasses.

— Elles sont toutes pareilles, précisa Figdabé. Chez nous, les maisons sont en terre rouge. On la pétrit durant le mois de *kcnyasun*, c'est-à-dire le mois prochain.

— Octobre donc, traduisit Albert. Nous verrons cela sur place.

— Vous allez dans mon pays ? demanda Figdabé étonné. Vous êtes marchands ?

— Pas du tout. Le monsieur aux cheveux en épis de maïs est journaliste. Celui-ci à l'air féroce est un ancien sergent et moi-même je suis médecin. Nous allons là-bas pour nous renseigner sur les traditions de ton peuple et la fête des Coutumes.

Figdabé cracha par terre.

— Pas bon ça ! Ce n'est pas pour vous. Et puis y en a plus Coutumes depuis le départ du roi. Quel jour es-tu né ? ajouta-t-il en regardant Louis.

Celui-ci, enfant trouvé, dut répondre qu'il l'ignorait.

— Tu as une tête à t'appeler Samedi, déclara Figdabé. Moi je suis né un vendredi, c'est ce que dit mon prénom. Mais ce n'est pas mon vrai prénom, bien sûr. Le vrai, personne y le connaît.

— Intéressant, murmura Albert. Et pourquoi cela ?

— Pour être protégé, bien sûr. Il est idiot celui qui laisse son nom traîner près des oreilles des esprits mauvais. Toi, comment te nommes-tu ?

— Albert.

— Et ça veut dire quoi ?

— Étymologiquement ? « Noble et brillant ».

— Tu devrais te faire appeler « Petit sans importance ». Et toi ?

— Louis.

— Cela vient de l'allemand, expliqua Albert, ça signifie « Valeureux combattant ».

— Tout à fait moi ! s'exclama Louis.

— Les Allemands, ils ont pris les terres du Togoland. Tu as un nom d'envahisseur. Et toi, vieil homme ?

Émile s'empourpra, et Albert répondit rapidement :

— C'est un nom d'origine romaine, le nom d'une famille illustre.

— C'est qui, ces Romains ?

— Des guerriers qui vivaient il y a très longtemps et qui ont conquis la moitié du monde.

— Pas le nôtre, répliqua Figdabé avec fierté. Nous sommes restés libres longtemps.

Contrairement à nombre de vos voisins, songea Albert. Les rois du Dahomey avaient opéré maintes razzias dans les terres avoisinantes pour approvisionner les marchands d'esclaves. C'étaient de grands pourvoyeurs de la traite négrière.

— Ta mère est ici ? demanda Louis.

— Non, elle est restée là-bas avec mes tantes et mon oncle, son nouveau mari.

— Ton père est donc mort ? dit Albert qui connaissait la coutume de remarier la veuve à un frère du défunt.

— Il a été tué pendant la bataille de Dogba. Tu y étais, toi ? demanda Figdabé à Émile.

— Non, le vieux est à la retraite, bougonna celui-ci. Je ne suis plus soldat.

— Moi, je serai un grand guerrier. Je combattrai les Blancs et les marchands d'esclaves.

Émile lui tapa gentiment sur l'épaule :

— C'est de ton âge !

Un homme surgit soudain devant eux. Long et maigre, le visage plat, l'air sévère, il portait la barbe et était coiffé d'une calotte.

— Tu ne dois pas participer aux danses ? lança-t-il à Figdabé.

Puis il continua à lui parler dans leur dialecte, avec véhémence, avant de s'éloigner. Figdabé lui tira la langue une fois qu'il eut le dos tourné.

— Tu t'es fait enguirlander ? demanda Émile.

— Celui-là, il n'a rien à me dire ! C'est le marabout. Il n'est même pas fon, il est sénégalais. Il se déguise pour le spectacle. Tout est faux ici.

— Un homme est pourtant mort pour de vrai.

— Son corps, pas son esprit.

Sur ces mots, Figdabé se détourna et courut rejoindre ses camarades ornés de colliers et de bracelets clinquants pour la parade.

— Allons donc visiter la buvette, proposa Émile. Les moutons égorgés me donnent soif et c'est là que nous avons rendez-vous.

Le café du village, annoncé par une grande banderole bleu et blanc, se trouvait à côté de la factorerie, où l'on trouvait pêle-mêle les fournitures pour les artisans et le résultat de leur ouvrage. Ils s'assirent en terrasse, entourés de palmiers en pot, sous un soleil guilleret. Difficile d'imaginer que ces lieux à la fois paisibles et animés avaient été témoins d'une décapitation quelques heures auparavant.

— Qu'est-ce que je vous sers, messieurs ?

Le serveur, un jeune métis entre vingt et vingt-cinq ans, torchon sur l'épaule, se tenait devant eux.

— Une anisette ! lança Émile.

— La même chose, dit Louis. Je ne sais pas vous, mais moi je crève de faim, ajouta-t-il.

— J'ai des pieds de porc d'hier soir, si ça vous dit.

— Mettez-m'en une part aussi, lança Émile. Et vous, mon pauvre Albert ? Une feuille de salade ?

— Il est à peine plus de neuf heures ! Je ne passe pas ma journée à m'empiffrer. Donnez-moi un grand verre d'eau de Seltz et une banane bien mûre, si vous en avez.

— Albert s'entraîne pour la grande expédition ! souffla Louis à Émile.

— Dans ce cas, vaudrait mieux se mettre au Pernod, ricana Émile.

Petit, mince et rapide, le serveur revenait déjà avec les boissons, deux assiettes brûlantes et une banane d'un jaune pétant. Louis surprit son regard soucieux tourné vers les jeunes garçons qui se préparaient à danser, les cheveux tressés de cauris, scarifications tribales et bracelets soulignant leurs muscles déliés. Coiffés de plumets et les reins ceints de pagnes en peau de panthère, ils brandissaient des sabres courts et droits en poussant des cris rauques. Louis se dit qu'ils auraient pu soudain décider de se révolter et de les massacrer tous. Mais le commerce avait ses lois, plus puissantes au fond que celles des nations, et tout le village s'y soumettait de bon gré. Tournant la tête, il aperçut les cartes postales punaisées sur un mur de planches. Des vues d'une petite ville d'Afrique et d'un port.

— Vous venez de Cotonou ? demanda-t-il au serveur.

— D'Ouidah.

Un port à l'ouest de Cotonou, plaque tournante du trafic d'esclaves jusque dans les années 1890, alors même que la traite était officiellement abolie.

— On y trouve un café semblable à celui-ci, reprit-il. C'est Arimi qui m'a proposé de me joindre à la troupe Gantois. Je n'étais jamais venu en Europe, je me suis dit : « Pourquoi pas ? » D'autant que la ville décline depuis la construction du wharf à Cotonou.

Le wharf, cet ouvrage métallique de quatre cents mètres de long construit en 1892 pour faciliter le débarquement des troupes, permettait de décharger passagers et marchandises sans devoir franchir la haute barre d'avant-côte née des puissantes lames venues du large, qui pouvaient mesurer jusqu'à treize ou seize mètres de hauteur et se brisaient à environ trois cent mètres du rivage, rendant périlleux l'accès à la terre. Jusqu'à la réalisation de l'ouvrage, des pirogues de Minas[1] effectuaient le déchargement, au péril des uns et des autres, les naufrages étant plus que fréquents.

— Malheureusement, je dois rentrer plus tôt que prévu, ma mère est au plus mal. Je reprends le prochain bateau.

— Ah ! Désolé, compatit Émile. Dites-moi, nous devons rencontrer le patron, M. Gando.

— Je suis Arthur Gando.

Ils essayèrent de cacher leur surprise du mieux possible. Pas tant parce qu'il était jeune que parce que les troquets des expositions étaient généralement concédés à des Blancs. L'homme qui venait de les servir avait les traits européens, les yeux clairs, mais la peau très foncée et les cheveux crépus. Un mulâtre, se dit Louis. Un créole comme on les appelait là-bas. Sans doute en affaires avec Gantois. Un « assimilé », appellation réservée aux métis et aux bourgeois africains. Les assimilés jouissaient, comme leur nom l'indiquait, d'un statut proche de ceux des colons et bénéficiaient de l'application de la loi française sans avoir à en faire la demande, contrairement aux indigènes soumis d'office au droit coutumier.

Émile fit les présentations et on se serra la main.

1. Population de l'ouest du Bas-Dahomey.

— Le professeur Féclas a besoin de conseils avisés pour son expédition, reprit Émile. Un ami du bataillon étranger m'a écrit que vous pourriez nous recommander une personne de confiance pour l'intendance.

— Bien sûr. Aventuriers et escrocs pullulent dans les colonies, il faut faire attention avec qui vous traitez. Le pire étant les incapables qui prétendent être bien introduits auprès des chefferies et ne provoquent que des malentendus. Je connais parfaitement ces contrées, pour y avoir toujours vécu.

— Vous êtes né à Ouidah ? demanda Louis tout en enfournant une cuillerée de sauce. Il y a beaucoup de Brésiliens là-bas, paraît-il.

Le vocable de « Brésiliens » recouvrait en fait les esclaves affranchis revenus au pays, souvent métissés. Gando, qui n'était pas dupe, sourit. Ce que le journaliste voulait savoir, c'était de quelle origine il était.

— Mon père était français, dit-il. Un soldat. Une brève amourette avec ma mère. Je ne l'ai jamais connu.

— Moi non plus, avoua Louis. Aux pères inconnus ! ajouta-t-il en levant son verre.

Arthur Gando accepta de trinquer avec eux. Il donna à Albert de précieux conseils pour son voyage, et ils échangèrent des cartes de visite – Albert était très fier de la sienne où figurait sa photographie miniature –, et il s'avisa soudain que, puisque Gando devait rentrer au Dahomey, il pourrait tout aussi bien l'embaucher, lui.

— J'aurais bien répondu « oui, topez là », mais vous comprenez que les circonstances sont un peu particulières, je peux être en deuil d'un moment à l'autre...

Albert s'excusa tandis que Louis, la bouche pleine, bouillait d'interroger Gando sur les habitants du village et le meurtre, d'autant que deux têtes revêches et patibulaires se profilaient au loin.

— Vous voyez les deux vilaines trognes là-bas ? lança-t-il après avoir avalé la moitié de son assiette. Ce sont les sbires du quart d'œil[1]. Des cognes, ajouta-t-il devant l'incompréhension de Gando. Ils viennent à cause du meurtre.

Arthur tourna vivement la tête.

— Sale affaire, cette histoire-là. Pauvre Olakonitan ! Un brave gars. Bidossessi est un *vodunsi* très puissant. Je ne comprends pas ce qui lui a pris.

Albert fronça les sourcils.

— *Vodunsi ?* Vous voulez dire un adepte du vaudou ?

— Comme tout le monde là-bas. Le *vodun* est né au Dahomey et s'est exporté avec l'esclavage. C'est la religion naturelle du pays.

Émile se rengorgea, et Louis, peu soucieux de s'embarquer dans une discussion sur la spiritualité, leur coupa la parole :

— Les deux hommes s'étaient-ils disputés ?

— Pas le moins du monde. Ils étaient liés par leurs ancêtres et semblaient s'apprécier.

— C'est ce que nous a dit Figdabé.

— Méfiez-vous de ce gamin. Il est rusé et sournois. Il croit qu'il peut tricher avec les esprits.

Louis réalisa qu'Arthur partageait peut-être les croyances des Dahoméens et, n'osant pas lui demander quelle était sa religion, il biaisa :

— Vous avez été élevé par votre mère ?

— La pauvre ne savait que faire de moi, je faisais honte au clan. Elle m'a mis chez les Pères blancs.

1. Commissaire de police.

Des missionnaires portugais et français. Je parle les deux langues.

— Ah, vous êtes donc catholique, remarqua Albert.

— Si l'on veut. Catholiques, musulmans, au Dahomey on trouve de tout. Excusez-moi, des clients.

Il se dirigea vers un bruyant groupe de jeunes gens endimanchés, cigarette aux lèvres.

Sa réponse avait été ambiguë.

— Le pays tout entier est animiste, il vous l'a dit, fit observer Émile. On prête aux féticheurs des pouvoirs extraordinaires. Guérisseurs, magiciens, prêtres… Ils sont présents à tous les moments de la vie, ce sont les gradés du coin. Le roi lui-même n'est en somme qu'une sorte de féticheur en chef.

— Chef religieux et chef de guerre, opina Albert. La dynastie des rois du Dahomey a guerroyé dans toute la contrée et soumis ses voisins à des razzias incessantes pendant plus de trois cents ans.

— Certains d'eux ont d'ailleurs collaboré avec nos troupes. Ce salopard de colonel Archinard offrait une prime à chaque Dahoméen qui lui ramenait une demi-douzaine de têtes indigènes, renchérit Louis.

Émile haussa les épaules, contrarié comme chaque fois qu'on critiquait l'armée.

— Pour en revenir à la religion, dit Albert, la plupart des peuples de l'Afrique subsaharienne croient comme nous en un dieu créateur de l'univers, un être suprême, mais qui n'intervient pas dans les affaires terrestres. Les hommes ont donc affaire à des entités intermédiaires, des esprits protecteurs. Il ne faut pas oublier que toute chose possède une force vitale, l'*Asê*. Tout ce qui vit a une âme, ce qui rend l'univers extrêmement complexe. Vos sauvages ont une conception du monde très élaborée, Émile.

— Ce ne sont pas mes sauvages, et ne me dites pas que ce ne sont pas aussi des coupeurs de gorges patentés !

Louis tapota le carnet où il prenait des notes :

— La mort n'a pas le même sens pour eux que pour nous. C'est une promenade. C'est ce qu'ils disent : « Le roi ne meurt pas, il voyage. » D'où la cérémonie des Coutumes que vous souhaitez étudier, Albert. Les victimes sont censées être des messagers – non volontaires – qui vont porter des nouvelles et des cadeaux aux défunts. Je me trompe ?

— Vous avez potassé le sujet, on dirait.

— C'est mon métier de lire les journaux.

— En parlant de Journaux, regardez nos deux habiles limiers interroger les villageois, ricana Émile. Aimables comme ils sont, pour sûr qu'on va les rouler dans la farine de manioc.

Gando revint vers eux et jeta en passant :

— À dire vrai, je ne crois pas à toutes ces bondieuseries ! Ça vous choque ?

— Nous ne sommes pas des défenseurs acharnés de la calotte, répondit Louis.

— Mais ça ne veut pas dire que je n'ai pas vu des choses étranges, reprit Gando. Vous ne pouvez pas comprendre tant que vous ne vivez pas au milieu de gens pour qui la magie est une réalité. Vous verrez, c'est… envoûtant ! ajouta-t-il avec un clin d'œil.

CHAPITRE III

Momo avait entraîné Bidossessi à sa suite sans cesser de jacasser.

— T'aimerais pas être aussi célèbre que Chocolat ? Lui et Footit font les beaux jours du Nouveau Cirque, t'sais, rue Saint-Honoré. T'imagines une affiche « Momo et Cirage » ? Non, Momo, ça va pas, m'faut un nom d'artisse. « Gugusse et Cirage ». Ça, ça serait chouette ! Mais bon, j'suis trop p'tit pour t'baffer, faut qu'j'attende. J'aime bien le trapèze aussi. Le trapèze, c'est balèze ! Mais c'que j'fais de mieux, c'est d'chanter. Écoute ça !

Il se lança dans *Cette p'tite femme-là*, la scie à la mode de Mayol, clignant des yeux et prenant l'air coquin. Bidossessi, qui ne saisissait qu'un mot sur deux de ses discours, se demandait s'il avait bien fait de suivre l'enfant. Il regrettait amèrement d'avoir dû laisser son masque sacré au village et craignait que les pensées impies des hommes blancs ne le souillent. Sans parler de l'esprit tueur qui essaierait de lui retirer sa magie.

Qui avait pu planter une récade dans la gorge d'Olakonitan ? Quel en était le message ? Et à qui était-il destiné ?

L'matin, l'tantôt, la nuit, le jour,
Faut qu'elle s'occup' toujours,
J'réponds : continue, ne te
[dérange pas,
T'as la cause en main,
Surtout n'la perds pas...

— Ah c'est drôle, hein ! Tu ris pas ? Pourtant, vous, les nègres, vous rigolez sans arrêt.

Bidossessi se dit que dans le hameau où il vivait on ne riait pas tant que ça. La vie était âpre, les tâches dures et fatigantes, la peur omniprésente. Peur des incursions ennemies, peur des cabécères[1] qui venaient récolter les taxes chaque année plus lourdes, peur d'être choisi pour mourir au service du roi, ou d'être vendu aux marchands étrangers... Heureusement les chants, la danse et les rituels donnaient de la joie. Les bois sacrés permettaient de se ressourcer, de retrouver les âmes en voyage, de se sentir un des maillons de la longue chaîne du clan.

— On est arrivés !

Dans un vaste terrain vague se dressait un dôme en toile rayée rouge et blanc, entouré de roulottes. Des affiches aux lettres bleues annonçaient « Grand Cirque Rizzoli ». C'était la pause avant le spectacle, chacun vaquait à ses occupations. Des chevaux et des ânes paissaient l'herbe touffue. Des femmes, assises en cercle sur des chaises cannelées, reprisaient des costumes pailletés en babillant. La guérite de Madame Saksa, la voyante, était ouverte et un jeune couple d'ouvriers consultait. Un hercule en maillot de corps lavait des cerceaux, un jeune homme s'exerçait à

1. Dérivé du portugais *cabocero* : chef, haut fonctionnaire au service du roi du Dahomey.

jongler à quatre balles. Une petite fille, la tête passée entre les jambes, les salua aimablement. Bidossessi observait, étonné. Chez lui aussi, les enfants s'entraînaient aux acrobaties de toutes sortes. Lui même était un excellent contorsionniste. Mais c'était la première fois qu'il voyait des Blancs se livrer à ce genre d'activités. Ceux du Dahomey portaient des costumes empesés et ressemblaient à des sculptures de bois flotté coiffées de cheveux d'étoupe.

Momo posa son seau et son balai-brosse et l'entraîna jusqu'à une table derrière laquelle un homme corpulent et chauve compulsait un registre.

— Patron ! R'gardez c'qu'j'vous ramène ! Un nègre, un vrai !

Antonio Rizzoli leva la tête et contempla la prise de son petit factotum. Le gaillard noir paraissait solide et en bonne santé. Mais effrayé, sur ses gardes et vêtu de nippes qui n'étaient pas les siennes. Rizzoli avait l'esprit vif. Il n'y avait pas pléthore de Noirs à Paris. Il fit vite la relation avec le village exotique. Sans doute le gus s'était-il échappé pour mener sa vie à sa guise. Ce n'était pas le premier qui faussait compagnie aux troupes itinérantes.

— Il parle le français ?

— Oui, répondit Bidossessi.

— Parfait. Faut lui trouver d'autres fringues.

Il écarta l'objection de Momo.

— Je sais ce que je dis. J'veux pas d'la rousse chez nous pour une histoire de frusques volées. Tu les prends, tu les brûles. Allons le présenter à Carl.

— C'est notre clown blanc, expliqua Momo. Il est un peu vieux, mais il joue bien du cornet et de l'accordéon.

« Clown. » Drôle de mot, se dit Bidossessi.

— Tu fais de la musique, mon bonhomme ? demanda Rizzoli en se levant, la panse débordant de son pantalon de flanelle.

— Bidossessi *xo hun*, jouer du tam-tam, assura le féticheur, pour être aimable.

— Ça, pour faire du boucan, on sait que vous êtes champions ! On va te caser une petite danse et une chanson. Je vais chercher quelque chose de poilant.

Il se frappa soudain le front.

— J'oubliais le lion !

— Quel lion ?

— Le lion que j'ai acheté à Gérôme Medrano. Ils le vendaient pour quasi rien, il est très vieux et pas très féroce. Mais Rizzoli est en avance sur son temps et les fauves, mon petit, les fauves, c'est l'avenir. Fini les écuyères, les contorsionnistes, les gens veulent de la trouille ! Alors, avec ce Noir que t'as ramené, on va pouvoir monter un numéro de dompteur, tu piges ? Parce que je t'avoue que personne ne veut y entrer, dans la cage du lion. J'ai eu beau gueuler après ces abrutis, rien à faire. Faut lui trouver des nippes de sauvage à ton protégé. Et pis on verra ce qu'on verra.

— Et si le lion le boulotte ?

— Parle pas de malheur !

Lion ? *Kinikini ?* Bidossessi n'avait pas peur des fauves. Ils chassaient la nuit comme les esprits.

— Allez ouste, allez voir Carl, je cogite sur le reste, ordonna Rizzoli.

Carl devait avoir dans les soixante-cinq ans. Maigre, hâve, des poils gris sortant du nez et des oreilles, il cuvait sa piquette à l'ombre de sa roulotte, couché sur une couverture.

— Il est toujours blindé ! annonça Momo avec une sorte de fierté.

Il ramassa un brin d'herbe et chatouilla l'ivrogne sous le nez.

— Décarre ! grogna Carl.

— J't'ai trouvé un Auguste ! Mire un peu !

Carl entrouvrit un œil gris et vitreux.

— Nom d'une pipe !

Soudain bien réveillé, il s'assit et tira une clope de derrière son oreille. Momo lui donna du feu. Carl tira longuement sur sa cigarette en fixant Bidossessi, impassible.

— Y comprend ce qu'on dit ?

— Plus ou moins.

— Il est docile ?

— T'inquiète, il est doux comme un mouton.

Carl jeta son mégot et se leva. Il arrivait à peine au menton de Bidossessi et devait peser la moitié de son poids. Il sentait l'alcool et la crasse et Bidossessi dut faire un effort pour ne pas tourner la tête.

— Bon, on va voir c'qu'on peut en tirer, du moricaud. Allez, au boulot, mon gars. On joue dans deux heures. Matinée enfantine. Faut qu'ça saigne, les mômes y z'aiment la castagne et pis les mornifles. Y a pas plus méchant que cette engeance-là !

Une fois la représentation terminée, Figdabé était allé ranger les haches servant aux danses sacrées et, ce faisant, vérifier que le *zangbeto* était toujours à sa place. Comme pour tout ce qui concernait le culte, le même mot désignait le pratiquant, la pratique et la divinité. Le *zangbeto* était un fantôme, le masque était vivant et n'attendait que son porteur humain pour s'animer. Pour l'instant, il était là, inerte, chargé d'énergie endormie. Figdabé effleura le raphia du bout des doigts, s'attendant à ressentir une décharge, et murmura quelques mots secrets pour l'assurer de sa dévotion.

Quand Bidossessi avait fait irruption dans le dortoir peu avant l'aube, Figdabé revenait d'uriner dans la cour. Il dormait mal dans la ville. Il étouffait. Il sentait la suie se déposer dans sa poitrine et les palissades lui donnaient l'impression d'être un cochon qu'on engraisse pour le manger.

En le voyant arriver en courant, le grand masque sous le bras, Figdabé s'était figé, ombre immobile contre un mur. Une fois Bidossessi parti, alors que des sifflets retentissaient, il s'était approché de la pile de couvertures et s'était incliné. Il avait failli étudier à la grande école des féticheurs d'Abomey-Calavi où les élèves affluaient de tout le royaume, mais les missionnaires avaient dissuadé son père de l'y envoyer en lui offrant de la verroterie, des parapluies pour ses femmes et des images puissantes du *vodun* Jésus. Son père, qui était forgeron, avait placé les images sous les sculptures en fer destinées à Ogun Ilodo, le *vodun* des métaux. De la couronne d'épines et des blessures du *vodun* Jésus coulait du sang bien rouge, qui serait bénéfique pour tremper l'acier. Cela forgerait des armes invincibles, avait-il expliqué à Figdabé. Et rien n'empêcherait celui-ci d'apprendre la langue secrète des féticheurs en cachette.

Ce qu'il avait fait, auprès de Bidossessi. Mais son initiation n'était pas terminée et il ne pouvait pas encore déployer ses pouvoirs.

Il ressortit sur la place principale du village. Arthur le mûlatre servait à boire à beaucoup de gens qui parlaient fort. Les membres de la troupe n'avaient bien sûr pas le droit de se rendre au café. Il évita quelques camarades qui jouaient aux osselets, ne répondit pas quand ils l'appelèrent. Il n'était plus un enfant. Des groupes de visiteurs déambulaient, hilares, et les villageois, souriants, lançaient des « merci monsieur, merci madame » à ceux qui leur donnaient des piécettes ou des bonbons. Figdabé cracha discrètement par terre en signe de mépris. Un gros bonhomme barbu poursuivait une jeune fille de Kpomé pour lui fourrer de force un morceau de beignet dans la bouche et elle le repoussait sans sourire tandis qu'il insistait, sûr de lui et de son bon droit : « Mais goûte donc, grande bête, tu verras si c'est bon ! » Sans rien dire, Figdabé se plaça entre eux. Le barbu voulut le pousser du plat de la main, mais Figdabé ne s'écarta pas. « Pousse-toi donc, bourrique ! » Il toisa l'homme, sa vilaine peau blanche couperosée, sa barbe de bouc. Gonfla la poitrine pour faire saillir ses pectoraux et fronça les sourcils. Le barbu hocha la tête et recula en marmottant : « Va donc, hé, grand singe ! Fallait rester dans ta brousse si tu sais pas rigoler ! Village à la noix ! »

Les trois hommes du matin se tenaient près d'une femme aux cheveux de flamme et visitaient les échoppes. Figdabé les observa. La femme avait la peau aussi blanche que des aigrettes de pissenlit. Elle portait une veste couleur de kaki mûr brodée de noir jais et de rouge rubis et un chemisier jaune citron orné d'une cravate noire. Sur sa tête rousse oscillait un grand chapeau couleur figue mûre, orné de plumes de faisan et d'un oiseau vert.

Peut-être son fétiche, se dit-il. Figdabé était fasciné par les tenues des Parisiennes. Il en aimait les couleurs vives et les chapeaux extravagants. Les costumes des hommes, eux, étaient tristes et sombres. Chez lui, on portait traditionnellement un pagne blanc ou écru.

Le petit maigrichon aux cheveux couleur savane avait dit qu'ils se rendraient bientôt dans son pays et Figdabé se demandait s'il ne pouvait pas se faire embaucher comme guide. Les guides étaient considérés et touchaient des pièces en guise de récompense, lesquelles permettaient d'acheter du tissu, du riz, du maïs. Ils ne portaient pas de charge et n'étaient pas réquisitionnés pour le travail obligatoire à la ligne de chemin de fer en construction.

Il s'approchait d'eux au moment où un quatrième jeune homme les rejoignait, brun et mince, les yeux globuleux, une grosse écharpe nouée autour du cou.

— Marcel ! s'écria la femme rousse. Quel bon vent vous amène ?

— Le vent de la rumeur qui enfle et se propage dans tout Paris. Vous allez adopter un négrillon pour en faire un porte-flambeau.

— Je vais juste servir de marraine à un petit être nouveau venu sur notre terre.

— Je vois que Rostand s'est fendu d'un beau texte. Avec toute cette poussière pseudo-africaine, j'ai l'impression d'avoir les trois quarts du Sahara dans la poitrine. Vite, une cigarette pour me nettoyer les bronches !

Albert tendit son étui à Marcel Proust. Jeune écrivain prometteur, mondain accompli, amateur exigeant d'art et de littérature, il était réputé pour son ironie féroce et ses manies de vieux garçon asthmatique. Féru d'élégance, il complimenta d'abondance Camille sur sa toilette.

— Vous n'êtes pas en reste dans cette coquette redingote moutarde, lui renvoya-t-elle.

— Oui, elle est assortie à mes cataplasmes.

— Comment va votre maman ?

Sa mère, à laquelle il était très attaché, avait subi une grave opération pelvienne dont elle se remettait lentement.

— Mieux, je vous remercie. Nous partons d'ici une huitaine pour Dieppe ou Trouville. Devinez ce que j'ai dans la poche, ajouta-t-il.

— Deux douzaines de mouchoirs parfumés à la térébenthine, lança Louis.

Proust haussa les épaules.

— Une partition !

Émile soupira et se retourna vers une série de poteries. Louis se pencha sur des bijoux. On allait avoir droit à un cours de musique !

Marcel agita une double feuille couverte de notes :

— C'est Reynaldo qui me l'a copiée, il la tient de Debussy, qui la tient lui-même d'un Américain !

Au mot « Américain », Louis dressa les oreilles. Reynaldo Hahn, un très bon ami de Marcel, musicien réputé et garçon fort sympathique, était toujours à l'affût des innovations artistiques.

— Il s'agit d'un genre tout nouveau qui fait fureur là-bas ! Le *ragtime*.

— Le temps déchiré ? traduisit Louis, perplexe.

— Exactement. Cela se joue syncopé, comme ça, tam tam bam tam tam bam. Il paraît que c'est inspiré de la musique africaine.

— Le charivari dont on nous a régalés tout à l'heure ? ricana Émile.

— Les esclaves ont apporté leur formidable sens du rythme et ont très vite su s'adapter aux instruments occidentaux, expliqua doctement Albert. Toute la musique yankee est contaminée par leur exubérance.

— En tout cas, ceci s'appelle *A Picture of Her Face*, d'un certain Scott Joplin, un jeune pianiste noir plus que doué, déclara Proust. Reynaldo me l'a interprété, je vous assure que c'est bondissant !

— Il faudra qu'il vienne nous en faire profiter, s'enthousiasma Camille. Même si Louis danse comme une casserole.

Figdabé écoutait, étonné. Ce pays où les Noirs jouaient du piano et vendaient leur musique aux Blancs, c'était l'Amérique ? Là où l'on envoyait les esclaves ? Comment était-ce possible ?

Et ces Blancs discutaient sérieusement de la musique d'un Noir ? Mais que pouvaient-ils y comprendre ? Le langage des tambours, des flûtes, des luths n'était pas pour leurs oreilles impies ! Chaque note, chaque son avait son utilité et se jouait en osmose avec les danseurs, pour établir la communication avec les esprits. Pas pour se dandiner comme il avait vu faire les gens au Cercle français d'Abomey.

— D'où vient-il ? lança-t-il à voix haute.

Marcel sursauta en découvrant le jeune garçon à leurs côtés.

— D'où vient-il, celui qui a dessiné la musique ? répéta Figdabé.

— Eh bien, du Missouri, je crois.

— C'est un Adja, un Fon, un Yoruba ?

— Heu, j'avoue que je l'ignore. Est-il poney, ce garçon ! On dirait un prince barbare de livre illustré à deux sous.

— Les hommes qui ont des yeux de grenouille chantent souvent seuls sous la pluie, répliqua le garçon.

— Oh, qu'il est chou ! Pourquoi est-ce que vous n'adoptez pas celui-ci, Camille ? Les bébés, c'est ennuyeux, ça ne parle pas, ça bave et ça gâte vos plus belles gabardines. Comment tu t'appelles, mon bonhomme ?

— Je ne suis ni bon ni votre homme. Je suis Figdabé.

Il se tourna vers Albert.

— Vous aurez besoin d'un guide.

— D'un guide ? s'étonna Marcel en regardant autour de lui. Le village n'est pas si grand.

— Le Dahomey, grand royaume.

— Le Dahomey ? Ne me dites pas que vous partez là-bas, Albert ?

— Oui, avec Émile… Louis nous snobe. Il préfère Chicago.

— Ça m'étonne de vous, l'aventurier en chef !

— Vous n'avez qu'à y aller vous-même, mon petit Marcel.

— J'ai prévu de me rendre à l'exposition Rembrandt à Anvers. Moins loin, moins chaud, mieux pourvu en brasseries. Mais qu'est-ce qui motive votre départ, Albert ?

— Mission d'anthropologie criminelle pour la revue, je vous expliquerai.

— Vous aurez besoin d'un guide, répéta Figdabé, obstiné.

— On va y penser, dit Émile. On te donnera la réponse demain. Et ne croise pas les doigts pour me jeter un sort. Ça pourrait se retourner contre toi. Tu vois ce chapeau, sur ma tête ? C'est un *Ta vodun.*

Le garçon recula d'un pas, tout en le toisant d'un air qui se voulait méprisant.

— C'est quoi, un *Ta vodun* ? chuchota Louis.

— Un *vodun* de la tête. Ne cherchez pas d'explication sensée.

— C'est tout de même fichtrement intrigant, toutes ces voduneries ! soupira Proust. Tiens, voilà une série de récades.

Il se pencha sur des cannes marquées de signes géométriques, aux poignées sculptées en forme d'animaux.

— Que signifient ces triangles et ces losanges ? demanda Louis en désignant une de ces dernières.

Figdabé soupira, comme si on lui arrachait les paroles de force :

— Ils écrivent des messages pour les amis du roi qui savent les lire.

— Ce sont des récades authentiques ? demanda Albert.

Le jeune garçon haussa les épaules.

— Tu peux déchiffrer ces inscriptions ? reprit Louis.

— Oui. Mais je n'ai pas le droit de les traduire.

— Et ça ? demanda Camille en désignant un piquet en métal supportant un plateau rond en bois ouvragé, un peu à l'écart.

— Plateau à offrandes pour le roi Guézo.

On y avait posé une coupelle en terre cuite remplie d'huile et une écuelle de son. Elle tendit la main, mais il s'interposa.

— Seul celui qui dépose l'offrande peut toucher.

— Mais le roi est mort depuis longtemps ! lança Louis.

Figdabé le toisa avec mépris.

— Le roi ne meurt pas, il voyage.

— Où as-tu si bien appris le français ? voulut savoir Proust.

— École des missionnaires. Ils veulent que je rentre au séminaire pour devenir *vodunsi* du dieu *agbaza wewe*.

— Peau blanche, traduisit Émile.

— Et ça te plairait ?

— Figdabé restera fidèle à son peuple. *Agbaza wiwi*. Peau noire.

— Les enfants, c'est l'heure de la cérémonie ! dit Camille en regardant l'horloge sur la place centrale. Je ne suis pas trop décoiffée, mon petit tsarévitch ?

— Tu es parfaite, lui assura Louis.

— Tu sais, si tu veux partir en Afrique avec tes petits camarades, je ne t'en empêcherai pas.

— Et pourquoi donc ? Je ne te manquerais pas ? Tu as mieux à faire ?

— Regardez-moi ce vilain petit tsar jaloux comme un tigre ! Chut, tais-toi, voilà M. Gantois.

Jacques Gantois, le fondateur de la troupe, était un homme dans la quarantaine, très correctement vêtu, avec une chevelure poivre et sel distinguée, le visage buriné du voyageur infatigable et le sourire onctueux de l'homme d'affaires. Il les salua avec jovialité et entraîna Camille vers son « filleul ».

— Qui est le parrain ? demanda Proust.

— Le directeur des Dames de France.

— L'Art et le Commerce. Heureux auspices au frontispice ! Tiens, un marabout, ce sont donc des musulmans ? Comment se prénomme le baby ?

— Son nom de tous les jours est Sossa, répondit Figdabé à la place de Louis. C'est le nom donné au frère cadet d'un adepte d'Héviosso.

— Et qui est Hévossio ?

— Le *vodun* du Tonnerre. L'enfant aura de la force et saura commander.

— Et son vrai prénom ? demanda Louis.

— Personne, à part sa mère et son père, ne le saura jamais.

Louis soupira. Chaque question recevait en réponse une énigme. Très stimulant pour les neurones. Et ce meurtre…

— Alors ? Ça se passe bien ?

Rizzoli, Momo sur les talons, contemplait avec une fausse bonhomie Carl et son nouveau protégé. Le vieux clown n'avait jamais semblé aussi lucide. Ni même aussi effrayé.

— Où est ma boutanche ? gueula-t-il en apercevant Momo. J'veux mon jaja !

— Oui dà, m'sieu Carl. Mais c'est l'heure de la représentation.

— M'en fous ! Me faut ma vinasse, j'te dis.

— Quelque chose ne va pas ? s'enquit impatiemment Rizzoli, qui devait encore faire le tour des équilibristes, des écuyères et des trapézistes avant de donner le signal.

— C'est l'moricaud. Y cause au diable.

— Mais oui, bien sûr.

— Et pis y fait des trucs.
— Comme quoi ?
— Il est là et pis il est plus là.
Debout dans son coin, affublé d'une grande cape rouge, Bidossessi regardait tranquillement ses pieds nus tatoués de points bleus.
— Voyons voir, soupira Rizzoli en claquant des doigts.
Bidossessi releva la tête, se mit à danser et disparut.

Affalés à la terrasse du café d'Arthur devant une bouteille d'absinthe, Louis et ses amis discutaient des événements de la journée, dans le brouhaha des conversations environnantes. Camille avait été photographiée d'abondance penchée sur le berceau de l'adorable poupon noir – c'étaient les termes de Gantois – dont elle était devenue la marraine. La presse s'en ferait l'écho dès le lendemain. Louis avait terminé son article sur le village et chargé un gamin de l'apporter au journal. Il devait encore finir un pensum sur les wagons-chapelles des trains de la nouvelle ligne du Transsibérien. La construction de cette ligne nécessitant le déplacement pendant des mois de nombreux ouvriers, des trains-villages avaient été mis en place. Les wagons-chapelles, ornés de la croix orthodoxe et pourvus de cloches, permettaient aux travailleurs comme aux voyageurs de recevoir le secours spirituel indispensable en toutes circonstances.
Une amicale conversation avec les deux limiers de Journaux – Louis avait offert cafés et pousse-café – leur avait appris que le signalement du dénommé Bidossessi Arigbo avait été transmis à toutes les patrouilles. L'homme, sans aucun doute doué d'une force colossale, s'était enfui après avoir assommé les deux gardes et désarmé le chef du village. Il avait

volé les vêtements de l'un des vigiles et devait donc se promener en costume européen. Malheureusement on ne possédait pas de photographie de son visage car, sur le seul cliché pris pour la publicité de l'exposition, il portait son gigantesque masque en paille.

Les deux policiers avaient montré l'image étonnante d'une haute pyramide de raphia, pourvue d'une sorte de longue chevelure blanchâtre. Un épouvantail géant.

Le mobile du crime restait inconnu, sans doute une dispute, ces Dahoméens avaient le sang chaud et se battaient pour un rien, aussi cruels, sournois et prompts à l'attaque que les grands fauves, leur expliquèrent-ils avec cet air docte des gens qui ne pensent jamais par eux-mêmes.

En retour, Albert avait fait part aux inspecteurs des conclusions de son autopsie, son rapport complet parviendrait à Journaux dès le lendemain matin.

À peine les policiers avaient-ils tourné les talons que Louis avait demandé à Albert pourquoi il n'avait pas fait allusion à la récade retrouvée dans la gorge de la victime.

— Je voudrais faire traduire les symboles qui s'y trouvent avant de la confier à Journaux comme pièce à conviction. Je songeais pour cela au jeune Figdabé.

— Pourquoi vous aiderait-il ?

— Pour l'appât du gain, comme tout le monde.

— Il n'a pas le droit de sortir du village.

— Faux ! Il peut sortir accompagné. Camille va proposer qu'il vienne avec nous acheter des vêtements et des jouets pour le petit Sossa.

Auréolé de son prestige d'officier, Émile était parti s'arranger avec le chef du village et il avait été convenu que le garçon les retrouverait à six heures au café.

La foule, nombreuse, se pressait entre les cases reconstituées, lâchant des « ho » et des « ha » étonnés et ravis. Albert, Marcel et Camille discutaient voyages. Émile était plongé dans son courrier qu'il n'avait pas eu le temps de lire ce matin-là. Il poussa soudain un beuglement qui les fit se redresser sur leurs chaises.

— Ça alors ! Rendez-vous compte ! Là-bas aussi !

— Qui ? Quoi ? Où ? demanda Louis, plume-réservoir à la main.

— C'est mon camarade Danjou qui m'écrit.

— Il vous écrit d'Anjou ?

— Mais non, triple buse à vapeur ! Danjou, c'est son nom, sergent-major au 1er étranger du Dahomey. On correspond régulièrement. Je suis très content d'ailleurs d'avoir l'occasion de le saluer bientôt grâce à vous, Albert. Finalement, vous ne servez pas à rien.

— Merci. Et c'est pour cela que vous avez poussé un hurlement ?

— Non, c'est rapport au meurtre.

— Quel meurtre ? demandèrent quatre voix à l'unisson, avec une pointe d'impatience.

— Le nôtre ! Un de ses tirailleurs, un nommé Sodjebedji, a voulu déserter.

— Je ne vois pas le rapport... commença Louis, toujours aussi patient.

— Il a été mis aux arrêts et Danjou, qui est bon bougre, a voulu savoir ce qui lui avait pris. Son gars lui a dit que c'était rapport à la malédiction.

— Laquelle ?

— Laissez-moi finir, nom d'un sapajou ! Je vous lis : « Le malheureux – qui est la moitié d'un trouillard – tremblait et marmonnait des phrases où il était question de rois, d'ancêtres, de pierres précieuses, de haches, de têtes coupées et de *kpo*, le bâton à message. Il répétait sans arrêt "*zangbeto, zangbeto*" et "danger". Tu vois l'effet de toutes ces supersitions sur ces pauvres diables ! J'ai eu toutes les peines du monde à le convaincre qu'il ne risquait rien et que l'uniforme le protégeait des fétiches sanguinaires ! »

— *Zangbeto !* Comment diable ce tirailleur pouvait-il savoir que quelque chose allait arriver à Olakonitan ?

Sous le coup, Louis se leva à demi. Albert fronça les sourcils :

— L'homme était dahoméen ?

Émile acquiesça :

— Le bataillon regroupe des Africains de plusieurs origines, avec une majorité de Sénégalais et d'Haoussas, mais un nombre non négligeable de Dahoméens sert dans l'armée française. Vous savez, Béhanzin avait autant d'amis que d'ennemis. Et n'oubliez pas que son royaume ne couvrait qu'une partie du territoire. Des tas de roitelets se disputent des bouts de savane avec fureur.

— Danjou donne d'autres détails ?

— « J'ai confisqué dans son paquetage un *kpo* gravé de dessins incompréhensibles. Tous prétendent ne pas connaître ce charabia. Il faudrait que je trouve un foutu féticheur qui veuille bien traduire, mais *macache bono* ! »

— De quand date ce courrier ? demanda Louis.

— Voyons… il y a un peu plus d'un mois.

— Cela peut-il avoir un rapport avec notre affaire ? Quand la troupe Gantois est-elle arrivée ?

— Il y a une huitaine, dit Camille. Sossa est né peu après leur installation, le pauvre chou.

— Ils ont donc pris le même bateau ! La lettre, la troupe et le décapiteur !

— Oh, oh, en voilà une affaire pour Denfert ! lança Proust, narquois.

— Vous voyez bien, Albert, qu'il ne sert à rien d'aller là-bas faire le beau sous un casque colonial, déclara le premier. C'est ici que ça se passe !

— Par les boulettes de Napoléon, lança Émile, j'ai aussi un câble de Marseille que je n'avais pas vu !

— Et alors ?

— C'est un nouveau message de la part de Danjou. Il a chargé un des quartiers-maîtres du *Forban* de me le transmettre.

— Au fait ! grogna Louis, toujours aussi aimable.

— Le fait est que ce Sodjebedji a tué un de ses camarades, il y a… dix-sept jours, d'après la date.

— Dix-sept jours ? Mais c'est impossible que vous le sachiez déjà ! se récria Louis.

— Le *Forban* est notre tout nouveau torpilleur, il peut grimper jusqu'à la vitesse de trente et un nœuds, rendez-vous compte !

Silence impatient.

— De plus, il est rentré à marche forcée sans escale, ce qui lui a encore fait gagner du temps par rapport aux navires de commerce.

— Qui est la victime ? s'enquit Albert.

— Un chef local, un certain Alougbine. Retrouvé décapité et vidé de son sang à une trentaine de mètres de sa demeure.

— Récade ? demanda Albert.

— Récade ! confirma Émile. En plein dans le gosier. Et là encore, personne ne veut rien dire à propos des signes gravés sur le manche. C'est le médecin aide-major du bataillon qui a conduit l'autopsie pour le compte de l'administrateur du cercle d'Abomey.

— S'agit-il d'un cercle véritable où l'on tourne en rond ou bien d'un club de colons ? s'enquit Proust en tapotant la cendre de sa cigarette arsenicale.

— Le Dahomey est divisé en régions administratives appelées cercles et ayant chacune à sa tête un…

— Administrateur !

— Tout à fait, jeune homme. Heureux de voir que la littérature n'altère pas trop la comprenette.

— Il y a tout de même un roi, intervint Albert. Ago-Li-Agbo est le nouveau monarque du Dahomey, intronisé par le général Dodds lui-même.

— Oui, ce pauvre roi de paille, qui n'a que le droit de faire semblant de gouverner des sujets fantoches, dit Camille.

— Raisonnons ! clama Louis en vidant son verre.

— Je crains le pire, dit Albert.

— Inutile, avec lui le pire est toujours sûr, ajouta Camille.

— À mon avis, vous pouvez préparer les bagages, compléta Proust.

— Il y a donc deux tueurs, conclut Louis. Le premier, Sodjebedji, opère au Dahomey, l'autre à Paris.

— Une secte ! s'exclama Émile. Et pour le coup, c'est vrai. Tous ces fétiches réclament des sacrifices humains, c'est bien connu.

— Si c'était une procédure habituelle, les indigènes n'auraient pas l'air choqués, objecta Louis. Ils diraient : « Tiens, cette nuit Machin a été expédié au fétiche caïman, passe-moi donc ma purée d'igname. » Non, il y a autre chose.

— Et cette autre chose, vous la découvrirez ! assura Marcel. Parce que vous ne pouvez pas faire autrement, vous êtes le chien de chasse le plus blond et le plus tenace que je connaisse.

— Je le prends comme un compliment, mon petit Marcel, en essayant d'oublier à quel point vous pouvez être parfois mesquin. Allez donc contempler vos vieilles croûtes hollandaises, nous, c'est vers l'avenir que nous regardons ! Camille, il nous faut des malles !

— Nous ?

— Parce que tu crois que je vais te laisser deux mois toute seule dans ce Paris bourré de gandins mal intentionnés ?

— Mais Prousty…

— Prousty se pavanera à Anvers, matelotes, matelots, etc. Tu en as fini avec Adrienne Lecouvreur – Dieu merci, je ne pouvais plus la supporter –, ta prochaine pièce démarre en décembre, nous serons revenus bien avant !

— Ce qui est bien avec toi, mon choupinet, c'est qu'on peut discuter.

— Laissez-le croire qu'il commande, ça le rend plus aimable, dit Proust. À mon sens, votre raisonnement est un peu poney, mon cher Louis. Il est évident que ce nommé Sodjebedji a tué par peur. Il avait essayé de fuir et semblait terrorisé.

— Si c'est le cas, qui vous dit que Bidossessi n'a pas agi de même ? C'est ce dont ils ont peur que nous devons trouver.

Debout, silencieuse, l'Ombre écoutait, attentive, les mains qui avaient manié la hache et planté la récade sagement croisées derrière le dos.

Rien ni personne ne devait se mettre en travers de sa route. Sodjebedji était bien placé pour le savoir. Cet imbécile avait voulu tourner le dos aux coutumes ancestrales. Il ne comprenait plus la noblesse du sacrifice.

Assis en face de la cage du malheureux lion, Bidossessi réfléchissait. L'animal, un mâle d'une dizaine d'années, décharné, l'œil triste, s'était redressé en le voyant, comme si l'apparition soudaine de cet homme noir réveillait le souvenir de son territoire natal. Il s'était avancé jusqu'aux barreaux et Bidossessi avait récité les formules d'apaisement avant de lui laisser renifler ses doigts. L'animal avait feulé puis s'était couché, le museau sur les pattes, sans le quitter du regard. Bidossessi avait imploré les *zumne vodun*, les déités de la forêt, de lui envoyer la paix. La proximité de l'animal, sa forte odeur de fauve le rassuraient paradoxalement.

La représentation de l'après-midi s'était déroulée avec succès. Bidossessi avait accompli beaucoup de magie aux dépens du vieux Carl et les enfants blancs hurlaient de joie. Ç'aurait pu être intéressant de rester dans ce cirque à faire le clown mais c'était trop risqué. Dès que le directeur *adogo daxo*[1] apprendrait qu'un meurtre avait été commis au village noir, il le livrerait à la police. Il fallait qu'il quitte le pays-France. Il ne voulait pas finir ses jours dans une affreuse case-prison sans lumière. Mais comment faire ? Il s'agenouilla dans la sciure pour prier Legba, dessinant grossièrement un phallus, son principal attribut. Legba était vif, malin, et servait de messager entre les autres divinités et les humains. Il marmonna entre ses dents une litanie propre à le convoquer. Legba venait facilement, mais il était capricieux et pouvait se montrer aussi bienveillant que cruel.

Il se retourna soudain. Quelqu'un se tenait sur le seuil de la petite ménagerie. Momo.

— Qu'est-ce tu fous ? Tu fais la causette au lion ? lança le gamin, qui enchaîna aussitôt : C'est toi, hein ?

Il brandissait une feuille imprimée. Le journal.

— C'est toi qu'as buté l'aut'nègre ?

Et voilà. Maintenant que faire, sans arc ni flèches, dans un endroit auquel il ne comprenait pas grand-chose ? Il se leva et le gamin recula.

— Pas avoir peur, dit Bidossessi. Bidossessi pas méchant.

— Pas méchant, pas méchant, c'est vite dit ! T'y as quand même fait sauter la cafetière, à ton poteau !

— Bidossessi pas tué.

— C'est ça ! Et pis moi j'suis l'prince de Galles.

1. Gros ventre.

— Momo est un prince ?
— Mais non, j't'charrie.
— Bidossessi pas tué. Bidossessi Gardien de la Nuit. Protège son peuple.
— Ben, c'est qui alors, qui lui a décollé la citrouille ?
— Esprit mauvais.
— Ouais, c'est ça !
— Esprit mauvais sème la mort. Au pays là-bas et au pays ici. Bidossessi ne sait pas ce que veut l'esprit.
Momo se mordit les lèvres, visiblement en proie à de vives réflexions.
— Pour l'moment, l'patron a pas encore lu sa feuille de chou, j'lui ai *intrécepté*. Mais faut qu'tu t'casses vite fait ! T'es trop pomme d'avoir donné ton vrai nom !
Il tapota la feuille de l'édition du soir où s'étalait en grosses lettres : « MEURTRE AU VILLAGE EXOTIQUE ! UN NÈGRE DÉCAPITÉ ! LE SORCIER NOIR BIDOSSESSI ARIGBO RECHERCHÉ DANS TOUT PARIS ».
— J'ai une idée ! lança soudain le gamin. Y a un spectacle *esotique* ce soir à l'Empire, ils l'ont remis à l'affiche à cause du village. Ça s'appelle *Au Dahomey*, tu vois qu'c'est pour toi, et y faut des faux nègres pour faire les méchants. Ben, toi, tu seras déguisé en faux nègre. J'connais bien le régisseur, j'ai marné pour lui, et pis j'vends souvent des clopes là-bas, j'aime bien, j'apprends tous les nouveaux refrains et j'reluque les filles. Oh, tu m'écoutes ?
Momo parlait trop vite. *Déguisé ? Régisseur ?*
— Voilà c'qu'on va faire. Va y avoir la grande parade à travers tout le quartier. On va fouiller dans la boîte à costumes et te trouver quèque chose pour pas qu'on t'repère. Et pis à un moment je te cornaquerai vers l'théâtre et hop, passez muscade ! Tu verras, ça s'passera bien. Amène-toi donc par là.

CHAPITRE IV

Pour sortir en ville, Figdabé avait passé une djellaba grise prêtée par Arimi. Non sans mal, Camille l'avait dissuadé de coiffer son beau chapeau à cornes de buffle, et elle ignorait qu'il portait son sabre et un poignard sous sa robe. De nombreux bracelets tintaient à ses poignets et il avait enduit ses cicatrices rituelles de poudre rouge. Très fier, il marchait au milieu du groupe en toisant les passants déconcertés.

Ils gagnèrent le petit train qui faisait la navette du Jardin d'Acclimatation à la porte Maillot, où il fallait prendre un tramway. Figdabé serra les dents en grimpant sur la plate-forme. La machine puait. Les gens se serrèrent à son passage et des quolibets fusèrent, vite étouffés par le regard d'Émile. Le tramway s'ébranla et Figdabé vit défiler Paris. Toutes ces rues, cent fois plus qu'à Cotonou, tous ces êtres humains, ces véhicules, ce bruit, tout ce gris… La ville de pierre avec ses rivières de goudron semblait infinie. Il repéra quelques jardins, enfermés derrière des grilles. Des marchandes de quatre-saisons avec leurs charrettes à bras lui rappelèrent les marchés colorés de chez lui. Des porteurs d'eau, des hommes chargés de lourds paquets en équilibre sur le dos et la tête, des enfants qui couraient et mendiaient, cela au moins évoquait des scènes familières. Heureusement, ils longèrent le fleuve, à la bonne odeur d'eau et de vent. « La Seine », lui dit Albert. *Sin*. L'eau. Les Blancs avaient le même mot !

Ils changèrent deux fois de tramway et Louis acheta des frites pour tout le monde. Il en offrit au jeune garçon, lequel les goûta avec précaution avant d'engloutir le cornet.

Ils arrivèrent enfin à la Morgue. Figdabé sauta à terre et se campa les mains sur les hanches. Debout sur le trottoir, songeur, il contemplait Notre-Dame. Les derniers rayons du soleil couchant nimbaient les tours d'un rose délicat.

— Temple puissant, dit-il soudain. Je sens les courants sous la terre.

— Les courants telluriques ? De quoi parles-tu ? demanda Albert, intéressé.

— Le temple vibre. Grand temple *vodun*. Beaucoup d'hommes ont dû mourir pour qu'il soit si fort.

— Ils mêlent du sang humain à la terre des murs de leurs palais, expliqua Émile. C'est du meilleur goût chez eux.

Figdabé se retourna.

— Tu peux te moquer, le vieux. Ce que tu ne comprends pas n'en existe pas moins.

— Ce garçon me plaît de plus en plus ! lança Proust. C'est moi qui vais l'adopter !

Camille annonça qu'elle allait faire des emplettes pour le bébé et qu'elle les retrouverait sur le parvis de Notre-Dame. Ils entrèrent dans la Morgue, Figdabé sur leurs talons, curieux de tout. À l'intérieur, c'était comme d'habitude, un mélange de solennité et de bouffonnerie. Des ouvriers, venus se distraire pendant leur pause en regardant les cadavres exposés, chiquaient du tabac en ricanant. Une famille bien mise avait emmené les enfants en visite et deux garçonnets échangeaient des commentaires à voix haute : « T'as vu la tête de celui-là ? On dirait qu'il a avalé une pastèque ! – Et la grosse dame, là, pour sûr qu'elle a coulé quand elle s'est jetée dans la Seine ! » Leur mère leur lançait des « chut » peu convaincus, très fière de leurs saillies. Une dame en long voile noir leur décocha un regard sinistre et sortit, en larmes. Un couple éploré quittait le greffier, une fiche cartonnée à la main, un balluchon dans l'autre. Le rapport sur le suicide de leur fils et ses pauvres affaires.

Figdabé regardait les corps, allongés sur leurs tables noires derrière la vitre. On les avait rangés côte à côte, comme des amis ou des guerriers tombés au combat. Ils attendaient sans doute les féticheurs pour les cérémonies d'ensevelissement. Mais les visiteurs ne prononçaient ni les paroles de respect ni les formules rituelles. La mort n'était pas bien traitée dans cet endroit. Elle devait être contrariée. Figdabé s'excusa auprès d'elle en silence et noua les doigts pour la conjurer.

Ils empruntèrent de longs couloirs qui sentaient très fort le dispensaire, comme à Ouidah. Un homme en veste cirée arrosait un cadavre avec un tuyau et des liquides bruns s'écoulaient à travers une bonde. Pas de femmes, pas de jarres ni d'écuelles, pas de chants, pas d'autels. Pas d'animaux à sacrifier au Roi des Morts. Figdabé avait presque honte. Pour les Blancs.

Albert les introduisit dans la salle d'autopsie. Des collègues lui avaient succédé dans la journée et il consulta une fiche pour savoir où l'on avait rangé ce qui concernait le cas du matin. Proust resta en retrait, l'écharpe plaquée contre le visage pour se protéger des miasmes. Le fragment de récade était posé sur une table d'examen.

En voyant la tête d'Olakonitan rangée dans un panier doublé de plomb et rempli de glace, Figdabé inclina le buste en battant des mains selon un rythme très lent et marmotta ce qui ressemblait à une prière.

— Qui va accomplir les rites ? Où sera le tombeau ? demanda-t-il ensuite à Albert, qui attendait, gêné.

— Nous verrons ça avec le chef de village, déclara Louis d'un air assuré.

— Il n'est pas de notre clan, il ne suit pas les mêmes coutumes.

— Très bien. Dans ce cas, on avisera. Pour le moment, nous avons besoin que tu regardes cet objet.

— Je le vois.

— C'est une récade ?

— Si tu le sais, pourquoi tu me le demandes ?

— Elle était enfoncée dans la gorge de ton ami.

— Il a donc été désigné comme messager, murmura le garçon, visiblement déconcerté.

— Messager de quoi ? Pour qui ?

— *Un tuun a*. Je ne sais pas.

— Que dit la récade ?

— *Un tuun a*.

— Tu te moques de nous ? Tu veux qu'on prenne comme guide quelqu'un qui ne sait rien ? tonna Émile.

— Je suis un bon guide ! protesta Figdabé. Mais la récade parle une langue inconnue.

Ils lui posèrent de nouveau des questions sur les rapports entre Olakonitan et Bidossessi, mais il s'en tint à ce qu'il avait déclaré le matin : les deux hommes s'entendaient bien, honoraient les mêmes ancêtres et ce n'était pas le *zangbeto* qui avait tué Olakonitan, mais un féroce *vodun*, un ennemi très puissant. Peut-être un *yevu* ?

— Cet interrogatoire ne mène à rien, déclara Proust qui, depuis le début, essayait d'éviter de poser les yeux sur la tête coupée. Le garçon ne parlera pas. Tout cela est sinistre. Allons plutôt au théâtre !

Louis se retourna, incrédule :

— Excusez-nous de perdre quelque temps à essayer d'élucider un meurtre alors qu'une joyeuse revue nous attend !

— Mon cher Louis, je ne fais cette proposition que parce que je sais qu'Albert a des billets exonérés pour le théâtre de l'Empire.

— Oui, confirma Albert. Le directeur m'a donné quelques invitations lors de ma dernière représentation.

Sous le nom de Philibert Jolimond, Albert se produisait comme magicien dans les meilleures salles de France et d'Europe. Aussi à l'aise dans la prestidigitation que dans la grande illusion, il faisait salle pleine. Cet amour du spectacle était une des raisons qui l'avaient fait se lier d'amitié avec Georges Méliès, qu'il admirait profondément, et il collaborait volontiers aux films étonnants du réalisateur dans lesquels Émile et Camille jouaient parfois les premiers rôles.

— Et donc, comme Albert a des invitations, il faut s'y rendre toutes affaires cessantes ! s'exclama Louis.

— Il faut savoir se montrer patient. Ce n'est pas en brusquant le garçon que vous obtiendrez vos réponses. De plus, ils reprennent *Au Dahomey*, ce qui est de circonstance, reprit Proust en ricanant. Un ramassis de louchonneries à vous donner le tournis.

— Des louchonneries ? s'étonna Émile.

Louis haussa les épaules :

— C'est un mot qu'ils ont inventé avec Lucien Daudet. Marcel prétend qu'il y a les choses qui font mal aux dents et celles qui font loucher. Dans la seconde catégorie, vous pouvez ranger une grande partie de mes articles.

— Je n'ai jamais dit cela ! protesta l'intéressé, sans grande conviction.

— Remarquez, déplaire à un lecteur sur cent mille ne me gêne pas, continua Louis. Pour vous, c'est difficile à dire : vous n'avez jamais eu cent mille lecteurs.

— Oh ! L'affreuse petite vipère ! Comme il aime mordre !

Le dernier livre de Proust, *Les Plaisirs et les Jours*, n'avait connu qu'un succès d'estime. Le jeune écrivain, très dandy, affectait de ne pas en être déçu et travaillait à son nouvel ouvrage, sur la vie d'un nommé Jean Santeuil.

— Pour en revenir au spectacle, il paraît que c'est délicieusement stupide, reprit-il.

— Et c'est un connaisseur qui parle !

— Quoi qu'il en soit, ça changerait les idées de ce pauvre enfant. Les Boulevards, les brasseries, le music-hall... Tout le frisson de la vie moderne !

— Avec vous, on ne perd pas de temps à pleurer les morts !

— Vous connaissez ma théorie : les liens entre un être et nous n'existent que dans notre pensée.

— Ce n'est peut-être pas une mauvaise idée que d'aller se distraire, intervint Albert. Inutile de rester à ruminer sans résultat. Figdabé a eu sa part d'émotions funestes et ne reviendra pas de sitôt à Paris.

— On a le temps de dîner avant ? demanda Émile.

Proust écarquilla ses yeux globuleux :

— Vous n'êtes qu'un ventre, mon vieux !

— Moi, je ne me nourris pas d'encre, j'ai besoin de solide.

— De toute façon, rien n'empêche de réfléchir autour d'une douzaine d'huîtres, déclara Louis, conciliant. Je dirais même que l'iode favorise la concentration, n'est-ce pas, Albert ?

— De même que le tabac ! renchérit Proust.

— Sans parler du champagne, conclut Louis. Attendez que je photographie la récade. Si vous voulez bien me donner un peu de lumière…

Il sortit son Pocket Kodak de sa poche et prit plusieurs clichés de la canne gravée pendant qu'Albert maniait la lampe à magnésium.

Figdabé les regardait s'agiter et bavarder auprès de cadavres. Ils ne portaient pas les amulettes consacrées, n'esquissaient pas les gestes de protection et de dévotion. Ils caquetaient comme des poules.

On lui expliqua qu'on devait laisser la dépouille d'Olakonitan pour le moment et il en fut très affecté.

— Comment va-t-il rejoindre le *Kou-Tomé*, le Royaume des Morts ? Attendez au moins que je lui donne de quoi payer son passage !

Il détacha quelques cauris de ses bracelets et les fourra entre les lèvres bleuies puis se prosterna plusieurs fois.

Gênés, ils respectèrent un moment de silence que Figdabé rompit en se relevant d'un bond. Ils se préparaient à sortir quand Albert se frappa le front.

— Mais au fait, je ne vous ai pas montré ma dernière acquisition !

Louis haussa les épaules :

— Un nouveau stéthoscope ? Une pince à dissection ? Un thermomètre à mercure ?

— Rien de tout ça. Vous ne devinerez jamais.

— Ne soyez pas chien, je donne ma langue au chat ! lança Proust.

L'air très content de lui, Albert se dirigea vers son casier personnel dans le vestiaire des légistes et en extirpa une sorte de grosse boîte sous le poids de laquelle il parut vaciller.

— Non ! s'écria Louis.
— Si ! répondit Albert.
— Traître !
— Passéiste !

Interdits, Émile et Proust regardaient la grande valise noire sur l'étiquette de laquelle on pouvait lire : Cinématographe Lumière.

— Mais vous ne savez même pas vous en servir ! tonna Louis.

— J'apprendrai ! Ce n'est pas sorcier, tout de même.

Au mot « sorcier », Figdabé se raidit et regarda partout autour de lui. Pourquoi ces Blancs s'agitaient-ils ainsi à propos de la valise ? Était-elle taboue ?

— Nous serons les premiers à rapporter des images animées de l'Afrique-Occidentale ! reprit Albert. De superbes prises de vues inédites. Des témoignages *in vivo* !

— Comme le fait la photographie, bougonna Émile.

— Je parle de témoignages en mouvement !

Albert était enthousiaste.

— Nous filmerons *de visu* et en action ces sentiments auxquels vous ne croyez pas, Prousty, et qui distinguent les hommes des singes.

— Oh ! les singes aussi sont bien gentils entre eux, ils s'épouillent, se papouillent, se battent en bons camarades.

Tout en discutant, ils rangèrent tout et sortirent. Albert portait sa lourde valise en bandoulière sous le regard ironique d'Émile. La crevette, comme il l'appelait avec une affection bourrue, serait bien soulagée quand les solides porteurs africains trimballeraient son chargement à sa place. Cinématographier l'inconnu demandait des muscles.

Camille les attendait, sous l'ombre portée de la cathédrale, entourée de paquets.

— Ah enfin ! On commençait à me regarder d'un drôle d'air... Encore deux secondes et le portefaix là-bas me demandait mes tarifs !

Un petit crieur de journaux remontait vers eux en beuglant les derniers titres.

— La mission Marchand occupe toujours Fachoda. L'impératrice Élisabeth d'Autriche assassinée à Genève !

Louis lui tendit une pièce. L'impératrice Sissi avait péri d'un coup de couteau en plein cœur donné par un certain Luccheni, un anarchiste italien, lut-il à voix haute.

— Décidément aucune femme n'est à l'abri de la violence des hommes, commenta Camille.

Figdabé contempla le portrait de la dame brune parée de perles que reproduisait la feuille de chou. Les mauvais esprits rôdaient partout, à l'affût, excités et avides. Sans doute quelqu'un, quelque part, avait commis une erreur leur permettant de s'engouffrer dans le monde des humains pour y assouvir leur incontrôlable appétit.

Louis tourna la page. En Côte d'Ivoire, importante défaite des troupes de Samory Touré, le *faama*[1] de l'Empire wassoulou. Avant-hier, à Valvins, près de Paris, mort du poète décadent Stéphane Mallarmé. Il se tourna vers Proust :

— Vous étiez en bisbille avec lui, je crois ?

— Nous n'étions pas d'accord sur la symbolique symboliste et tout le tralala... mais c'était un brave petit vieux poète. Il appelait Reynaldo « Cher âtre ».

— Oh ! regardez, le fiacre électrique ! lança un passant.

1. Chef militaire.

Tout le monde tourna la tête pour admirer le premier fiacre électrique mis en circulation dans Paris l'avant-veille et Figdabé se demanda pourquoi ils s'extasiaient plus devant cette machine sans chevaux que devant les autres, déjà nombreuses. Les missionnaires lui avaient expliqué leur fonctionnement : il s'agissait d'un assemblage de métal nommé moteur, mû par la vapeur, une vapeur mille fois plus puissante que celle de l'eau bouillie. Figdabé en avait déduit que le *vodun* vapeur, capable de faire bouger des objets inanimés et très lourds, méritait un culte particulier. Il imaginait sa gloire s'il arrivait à mouvoir des troncs d'arbres ou des cases grâce à sa force, peut-être même à balayer d'éventuels ennemis d'une tempête de métal brûlante, et il lui rendait hommage chaque soir au pied de sa paillasse en lui offrant une écuelle d'eau où trempaient des boulons rouillés.

Une ombre les recouvrit et Figdabé leva la tête, s'attendant à un passage nuageux. Mais ce qu'il vit le stupéfia. Un objet flottait dans le ciel. Semblable à un ballon comme ceux avec lesquels jouaient les enfants de la mission, mais un ballon « beaucoup de fois dix fois plus grand » et qui semblait porté par le vent, tel un oiseau.

— Santos-Dumont qui se balade ! lança Louis. Notre petit Brésilien[1] a décidé d'installer dans sa nacelle un moteur de voiture de Dion-Bouton à pétrole.

— Surmonté d'une enveloppe en soie du Japon vernie remplie de 180 m^3 d'hydrogène ! compléta Albert. Une vraie bombe volante !

Une bombe ? Figdabé avait entendu des soldats parler de ces choses explosives qui pouvaient détruire

1. Alberto Santos-Dumont (1873-1932), pionnier de l'aviation, pesait quarante-neuf kilos pour un mètre soixante-quatre, soit à peu près le gabarit d'Albert.

tout un village en quelques secondes. Pourquoi un homme survolait-il Paris avec une bombe volante et, surtout, pourquoi cela avait-il l'air d'amuser le petit groupe qui l'accompagnait ? Il suivit le vol du ballon-bombe des yeux et le vit disparaître derrière les toits d'ardoise, tel le soleil couchant. Quel étrange pays !

Momo avait barbouillé Bidossessi de blanc de zinc, lui avait fait enfiler un costume bleu pailleté qui le couvrait des pieds à la tête, ainsi que des gants et de grandes chaussures d'auguste. Un nez rouge, un chapeau melon, une perruque rouge et de fausses bacchantes de vingt centimètres complétaient le tout.

La parade s'était déroulée sans anicroches, dans un joyeux tintamarre. On avait confié les cymbales à Bidossessi qui tapait avec force et régularité, tandis que le vieux Carl s'époumonait dans sa trompette, le plus loin possible de son acolyte imposé. Momo cabriolait et exécutait des sauts périlleux, la casquette toujours prête à recevoir l'obole. Les écuyères, gracieuses, juchées tout debout sur leurs chevaux blancs, recevaient les hommages appuyés de la gent masculine. Les sonorités assourdissantes du Calliope, le piano à vapeur comme on le surnommait, faisaient sursauter les dames et piailler les marmots. Serpentins et confettis entouraient les artistes d'une nuée colorée et les billets d'entrée vendus par la caissière ambulante s'arrachaient.

Pendant que les trapézistes exécutaient une pyramide humaine au milieu d'un vaste cercle de badauds, Momo avait tiré Bidossessi par la manche.

— C'est le moment, suis-moi.

Tout en faisant le pitre, il l'avait entraîné vers un estaminet, puis de là avait gagné une sortie arrière qui donnait dans une autre rue. À l'abri d'un porche, Bidossessi avait quitté le costume scintillant sous lequel il portait un pantalon et une chemise grise empruntés à Rodolphe, l'hercule aux boulets de canon. Exit perruque, exit nez rouge, bonjour barbe et moustache postiches. Des gants de cuir, un foulard, et en route. La nuit tombait, c'était tant mieux.

Bidossess s'était entrevu dans la vitrine d'un charcutier avec ce visage de plâtre, déguisé en homme-Paris, et il avait demandé pardon aux divinités pour cette mascarade. Ils évitèrent avec adresse un agent de police brandissant son bâton blanc dans la vaine tentative de régler la circulation anarchique et gagnèrent en quelques minutes.

Là, Momo usa de tout son entregent pour arriver jusqu'à Ferdinand, le régisseur, qui s'époumonait en coulisses.

— J't'ai amené un figurant ! lui cria-t-il en tirant Bidossessi à sa suite.

— J'en ai plein, pousse-toi, tu gênes.

— Oh, dis donc, fais pas ta vache ! J'ai du reste aussi si ça t'intéresse.

Ferdinand se retourna. Les cigarettes de haschisch de Momo étaient d'excellente qualité et d'un prix plus que raisonnable.

— Mets-m'en dix.

— D'accord, chef ! Tu verras, ça vient direct de la casbah, du velours ! Bon, tu l'prends, mon sauvage ?

— Quoi, c'type là ?

Ferdinand dévisageait Bidossessi.

— C'est un tirailleur sénégalais qu'a déserté. Lui faut du boulot, continua Momo, qui improvisait un nouveau plan. C'est lui qui m'a fourni la camelote. Y peut en avoir plein. Et pis même de l'opium.

— Qu'est-ce qu'il sait faire ?

— À ton avis ? L'sauvage ou l'soldat.

— J'ai déjà des soldats. Je peux le rajouter aux sauvages. Mais c'est vraiment pour te faire plaisir.

— T'es trop bon, mon prince ! T'entends, heu... Bibi ! T'es engagé !

Bidossessi hocha la tête et tendit une main que Ferdinand serra machinalement.

— Accompagne-le dans les vestiaires, qu'il se change, et donne-lui le topo, j'ai pas le temps, on est en retard évidemment. Où sont les pirogues pour les bords de l'Ouémé ? gueula-t-il en se retournant.

Momo escorta un Bidossessi déconcerté à travers le désordre et le vacarme habituel des coulisses. Les machinistes s'interpellaient, les girls couraient à moitié nues, la costumière allait d'une loge à l'autre en pestant. Elle les croisa, la bouche pleine d'épingles.

— Ch' prennent tous pour des vedettes, pauvre de moi, tiens, chalut Momo, ch'est qui che beau gars ?

— C'est Bibi, un ancien tirailleur. Y va faire l'attaque du poste.

— Ah ! le tableau 7 ! Regarde, les autres sont dans la loge là-bas, faudra lui donner un pagne et une sagaie, tu seras gentil.

Trois hommes torse nu, pagnes rouges autour des reins, étaient occupés à se passer du cirage sur le corps et le visage. À côté d'eux des coiffures à plumets, des lances, une peau de léopard mitée.

— Je vous amène du renfort, les gars ! lança Momo.

— Tiens, le Petit Chevalier ! Toujours à traîner dans les pattes, lança Bébert, le plus costaud, un garçon des abattoirs qui faisait des extras au théâtre.

— Je vous présente Bibi, il arrive de Tombouctou. Faut lui dire ce qu'il doit faire.

— Ben, comme nous ! Gueuler en brandissant son javelot et sauter comme un babouin autour du campement. Le sauvage, quoi.

— T'entends, Bibi ? C'est fastoche, t'inquiète. Bon, faut que je te laisse. Je reviens à l'entracte. À tout à l'heure, les gars.

— Mets-nous un paquet de clopes de côté. On s'occupe de ton gars.

On montra à Bidossessi quelques expressions féroces et comment brandir sa lance et il leur parut très convaincant, quoique manquant un peu d'enthousiasme.

— Faut gueuler plus fort, et rouler des yeux ! intima Polin, un vieux serveur de café maigre et ridé, qui jouait les *minstrels* depuis des années et dont l'heure de gloire remontait à *La Tournée Ernestin*[1], six ans plus tôt. Dis donc, t'as pas les dents limées, je croyais que vous autres vous limiez les dents pour pouvoir mieux cracher.

Bidossessi ne crachait que lorsque le rite l'exigeait. Toute son existence, consacrée au *vodun*, était soumise à un protocole précis, de son lever à son coucher. Il en était provisoirement exempt du fait des événements, mais c'était bien sûr impossible à expliquer à quelqu'un qui ne parlait pas sa langue et ne comprenait pas son peuple.

On entendait en fond les répliques de la pièce : « Vingt-cinq francs à qui descend ces moricauds ! » Personne n'y prêtait vraiment attention, cela permettait juste de situer où en était l'action afin de ne pas rater son entrée.

Un type mince tout en bleu, y compris la casquette d'où s'échappaient de longs cheveux blonds, entra en roulant du bassin. C'était Michel, le chorégraphe, toujours sous pression.

— Je n'ai pas assez de danseurs ! Je vous rajoute au tableau 9, lança-t-il d'une voix flûtée.

— Non mais tu rêves, la Miche ! Mézigue, je rentre me pieuter, je reprends demain à six heures, lui renvoya Polin.

1. Vaudeville de M. Gandillot créé en 1892. Les *minstrels shows*, très populaires, présentaient des Blancs grimés en Noirs imitant les danses et les chants africains de façon parodique.

— Mais enfin, vous pouvez pas me laisser tomber ! J'ai un Ashanti malade ! Ces bêtes-là, quand ça se détraque c'est plus bon à rien ! Et toi, Bébert ?

— Désolé, ma grande ! protesta le garçon boucher, je dois prendre mon service à la Villette.

— Mauvaise bête toi aussi ! Et celui-là, c'est qui ?

L'homme battait des cils et minaudait comme une femme et Bidossessi recula d'un pas. Certains féticheurs, dévoués aux esprits retors, affectaient une politesse obséquieuse et des allures efféminées.

— C'est Bibi, un tirailleur en cavale, dit Bébert. Paraît qu'il a des bonnes relations, du côté des grillantes de l'Atlas.

— Un Noir, un vrai ! Je suis sûr qu'il danse comme un dieu !

Bidossessi toisa l'homme qui prononçait des paroles imprudentes.

— Il lui faut des bracelets, des colliers et des tresses, décida Michel. Viens me voir après l'attaque du poste, mon grand, je m'occuperai de toi.

— Ne lui tourne pas le dos, mon pauvre Bibi ! ricana Bébert.

— Imbécile ! gloussa le dénommé Michel qui sortit en se déhanchant.

— Tu sais danser, au moins ? demanda le vieux serveur de café. Remarque bien qu'on s'en fout. Moi, ma spécialité c'est la java piquée. Rien à voir, tu m'diras. Là, on te demande juste de te trémousser en poussant des cris. Et pis tu seras pas dépaysé avec les aut' négros, même s'ils sont pas de ton bled. Chez vous autres, la danse c'est toujours pareil.

Il se mit à sautiller sur place en poussant de petits cris de singe et en se grattant sous les bras.

— Nous représentons ici la cause de la civilisation et de l'humanité ! s'égosillait sur scène l'acteur qui incarnait le colonel.

Bidossessi tendit le bras, saisit Polin à la gorge et le souleva du sol. L'autre poussa un cri étranglé.

— Hé, te fâche pas ! Il rigolait ! lança Bébert.

Le féticheur desserra sa prise.

— Bidossessi aussi rigole, dit-il à Polin qui se massait la pomme d'Adam, l'air furieux.

Une sonnerie retentit.

— Bordel, c'est à nous ! Vite ! Suis-nous !

Et hurlant et agitant leurs javelots, ils déboulèrent tous les quatre sur scène pour attaquer le poste colonial en carton-pâte éclairé par la lune bleutée du projecteur n° 7.

Après avoir agréablement dîné à *L'Alcazar d'été*, où se produisait Mistinguett et où Figdabé avait fait sensation (y compris sur la Miss elle-même : « Est-il chou, ce petit sauvage-là ! Et comment tu t'appelles ? Comme tu es musclé, on dirait un boxeur ! » et mille autres amabilités auxquelles Figdabé opposait un visage fermé), Louis et ses amis avaient rejoint le théâtre en fiacre, un peu alourdis par les huîtres, le faisan, le turbot, le champagne, les digestifs et les glaces à la chantilly. On avait expliqué à Figdabé qu'on allait assister à un spectacle dans lequel des personnages déguisés joueraient des rôles, comme à la pantomime de Noël chez les missionnaires.

En attendant le début de la représentation, on s'occupait. Émile fumait un de ses affreux petits cigares tordus en faisant les cent pas dans le hall. Camille papotait avec des connaissances. Assis dans de confortables fauteuils de cuir, Proust rédigeait un billet pour *La Revue blanche* et Louis mettait la dernière touche à son article sur le meurtre du Jardin d'Acclimatation. Mystère et exotisme. Succès assuré. Mais ce qui importait, c'était de résoudre l'énigme et d'en dévoiler les ressorts. C'était cela qui distinguait le reporter criminel du simple gratte-papier. Ce n'était pas pour rien qu'il servait de modèle à son camarade Gaston Leroux pour son projet de détective au nom ridicule, Boitabille. Il leva un instant les yeux de son carnet et vit Albert et Figdabé en conversation avec un petit vieux à monocle. Le bonhomme avait sorti un mètre-ruban de sa poche et mesurait le jeune Noir en long, en large et en travers, l'air docte. Figdabé levait docilement les bras, ouvrait la bouche, baissait la tête. Louis croisa le regard d'Albert qui semblait très gêné, et se leva.

— N'est-ce pas l'heure de gagner nos places ? lança-t-il.

— Remarquable spécimen ! marmottait le vieux monsieur. Je me présente, Dr Topinard.

Louis se retint pour ne pas sourire. Le vieux avait en effet tout de la taupe, y compris l'air sournois et myope.

— Vous avez là un fort beau mâle d'Afrique-Occidentale.

— Ce garçon s'appelle Figdabé, dit Louis posément. Il arrive du Dahomey et il ne s'attendait certainement pas à se retrouver mesuré et pesé comme un cheval à Vincennes.

— Sachez, mon petit jeune homme, que l'échelle des races ne s'établit pas sans mesures précises. Certes, il est facile de situer les Fuégiens et les Australiens au dernier niveau avant le singe – les Australiens surtout, car les Fuégiens ont la peau plus jaune que noire, mais bon, je le concède, c'est sujet à débat. Je ne sais si vous avez eu l'occasion de voir les Pygmées du Congo en 1886…

— Je crois qu'il vous faudra du temps pour gravir vous-même les barreaux de votre échelle, docteur, coupa Louis. Viens Figdabé, on va voir le spectacle.

Ils plantèrent là l'amateur de mensurations raciales.

— Pourquoi t'es-tu laissé faire ? voulut savoir Louis.

— C'est une gifle à un poulet et il n'y a pas de poulet pour la recevoir, répliqua le garçon de façon énigmatique.

— Sans doute une variante de notre « c'est comme de l'eau sur les plumes d'un canard », suggéra Albert.

La pièce en cinq actes et dix tableaux alternait moments de bravoure et morceaux humoristiques. Le roi Béhanzin, devenu Bec en Zinc, y était copieusement moqué et on échangeait des répliques devenues fameuses :

— Avec le temps, on s'y fait, je t'assure !

— À la fièvre, soit, mais aux moricauds ?

— Ah ! les moricauds ne sont pas commodes.

Sur ces entrefaites, les moricauds pas commodes venaient d'attaquer le bastion militaire de la civilisation et hurlaient à qui mieux mieux en brandissant plumes et sagaies quand Figdabé toucha le bras de Louis.

— Le *vodunsi*, murmura-t-il. Il faut l'aider avant que les hommes blancs l'attrapent.

— C'est pour de faux, mon petit gars.

— Non, il est vrai !

— On t'a expliqué…

— Il est vrai, c'est le vrai Bidossesi et il faut l'aider à s'échapper !

— Mille bombes ! Attends un peu !

Mais déjà Figdabé s'était levé et, retroussant sa djellaba, filait entre les travées sous les regards moqueurs du public : ce pauvre nègre effarouché par la fausse bataille ! Les plus enclins à se gausser étaient ceux qui avaient eux-mêmes sursauté lors des premières projections du Cinématographe trois ans plus tôt, bondissant de leurs chaises face à l'arrivée de la locomotive en gare de La Ciotat.

Louis s'élança à la suite du jeune homme. Il le vit hésiter à travers le hall, puis essayer la porte des toilettes et obliquer ensuite vers une porte réservée au personnel. Ils filèrent l'un derrière l'autre dans des couloirs obscurs encombrés de cartons et de décors et se retrouvèrent dans les coulisses où une bande d'Amazones faisaient le pied de grue, dans l'attente de « L'incendie d'Abomey ». Figdabé se figea soudain devant une des femmes. Trapue, vêtue d'une tunique de cuir, la peau très sombre, les cheveux ras, le visage peinturluré de zébrures blanches, elle tenait un javelot d'opérette.

— Gumma !

Il la prit par le bras et l'entraîna à l'écart en lui parlant avec véhémence.

Un long type à l'air efféminé surgit, tout affolé.

— Messieurs, vous n'avez rien à faire ici ! Oust, du balai ! Allez les filles, ça va être à vous ! Mettez-y toute votre méchanceté ! Gumma ! C'est toi qui mènes, en piste !

Ils échangèrent encore quelques mots, puis Figdabé rejoignit Louis.

— Gumma vraie Amazone, expliqua Figdabé en se renfonçant dans un coin sombre. Garde royale de Béhanzin. Elle s'est battue jusqu'au bout.

— Que fait-elle là ?

— Elle est venue à Paris avec les danseurs de la bergère.

Sans doute les *Folies-Bergère*, pensa Louis.

— Elle cherche le colonel Dodds pour le tuer, continua Figdabé. Elle en a fait le serment.

— Dodds a été nommé général de brigade et a pris le commandement de nos troupes en Indochine.

— Alors, elle ira en Chine ! En attendant, elle va nous aider pour Bidossessi.

— Nous aider ? Qu'est-ce qui te fait croire que, moi, je vais te prêter main-forte pour soustraire un assassin à la justice ?

— Ce n'est pas lui l'assassin !

— Qu'en sais-tu ?

— Si vous ne voulez pas aider, n'aidez pas !

Et, ramassant un morceau de tuyau de plomb posé près d'une gaine d'aération, Figdabé en frappa un grand coup sur la tête de Louis qui s'effondra sans un mot dans l'obscurité. Leur tournant le dos, Michel surveillait l'entrée en scène de ses guerrières échevelées ; le charivari ambiant l'empêchait d'entendre quoi que ce soit. Figdabé ôta sa robe et en recouvrit Louis, puis, vêtu d'un court pagne écru et de ses armes, il continua à inspecter les coulisses, saluant poliment ceux qu'il croisait comme s'il appartenait à la troupe des figurants.

Il tomba sur Bidossessi, entouré de ses acolytes, qui tressaillit à sa vue.

— Tu t'es débrouillé comme un chef, bamboula ! déclara Bébert en tapant familièrement dans le dos du féticheur.

Comment osait-il toucher le *vodunsi* ? Figdabé étreignit le pommeau de son sabre, mais Bidossessi lui enjoignit d'un regard de rester calme.

— Tiens, un autre bougnoul ! C'est comme les cafards, t'en vois un, t'en vois cent ! ricana Polin, dont la qualité première n'était pas l'intelligence.

Ils entrèrent dans la petite loge pour se démaquiller et Figdabé les suivit.

Brusquement, une sonnerie se déclencha.

— Y a l'feu ? dit Bébert, inquiet.

— Ch'ais pas. Vais voir.

Polin sortit, encore costumé, et on l'entendit soudain beugler :

— Mais foutez-moi la paix, z'êtes malade ou quoi ?

Un solide machiniste fit irruption, le tenant au col et le repoussant sans ménagement dans la loge.

— Y a un de vous qu'a assommé un journaleux ! clama le nouveau venu.

— N'importe quoi ! On sort à peine de scène ! protesta un des figurants.

— Ouais, ben vous êtes consignés ici. Pigé ? Le scribouillard a une grosse bosse sur la tête et la Miche a appelé la police. M. Ferdinand est furibard.

Le machiniste ressortit en trombe, il claqua la porte dont on entendit la clé tourner dans la serrure. Tout le monde protesta et Bébert menaça de défoncer le panneau d'un coup de latte si on ne lui ouvrait pas dans les cinq minutes.

La police allait venir. Figdabé regarda Bidossessi. Celui-ci regarda le plafond. Qui n'en était pas un. La loge n'était constituée que de quatre hauts pans de bois pour protéger des regards. Au-dessus, les cintres, avec leurs cordes, leurs poulies, leurs treuils.

Trente secondes plus tard, les deux Dahoméens se faufilaient à six mètres du sol entre les câbles.

— Mate-moi ces chimpanzés ! grogna Polin. Pourquoi qu'tu te lances pas à leur poursuite, Bébert ?

— T'es vraiment qu'un coin sans i ! Tu veux que je me rompe le cou là-haut ?

— Tout dans la gueule, rien dans le ventre !

— Ta boîte, vieux schnock !

Ils se chamaillaient encore quand la porte se rouvrit et qu'un agent de police renfrogné fit son apparition, suivi de Louis, vacillant, une compresse froide sur l'occiput, Émile sur les talons. C'est lui qui avait trouvé Louis inanimé près d'une pirogue en papier mâché.

— C'est un de ceux-là ? demanda le flic en toisant le petit groupe.

— Non, répondit Louis.

— Les deux vrais nègres se sont fait chibi par les cintres, expliqua Bébert. Y doivent être sur le toit à l'heure qu'il est.

— Vous pouviez pas le dire plus tôt ?

— Fallait demander.

L'agent de police ressortit en brandissant son sifflet pour appeler ses collègues tandis que Michel suppliait :

— Ne soufflez pas si fort, vous allez troubler le final ! Après tout, monsieur va bien, y a pas de casse !

Quant à Ferdinand, il grommelait :

— T'avais bien besoin d'appeler les flics ! Toujours tes nerfs de fifille !

Dans les coulisses en effervescence, Louis raconta à Émile ce qui s'était passé.

— Ils avaient tout manigancé ! s'exclama celui-ci.

— C'est nous qui avons invité Figdabé à sortir et à venir ici. Il ne pouvait pas prévoir que Bidossessi s'y trouverait…

— Qu'en savez-vous ? Ce foutu moussaillon nous a bernés, peut-être même hypnotisés !

— Vous faites grand cas des pouvoirs des féticheurs, mon vieux.

— J'ai vu des choses que personne ici n'a vues. Croyez-moi, leurs entourloupes valent bien les nôtres.

— La causalité, Émile, la causalité et la rationalité, voilà nos garde-fous, si je puis dire.

— La stratégie de l'embuscade ! répliqua Louis, buté. Je me demande, reprit-il soudain, fébrile, je me demande… Et si c'était le début d'une sédition ?

Un signal pour des rebelles qui veulent se soulever ? Rappelez-vous les Bariba du Haut-Dahomey, l'an passé. Il a fallu incendier leurs villages pour qu'ils se résignent à se laisser civiliser. Il faut peut-être prévenir les autorités militaires !

— Deux meurtres ne font pas une révolte. Et puis agir à Paris, ça n'a pas de sens.

— Sauf s'ils expédient *ad patres* ceux qu'ils considèrent comme des traîtres. Les anarchistes *anarchisent* bien dans toute l'Europe !

— Vous aviez déjà la manie des complots, si maintenant s'y ajoute celle des insurrections… Un simple détraqué, amateur de décollation, me semple plus plausible.

— Et pourquoi pas un apprenti Deibler[1] qui s'entraîne, tant que vous y êtes ?

L'agent de police revenait vers eux, bredouille.

— Impossible de les harponner ! J'ai deux jeunes collègues qui arpentent la toiture. Mais on dirait que ces crapules se sont fondues dans la nuit. D'après cette chochotte de chorégraphe, le plus vieux serait un certain Bibi, un ancien tirailleur sénégalais, engagé ce soir même. L'autre, c'est celui qui se trouvait sous votre responsabilité, monsieur Denfert.

Il appuya sur « responsabilité ». Louis hésita à lui dire que ledit Bibi n'était autre que le meurtrier recherché dans tout Paris. Mais bon, après tout, la police n'avait qu'à mener ses propres enquêtes. La farouche obstination de Figdabé à défendre son compatriote le troublait. Et si on se trompait ? Si Arimi avait cru à tort que le sorcier était coupable ? Ou même s'il l'avait accusé à dessein ? Que savait-on de leurs rapports, de leurs inimitiés ? Un tueur impitoyable serait-il venu faire le guignol au théâtre ?

1. Louis Deibler, 1823-1904. Bourreau célèbre.

Les questions, plus encore que l'hématome, lui taraudaient le crâne.

Plaqués contre l'ardoise, Bidossessi et Figdabé guettaient les nuages qui cachaient par moments la lune montante pour bondir et franchir chaque fois quelques mètres de plus dans l'obscurité. Les deux fugitifs s'étaient complètement dévêtus et leur peau sombre se dissimulait dans la nuit. Figdabé tenait le sabre plaqué contre sa cuisse. Les agents de police, torches électriques en main, sillonnaient la toiture en grommelant. En contrebas, dans la rue, un fourgon stationné, d'autres policiers.

Figdabé se glissa le long d'une gouttière en zinc, ses pieds nus cherchant les infractuosités. Bidossessi l'imita. Les autres toits étaient impossibles à atteindre en sautant. Il leur fallait redescendre le long de la façade telles des araignées. Ni l'un ni l'autre n'étaient sensibles au vertige ni à la peur. Habitués dès leur plus jeune âge à grimper dans les baobabs et autres géants de la forêt, à pagayer en équilibre sur une jambe dans les lagunes, à courir sans chaussures, à affronter des animaux hostiles, ils avaient un sens aigu de leurs capacités corporelles, en adéquation avec l'environnement, quel qu'il fût.

Et tandis que les policiers exploraient vainement les toits et que Louis et Émile rejoignaient le reste du groupe à la sortie du théâtre, les deux hommes descendaient avec la souplesse et le silence du serpent le long du tronc de pierre. Ils se trouvèrent bientôt à l'aplomb d'une charrette remplie de détritus. C'était celle d'un chiffonnier. Dissimulant la médaille délivrée par la préfecture qui lui permettait d'exercer son pénible métier, le biffin avait pris l'habitude les soirs de représentation de garer sa charrette à bras dans une rue latérale et d'aller mendier auprès des rupins mis de bonne humeur par le spectacle. N'étant pas déclaré pour cette activité supplémentaire, il devait garder un œil sur les flics, mais ce soir-là ils étaient occupés par un plus gros gibier. Il tendait donc la main avec une certaine outrecuidance, se félicitant de sa chance pendant que Bidossessi et Figdabé se laissaient tomber de trois mètres de haut au milieu d'un tas de hardes puantes.

Une odeur épouvantable les prit à la gorge. Elle émanait d'un seau rempli de viande avariée et Bidossessi le poussa dans un coin, se demandant qui pouvait manger une telle charogne. Il ne pouvait deviner que les os serviraient à fabriquer de la colle. Avisant un sac de jute déchiré, il l'enfila comme une tunique, dégotta un pantalon qui sentait l'urine et une casquette trouée, se saisit des bras patinés de la carriole et se mit à trottiner tandis que Figdabé, fouillant dans les nippes, passait en hâte une blouse souillée, indifférent à la senteur âcre qui montait du ramassis de chiffons.

Le faux biffin, tête baissée, un sac dissimulant le bas du visage, passa non loin des flics qui ne lui jetèrent même pas un regard.

Il tourna le coin de la rue et accéléra, les roues de bois rebondissant sur les pavés, ses pieds nus insensibles à la dureté du sol. Figdabé, debout à l'arrière, guettait, la main sur son sabre. Mais personne ne s'élança à leur poursuite.

CHAPITRE V

Après une nuit tranquille en coupé-lit, bercés par le roulis et le fracas des rails de la compagnie PLM, le train était entré en gare de Marseille Saint-Charles sous un soleil étincelant.

Louis, debout depuis Avignon, avait ouvert la vitre du compartiment malgré les récriminations de Camille, gênée par les remugles de la locomotive à vapeur. Avec une joie enfantine, Émile à ses côtés, il écouta le train siffler longuement avant de ralentir, et tous deux saluaient avec bonhomie les gens massés sur le quai : passagers, familles, militaires chargés de paquetages, marchands de bouteilles d'eau, cheminots couverts de suie, petits vendeurs de rues avec leurs bagatelles, oranges, tabac, bonbons… toute l'agitation familière.

Il sauta à terre dès que le convoi s'immobilisa et huma les odeurs de la gare, charbon, métal surchauffé, citrons, jasmin. Tout lui plaisait. Il avisa une grosse marchande en tablier fleuri qui proposait des pâtisseries inconnues et du café chaud. Il lui acheta toute une fournée de longs beignets fourrés à la confiture, mystérieusement nommés *chichifridgis*.

— Ce que ça veut signifier, peuchère ? Je peux pas vous le dire à cause de votre jolie dame, mais bon, *vaï*, devinez vous-même en les regardant, mes beignets, *vé !*

Louis en conclut qu'ils dégustaient des allégories pâtissières du sexe masculin. Pas grave, c'était tiède, sucré, collant, un régal. Il se lécha les doigts, souriant à la ronde.

— Tu as l'air du ravi de la crèche, mon petit tsar ! lui lança Camille, enchantée de le voir de si bonne humeur.

Émile avait sorti son vieux calot. Il avait souvent arpenté la Canebière en uniforme et retrouvait d'instinct la démarche et l'allure martiale du gradé.

Louis acheta les journaux du matin. Bidossessi n'avait pas été rattrapé et Figdabé n'était pas revenu au village. La police surveillait les gares et les ports, sans succès. Le mystère restait entier.

Un fiacre les conduisit sur les quais, fendant la foule aux accents chantants, ralenti par la cohue des carrioles, les ânes, les chèvres, les livreurs, les omnibus… Un trafic digne de la capitale. Le mistral ciselait les collines de Marseilleveyre et de Saint-Cyr, le massif du Garlaban et, au loin, la chaîne de l'Étoile. Il donnait du tranchant à la pierre ocre des immeubles cossus des armateurs. La Méditerranée, agitée, n'avait pas son aspect ordinaire de lac étale qui déplaisait à Louis, habitué à la sauvagerie de l'Océan. Elle frémissait sous les assauts du vent, diaprée de toute la gamme des bleus. Des vagues diamantées scintillaient au large. Ils longèrent des savonneries, des huileries et autres manufactures. Avec cinq cent mille habitants, la ville était en plein essor et son port ouvrait sur tous les rêves d'Orient et d'Afrique. Des cargaisons d'épices embaumaient l'atmosphère. L'animation des quais ne le cédait en rien à celle des rues. On s'interpellait dans toutes les langues de la Méditerranée. Des douaniers s'affairaient, l'air important. Ce devait être ainsi au temps de l'Empire romain, se dit Louis, amusé.

Leur attelage dépassa le paquebot des Chargeurs réunis, d'où l'on déchargeait de grands bidons d'huile de palme arrivés de Cotonou, ainsi que des colons hâlés de retour au pays après des mois de Côte d'Ivoire, de Sénégal ou de Guinée. Un grand bonhomme maigre mettait pied à terre. Le visage raviné, le costume blanc tout chiffonné, la barbe mal taillée. Il semblait indifférent à tout, son regard d'un bleu lumineux perdu dans une contemplation intérieure.

— Savorgnan de Brazza, glissa Albert. La disgrâce et la calomnie auront raison de lui.

— Tout cela pour s'être opposé à cet imbécile de Marchand qui nous ridiculise ! grogna Émile.

La mission Marchand s'enlisait à Fachoda face aux troupes anglaises qui revendiquaient le même territoire, on se trouvait au bord de la rupture diplomatique, voire de la guerre. Partisan de la discussion et des compromis, face à la brutalité guerrière, de Brazza, en disgrâce, avait été accusé d'incompétence et de mauvaise gestion de ses territoires.

Même chez ses prédateurs bien destinés à la tailler en pièces, l'Afrique suscitait des controverses, se dit Louis. Querelles de grands fauves.

Leur fiacre stoppa un peu plus loin, face à leur bateau. Camille et Albert s'extasièrent devant le vapeur de la Compagnie Fraissinet, un élégant et solide bâtiment qui s'apprêtait au départ. Des portefaix y transbordaient des sacs postaux. De lourdes caisses de fournitures diverses destinées aussi bien aux particuliers qu'aux administrations descendaient dans les soutes au moyen de palans. Des dockers pliés sous leurs charges se bousculaient autour du navire, gueulant d'un quai à l'autre en provençal.

Louis, soucieux de ne rien oublier, reprit sa liste et appela Camille pour en cocher encore une fois tous les articles. Les sous-vêtements en coton du Dr Rasurel. Les chemises de lin. Les pantalons en gabardine légère. Le casque colonial. Le rasoir, le savon à raser, la lotion alcoolisée, les cent paquets de cigarettes, la rame de papier, les crayons, les mouchoirs en batiste, l'inhalateur à vapeur, les cartouchières, les chaussettes en fil d'Écosse, les bottes, les ceinturons…

Puis il voulut passer à la liste de la jeune femme qui l'arrêta net : elle avait déjà tout vérifié, ses bagages étaient au complet :

— Je n'ai pas besoin de tout contrôler dix fois, moi, parce que je suis d'une nature ordonnée, si tu vois ce que je veux dire, mon tsarounet.

On monta à bord les nombreuses malles dans un brouhaha bon enfant. Les passagers affluaient, on s'embrassait, on jurait de s'écrire. Émile faisait les cent pas, causant avec les marins. Albert avait déballé son Cinématographe portatif et surveillait son matériel comme une mère son bébé. Durant les deux jours précédant le départ, il avait pris des leçons de tournage et de développement auprès de Clément Maurice, l'opérateur historique de la séance du Salon indien[1]. L'appareil, très maniable, ne pesait que cinq kilos et la qualité exceptionnelle de son objectif assurait des prises de vues d'une parfaite netteté, quelle que soit la distance. Par contre, il ne disposait pas de viseur. Il fallait, pour le cadrage et la mise au

1. Première séance publique du Cinématographe Lumière à Paris, le 28 décembre 1895 dans le Salon indien du *Grand Café*, 14, boulevard des Capucines.

point, se livrer à une manipulation nécessitant une certaine dextérité, à l'aide d'un morceau de pellicule dépolie introduit dans le couloir de la caméra. Mais Albert, méticuleux et observateur, amateur de mécanismes et de machines, inventeur de tours de passe-passe compliqués, avait rapidement maîtrisé la technique. Son nouveau jouet permettait à la fois d'enregistrer les images et de les visionner une fois développées. Le tirage lui-même ne demandait que deux seaux et de l'obscurité, ce qu'on pouvait trouver même au fond de la brousse.

Personne n'avait jusqu'ici rapporté de prises de vues d'Afrique-Occidentale. On croulait sous les photographies, cartes postales, portraits, mais de films, point. Les opérateurs se consacraient au Maghreb, à l'Égypte, voire même au Soudan, mais négligeaient la côte atlantique du continent noir. Albert allait donc accomplir une double tâche de savant et d'explorateur.

Pour l'instant, il projetait de filmer l'embarquement, puis, du pont des premières, le départ lui-même. Il fit signe à ses amis de s'engager sur la passerelle et commença à tourner la manivelle, sans se soucier des gamins en haillons qui ricanaient dans son dos et débitaient des moqueries dans leur patois incompréhensible. Les imbéciles étaient toujours les derniers à comprendre l'intérêt des inventions nouvelles. Albert pensait que la peur du changement constituait le frein le plus puissant au progrès et que l'esprit humain préférait des ténèbres familières à un éclairage qui risquait de mettre au jour des choses dérangeantes.

Il s'émut cependant quand un des marmots fit mine de s'emparer d'une bobine de pellicule et lui allongea une taloche. L'inconvénient fut que le marmot avait un grand frère d'environ trois mètres de haut, vêtu du débardeur rayé des dockers et recouvert d'un grand nombre de poils noirs et frisés. Rameuté par l'affreux délinquant en herbe, il se dirigea vers Albert d'un pas lourd de Golem et cracha par terre, à deux centimètres de ses belles bottines vernies. Albert se préparait à se faire assommer, cela ferait une expérience, mais Émile tapota l'épaule du monstre velu, lequel se retourna en grognant. Les deux hommes s'affrontèrent du regard, celui d'Émile semblable à celui d'un grizzly dérangé dans sa sieste. Le docker cracha encore, Émile fit craquer ses poings et l'homme s'éloigna enfin non sans avoir giflé le crâne pouilleux de son petit frère qui se mit à mugir. Du coup, Camille lui offrit des cachous, s'attirant un flot de gamins braillards dont elle eut le plus grand mal à se dépêtrer.

Ils aperçurent soudain une dizaine de Noirs en caftan, qui se hâtaient sous la houlette d'un Blanc en complet-veston. Louis, toujours sur la brèche, alla aux renseignements : c'étaient des danseurs et des musiciens qui rentraient chez eux, la tournée terminée. Il reconnut deux des hommes qui montaient la passerelle pour les avoir vus au village exotique : des joueurs de luth. Un autre, le visage couturé de cicatrices, lui parut familier, mais il ne le remettait pas. Il chercha parmi eux Arthur Gando et demanda au type qui cornaquait la troupe s'il embarquait avec eux, mais le bonhomme, un vieux colonial au teint brique, n'en savait rien ; c'était déjà assez de travail que de garder ces bougres-là à l'œil.

Enfin la sirène du navire sonna longuement, donnant le signal du départ. Accoudé au bastingage, à côté d'Albert qui *cinématographiait* à grands tours de manivelle, Louis vit Marseille s'éloigner et rapetisser, sa rade étincelante constellée de voiles blanches qui ressemblèrent bientôt à des mouchoirs agités par le vent. Alors, il gagna la proue et regarda droit devant lui, vers l'horizon. La pellicule défilait et gravait en noir et blanc le petit groupe face au vent, modernes conquistadors fin de siècle.

De l'autre côté du pont, à l'aplomb d'une des cheminées monumentales, un gentleman barbichu, de taille moyenne, portant un chapeau melon de bonne facture et des petites lunettes rondes à verre fumé, regardait lui aussi s'éloigner le rivage. Il n'avait aucun lien avec le village exotique ni avec aucun des protagonistes en cause. Il se trouvait là par hasard, si tant est que le hasard existe. Le Voyageur, comme il se surnommait lui-même, et pour des raisons qui ne tenaient pas qu'à son goût des périples les plus lointains, le Voyageur songeait combien le Cinématographe avait failli lui être fatal, en capturant par hasard son reflet lors d'une mémorable – et fort agréable – soirée où beaucoup de sang avait coulé sur le pavé. Il conservait par-devers lui ces quelques images tressautantes. Coquetterie ? Sans doute. La preuve de son ancienne gloire, quand il faisait les beaux jours des journaux.

Quoi qu'il en soit, cette invention visait à mettre en conserve le mouvement, afin de le restituer à la guise de l'opérateur. De la mémoire vive.

La mémoire humaine, dont étaient faits jusqu'à ce jour les témoignages, avait cet avantage de disparaître en même temps que l'humain qui l'hébergeait. Celle en Celluloïd, en revanche, dépendait d'une solide mécanique et on pouvait en faire des copies. Funeste perspective !

Le Voyageur jeta sa cigarette dans l'eau tourbillonnante et regagna l'entrepont. Anonyme et invisible.

Une fois hors de vue de la police, après avoir tourné et tourné dans les rues désertes éclairées par des becs de gaz, Bidossessi s'était arrêté, à peine essoufflé par la course. Ils avaient extrait de la charrette tout ce qui pouvait s'avérer utile et fait un gros ballot des vêtements et des ustensiles. Ils étaient en fuite. Pour sauver leur peau, il leur fallait à tout prix en dissimuler la couleur. Enveloppés des pieds à la tête de hardes puantes, ils allaient au hasard le long des trottoirs, tels deux chats en maraude, aux aguets.

Mais, prudente et silencieuse, l'Ombre qui les suivait l'était aussi. Elle portait le *zindobo*, le talisman qui rend invisible, et le *vodunsi* ne l'avait pas repérée. Plaquée contre son flanc, la hache sacrée palpitait sourdement. Elle avait soif. Et elle ne buvait que du sang frais. Du sang d'homme.

Bidossessi était mal à l'aise. Il avait peur des policiers bien sûr, mais pas seulement. Il n'avait pas son masque, il était nu, sans défense. Les Blancs croyaient que le *zangbeto* n'était qu'un costume. Ils se trompaient. Le *zangbeto* était vivant, et Bidossessi était le costume que le *zangbeto* empruntait pour se rendre visible aux humains.

Il y avait quelque chose derrière eux. Quelque chose qui reniflait leurs traces, comme un fauve. Il ne voulait pas se retourner. Il ne voulait pas *voir*. Certains esprits ne se révélaient que parce qu'on essayait de les apercevoir. Il fit passer Figdabé devant lui. La chose sur leurs talons devrait d'abord s'en prendre à lui. Il considéra avec angoisse leurs ombres déformées qui se projetaient sur les façades. Des termites hors de la termitière, voilà ce qu'ils étaient. Et le pied qui allait les broyer n'était pas loin.

Devant lui, Figdabé sautillait avec l'insouciance de la jeunesse, prêt à l'aventure. La nuit était agréablement fraîche, les étranges maisons de pierre aussi hautes que des collines scintillaient sous la mince lune montante entourée de nuages, telle une jeune reine au milieu de cabécères obèses.

Un nouveau territoire s'offrait à eux. Peut-être qu'il suivrait le fleuve Seine et voguerait jusqu'en Amérique. Beaucoup de membres de la famille adja de sa mère y avaient été envoyés par les négriers, du temps de la traite. Peut-être le garçon qui jouait du piano était-il son cousin et lui, Figdabé, lui donnerait des nouvelles du pays tandis qu'il apprendrait les coutumes du Nouveau Monde. Il s'imagina en costume trois pièces, prenant l'apéritif, et faillit glousser. Tête levée, il humait la ville. Odeur de plâtre. Une cimenterie. Un marchand de bois, sciure fraîche. Un entrepôt de charbon. Le veilleur de nuit ronflait, la bouche ouverte. La bonne odeur des chevaux enfermés dans une écurie, paille, crottin, pelage.

Il s'apprêtait à traverser, plein d'allant, quand deux gros yeux lumineux lui barrèrent la route dans un rugissement.

Malgré l'ordonnance du préfet Lépine stipulant en son article 6 que la vitesse des appareils à moteur mécanique ne devait pas excéder douze kilomètres à l'heure dans Paris et vingt en rase campagne, le conducteur de la voiturette à vapeur, ivre, avait poussé le moteur à fond pour amuser sa compagne. Voyant surgir devant lui deux ramoneurs barbouillés de suie noire, il serra les freins et joua de la corne. Figdabé, pris dans le faisceau des phares comme un lapin, eut le réflexe de sauter de côté. La voiture faillit s'encastrer dans un lampadaire puis vira sur deux roues et reprit sa route en zigzag, le fêtard vociférant des injures. Le cœur battant, Figdabé se redressa. Ça puait le pétrole et l'huile brûlée et des traces de gomme se voyaient sur le macadam. Il se retourna, cherchant Bidossessi des yeux.

Son compagnon gisait à terre. La machine sans chevaux l'avait renversé ! Il courut jusqu'à lui et se figea. Sa tête ! Où était sa tête ? Le monstre de métal vapeur la lui avait arrachée ! En proie à la panique, il regardait le cou déchiqueté d'où giclaient des flots de sang. Puis il tourna les yeux et la vit. La tête de Bidossessi. Elle avait roulé au milieu de la chaussée et les yeux grands ouverts du *vodunsi* brillaient sous l'éclat du réverbère. Figdabé s'approcha, hébété. Il ne pouvait pas croire à ce qu'il voyait. Bidossessi était mort. Il se pencha et eut un mouvement de panique. Ce n'était pas possible ! De la bouche de son malheureux ami dépassait un morceau de bois ! Il tira dessus, lentement, et se retrouva avec une récade à la main, dont le pommeau argenté en forme de hache à deux lames était luisant de sang.

La voiture métal n'avait pas tué Bidossessi. C'était le mauvais esprit. Figdabé frissonna avec l'impression que les yeux sans pitié d'un démon sans visage l'examinaient, comme un insecte qu'on hésite à écraser. Puis, d'un geste brusque, il ramassa la tête coupée et la fourra dans son balluchon. Il ne pouvait pas la laisser traîner sur le goudron des Blancs, il fallait l'enterrer selon les rites. Quelque chose scintillait sur le pavé. Une pierre bleu foncé. Le talisman du *zangbeto* ! Il le fourra dans sa poche.

Chargé de son macabre fardeau, il se mit à courir, fuyant le lieu souillé du meurtre. Il se rappela soudain que le Dr Albert travaillait à la morgue. Il pourrait y déposer le chef sacré de Bidossessi auprès de celui d'Olakonitan. Se fiant à son sens de l'observation et aux étoiles, il entreprit de traverser Paris, longeant le fleuve. L'eau vive le mènerait aux tours du grand temple de pierre. Et de là, il gagnerait le refuge des morts.

À peine installés dans leur vaste et luxueuse cabine, Camille avait entrepris d'ouvrir sa malle-penderie pour aérer ses robes et installer sur la petite coiffeuse ses produits de beauté, ses brosses et ses peignes. Louis était monté visiter le bateau. On filait à quinze nœuds de moyenne et, avec le vent qui balayait les ponts, il faisait froid. Il avait relevé le col de son veston, retrouvé Émile et d'autres messieurs qui voulaient saluer le capitaine. Ensuite, visite du fumoir, de la salle à manger, du salon des jeux, des cuisines, de la salle des machines – admirez la chaudière, elle consomme cent dix tonnes de charbon et cent vingt litres d'huile par vingt-quatre heures, ici les deux dynamos qui nous fournissent l'éclairage électrique, baissez la tête –, voici les appareils frigorifiques, la basse-cour, bref tout le tour du bâtiment exécuté au pas de course derrière un jeune lieutenant plein de son importance.

La liste des cent trente-cinq passagers était affichée près du bar. Louis commanda un vermouth tout en la consultant machinalement. Il ne trouva pas trace d'Arthur Gando. Le patron du café du village noir avait pourtant bien spécifié qu'il prendrait le prochain bateau. Albert avait compté sur la traversée pour profiter de sa connaissance du pays et des usages commerciaux, il serait déçu. Louis alluma une cigarette, une Élégante. Émile s'était attardé à discuter avec un quartier-maître, un ancien du Tonkin. Que faisait donc Albert ? À coup sûr, il était allé se présenter au médecin du navire !

Il tourna la tête en entendant du bruit et vit deux messieurs à peau sombre en complets-vestons s'approcher du comptoir. Étonnant. Le serveur les regardait venir sans amabilité particulière et le plus jeune des deux dut claquer des doigts pour qu'il cesse de nettoyer ses verres et vienne prendre leur commande.

— Deux whiskies ! lança-t-il d'une voix froide.

Il avait un accent anglo-saxon prononcé et Louis en déduisit que c'étaient des Américains. Qu'allaient-ils faire en Afrique-Occidentale ? Et pourquoi partir de Marseille ?

Les deux nouveaux venus prirent place autour d'un guéridon. Celui qui avait passé la commande avait les yeux enfoncés dans les orbites, le nez épaté visiblement déjà cassé et des mains larges comme des battoirs. Il était imberbe, contrairement à son compagnon, un homme d'âge moyen qui arborait une fine moustache et portait des lunettes cerclées d'écaille.

Un bourgeois et un lutteur, se dit Louis. Curieux assemblage.

Brusquement, le jeune costaud se tourna vers lui.

— *Can I help you, sir ?* demanda-t-il, peu amène. Je vois que vous beaucoup regarder nous.

— Louis Denfert, reporter au *Petit Éclaireur*, un quotidien parisien. Je suis curieux, je l'avoue, de savoir ce qui peut amener deux Américains, car j'ai cru deviner que vous veniez des États-Unis, à voyager sur un paquebot français à destination de colonies françaises.

— Oh, je vois ! Vous voulez de savoir pourquoi deux nègres rentrent en Afrique ? Ne pas protester, j'ai le habitude. Je suis Tom Tyler, boxeur d'Alabama. Le père de mon père s'appelait déjà Tom, à cause de le livre, vous savez, *Uncle Tom's Cabin.* Nous sommes tous des Tom dans ma famille.

Louis avait lu le bouquin d'Harriet Beecher-Stowe dans son enfance. Il avait honni les mauvais maîtres et rêvé de se faire consoler par une ravissante petite fille blanche et douce sur la véranda d'une maison à colombages. Le roman avait plus que participé à la cause abolitionniste. On racontait que Lincoln avait déclaré à l'auteur, au début de la guerre de Sécession : « C'est donc cette petite dame qui est responsable de cette grande guerre ? »

Le boxeur sirotait son verre, calme et souriant :

— Mais ma mère a choisi de m'appeler aussi Freeman, homme libre. C'est le nom sous lequel je suis connu dans la mienne famille. J'donné quelques combats à Paris et à présent, je veux engager moi dans la Légion étrangère. Quant à M. George W. Coleman, c'est un avocat d'Atlanta.

Un avocat ? Louis se rendit compte qu'il avait tout à apprendre sur la bourgeoisie noire, dont il ne savait même pas qu'elle existait.

— Il se rend au Liberia, voir son oncle, William D. Coleman, poursuivit Tyler.

Le Liberia. Mais oui, l'État indépendant fondé par d'anciens esclaves américains et dirigé de main de fer par… ledit Coleman en question !

— Nous avons fait une rencontre à Marseille, Mr Coleman est venu rendre visite à un parent de lui avant de voguer vers l'Afrique.

Un Noir marseillais parent d'un Noir d'Atlanta ? Hum, comme aurait dit Albert.

— Que fait donc monsieur son parent ? s'enquit-il d'un air détaché.

— Badou Guézo ? Il est un de les premiers boursiers nègres du lycée de Marseille, il y a trente ans. Aujourd'hui, il travaille import-export de les Antilles.

Les boursiers africains étaient rares et toujours objets d'une grande curiosité. Rien qu'à voir la foule au village exotique, Louis imaginait les réactions des condisciples des jeunes étrangers, et encore plus de leurs familles. Guézo, Coleman. Il prit soudain conscience que tous les anciens esclaves portaient des noms de famille américanisés. Sans doute les ancêtres du distingué M. Coleman s'étaient-ils nommés Guézo eux aussi. Les esclaves avaient été dépossédés de leur identité. Littéralement rebaptisés. Il souleva son verre pour trinquer avec Tyler :

— Vous parlez très bien notre langue, le complimenta-t-il.

— J'ai appris avec une amie de un peintre à Paris, un très aimable nain, très alcoolisé.

Encore une des fréquentations peu recommandables de ce diable de Toulouse-Lautrec, se dit Louis en souriant. En tout cas, le boxeur se débrouillait bien. Coleman, lui, n'avait pas décroché un mot et l'observait avec le détachement d'un entomologiste.

Louis offrit sa tournée, mais seul le boxeur accepta. L'avocat, prétextant des dossiers à lire, prit congé.

— Votre ami n'est pas très causant, observa Louis.

— Il n'est pas très appréciant les Blancs, répliqua calmement le jeune boxeur. Il les trouve sournois et menteurs. Et de plus il ne boit pas de beaucoup l'alcool, qui est une péché. Il est diacre de la sienne Église baptiste.

— Il vit pourtant comme un Blanc : métier, vêtements, religion…

— Il n'est pas un sauvage de la jungle ! Entre la ceinture de bananes et le complet-veston, je prends le complet. Que voulez-vous, on fait avec ce qu'on a !

Ils trinquèrent. C'était la première fois que Louis approchait des hommes de couleur qui ne fussent pas en position d'infériorité sociale. Il songea aux diatribes anticolonialistes du *Père Peinard*, le journal anarchiste d'Émile Pouget dont il était un fervent lecteur. Pouget avait bien compris que les nations et leurs nantis cherchaient avant tout à se faire de l'argent sous le couvert de répandre la civilisation. Mais l'évolution des anciens esclaves aujourd'hui libérés posait de nouvelles questions, au-delà des querelles de conquête et d'asservissement. Il serait instructif de questionner l'avocat peu aimable sur le Liberia, cet État novateur dirigé par des Noirs.

Ravi de sa conversation avec le marin, Émile avait regagné sa cabine pour y prendre ses cigares avant de rejoindre Louis au salon supérieur. En passant devant la porte d'Albert, il entendit le bourdonnement d'une conversation et, persuadé qu'il s'agissait de ses amis, ouvrit la porte en lançant un « Au rapport, mes lascars ! » jovial qui s'étrangla entre ses lèvres.

Albert le contemplait en roulant des yeux, tout en essayant de lui cacher sa malle-cabine de ses bras écartés.

Gêné, Émile commençait à reculer, quand son regard tomba sur un objet tombé par terre, incongru sur le parquet ciré. Une longue plume blanche baguée d'or, visiblement arrachée d'un couvre-chef.

Incrédule, il fit courir ses yeux de la plume à Albert, puis à la haute malle.

— Qu'est-ce que vous cachez là-dedans ?

— Mais rien du tout !

— Camille ? C'est vous ? lança Émile à la malle.

— Enfin, Émile, vous êtes ridicule ! protesta Albert avec un air d'aliéné.

— Je sais reconnaître un troufion en faute ! Vous êtes cramoisi !

— Sortez de ma cabine !

— Si je veux ! À qui appartient cette plume ? Si vous avez trahi Louis…

— Mais enfin, vous perdez la tête ! Comment pouvez-vous penser que Camille et moi…

— Que lui veut-on, à Camille ?

Émile sursauta et se retourna d'un bond. Camille leur souriait, debout dans la coursive.

— Puis-je savoir pourquoi vous prononciez mon nom avec ce ton courroucé ?

Émile, terriblement embarrassé, contemplait ses godillots.

— Rien, j'ai cru… c'était idiot… à cause de cette plume…

Camille fronça les sourcils :

— Quelle plume ? Ah, celle-ci par terre !

Elle secoua la tête, désignant son couvre-chef garni de plumes mauves.

— Vous voyez bien que ce n'est pas à moi ! La vôtre est semblable à celles de la coiffure de Figdabé, c'est évident, reprit-elle.

— Non ! s'écria Albert. Pas du tout.

— Ah bon ? Pourtant, j'aurais juré… je suis assez physionomiste concernant les costumes et…

— Sortez ! lança Albert. Sortez ! J'ai besoin de rester seul.

Camille et Émile se dévisagèrent, perplexes. Et dans le silence soudain, la malle éternua.

— Votre malle a pris froid, laissa tomber Camille.

— Ce n'est pas ce que vous croyez ! protesta Albert.

— Il y a longtemps que je ne crois plus à rien, mon petit Albert.

Un deuxième éternuement les interrompit et on vit un bras noir sortir de la malle. Émile faillit s'étouffer :

— Par le sabre du général Dodds, vous avez ramené le négrillon !

— Chut ! Taisez-vous !

Figdabé s'extirpa de sa cachette, sans rien dire, et croisa les bras sur la poitrine avec un air de défi. Émile lui intima de ne pas bouger d'un poil et se retourna vers Albert.

— Êtes-vous devenu fou, la crevette ? J'espère qu'il y a un mitard sur ce navire.

— Il m'attendait à la Morgue ! Que vouliez-vous que je fasse ? chuchota Albert en s'épongeant le front, emperlé de sueur.

— Que vous appeliez les flics, nom de Dieu ! Il a assommé Louis et a aidé l'autre meurtrier à s'enfuir !

— Bidossessi a été assassiné, déclara Albert. Et de la même manière qu'Olakonitan.

Il leur rapporta le récit que lui avait fait Figdabé de leur fuite et du meurtre.

— Il ne savait pas où aller. J'ai pensé qu'il était en danger, je l'ai caché. Puis je me suis dit qu'il valait mieux pour lui retourner au Dahomey. Et voilà.

— Le pauvre garçon a dû prendre froid à errer dans Paris la nuit, dit Camille. Il n'est pas habitué à nos vingt degrés, il lui en manque une bonne dizaine. Tiens, ajouta-t-elle en tendant son mouchoir à Figdabé qui considéra ce carré de batiste brodé avec surprise avant de se le nouer autour du poignet et de remercier d'une inclinaison du buste.

— Il faut prévenir le capitaine et télégraphier à Paris, coupa Émile, très remonté.

— Mais enfin, Émile, vous n'y pensez pas ! Notre Figdabé ne mérite pas le cachot !

— Écoutez, Camille, c'est une affaire d'hommes…

— Ah parce que je ne suis pas un être humain comme vous, peut-être ? Je ne parle pas, je ne raisonne pas, je suis un animal ?

— La peste soit des féministes ! Ce n'est pas ce que je voulais dire…

— Mais vous l'avez dit ! Et je vous dis, moi, sergent Germain, tueur patenté de la République, que vous ne ferez pas de mal à ce garçon !

— Tueur ! Moi ! Mais foutredieu, c'est lui et ses poteaux les assassins !

— Qu'est-ce qui s'est passé et qu'on ne puisse plus avaler la salive ? déclara doctement Figdabé à ce moment-là.

— De quoi ? rugit Émile, rouge et postillonnant. Arrête avec ton sabir sans queue ni tête.

— Respire, vieil homme, la bile étouffe le cœur.

— Je vais le démolir, ce petit macaque !

Albert se précipita, non pas tant pour protéger Figdabé que l'inverse. Émile était un colosse, mais le gamin était rusé.

— Arrêtez ! Tout le monde se calme ! cria-t-il, les bras en croix entre les deux adversaires. C'est moi le chef de cette expédition ! Et Figdabé en sera le guide. Rien ne prouve sa culpabilité. Il n'a assommé Louis que pour aider son ami à s'enfuir, c'est tout. D'ailleurs, je suis certain que Louis ne lui en veut pas.

— Facile à dire en son absence, grommela Émile, les poings tourmentés par le désir de cogner.

— Allons le lui demander, décida Albert, soucieux de calmer les esprits échauffés.

Il tourna la tête vers Figdabé :

— Toi, retourne dans la malle, pour ta sécurité. Et ne bouge pas.

— Figdabé va dormir, opina le garçon.

— C'est ça, qui dort dîne ! lança Émile en sortant, aussi aimable qu'un ours piqué par une abeille.

Ils déboulèrent dans le salon-bar pour trouver Louis attablé avec un jeune homme noir de belle prestance, dont les sourcils couturés, le nez cassé et les énormes poings proclamaient le métier.

— C'est Tom Tyler, le fameux boxeur ! s'exclama Camille. Il est sorti avec Mistinguett, ajouta-t-elle à voix basse. Bonsoir, Mr Tyler.

Le boxeur se leva pour saluer d'une inclinaison de la tête.

— Oh ! Miss De Saëns ! Quel plaisir de voir ici votre beauté !

— Heu, oui, je vois que vous avez fait la connaissance de mon fiancé, Louis Denfert ?

— Ah ! Yes, yes. Tous les miens vœux de bonheur.

Louis fixait Camille, les yeux rapetissés par la jalousie, et elle l'embrassa sur le front.

— Ça va, mon loulou ? Tu ne nous offres pas à boire ?

— Si, bien sûr…

On fit les présentations et, faute de pouvoir parler de Figdabé, on en vint rapidement à évoquer le Dahomey.

— J'ai de la famille là-bas, dit Tyler. Du moins, je pense. Mon grand-père disait venir d'une ville nommée Nikki.

— Oui, elle a été soumise par nos troupes en novembre 1897, lança Émile, s'attirant un coup de coude d'Albert. Les Bariba sont de fiers guerriers et ils nous ont donné du fil à retordre !

— Je serai donc un… comment dites-vous… Bariba ?

— Votre grand-père avait-il un tatouage partant du milieu du nez et s'étalant sur les joues ?

— Oui, tout à fait !

— C'est le signe distinctif de ce peuple. Les Bariba vivent dans le Haut-Dahomey. La plupart étaient brigands, avant que l'on y mette bon ordre.

Nouveau coup de coude, qu'Émile dédaigna.

— Je suis curieux de m'y rendre ! dit Tyler en anglais et ils continuèrent la conversation dans cette langue.

— Accompagnez-nous, proposa Albert. Nous avons formé une expédition scientifique pour explorer ces territoires et le royaume d'Abomey.

Louis le fusilla du regard. Il n'avait aucune envie que le si séduisant Mr Tyler côtoie tous les jours la si ravissante Miss Camille.

— Je vais réfléchir, dit Tyler. Je veux aussi me rendre dans le Liberia avec Coleman. Avant de signer mon engagement, j'ai le désir de visiter les terres de mes ancêtres. L'Afrique ! soupira-t-il. J'aimerais bien de voir des zèbres et des girafes.

Tous les hommes restent des petits garçons, se dit Camille. Celui-ci sortait à peine de cent ans d'esclavage et n'avait que des envies de zoos.

Le serveur les informa que la salle de billard était ouverte et ils décidèrent d'aller jouer une partie ou deux, pendant que Camille irait lire sur le pont supérieur. Elle avait emporté *La Guerre des mondes*, le nouvel ouvrage de H. G. Wells, et se voyait bien allongée sur une chaise longue, emmitouflée dans un plaid pour se protéger des rayons martiens. Elle regrettait l'absence de Proust, qu'elle trouvait aussi tonique que du champagne. Quel dommage qu'il fût si attaché à sa mère et à ses habitudes ! Il n'avait même pas trente ans et avait les manies de la soixantaine !

Albert aussi déplorait que leur ami n'ait pu les accompagner. Sous ses dehors évaporés, le jeune écrivain cachait un regard froid et analytique très précieux pour un scientifique. Les passions ne l'émouvaient pas au point de voiler son entendement. Louis était plus emporté, plus sanguin. Il essaya de se concentrer sur la partie, qu'Émile dominait aisément. Les grosses paluches de Tyler donnaient l'impression de pouvoir casser en deux la queue de frêne sans effort. S'il venait avec eux, Émile et lui formeraient une équipe de gardes du corps sans pareille. Et Figdabé serait un excellent guide, débrouillard et courageux. Quelle aventure que cette expédition !

Découvrir, comprendre et filmer l'Afrique, les mystères de l'Afrique !

En aparté, il avait touché deux mots à Louis de la présence de Figdabé. Le jeune journaliste ne s'en était pas autant ému qu'Émile. Il n'en voulait pas au gamin pour le coup sur le crâne, il comprenait bien ce qui l'avait motivé. De plus, il était certain qu'il pourrait leur être d'une aide précieuse en terre inconnue.

Les meurtres d'Olakonitan et de Bidossessi pouvaient-ils être liés aux fêtes des Coutumes ? Les témoins oculaires européens qui avaient fait le récit des massacres prétendaient qu'en plus des habituels prisonniers on expédiait dans l'autre monde des familiers du roi en exercice afin qu'ils portent des nouvelles aux précédents rois défunts. La présence de récades enfoncées dans la gorge des deux victimes avait-elle un rapport avec ces pratiques ?

Ils avaient tout le temps de la traversée pour en discuter, se dit-il en voyant la partie s'achever sur sa défaite.

Tout sourire, Louis offrit une tournée générale.

Oui, tout commençait bien. De bons amis, de l'aventure, un défi !

CHAPITRE VI

Dans l'élégante salle à manger, le bruissement des conversations s'élevait sous les lustres, courait entre les colonnades de marbre, les longues tables d'acajou revêtues de nappes blanches immaculées. « On se croirait au café *Riche*, se dit Louis, et pas du tout sur un paquebot. » Seul un infime roulis attestait que le navire marchait à toute vapeur. Les prévisions météorologiques étaient bonnes, le ciel clément, on pouvait s'empiffrer tranquillement du succulent dîner proposé aux convives. Émile avait d'ailleurs lu à haute voix le menu en frisottant ses pointes de moustache.

— Voyons… Potage : consommé aux quenelles ; hors-d'œuvre : melon ; entrées : timbales à la Joinville, poularde à la Demidoff ; rôti : canetons de Rouen au cresson, salade romaine ; entremets : petits pois à l'anglaise, biscuits princesse garnis d'allumettes ; desserts. Voilà qui devrait nous remplir la panse, grommela-t-il, faisant contre mauvaise fortune bon cœur, encore un peu fâché que Louis se fût rangé à l'avis d'Albert : Figdabé serait plus utile avec eux que contre eux.

Le capitaine, un vieux loup de mer qui avait bourlingué pour plusieurs compagnies et effectuait la traversée depuis plus de quinze ans, se montrait courtois et galant avec les dames en robes de soirée et les régalait d'anecdotes savoureuses et si possible effrayantes, qui faisaient agréablement frissonner leurs épaules dénudées.

Priés par le jeune boxeur, Louis et ses amis s'étaient installés à la table de Tom Tyler et de Coleman accompagné de son secrétaire, un Noir sexagénaire dont les épais favoris grisonnants masquaient mal d'atroces cicatrices courant des oreilles au cou. Une balafre transversale lui avait causé la perte d'un œil et la peau de son menton semblait étrangement granuleuse et plus claire que le reste du visage. Il se présenta comme le caporal James T. L. Delany.

— Vétéran de guerre, expliqua Tyler. James a servi dans les United States Colored Troops.

Louis hocha la tête, se souvenant qu'en janvier 1863, en pleine guerre de Sécession, Lincoln avait signé le décret permettant la création de régiments d'Afro-Américains au sein de l'Union Army.

— Nos officiers étaient blancs, bien évidemment, précisa en anglais Delany, avec une pointe de dérision dans son œil valide. Nous, nous ne pouvions, sauf rares exceptions, dépasser le grade de sous-officier. Et notre solde était bien entendu presque la moitié de celle des soldats blancs. Mais quand on aime son pays, on ne compte pas, n'est-ce pas ?

Il sourit et but une gorgée d'un château-yquem 1878.

— James est l'un des vingt-cinq Afro-Américains a avoir reçu la Medal of Honor, précisa Tyler. Il a servi dans le 6e régiment de cavalerie, puis après la guerre il a été transféré dans le 10e de cavalerie de Fort Leavenworth, au Texas. Il est également titulaire de la Colored Troops Medal.

Il désigna une médaille accrochée au revers du veston du caporal. On y voyait deux soldats montant à l'assaut d'un fortin, et, plissant les yeux, Émile parvint à déchiffrer la devise gravée : *Ferro iis libertas perveniet.*

— La liberté leur vient par le fer, traduisit Albert.

— Mon grand-père a lui aussi participé à la guerre, reprit Tyler, mais de l'autre côté, enrôlé de force chez les Confédérés. Il venait de Somerset Place, une des plus grandes plantations de Caroline du Nord. Trois cent trente esclaves y produisaient maïs et blé. Nos vieux se sont peut-être affrontés sur quelque champ de bataille, ajouta-t-il en levant son verre.

Curieux destin, se dit Louis, que celui de deux esclaves, peut-être originaires du même endroit d'Afrique, et se retrouvant à combattre l'un contre l'autre sur leur terre d'exil. Émile, pour sa part, dévisageait le vétéran noir américain avec convoitise. Un collègue ! Ici, sur ce fichu bateau qui les emmenait chasser le sauvage. Un gaillard qui avait vécu les affres des batailles sur des terres hostiles, avec qui échanger mille souvenirs de faits d'armes ! Il rassembla les bribes de son anglais glanées auprès des matelots dans les tavernes et déclara que lui-même avait été sergent du génie dans de nombreuses campagnes coloniales. Delany parut intéressé et les deux hommes, qui étaient assis côte à côte, se mirent à deviser laborieusement, dans un anglais simplifié qui évoquait le petit nègre des soldats indigènes français.

Delany parvint à faire comprendre qu'il avait été défiguré par un obus durant la bataille de Nashville et n'avait dû de recouvrer une apparence à peu près humaine qu'aux talents du fameux chirurgien Gurdon Buck, lequel lui avait greffé un morceau de mollet à la place du menton emporté par un obus. La couleur étrange de la greffe venait de ce que le praticien avait recouvert le tout avec de la peau prélevée sur la paume de sa main.

En entendant cela, Albert changea de place avec Louis pour pouvoir entamer une conversation sur ce pionnier de la chirurgie réparatrice dont l'œuvre était hélas trop méconnue en France.

— Rendez-vous compte qu'il a publié son traité en 1876 ! Je suis honoré de rencontrer un de ses patients.

Delany rétorqua qu'avoir rencontré le chirurgien était un honneur dont il se serait bien passé et Émile en profita pour parler de la blessure à la tête qui lui avait valu d'être mis à la retraite. « J'en suis resté un peu fêlé », conclut-il avec le sourire et tout le monde trinqua une nouvelle fois. Delany avait fini sa carrière au sein des Buffalo Soldiers et Émile, très au fait de la vie militaire sur tous les continents, ne put s'empêcher de s'exclamer : « Ah ! ceux qui ont participé à l'extermination des Peaux-Rouges ! » Delany hocha sa face mutilée.

— Hélas, dit-il. À l'époque, on ne voyait pas les choses comme aujourd'hui. On se battait pour notre patrie d'adoption sans comprendre que les pauvres gars en face faisaient la même chose pour leur terre natale. « La liberté leur vient par le fer » n'a jamais été moins vrai. Je regrette chaque Indien que j'ai tué au nom de la civilisation, monsieur Germain. Ils étaient chez eux, comme nous l'étions, nous, en Afrique avant que les Européens débarquent.

Émile, embarrassé, ne sut que répondre et un silence se fit. Les troupes françaises, anglaises, allemandes n'étaient-elles pas en ce moment même à l'assaut du continent africain, molosses s'entre-déchirant pour se partager la gamelle des richesses locales au mépris des autochtones ? Ce n'était pas à un Américain de leur donner des leçons, certes, vu que leur pays tout entier n'était que le résultat de la mainmise des émigrants sur les terres des Indiens, mais tout de même…

Tout de même, l'Europe avait colonisé la moitié du monde.

De l'autre côté de la table, Louis cuisinait Coleman sur les us et coutumes de la bourgeoisie noire, tout en jetant de sombres coups d'œil vers Camille qui potinait avec Tyler à propos de leurs connaissances communes et riait un peu trop à son goût aux plaisanteries du jeune boxeur.

Coleman était un monsieur austère, aussi gai et primesautier qu'une pierre tombale. Sa femme était restée aux États-Unis pour s'occuper de leurs cinq enfants et il se rendait en éclaireur au Liberia où ils envisageaient d'émigrer. Là-bas, il pourrait accéder aux hautes fonctions dont la couleur de sa peau le tenait éloigné dans la patrie que les circonstances de l'histoire lui avaient imposée.

Albert, qui avait une oreille partout, lui fit observer qu'il avait rencontré lors d'un colloque à Berlin un jeune Américain d'origine haïtienne, William Edward Burghardt Du Bois, titulaire d'un doctorat de philosophie d'Harvard et d'une chaire d'université.

Coleman répliqua que c'était un cas isolé et que Du Bois militait d'ailleurs pour l'avancement des gens de sa race. Au Liberia, tout homme de couleur aurait, par exemple, la possibilité d'exercer ses droits civiques et de s'asseoir, comme ici, à la même table que ses interlocuteurs blancs.

Louis acquiesça, tout en se souvenant qu'en raison du système censitaire en vigueur au Liberia les autochtones n'avaient pas le droit de vote, réservé aux nouveaux envahisseurs afro-américains. Au temps pour les droits civiques. Mais en France, le suffrage universel s'était imposé depuis cinquante ans à peine !

Quelle tambouille !

À ce moment-là, levant la tête, Louis croisa un regard clair familier. Gando ! Il comprit aussitôt pourquoi le jeune métis ne figurait pas sur la liste des passagers : il portait la jaquette noire des sommeliers et leur tendait une bouteille de romanée-conti 1879 avec componction.

— Vous auriez dû nous dire que vous vous étiez fait embaucher à bord ! lança Louis, un peu gêné. On aurait pu se débrouiller…

— Aucun problème, ne vous inquiétez pas, c'est mon boulot et je l'aime bien. Ça me permet d'économiser le voyage et de dépenser mon argent à des choses plus utiles. Ne croyez pas pour autant que je sois pingre ! sourit-il en versant le précieux nectar dans les verres. D'ailleurs, je ne suis pas le seul à payer mon voyage de la sorte !

Il désigna de la tête deux commis de table à la peau foncée qui officiaient en silence, cornaqués par les serveurs professionnels.

Albert lui demanda quand ils pourraient se parler tranquillement et rendez-vous fut pris à la fin du service, vers dix heures. Il présenta Arthur Gando aux autres et Coleman en parut fort intéressé. Le maître d'hôtel arborant un air réprobateur, Gando dut s'éclipser.

Les convives se gobergeaient au milieu d'un ballet de serveurs ininterrompu et, parmi toute cette assemblée, une seule personne, indifférente à l'ambiance bon enfant, observait froidement la table occupée par Louis et ses commensaux. L'Ombre devrait bientôt trancher certaines de ces têtes et ne savait si elle devait s'en réjouir. Les ordres des dieux étaient complexes à interpréter. L'Ombre avait offert à boire au génie de la divination, déposé de la farine de maïs mélangée à de l'huile de palme sur l'autel portatif de son ancêtre protecteur, mais la réponse était sans appel, le *vodun* voulait du sang, pas du sang de poule ou de cochon. Du sang frais. Humain. De grands prodiges étaient sur le point de s'accomplir.

C'était également l'avis du Voyageur, dissimulé dans son identité d'emprunt. Rien ne lui échappait des états d'âme de ses contemporains et il devinait indéniablement dans le regard brûlant de celui qui venait de le frôler une forte pulsion criminelle. Parfait. C'était ce qu'il cherchait. Depuis sa première série d'*expériences*, trop spectaculaire, il était devenu prudent. Se cacher derrière l'action d'un autre était beaucoup plus sûr. Certes, on ne parlait plus de lui dans les journaux, et cet anonymat avait du bon. Cela lui permettait d'assouvir ses besoins sans qu'on le traque, prédateur invisible et consciencieux. Le Voyageur se permit un fin sourire sur lequel ses interlocuteurs se méprirent, c'était un homme si bien élevé.

L'Afrique serait son nouveau terrain de jeu. Elle recelait de riches potentialités, et un nombre incalculable de proies.

Le repas terminé, ces messieurs s'étaient retirés au fumoir, et Camille s'était retrouvée à siroter du xérès en compagnie de femmes bien mises et fort sages au milieu desquelles elle se sentait aussi étrangère qu'une bohémienne à une réunion de dames patronnesses. Cela tenait un peu à ce qu'elle était l'une des rares à préférer le xérès à la tisane digestive, mais surtout à ce que son métier de comédienne l'avait habituée à la fréquentation de femmes libres, parfois légères, qui prenaient tout à la blague et tenaient les convenances pour une préoccupation surannée.

Maudissant Louis et les autres de l'avoir abandonnée dans cet ouvroir languissant, elle s'efforçait de ne pas bâiller en écoutant sa voisine lui narrer d'ennuyeuses anecdotes de marmots et de cuisinières.

— Vous n'étiez pas trop gênée d'être à la table de ces nègres ? lui demanda soudain une grosse mémère affublée d'une robe turquoise peu seyante.

— Ce sont des amis, répliqua Camille, le plus jeune du moins. C'est un boxeur de renom. Tom Tyler.

— Un boxeur ? Mais où l'avez-vous donc connu ?

Les têtes s'inclinaient, les oreilles se tendaient.

— Au *Moulin-Rouge*. C'est un excellent danseur.

— Vous avez dansé avec lui ?

— Non, parce que je suis fiancée, mais mon amie Mistinguett m'en a fait les plus grands compliments.

— Mistinguett ? La chanteuse ? Vous fréquentez ce monde-là ?

Camille opina. Ces dames, les joues rosies, l'entouraient en pépiant.

— C'est vrai qu'il a l'air poli.

— Les nègres sont braves et respectueux en général.

— De grands enfants sans méchanceté.

— Sauf à la vue du sang, ça les affole, le sauvage ressort.

Camille vida son verre de xérès et s'en resservit un autre.

— Les deux autres sauvages sont un officier de l'armée des États-Unis et un avocat de Géorgie, précisa-t-elle.

— Ils ont des Noirs en Russie ? s'écria une oie blanche plate et filiforme.

— Géorgie d'Amérique. En bas de la carte, au-dessus de la Floride.
— Et le militaire, c'est le défiguré ?
— On devrait l'obliger à porter un masque.
— C'est vrai, ça peut faire peur aux enfants.
— Étrangers ou pas, ce n'est de toute façon pas convenable d'installer des Noirs à une table de Blancs. Ils doivent rester à leur place, comme dit mon mari qui dirige une fabrique d'huile de palme. Nous serons sous peu au Dahomey, et vous verrez que là-bas tout est en ordre. On ne peut pas tenir une colonie comme un café-concert ! assura une matrone blonde tout en rondeurs, qui s'était présentée comme Mme René Laugier.
— Je crois que je vais aller me coucher, déclara Camille. Le voyage s'annonce fatigant.
— Pas du tout, c'est une question d'habitude, tenez, moi qui fais la traversée tous les ans, je vous assure que…
Le xérès ne vaut pas le laudanum, se dit Camille résignée, mais faute de grives…
— D'autant que l'orchestre commence à jouer dans dix minutes ! ajouta Mme Laugier. On danse sur le pont, c'est tellement romantique ! Moi, bien sûr je ne danse pas, mon mari n'apprécierait pas. C'est votre premier voyage en Afrique ?
— Oui, nous comptons remonter jusqu'à Abomey.
— Ce ne sont pas vraiment des contrées accueillantes, surtout pour une femme.
Camille sourit poliment. Cette brave Mme Laugier commençait à lui taper sur le système.
— Il faudra venir nous voir à Cotonou. Nous fréquentons une bonne petite société qui se réunit au club-house.
— Si nous avons le temps, lança Camille en se levant, excusez-moi, je vais aller prendre un peu l'air.

— L'alcool et le roulis ne font pas bon ménage, susurra Mme Laugier en pinçant sa bouche en cul-de-poule.

— Oh, je ne crains pas le mal de mer, c'est juste que vous m'avez donné envie d'entendre l'orchestre.

— Je vous accompagne !

Par le caleçon de Napoléon, comme aurait dit Émile, cette harpie allait donc jouer les sangsues tout le voyage ?

Une fois sur le pont arrière, Camille fut surprise par la douceur de l'air. À l'abri du vent, des couples valsaient, de petits groupes discutaient, on faisait connaissance. Elle rejoignit ces messieurs, toujours escortée par ce pot de colle de Laugier, et fut bien obligée de la présenter. L'œil d'Émile s'alluma à la vue du généreux décolleté de la dame, prénommée Edmée. Bien que Camille insistât sur le fait qu'elle était mariée et que son époux l'attendait à Cotonou, cela ne refroidit pas l'ex-sergent. Il appréciait les blondes bien en chair – les brunes aussi, et à vrai dire les rousses –, quelle que soit leur situation matrimoniale. Camille décela de même une lueur d'intérêt dans le regard de Tyler. Que pouvaient-ils donc trouver à cette fichue Edmée, ennuyeuse comme la pluie, à part son aspect de crémière rose et saine ? Une bourgeoise dodue, sans chic, sans grâce, sans esprit. Dieu que les hommes étaient décevants, et vexants, à éprouver le même intérêt concupiscent pour une femme d'esprit que pour une crétine ! Rentrant le ventre et cambrant le dos, Camille prit le bras de Louis.

Edmée, ravie d'être le centre de l'attention, rabâchait d'ennuyeuses anecdotes sur le Bas-Dahomey, en riant régulièrement hors de propos. Retirés dans un coin calme, Delany et Albert poursuivaient leur discussion sur la chirurgie esthétique et les traumatismes consécutifs aux batailles. Tandis que, assis sous une veilleuse, l'austère Me Coleman, les sourcils froncés, lisait un exemplaire de l'avant-veille du *Daily Telegraph*.

Louis entraîna Camille sur la piste au son d'une polka bien frappée et elle oublia ses récriminations.

Le Voyageur observait ce que l'autre observait. Ce groupe hétéroclite. Des Français qui se rendaient en expédition scientifique au Dahomey et des Américains de couleur qui voulaient rejoindre le Liberia. Le Voyageur détailla la silhouette voluptueuse de Camille, sautillant au bras de son danseur, un jeune homme de grande taille, très blond, avec un côté slave.

Cette femme était belle. Sa chevelure rousse renvoyait des reflets cuivrés sous le clair de lune. Des courbes généreuses, un port altier. Quant à l'autre, la petite dodue, avec ses formes trop abondantes et un peu blettes, elle ressemblait tellement à ses chères prostituées londoniennes… en bourgeoise.

On le bouscula et il se retourna, s'excusant à la place du grossier personnage qui l'avait heurté. Affable, calme et aimable. Le loup montrant patte blanche.

Gando les rejoignit discrètement. Il s'était changé, avait enfilé un veston.

— Il faut rester discret, ce n'est pas bien vu de frayer avec le personnel, dit-il à Albert.

— C'est pareil chez nous, laissa tomber Delany, il y a beaucoup d'États où fréquenter des Noirs peut vous conduire en prison.

Albert vit que Gando accusait le coup, mais n'osait protester qu'il était à demi blanc.

— La fameuse ségrégation, intervint Émile qui valsait près d'eux, Edmée à son bras. C'est bien loin de l'esprit français.

— La bonne blague ! lança Gando, outré pour le coup. Et j'en suis la preuve. C'est la blancheur de mon père qui m'a permis d'être membre de l'amicale d'Ouidah et de discuter avec vous d'égal à égal.

Edmée tira Émile par le bras pour continuer à danser et ils s'éloignèrent.

Gando apprit à Albert que la petite troupe mi-sénégalaise mi-dahoméenne était logée en troisième classe, près de la basse-cour. M. Féclas pourrait les rencontrer et recruter des porteurs, ce qui ferait gagner du temps. Ils échangèrent encore quelques considérations pratiques pendant qu'Albert hésitait à apprendre à Gando le meurtre de Bidossessi. Ce fut lui qui aborda le sujet :

— La police est venue informer le chef Arimi qu'on avait retrouvé le pauvre Bidossessi décapité au milieu de la chaussée ! Une histoire de fou ! D'autant qu'ils n'ont pas retrouvé la tête. Qui a bien pu la voler et pourquoi ? Ça sent la sorcellerie. Les griots voient ça comme un très mauvais présage et les danseurs étaient pressés de rentrer chez eux, croyez-moi !

— C'est étrange de vous entendre parler ainsi du pays de mes ancêtres, dit Delany. Longtemps, dans mon enfance, j'ai considéré les récits des vieux, esclaves ou affranchis, comme des sortes de légendes, tellement éloignées de la vie américaine. Ils pratiquaient en cachette la religion dont vous parlez, sorts et enchantements, dévotions à des idoles… Le vaudou ou tout autre animisme. Vous seriez sans doute surpris du nombre d'Afro-Américains qui continuent à s'y adonner en secret.

— Ça ne m'étonne pas, dit Albert, pensif, ce ne sont pas cinquante ou cent ans d'exil qui peuvent couper les racines spirituelles d'un continent.

— Il ne me viendrait pourtant pas à l'idée de me prosterner devant des poupées de paille ! protesta Delany. Je crois en Dieu, monsieur Féclas, et en la Constitution des États-Unis. Et pourtant... mon grand-père a peut-être invoqué les esprits avec le vôtre, monsieur Gando, avant d'être enlevé à sa famille. C'est très troublant pour moi.

Une fois encore, Gando se mordit les lèvres sans répondre. Louis se dit qu'il n'appréciait pas qu'on le considère comme un primitif. C'était un homme éduqué et élevé par des missionnaires européens.

Sentant que la discussion risquait de s'envenimer, Camille proposa une dernière danse à Louis, et ils tournoyèrent sous les étoiles tandis qu'Edmée tourbillonnait au bras d'Émile et que Tyler essayait son charme sur deux jeunes demoiselles parties rejoindre leur père, un ingénieur chargé de l'étude du projet de chemin de fer de Cotonou à Atchéribé.

Tout en menant Camille d'une main ferme, Louis surprit le regard de Coleman fixé sur Gando. Un regard sévère et peu amène. Se connaissaient-ils ?

De retour dans sa cabine vers minuit, Albert trouva Figdabé endormi, allongé sur le tapis. Le jeune garçon se dressa d'un bond en entendant du bruit, couteau pointé sur la gorge de l'arrivant. En reconnaissant Albert, il baissa sa garde et salua, le bras tendu, le poing sur le cœur. Albert avait honte de s'être absenté aussi longtemps et d'avoir pris du bon temps pendant que le gamin devait s'inquiéter. Piteux, il lui tendit un petit pain aux amandes et une poire qu'il avait subtilisés pour lui. Dès le lendemain, il songerait à son ravitaillement. Il n'aurait pas dû le faire embarquer clandestinement. Les femmes de ménage auraient vite fait de débusquer l'intrus. Que faire ? Il songea brusquement que s'il s'affichait avec lui en le présentant comme son serviteur, personne n'irait vérifier qu'il était bien inscrit sur la liste des passagers. Oui, se dit-il, un peu gêné de s'enfouir dans des draps frais bien repassés pendant que Figdabé regagnait son tapis sous une couverture d'appoint, oui, il valait mieux le montrer ouvertement. Il sombra dans le sommeil, fort content de sa ruse.

Le silence s'était fait dans le paquebot. Derniers éclats de rire dans les coursives. Armada silencieuse de bonnes remettant de l'ordre dans les salons. Ronflements à tous les étages.

Agenouillé devant l'autel, le servant priait pour que les esprits guident sa main armée du fer de la pureté. Nul ne devait troubler l'équilibre des traditions. Et les rois en voyage dans les brumes du temps devaient être scrupuleusement informés.

Le voyage se poursuivit sans incident notable. Le bateau glissait sur l'eau majestueusement, et les passagers eurent la chance d'apercevoir une troupe de rorquals ainsi que de nombreux dauphins qui les escortèrent un long moment.

Pas de tempête en vue, une mer étale, une houle à peine incommodante, « Pour une fois, on va échapper au naufrage », se moqua Émile, à qui tous intimèrent de se taire aussitôt.

Pour passer le temps entre deux escales, on organisait des jeux, des courses au pas de gymnastique, des courses en sac, des concours de saut, des loteries. Tyler aurait bien voulu organiser des matches de boxe, mais le commandant, conscient des dégâts que cela pourrait provoquer sur des inconscients téméraires, s'y opposa. Du pain, des jeux, mais pas de violence !

Émile et lui s'entraînaient donc amicalement, faisant saillir leurs muscles puissants, luisants de transpiration, sous le regard enthousiaste de ces dames.

Tout le monde avait admis sans sourciller que Figdabé était le domestique d'Albert, recruté en vue de l'expédition. Edmée connaissait son village, auprès duquel son mari s'approvisionnait parfois en amandes et en palmes, et ils avaient évoqué sa famille, ce qui avait fait plaisir au jeune garçon.

À terre, lors des visites, il marchait devant les dames, protecteur, sous le regard curieux et les quolibets des autochtones. À Oran comme à Las Palmas, des nuées de gamins en haillons poursuivaient les passagers, en réclamant des sous français et plongeaient dans le port pour récupérer quelques centimes. Figdabé les toisait et les tenait à distance. Camille avait été surprise par la ville algérienne qui lui avait semblé très espagnole. Ils avaient assisté à la retraite aux flambeaux des zouaves avant de s'enfoncer dans la partie arabe, petites rues tracées au cordeau et éclairées au bec Auer, où le plus exotique étaient les cafés mauresques remplis d'hommes fumant le narguilé. À Las Palmas, entre les croiseurs anglais et les canots espagnols qui vendaient bananes, perruches, oranges ou cigares, ils avaient embarqué des citronniers, un volumineux mobilier destiné à un docteur de Dakar, ainsi qu'une voiturette à vapeur en pièces détachées, des bicyclettes et des sacs de clous.

Après avoir passé le banc d'Arguin, dans les parages du naufrage de la frégate *La Méduse*, on avait enfin atteint la côte occidentale africaine, non sans un frisson d'exaltation. Dakar, puis Grand-Bassam et Conakry, qui leur avait donné un avant-goût du

Dahomey. À Dakar, d'où un autre navire Fraissinet repartait le jour même pour la France, Louis avait posté la première partie de son article et Camille envoyé des cartes postales à toutes ses amies, sans oublier ses rivales. Ils s'étaient fait photographier devant la poste et dans les rues tranquilles bordées d'acacias et de mimosas. À Conakry, ils avaient assisté au mouvement incessant des caravaniers au départ de la route du Niger qu'empruntaient chaque jour mille à deux mille personnes. Hommes et femmes, chargés de marchandises aussi diverses que les noix de cola, le caoutchouc ou l'ivoire. Le trajet durait une quarantaine de jours, payés cinquante centimes chacun. À Grand-Bassam, le capitaine avait embarqué des Kroumirs, des indigènes au corps aussi musclé que celui de Tyler, afin de remplacer les soutiers européens, incapables de supporter la chaleur.

On remontait de ces escales l'esprit enchanté et enfiévré avant de se réinstaller dans sa chaise longue favorite.

Figdabé avait essayé de parler avec Tyler, mais celui-ci lui avait répondu distraitement. Il passait tout son temps avec Émile ou à conter fleurette aux jeunes passagères. Figdabé en avait été vexé. Après tout, ce Noir américain n'était qu'un petit-fils d'esclave. Lui, Figdabé, était un homme libre. Et Tyler ne savait pas jouer du piano. On louait ses muscles pour des combats, comme les chiens. Certes, il portait des vêtements de Blanc et plaisantait avec eux. Mais où était son âme ? Figdabé toucha son sachet d'amulettes. Il ne trahirait jamais ni les fétiches ni son clan.

Me Coleman s'était un peu dégelé et s'entretenait volontiers avec Louis d'un procès retentissant auquel il avait collaboré et qui avait été malheureusement perdu, « malheureusement pour l'Amérique tout entière, jeune homme ! ». La Cour suprême des États-Unis avait rendu deux ans plus tôt, le 18 mai 1896, un arrêt dit Plessy *v.* Ferguson, du nom du plaignant et du juge de première instance. Ce texte entérinait le droit pour les différents États d'imposer des mesures de ségrégation raciale, du moment que cette ségrégation offrait d'égales possibilités. Dans les faits, cela signifiait qu'il était donc légitime d'imposer une séparation constante entre les deux types de population partout et en tous lieux. Wagons pour Blancs, wagons pour Noirs, toilettes, restaurants, écoles, etc. Séparés mais égaux.

Coleman, indigné, retraçait avec fougue les cheminements complexes qui avaient conduit sept juges à se prononcer en ce sens. Un seul, le juge Harlan, Dieu le bénisse, avait voté contre et rédigé un texte expliquant son désaccord.

Louis prenait des notes, abasourdi de la subtilité des arguments en présence. Ainsi, face à Plessy, blanc de peau mais considéré comme noir parce que métissé, qui se plaint qu'on le contraigne à utiliser le wagon des gens de couleur, le juge rétorque que « l'argument suppose nécessairement que la séparation imposée des deux races mette une marque d'infériorité sur la race colorée. S'il en est ainsi ce n'est pas en raison de quoi que ce soit qu'on puisse trouver dans la loi, mais seulement en raison de l'interprétation que la race colorée choisit d'en faire ».

— Rendez-vous compte, jeune homme, qu'on nous soutient sans rougir que cette volonté de nous séparer n'implique pas de mépris ! Alors que chacun sait, comme l'écrit le juge Harlan, que l'intention de ces lois n'est pas d'exclure les Blancs des voitures des Noirs, mais bien les Noirs des voitures des Blancs !

Nous détestez-vous ? se demandait Louis en silence. Pouvez-vous vous protéger de la rancœur et désirer réellement une société égale pour tous ? Ou bien le ressentiment contre la race dominatrice et oppressive vous conduit-il à la haine ? C'étaient des questions qu'il ne pouvait pas poser ouvertement, mais qui le tourmentaient.

— C'est comme ces honteuses exhibitions, ces villages nègres qui circulent un peu partout ! Je me suis rendu au village dahoméen de Paris et j'ai été indigné. Ils en annonçaient un autre à Marseille, avec des Somalis. Des zoos, jeune homme, voilà ce que c'est, des zoos ! Et quand je pense que votre ami le serveur, ce métis honteux, y travaillait ! Exploitant l'exploitation des siens !

Voilà donc la raison de son animosité envers Gando, se dit Louis. Mais les mêmes indigènes exhibés dans ces « zoos » étaient exploités comme force de travail au Liberia, dirigé par le cousin de Coleman. L'éternel *vae victis* ?

Le paquebot traçait sa route, indifférent aux états d'âme des passagers. On longeait la côte plate et bordée de palmiers et on approchait de ce Dahomey d'une superficie estimée à vingt-deux mille kilomètres carrés, dont seuls sept mille étaient effectivement connus, et où vivaient environ cent cinquante Européens.

Le temps suspendu de la traversée allait cesser et chacun serait rendu à sa vie, comme reprend une représentation après l'entracte.

Le Voyageur, sans hâte ni impatience, continuait à observer tout ce petit monde et se demandait quel serait le dénouement de la pièce qui se jouait sous ses yeux.

CHAPITRE VII

En ces temps modernes, la vigie ne criait plus « Terre ! » mais tous les passagers regroupés à la proue observaient avec un petit serrement de cœur la côte se rapprocher, grande ligne vert et jaune. Les oiseaux de mer tournoyaient au-dessus du navire dans un tumulte de cris perçants.

Et par-dessus tout, semblable au roulement sourd du tonnerre, le grondement de la barre.

Des séries de vagues hautes de cinq à dix mètres se succédaient trois par trois – premier, deuxième et troisième brisant – et se fracassaient sur la grève dans un vacarme assourdissant et perpétuel, audible plusieurs kilomètres à l'intérieur des terres.

De leur point de vue, la barre n'apparaissait que comme une ligne d'écume courant vers les grandes plages de sable, mais Arthur Gando leur avait redit à quel point elle était impressionnante du rivage.

Infestée de requins, avalant goulûment navires et chaloupes, la barre ne se franchissait qu'avec la plus grande peine. Seuls les courageux Minas se risquaient à l'affronter, juchés sur leurs petites embarcations en forme de baleinières.

À présent, grâce au wharf, le débarquement se faisait sans péril.

Camille, intriguée et un peu anxieuse, fit observer que, cependant, le bateau avait stoppé les machines à deux cents mètres dudit wharf.

Edmée Laugier, fière de sa science de colon chevronné, lui apprit que les navires ne pouvaient s'amarrer à l'ouvrage à cause de la violence de la houle. On viendrait donc chercher hommes et marchandises en chaloupes pour les amener jusqu'à la construction métallique qui franchissait la barre sur ses hauts piliers. Là, une sorte de grue les enlèverait pour les déposer sur le pont. Il n'y avait pas de crainte à avoir, même si ça secouait un peu !

C'est donc très inquiète que Camille embarqua à la suite de Louis dans un gros canot. On déchargeait dans l'ordre les sacs postaux, les passagers, les bagages et enfin le fret. Camille, cramponnée au plat-bord, guettait le moindre aileron tandis qu'Albert caressait la boîte de son Cinématographe, trop peu expérimenté pour oser l'essayer dans un environnement mouvant.

Assis entre ses deux nouvelles amies, Tom Tyler faisait craquer ses doigts aux jointures enflées, intimidé à l'idée d'approcher son passé. Impassible, Delany observait le ciel et les courants, et Coleman, très droit, le faux col impeccable, serrait contre lui sa sacoche bourrée de documents, comme s'il se rendait à une fatidique plaidoirie.

Émile, judicieusement coiffé d'un casque, surveillait Figdabé. Il restait persuadé que le garçon allait leur fausser compagnie dès qu'il aurait mis pied à terre. Pour l'instant, celui-ci conversait avec Arthur Gando dans un langage guttural inconnu du sapeur.

Louis, debout, en marin aguerri, scrutait le rivage. Rien d'africain à ses yeux : des lagunes, des marais, du sable et une maigre et basse végétation. Où étaient la jungle, les lions, la clameur des perroquets et le gloussement des singes ? Cette Afrique-là semblait pauvre et plate !

Et en plus, le ciel était gris et sentait l'humidité !

— C'est le printemps, expliqua Gando. La petite saison des pluies. Septembre, octobre, novembre. Ça tombe une quinzaine d'heures par mois, en averses violentes, avec souvent quelques tornades.

— Formidable ! Bon sang, Albert, je regrette déjà les *buildings* et les *hot-dogs* !

— Ne vous faites pas plus couard que vous n'êtes, la bleusaille ! lança Émile. Si ce n'est que du chien chaud qu'il vous faut, on vous tuera une ou deux hyènes !

Tout le monde rit, un peu nerveusement.

Et ça y était, on était assis dans de grands paniers tractés par un palan, on se balançait dans ces nacelles hissées jusqu'au wharf, on posait pied à terre, un peu étourdis, on montait illico dans les wagons miniatures de la voie Decauville et on se retrouvait brusquement au port de Cotonou, au milieu de portefaix, de militaires, des rares Européens et d'une foule de natifs vêtus de pagnes et de drapés, dans un brouhaha de langues, de rires, d'ordres, d'embrassades.

Edmée Laugier, en apercevant son René, s'était écartée d'Émile d'un bon mètre et jetée à son cou en minaudant avant de le leur présenter. M. Laugier, un petit bonhomme pète-sec à la moustache de fox-terrier et aux yeux de langouste bilieuse, leur serra la main et proposa de venir prendre le soir même l'apéritif au Cercle, dont il était le secrétaire.

— Il a le teint Suze, murmura Camille à l'oreille de Louis. M'étonnerait pas qu'il souffre du foie.

Louis lui pinça le gras du bras et elle se retint de pouffer.

Les Laugier s'éloignèrent tandis que les premières gouttes commençaient à tomber et que Gando les entraînait vers la seule auberge de la petite ville. L'*Hôtel du Port*, le bien nommé, était à l'origine une maison construite pendant l'expédition Dodds et affectée depuis la fin des hostilités à l'usage des passagers et des « touristes ». Un établissement très correct et très propre, patrons blancs et domestiques noirs, bien entendu. Coleman, Tyler et Delany les y suivirent.

De même que le Voyageur.

Ils s'étaient attendus à une chaleur étouffante, mais avec l'alizé qui soufflait durant la journée, la température stagnait entre vingt-huit et trente degrés, pas beaucoup plus qu'à Paris en été. Par contre, l'air était moite et on transpirait d'abondance. Albert, en nage, passa la journée à recruter des porteurs et à acheter des vivres et des fournitures, aidé par Émile et Figdabé, qui à peine à terre s'était débarrassé de sa djellaba pour revêtir son pagne blanc, qu'il faisait bouffer autour des reins à la manière des Dahoméens. Gando s'était excusé de partir rejoindre au plus tôt sa mère souffrante. Heureusement, c'était jour d'*ahi*, de marché, et les habitants étaient venus de tous les villages environnants avec leurs produits. Il n'existait pas de magasins, tout se vendait et s'achetait lors de ces rassemblement bihebdomadaires. Les vendeurs étaient regroupés par catégories, nourriture, tissus, ustensiles, etc., et une foule joviale circulait entre les centaines de calebasses et de jarres posées par terre, marchandant avec âpreté. L'odeur du poisson frais ou séché et du beurre de karité était omniprésente.

Faire des emplettes se révéla compliqué, car certains clans ne travaillaient pas avec d'autres, il fallait répartir les achats entre tous les marchands pour ne vexer personne, et palabrer longuement avant d'arriver à conclure le moindre accord. Figdabé, gonflé d'importance, jouait les seigneurs et traitait ses commensaux de haut, ce qui lui valut une sévère réprimande d'un vieil homme accroupi devant un ancien comptoir des Établissements français du Bénin.

— C'est l'enfant qui sait se laver les mains qui mange à la même table que les grandes personnes, traduisit Émile à voix basse. C'est une vacherie pour dire qu'il pète plus haut que son…

— J'ai compris !

Les deux danseurs engagés à bord du navire étaient partis dans leurs familles, jurant de revenir le lendemain matin pour le grand départ. On embaucha six porteurs supplémentaires, des Fons musculeux et peu loquaces, vêtus de pagnes.

Albert ne voulait pas traîner. L'argent octroyé par Lacassagne n'était pas inépuisable. Plus vite on se mettrait en route, mieux ce serait. À lui les palais d'Abomey, les chambres remplies de crânes, les chemins pavés d'ossements ! Certes, il faudrait auparavant exécuter moult courbettes devant le roi Ago-Li-Agbo, pour la forme. Le traité signé avec la France lui interdisait de s'opposer aux actions et déplacements d'étrangers, et l'obligeait à laisser ouvertes les routes, sans perception de dîme. Mais il ne servait à rien de vexer un individu qui pouvait peut-être se révéler utile. Il chargerait Louis de faire son interview, cela flatterait le roi et donnerait du grain à moudre aux lecteurs amateurs d'exotisme.

Pendant ce temps, Albert se déclarait capable de faire parler les dépouilles et les squelettes afin d'infirmer ou non les extravagants récits des massacres commis au long des siècles. Et surtout d'en comprendre le sens. Pour cela, Figdabé serait un interprète utile, bien qu'Émile s'en méfiât, car on ne pouvait pas se fier aux interprètes indigènes, disait-il, « tous de mèche avec les potentats locaux ». Il regrettait que Gando ne veuille les suivre, lui qui parlait aussi bien le français que les dialectes.

— Les langues, rectifia Albert. Ce ne sont pas des patois, ce sont des langues différentes. Le Dahomey abrite une mosaïque de peuples.

Émile hocha docilement la tête – cause toujours, tu m'intéresses –, tout en surveillant la pesée des sacs de mil et des outres d'huile.

— Faut être intransigeant sur la cantine, j'ai vu trop de troupes en difficulté à cause de détails d'intendance. Les chaussettes, par exemple. Quand elles sont de mauvaise qualité, vous vous retrouvez avec des troufions les pieds en sang incapables d'arquer à la fin de la journée ! Idem pour les bâches, les cordages, les clous, etc. Nous autres, au génie, on s'y connaît ! Allez bâtir un pont de singe avec de la toile d'araignée ! Dis donc, toi, rajoute une mesure s'il te plaît ! Au moins, on n'aura pas besoin de trop de couvertures. Il nous faut absolument de la bonne moustiquaire, sauf si vous avez envie de retrouver des bestioles pleines de pattes dans votre falzar !

— Et deux seaux pour développer mes films.

— Ça va être encore pratique de se trimballer ce machin-là ! Une troupe efficace voyage léger.

— Vingt kilos de paquetage par soldat, ça ne me semble pas vraiment aérien !

— Je veux dire par là, mon petit Albert, qu'on ne s'encombre pas de trucs inutiles juste pour s'amuser à cinématographier des babouins.

— Pas besoin pour ça d'aller très loin, en effet, souriez et le tour est joué !

Figdabé les regardait se chamailler, le visage fermé, une main sur la hanche, tel un jeune prince condescendant, ce qui énervait encore plus Émile, qui rêvait de discipline, de drapeau et de bandes molletières.

À une journée de marche de là, Arthur Gando arrivait chez lui. Devant l'enclos qui protégeait la demeure seigneuriale, un ensemble de cases en terre crue, il marqua un temps d'arrêt face au génie protecteur fiché dans le sol. Plantée sur son petit monticule, Legba, grossière figurine de terre cuite au phallus dressé, lui sembla hostile. Un peu en retrait, une coupelle en terre symbolisait l'esprit familier de sa mère. Il remarqua qu'on avait passé le *mêdogan*, l'entrave arrosée d'huile de palme, au pied du baobab de la cour principale afin d'éloigner les esprits qui cherchaient à faire du mal aux vivants. Les tambours des princesses d'Abomey résonnaient, lugubres. Dans la case des fétiches, des hommes étaient agenouillés à même le sol argileux, autour des *asen* piqués en terre devant les autels des ancêtres. Les *zën*, les jarres servant au culte, étaient pleines d'offrandes.

Arthur tira un sachet de farine rougie de sa poche et le répandit sur la divinité, avant de pousser la porte de bambou et d'entrer. Le toit de feuilles tressées descendait presque jusqu'au sol et l'intérieur était sombre et moite, dépourvu de fenêtres. Une vieille femme se précipita vers lui en piaillant et il la salua selon les règles. D'autres femmes, accroupies, psalmodiaient. Il reconnut des villageoises venues prier avec la famille et ses trois tantes maternelles.

Tout au fond de la case, allongée sur une banquette d'iroko garnie d'un matelas de mousse sèche, reposait la princesse Sélèmè, sa mère. Elle faisait partie des nombreuses filles du roi Glélé. Elle n'avait jamais été proche de son frère Béhanzin qui lui reprochait la bâtardise de son fils.

On avait tiré le drap bleu vif qui séparait habituellement la « chambre » de la pièce principale pour que la malade puisse assister aux cérémonies.

— *Bokono do vo de wè*, le devin est en train de consulter l'oracle à nouveau, dit Tante Ayaoua, une grande femme aux nattes ornées de cauris, dont le prénom signifiait qu'elle était née un jeudi.

Arthur se tourna vers le devin. Un homme sec et noueux, aux cheveux grisonnants, aux bras et aux jambes nus recouverts de bracelets métalliques, qui semblait scruter la surface d'une coupelle d'eau.

— Il a fait une offrande liquide au *vodun*, rajouta la tante.

— Et il a sacrifié un poulet, précisa une autre.

Arthur hocha la tête et s'accroupit près de sa mère. Elle était si maigre ! Ses côtes saillaient, des gouttes de sueur roulaient sur sa peau grisâtre, ses yeux semblaient immenses dans son fin visage creusé par la douleur et la maladie. Il lui présenta ses respects, tête baissée, et saisit sa main tremblante dans la sienne.

— *E kan fà bo mc kù nù mi*, chuchota-t-elle. Il a consulté le *Fa* et trouvé de mauvaises choses pour moi.

— Je suis là. Ne t'inquiète pas, mentit Arthur, la gorge nouée. Nous allons faire les cérémonies expiatoires et purifier le village. Mais auparavant nous allons manger tous ensemble, selon les rites.

Il entendit une des vieilles marmonner en le regardant. Il savait ce qu'elle disait sans avoir besoin de l'entendre. Il portait en lui le démon des Blancs. Il souillait malgré lui la terre sacrée. Et même s'il était un bon garçon et un bon fils, il avait apporté le malheur sur sa mère. À cause de sa nature.

Il aimait Sélèmè plus qu'il n'avait jamais aimé personne. Pouvait-il voir dans sa maladie la réprobation des dieux face à ses projets ? Impossible ! Il suivait le droit chemin de ses ancêtres.

— Qu'a dit *amassou-ato* ? demanda-t-il.

Le médecin indigène disposait d'un arsenal d'herbes médicinales.

— Il lui a donné de l'*adjerara* et de l'*erandjou*. Mais elle ne va pas mieux, chuchota Tante Ayaoua.

Le *bokonon*, le devin, tourna vers lui ses yeux blanchis par la cataracte. Les scarifications de son initiation creusaient de longs sillons parallèles de son crâne à son menton. Sous son expression impénétrable, Arthur crut déceler un malaise.

— Le roi veut revoir sa fille, déclara l'homme d'une voix sonore.

À ces mots, les femmes éclatèrent en lamentations. Arthur fit un pas en avant.

— Ne laisse pas la mort approcher de ma mère !

— Agasù est irrité, je le sens dans mes os.

— Nous verrons bien. Continue les incantations.

Il tendit la pâte de cola rituelle au devin, en signe de remerciements, et le vieux l'empocha, les lèvres pincées.

Les femmes avaient entonné la prière de la supplication, inclinant la tête et frappant dans leurs mains en cadence.

Arthur se pencha encore une fois sur sa mère et l'embrassa sur le front.

Puis il se releva et sortit, le cœur lourd. Sa mère appartenait à l'Afrique. Seule l'Afrique pourrait l'aider. Quoi qu'il ait pu dire à Louis Denfert et à ses amis, il connaissait la réelle puissance des divinités. Azizà, le génie des forêts, demeurait tout près, dans une grande termitière. Il irait lui demander conseil et lui rappeler ses sacrifices.

Accoudé à la rambarde en fer forgé du balcon de la chambre qu'ils partageait avec Coleman, James T. L. Delany regardait la foule aller et venir entre les bâtiments coloniaux et le port, grouillant d'activité.

Le ballet des bateaux au large – vapeurs, avisos, voiliers, chaloupes –, le brouhaha des quais et l'écho du roulement des wagonnets du wharf lui évoquaient son Boston natal, à toute petite échelle. Les ordres des contremaîtres claquaient aussi secs et les soldats paradaient de la même manière. Mais la différence la plus notable, hormis le climat et l'architecture, était le fait que la majorité de la population fût noire. À Boston, les Blancs tenaient littéralement le haut du pavé. Avant même d'être défiguré, Delany s'était souvent senti gêné au milieu des passants, à cause de la couleur si voyante de sa peau. Il avait eu l'impression d'être un vilain cafard dans un océan de lait.

Ici, c'était le contraire. Les visages pâles semblaient des taches de chancre sur du bois d'ébène.

Il écoutait les gens s'interpeller, rire, chanter dans ces langages inconnus et mélodieux. Un mot revenait sans cesse, *Okouassan*, lancé à tue-tête chaque fois que des passants se croisaient, suivi d'*odjirè* sur un ton interrogatif, puis d'une longue litanie à quoi l'autre répondait invariablement *mbé*. Le rituel des salutations.

C'était de ces rivages que partaient la plupart des bateaux négriers, c'était de ces contrées du golfe de Guinée qu'étaient livrés les captifs à la cupidité des patrons occidentaux. Sa grand-mère avait-elle vécu dans cette ville ? Son arrière-grand-père avait-il manœuvré une de ces chaloupes ? Il reconnaissait dans les mélopées des ouvriers les rythmes transmis par les siens. Sa mère claquait des mains de cette manière, la tête inclinée sur le côté en fredonnant dans sa langue natale.

Il n'avait pas voulu l'apprendre ni s'y intéresser. Il était américain. Libre. Un soldat. L'avenir du pays. Il avait été fier de servir contre les Confédérés. Il avait aidé à écrire une page de l'Histoire, puis s'était aperçu que les Afro-Américains s'étaient fait flouer. Citoyens, oui, mais de seconde zone.

Delany oscillait entre amertume et fierté. Une fois mis à la retraite de l'armée, il avait eu besoin de s'occuper. Il s'était inscrit à un cercle d'anciens combattants. Il avait rencontré Coleman à une soirée caritative en faveur des orphelins de couleur. L'idée de servir de factotum à un avocat respecté et engagé contre la ségrégation l'avait séduit. De toute façon, avec la tête qu'il avait, il ne fallait pas compter se marier, ni occuper un emploi mettant en contact avec le public. Coleman voulait rejoindre le Liberia, d'où étaient originaires les siens, si on en croyait une vieille femme qui se disait sa tante.

La famille de Coleman avait été dispersée lors des ventes massives des esclaves de la côte Est des États-Unis à destination des États du Sud-Ouest, alors en pleine expansion. Sa mère et lui avaient eu la chance que leur maître, vieux et malade, les affranchisse et les envoie travailler à la scierie voisine. Sa mère était morte lorsque Coleman avait entrepris des études. Et un jour, bien après la fin de la guerre, avait surgi Tante Izzie. Cette femme était un témoin. Âgée de quatre-vingt-huit ans aujourd'hui, elle vivait auprès de Coleman et de sa famille et abreuvait ses petits-neveux de récits terrifiants. Son dos portait d'impressionnantes cicatrices de flagellation que Coleman avait photographiées. Il constituait un album de témoignages sur l'esclavage.

Combien restait-il de ces enfants razziés ? Comment avait-on pu infliger ça à leurs peuples ? Ce qui était le plus choquant aux yeux de Delany, c'était que la traite avait été interdite dès 1808, mais pas l'esclavage. Quelle hypocrisie !

En contemplant ces hommes et ces femmes innocents qui vaquaient tranquillement à leurs occupations, Delany, ce fidèle patriote, n'avait soudain qu'une envie : reprendre son sabre et chasser l'occupant français, le refouler à la mer ! Il n'en pouvait plus d'entendre claironner ces « oui, pat'on, bien pat'on » sous sa fenêtre !

Il descendit rejoindre Tyler au bar, des tables en bois installées sous un auvent rayé – « du fer vous brûlerait les fesses », avait précisé le patron –, et commanda une limonade. Tyler buvait une bière mousseuse en regardant passer les filles, la plupart dénudées jusqu'à la taille.

— Le poste de la Légion est sur la route d'Abomey, dit-il. Je vais donc faire un bout de chemin avec nos amis français.

— Vous ne voulez pas plutôt vous joindre à nous et gagner le Liberia ? De grandes perspectives s'offrent là-bas aux jeunes gens talentueux.

— Vraiment ? Vous me voyez en commerçant, en juriste, en politicien ? Je suis un boxeur, Delany, un bagarreur. J'ai envie d'action.

— Le pays aura besoin de soldats, de policiers, d'hommes courageux.

— Je ne sais pas... Je n'ai pas envie de me retrouver encore attaché à une patrie d'emprunt, vous comprenez ? À la Légion, vous êtes libre, vous n'êtes à rien ni à personne, l'uniforme est votre pays.

— Vous combattrez cependant pour la France. Vous risquez de devoir tirer sur des Africains. Réfléchissez, Tyler, ne faites pas la brute, rejoignez donc le monde noir civilisé.

— Je verrai, grogna Tyler en se levant pour aller aider une jeune fille en pagne à porter sa lourde calebasse.

Elle le rembarra avec véhémence et il revint s'asseoir en riant.

— Je crois bien qu'elle m'a insulté ! Les filles d'ici sont dénudées, mais farouches. J'ai plus de succès auprès des nôtres !

— Parce que vous parlez leur langue. Ce qui prouve qu'elles ne s'intéressent pas qu'à vos biceps.

— Et Paris, qu'est-ce que vous en faites ? Je baragouine le français comme une grenouille, et pourtant... sans me vanter...

— Bonjour messieurs. Vous êtes prêt, Delany ? J'ai du courrier en retard.

George W. Coleman les dévisageait, poli, glacial, pressé.

Delany le suivit et Tyler resta affalé sur sa chaise à siroter sa bière, incapable de prendre une décision. Il avait quitté les États-Unis pour fuir les lois Jim Crow[1]. Il avait découvert Paris, l'effervescence et le brillant de la capitale, ses musées, ses femmes, ses monuments, et le droit de manger dans n'importe quel restaurant, de monter dans n'importe quel tramway, de ne plus subir partout et en tous lieux de la vie publique la vue des pancartes *Colored People*. En Floride, le mariage ou le concubinage entre Noirs et Blancs était passible de prison. En Alabama, les restaurants devaient séparer les salles pour Noirs des salles de Blancs par des cloisons d'au moins sept pieds de haut. Même à l'hôpital, il existait des ailes séparées. Quand il avait dû se faire soigner après un combat particulièrement éprouvant, on l'avait fait entrer par la porte latérale réservée aux Noirs et de tout son séjour il n'avait pas aperçu un seul Blanc, ni dans le personnel ni parmi les visiteurs. Paris, c'était le champagne, la gaieté, la vie, il s'y était senti

1. Surnom donné aux règlements ségrégationnistes de certains États du sud des États-Unis, en référence à un personnage de Noir caricatural dans la chanson *Jump Jim Crow* (1828).

comme un enfant qui échappait enfin au carcan des règles de sa communauté.

Pourquoi en repartir alors ? Parce que, malgré tout, il ne s'y sentait pas chez lui. Parce qu'il avait l'impression d'être un jouet, un objet admiré pour ce corps qu'il savait fort et puissant. Un animal de luxe, voilà ce qu'il avait ressenti quand toutes ces femmes se bousculaient pour danser avec lui, un tigre apprivoisé qu'elles aimaient cajoler. Mais il n'était pas un animal, bon sang, il était un homme !

Les Américaines avaient peur des Noirs, les Parisiennes voulaient coucher avec, mais c'était la même chose.

Il devait suivre sa route. Et pour l'instant, Louis Denfert et ses amis lui plaisaient plus que Coleman. Il n'avait plus envie de mots, de théories, de règlements et de morale.

Il se rendit compte qu'il tapait du pied en cadence au rythme de la chanson d'un livreur de bananes et il sourit à l'homme qui hésita quelques secondes à lui rendre son sourire. Tyler comprit que c'était à cause de son costume en lin grège bien coupé, de son assurance, et du fait qu'il buvait nonchalamment à la terrasse du café pendant que les autres travaillaient. Les Dahoméens se demandaient qui était ce Noir habillé et installé comme un Blanc et certains lui lançaient des regards défiants.

Un étranger. Un étranger où qu'il aille. Étranger à lui-même et aux autres. Un mercenaire des temps modernes n'ayant que ses poings et sa rage de vivre.

Louis avait passé la matinée à parcourir la minuscule ville, le nez au vent, le carnet à la main, posant des questions à tous et sur tout. La plupart des indigènes baragouinaient le français et répondaient de bonne grâce dans leur sabir à ce qui devait leur paraître des questions saugrenues. Cotonou lui avait semblé à la fois agité et indolent. Chaud, mais agréablement tempéré par l'alizé, alternant les quelques constructions en dur du quartier colonial et les cases disséminées alentour. Souvent entourées d'un mur, les « concessions », comme on les appelait ici, se présentaient sous la forme de grandes bâtisses carrées recouvertes de chaume, composées d'une ou plusieurs pièces en enfilade et d'une cour, où picoraient les poules tandis que les femmes préparaient la pâte à base de farine de maïs. Dans les rues pavées de coquilles d'huîtres, les chèvres et les moutons broutaient l'herbe et mâchouillaient les ordures amoncelées. On avait planté des cocotiers qui ne donnaient pas encore d'ombre.

Il s'était arrêté plusieurs fois devant les marchands ambulants, à qui l'on pouvait acheter des plats à déguster, tels que les galettes d'arachides roulées – un délice –, l'*akassa*, la pâte de maïs fermentée, ou l'*aloko*, succulentes bananes frites, et c'est un peu alourdi qu'il rejoignit Tyler toujours attablé à la terrasse de l'hôtel.

Aguerri par son incursion en territoire étranger, il commanda un verre de *tchoukoumbé*, la bière locale à base de sorgho, plus communément appelée *tchouk*, et le serveur lui rétorqua qu'on n'en servait pas ici. C'était de la boisson d'indigènes. Il se rabattit sur une bière d'importation et entreprit de mettre ses notes au clair pendant que Tyler, perdu dans ses pensées, contemplait la rue et le port.

Les événements de Paris lui paraissaient à présent si lointains ! Deux hommes assassinés, un troisième tué ici même. C'était grave, certes, mais qu'y pouvait-on ? Que pouvait-on comprendre aux querelles des autochtones et devait-on même s'en mêler ? Il avait demandé à droite à gauche si on connaissait un tirailleur nommé Sodjebedji, et les visages s'étaient fermés, les bouches s'étaient tues. On voulait bien plaisanter en surface avec le *Yovo*, le Blanc, mais pas aborder la vie personnelle.

Ils se levèrent pour saluer Camille qui venait les rejoindre afin de déjeuner. Le climat ne portait pas vraiment à dévorer du pâté en croûte ou des viandes en sauce et ils optèrent pour de la petite friture arrosée de citron et accompagnée de pommes vapeur. Émile et Albert, arrivant sur ces entrefaites, se joignirent à eux et il faillit y avoir un incident quand le serveur indiqua poliment mais fermement que Figdabé devait manger en cuisine, avec les autres serviteurs. Tandis qu'Émile commandait une bonne portion de crabe sauce mayo et qu'Albert se contentait d'un bouquet de crevettes, Figdabé s'éloigna tête haute, pour aller s'accroupir sous un auvent, près d'une *tanti*[1] qui lui servit un grand bol de *we*, la pâte de maïs, arrosée de sauce légume, mélange de crabe et d'épinard.

Delany et Coleman ne se montrèrent pas et ils supposèrent qu'ils prenaient leur repas à l'intérieur, sous les grands ventilateurs suspendus au plafond.

Ils ne rencontreraient Danjou, le camarade d'Émile, que le surlendemain. Il était en poste sur la route menant à Abomey. Il ne restait plus qu'à faire la sieste, comme tout colonial qui se respecte, avant de vaquer aux derniers préparatifs et de se rendre au Cercle pour la soirée.

Camille, désespérée par ses cheveux – « Regarde comme ils sont mous et ternes ! Je suis affreuse ! » –, les avait longuement coiffés avec une brosse imprégnée de vinaigre hygiénique avant de se plonger dans le tub rempli d'eau tiède où elle avait versé un

1. Terme affectueux pour s'adresser à une femme.

demi-flacon de « bains de la Tsarine » – « Tu devrais en faire autant, mon petit tsar, tu verrais comme ça rafraîchit ! » L'hôtel ne disposait pas de salles de bains, mais chaque chambre était équipée d'une petite pièce d'eau.

Louis, vautré sur le lit, se demandait s'il n'allait pas se laisser pousser la barbe. Ce serait plus pratique. D'accord, il aurait l'air d'un trimardeur pendant deux ou trois jours, la belle affaire ! Il compulsa de nouveau ses notes. Rien de bien intéressant, hélas. Et, de toute façon, personne n'en lirait rien avant un bon mois : le prochain bateau, à destination du Havre ce coup-ci, ne passait que la semaine suivante. Il confierait le pli à poster à la patronne. Histoire de tenir le lecteur en haleine, il avait d'ores et déjà évoqué le meurtre commis par Sodjebedji, le tirailleur. L'exotisme, c'était bien, l'exotisme criminel, c'était encore mieux. Il avait hâte à présent que l'aventure commence, de coiffer son casque et de transpirer dans la jungle en jetant des regards farouches autour de lui, fusil à l'épaule.

Le bruit de la pluie lui fit lever la tête. L'averse martelait les rares pavés, les auvents, les corniches en zinc. Le ciel s'était assombri, la place était vide. On se serait cru à Paris !

— Petite saison des pluies ! lança Figdabé en ouvrant la porte, faisant sursauter Louis et glapir Camille qui attrapa son peignoir de soie rose pour se couvrir.

— Mille bombes, on frappe avant d'entrer ! cria Louis.

— On frappe qui ? demanda le jeune garçon.

— La porte !

Figdabé contempla le panneau de bois, perplexe.

— Laisse tomber. Qu'est-ce que tu veux ?

— M. Albert dit que nous y allons dès que la pluie est finie.

— Très bien. Et ça dure longtemps, ces pluies ?

— Ça dépend. Un peu longtemps, mais pas trop. Aujourd'hui pas de *tornados*.

— C'est déjà ça. Dis à Albert que nous vous rejoignons en bas, à la réception.

Figdabé hocha la tête et sortit, toujours aussi droit et digne qu'un majordome anglais.

— Dépêche-toi un peu, lança Louis à Camille, on dirait que la pluie ralentit.

— Robe en mousseline de soie citron ou jasmin ?

— Mets la citron, ça sera en harmonie avec le teint de Laugier.

L'élégant bâtiment du Cercle des Amis du Bénin se dressait à dix minutes à pied de l'auberge. Mais cela suffit pour tremper les chaussures et le bas de la robe de Camille, l'averse ayant transformé les rues en bourbier.

Figdabé, pieds nus, s'amusait pour sa part à sauter dans toutes les flaques d'eau, sans pour autant se départir de son air sérieux.

Edmée Laugier les attendait, boudinée dans une jupe de satin noir et un chemisier crème à jabot qui dissimulait à grand-peine ses charmes. Elle les fit entrer avec l'empressement d'une bonne maîtresse de maison et leur présenta la compagnie.

Le commissaire de police du Dahomey et dépendances, en poste à Porto-Novo, n'avait pas pu se déplacer, mais l'adjudant responsable de Cotonou se trouvait là, sanglé dans son bel uniforme blanc. Ses deux brigadiers, l'un indigène et l'autre européen, se tenaient en retrait, respectueux. Émile les salua avec plaisir et s'illumina encore plus en découvrant la présence du sous-chef du service sanitaire, un jeune lieutenant-major, officier du corps de santé des troupes coloniales et détaché hors cadre. Le seul hôpital se trouvait à Porto-Novo, mais Cotonou disposait d'ambulances. Le service comptait pour tout le Dahomey dix officiers, trois infirmiers et trois infirmières français, une vingtaine d'infirmiers indigènes et cinq agents sanitaires chargés de la surveillance maritime. Le jeune lieutenant-major avait en conséquence l'air harassé. Émile, lui, en terrain familier, s'épanouissait comme la fleur au canon du fusil. On annonça l'arrivée du capitaine du génie chargé des travaux du projet de chemin de fer et du tramway, escorté par le chef de service des travaux publics qui devait veiller que les rues soient convenablement asphaltées pour pouvoir y faire rouler ledit tramway. Le greffier du tribunal de première instance et le directeur de la poste, accompagnés de leurs épouses, complétaient la brochette de fonctionnaires. En face, pour ainsi dire, se trouvaient les commerçants regroupés sous la houlette de René Laugier, qui possédait la plus importante factorerie.

Les deux groupes se côtoyaient tous les jours et entretenaient d'excellents rapports, mais, de fait, chacun se repliait assez vite sur lui-même pour discuter à bâtons rompus des aléas de sa corporation. Les doléances sur la lenteur des transports et la nécessité de former des ouvriers dahoméens croisaient les inquiétudes sur le développement du télégraphe, ou le besoin d'une aide médicale aux indigènes.

C'est donc dans un brouhaha de conversations animées et fortement alcoolisées que se passaient la plupart des soirées des coloniaux, d'autant que nombre de ces jeunes gens partis outre-mer étaient célibataires. Il n'y avait que six dames à Cotonou et Edmée Laugier paradait au milieu de ces mâles, faisant au mieux figure de mère tutélaire, au pire de possible maîtresse, et son rire de gorge ne laissait personne de marbre, hormis Camille, Louis, qui n'aimait pas ce genre mémère, et Albert, insensible au charme féminin.

Tout le monde fit bon accueil à la petite expédition et Albert fut traité avec déférence par l'adjudant qui avait souvent entendu le commissaire parler de l'éminent professeur Lacassagne dans des termes plus qu'élogieux. Aucune des personnes présentes n'avait assisté à une fête des Coutumes et chacun s'en félicitait, cette barbarie étant insupportable au regard occidental, comme le montraient les témoignages écrits. Mais Albert pourrait rencontrer un vieux marchand portugais, un ancien intime du roi Béhanzin, qui s'était retiré non loin d'Allada et s'était fait construire une maison en dur où il vivait maritalement avec une indigène de trente ans plus jeune que lui.

On était parti pour une bonne heure de commérages sur les mœurs relâchées des colons comme des autochtones. Camille s'étonna soudain de l'absence des Américains. Edmée ne les avait pas conviés à la soirée ?

— Nous avons préféré rester entre Français, répliqua son mari en vidant son verre. C'est plus intime et plus décontracté, n'est-ce pas ?

Il faisait partie de ce genre de gens qui assortissent leurs assertions comminatoires d'un « n'est-ce pas ? » faussement conciliant. « Tu me repasses ma chemise, n'est-ce pas ? » « Un indigène doit céder la place devant un Européen, n'est-ce pas ? »

Il enchaîna sur sa récente rencontre avec le consul français au Liberia, un certain Maurice Delafosse, un administrateur colonial spécialiste des langues africaines. Justement, dit Camille, ces messieurs se rendaient au Liberia ! Eh bien, il leur donnerait une recommandation pour Delafosse. Qui sait, il pourrait même leur apprendre le français-tirailleur dont il était en train de rédiger un manuel !

Louis, toujours curieux de linguistique, demanda plus d'explications.

— Vous avez dû remarquer que les indigènes baragouinent un sabir plus ou moins compréhensible, commença le greffier, du petit-nègre, comme on dit…

— Eh bien, ce petit-nègre, continua le jeune médecin militaire qui les écoutait, il ne leur est pas naturel, il faut le leur inculquer ! Nos tirailleurs parlent des tas de langues différentes et certains n'entendent rien au français. Il faut donc leur donner des ordres simples. Et leur apprendre des mots simples.

— Exactement ! renchérit Laugier. Delafosse affirme que notre langue est beaucoup trop compliquée pour l'esprit africain et en préconise une simplification rationnelle et naturelle, à la syntaxe très allégée et codifiée, sur le mode du langage nago, que presque tous comprennent. Ainsi, les verbes sont utilisés à l'infinitif premier groupe et la négation se marque par le mot « pas » placé après le verbe. Exemple : « il tirer pas ». On supprime tous les articles et on remplace « il y a » par « y a », ce qui fait gagner du temps. Je vous assure que c'est très instructif.

— Moi y a bien vouler boire canon ! lança le chef de service des travaux publics, hilare.

— Toi y en a déjà trop boiver ! répliqua un exportateur d'ivoire.

— Si vous deux y en a pas sages, rentrer ton la case fissa ! gloussa le greffier.

Tout le monde riait de bon cœur, y compris le brigadier indigène, sous le regard indigné de Camille à qui Albert toucha discrètement le bras.

— Laissez, chuchota-t-il, vous et moi savons combien les hommes sont puérils !

Camille se félicita intérieurement que finalement les Américains ne soient pas là. Elle doutait fort que ces plaisanteries prétendûment bon enfant les aient amusés.

— Toi y en a fâchée, la ma cocotte ? lui murmura Louis.

— Si tu te crois drôle…

Il lui tendit un verre avec son sourire irrésistible, celui destiné à se faire pardonner.

— Tu as vu la belle décoration de notre ami René ? reprit Louis.

Il désignait une croix d'émail blanc que René Laugier portait en sautoir. Ornée en son centre d'une seconde étoile d'émail noir à cinq rayons et surmontée d'une couronne de chêne et de laurier entrelacés.

— C'est sa croix de commandeur de l'ordre de l'Étoile noire ! leur apprit Edmée avec fierté. Un ordre institué par le roi Toffa. Les nominations sont accordées par le président sur le rapport du ministre des Colonies et après avis du conseil de l'ordre de la Légion d'honneur, poursuivit-elle d'une traite avec l'air extasié d'une religieuse récitant l'Ave Maria.

— Ça y en a beau caillou ! lança Louis, mais Edmée le fusilla du regard.

On ne rigolait pas avec les décorations. René se rapprocha d'eux, ses yeux de langouste rendus brillants par l'absinthe.

— J'espère bien passer commandeur avec plaque ! chuchota-t-il. Et même grand-croix ! Mais il faut du temps, de la persévérance. Et les bons appuis. Vous avez vu la belle camelote ? Elle pèse deux cent dix grammes et le ruban mesure vingt-quatre centimètres.

— C'est une longueur qui vous honore, déclara Camille, plus pince-sans-rire que jamais.

Louis, qui se serait trouvé tout aussi heureux avec une médaille en chocolat, tourna la tête pour ne pas rire. Il commençait à s'ennuyer. On se serait cru à une réception de sous-préfecture en province et non à des milliers de kilomètres de la France. Albert montrait des signes de fatigue. Ils devaient se lever à l'aube, frais et dispos, et ils n'avaient pas encore dîné.

— Mais il y a le buffet du mess ! s'exclama Edmée, venez, c'est juste à côté.

Elle les entraîna dans une vaste salle à manger bien aérée par de larges fenêtres et des ventilateurs de plafond, où étaient dressés des tréteaux chargés de victuailles, protégées des insectes par de la mousseline.

— Kandé ! appela-t-elle. Kandé !

Un Noir apparut, déguisé en marmiton.

— *Xove sin ye !* lança-t-elle. Je lui ai dit que vous aviez faim. Servez-vous.

— Nous ne voulons pas nous imposer…

— Ne dites pas de bêtises. Kandé est un excellent cuisinier et nous le payons trois fois rien. Autant en profiter.

Oui, autant profiter de tout ce que pouvait offrir ce pays, songea Louis avec amertume, autant y prendre tout ce qu'on pouvait, presser les terres et les habitants comme des citrons et les obliger à vivre à notre manière, pour notre commodité.

Songeur, il se servit des asperges et de la pintade, cherchant vainement la moindre spécialité locale.

— Notre ami Thirier connaît Danjou ! lança Émile en les rejoignant. Ah ! Voilà la cantine ! Holà, Madelon, sers-nous donc à boire !

Kandé lui décocha un coup d'œil torve puis glissa du tabouret où il somnolait, la toque de travers.

— Y en a pas Madelon. Moi Kandé.

— Hélas ! Tiens, file-moi donc une carafe de rouge, là. Merci mon garçon. Je vous disais donc que Thirier – le médecin-major, Albert, suivez un peu – avait été appelé par Danjou après le meurtre de ce malheureux chef de village.

Il baissa la voix en voyant du coin de l'œil Kandé redresser la tête, soudain attentif.

— Venez, sortons donc prendre l'air quelques instants. On ne sait jamais quelles oreilles peuvent traîner. Bien. Thirier a pu examiner le cadavre, qui était déjà très décomposé par la chaleur, vu qu'il lui a fallu trois jours pour rejoindre le régiment. Il confirme que le type a bien été décapité, par une lame de hache ou de machette, et d'un seul coup d'un seul, ce qui suppose beaucoup de force ou une grande habitude.

— Un boucher ? Un bourreau ? suggéra Louis.

— Qui sait ? Thirier a eu la bonne idée de dessiner les motifs de la récade enfoncée dans la gorge du pauvre bougre. Il en fera porter une copie à notre hôtel afin que vous puissiez les montrer à ce garnement de Figdabé, dont je n'attends rien, et à Gando.

— Gando ne se joint malheureusement pas à nous, répliqua Albert.

— Oui, mais la concession de sa famille est sur notre chemin. Croyez-moi, la bleusaille, si ces foutues récades contiennent des codes, il faut les déchiffrer ! L'interception des données ennemies est la clé de la victoire.

— Émile, nous sommes ici au nom de l'anthropologie, pas pour faire la guerre.

— C'est tout à fait ça. La science contre la nature humaine !

— Qui est chargé du dossier ? demanda Louis.

— Normalement, ce sont les gendarmes qui ont qualité pour enquêter sur tout ce qui concerne l'armée. Mais ici, y en a pas gendarmes ! L'administrateur de la région d'Abomey a remis l'affaire entre les mains du commissaire de police, qui agit lui-même sous les ordres du gouverneur. Donc, ça va revenir entre les mains de la garde civile indigène et des gardes de cercle, qui sont habilités à poursuivre les criminels, mais qui n'ont pas les compétences de nos fins limiers français, c'est dire le niveau… Et Danjou mène l'enquête de son côté avec l'aide de son interprète qui, hélas, ne peut pas piffer le commandant de ladite garde indigène, et rechigne à retranscrire *in extenso* les conversations qu'il a avec les villageois. Le foutoir, quoi. Voilà le résumé que vient de me faire Thirier. Versez-moi donc à boire.

Un méli-mélo judiciaire et policier. Chacun allait se fendre de son rapport tandis que le meurtrier coulerait des jours heureux assis sous un bananier à aiguiser sa machette, se dit Louis, habitué aux jalousies entre les services et aux prodiges de mesquinerie dont étaient capables des serviteurs de l'État mis en concurrence. De toute façon, il ne se fiait qu'à lui-même pour résoudre le mystère des têtes coupées. Il allait assurer au *Petit Éclaireur* les meilleures ventes de l'année !

Ils prirent enfin congé des Amis du Bénin, malgré les protestations des plus jeunes, déçus de voir partir Camille, lestés de mille recommandations, et en multipliant les promesses de se revoir au retour de leur expédition.

Dehors, il faisait tiède, la pluie avait laissé dans l'air une sensation d'électricité. Les rues n'étaient pas éclairées et ils cheminaient à la lueur de la lune montante. Émile avait entonné *La Madelon* à pleins poumons et quelqu'un cria « Y en a fermer ta gueule ! ».

— Ces tam-tameux n'entravent que dalle à la grande musique !

Il se tut en entendant siffler dans l'obscurité, un air entraînant, et Delany, Tyler et Coleman surgirent au coin du tribunal de commerce. C'était Tyler qui sifflait et il termina par un trille.

— Me Coleman avait rendez-vous avec le sous-commissaire colonial et le chef de service du premier bureau afin d'échanger leurs points de vue sur de nombreuses questions d'administration. Ils nous ont gardés à dîner, expliqua Delany.

— Vous nous avez manqué ! lança Tyler en français en direction de Camille. Les deux femmes présentes étaient aussi laides qu'ennuyeuses !

Louis fit un pas en avant.

— Et vous aussi, Denfert ! ajouta le boxeur avec un grand sourire désarmant.

— La vie n'est hélas pas faite que d'amusements, laissa tomber Coleman, les lèvres pincées. Une petite bourgade bien tranquille, continua-t-il en examinant les environs. On doit pouvoir y vivre en paix.

Oui, tant que personne ne vous coupe le cou, songea Louis. Mais il était vrai que les victimes étaient des autochtones et que ça ne devait pas empêcher les Européens de dormir à l'aise sous leurs moustiquaires.

Dissimulé sous la ramure imposante d'un vieux manguier sauvage, le Voyageur observait le petit groupe d'humains. Il avait déjà préparé ses bagages et était fin prêt à les suivre. Ils ne s'en rendaient pas compte, mais une Ombre noire planait au-dessus d'eux. Depuis le temps qu'il côtoyait intimement la Mort, il avait appris à reconnaître ses signes. Il était persuadé qu'elle marquait ses proies, comme le berger marque son troupeau. C'était cela aussi qui guidait ses propres choix. La certitude que la créature dont il allait prendre la vie lui était en quelque sorte offerte. Qu'il n'était au fond qu'un agent secret au service de Sa Majesté la Mort.

CHAPITRE VIII

— Tatatata !

Émile n'avait pu résister à la tentation d'imiter le clairon derrière la porte de la chambre d'Albert, ce qui avait eu pour effet de réveiller tout l'étage. Par chance, les clients étaient peu nombreux et plutôt bien lunés. D'ailleurs, Émile se concilia tout le monde en offrant une tournée générale de café et de cognac. On partait à l'aventure, morbleu, en mission, en expédition, fallait fêter ça !

Intraitable, il vérifia une fois encore tout le contenu des paquetages individuels, le laçage des godillots et l'attache des jugulaires. Les vingt porteurs attendaient sagement, avec leurs vingt-cinq kilos de bagages chacun sur le crâne. Camille avait ajouté à son casque une épaisse voilette et s'était tartinée de poudre de riz contre le hâle. Pas question de revenir en France ridée et tannée comme un pruneau. Ses mitaines en lin laissaient à peine dépasser le bout de ses doigts. À demi allongée dans un hamac, elle attendait avec grâce qu'Albert donne le signal du départ. Les hommes et les porteurs iraient à pied. Les chevaux étaient rares, réservés aux militaires. De plus, les pauvres bêtes ne supportaient pas le climat et dépérissaient rapidement. Les administrateurs eux-mêmes faisaient leurs tournées en hamac, une version coloniale de la chaise à porteurs, mais la petite troupe s'y était refusé. De fiers explorateurs en hamac ? Que nenni !

Figdabé avait fait la grimace.

— Eux, ils vont vite, avait-il dit en désignant les « hamacaires », comme on les appelait. Vous, vous marchez lentement. Il faudra beaucoup plus de temps.

Émile avait acquiescé :

— C'est vrai que les bougres vont jusqu'à dix kilomètres à l'heure en terrain découvert. Mais bon… il faut les changer toutes les deux heures, c'est beaucoup de dépense. Nous verrons en route, si cela devient trop difficile.

Les Américains avaient décidé de se joindre à eux jusqu'à Abomey. Là, Coleman et Delany bifurqueraient vers le Togo allemand, où ils rencontreraient les hauts responsables, avant de traverser la Côte d'Ivoire pour rejoindre le Liberia, munis de promesses d'échanges commerciaux et de collaboration industrielle. Tyler, pour sa part, irait se présenter au responsable du 1er régiment étranger.

Hê-gna-ouênou, avait dit Figdabé en montrant le soleil levant. « Le moment de chasser les oiseaux. » Soit environ sept heures du matin, quand on envoie les enfants aux champs pour faire fuir les volatiles qui pillent les graines. Albert sortit son Cinématographe et tourna la manivelle pour enregistrer le départ. Moment historique.

— En avant toute ! lança Émile en agitant son fusil.

Louis le traita de Tartarin, ce qui lui valut une bonne bourrade dans les côtes.

— Heureusement qu'on n'entendra rien de vos imbécillités ! lança Albert.

— Quel dommage que le cinéma ne soit pas parlant ! dit Camille. On pourrait filmer la représentation au théâtre et la projeter dans n'importe quel petit bled de France, sans devoir se farcir la tournée !

— Je croyais que tu adorais, ça, la scène, le contact avec le public !

— Oui, mon petit tsar, mais pas au prix de trois cents heures de cahots de train et de chambres miteuses pleines de punaises.

Une heure plus tard, on parlait moins. Deux heures de plus et on se taisait. Il faisait chaud, la route cheminait à travers la végétation dense de la lagune, ça sentait la vase et les plantes aquatiques.

— Cypéracées, expliqua Albert, nous avons là de beaux spécimens de *Scirpus lacustris* et de *Rhizophora vulgaris*. Palétuvier ! traduisit-il devant l'œil atone de ses compagnons. Et ça c'est du papyrus…

— Momies ! coupa Louis.

— Pyramides ! lança Tyler.

— Pharaons ! glapit Émile.

— Cornichons ! conclut Albert.

Ils croisèrent des femmes portant leurs jarres sur la tête, des enfants minces et nus qui couraient et criaient des mots incompréhensibles, un homme juché sur un bœuf, deux autres appuyés à leurs lances. Les villageois étaient aux champs, courbés sur leurs houes. Les hommes âgés, rassemblés en cercle, les regardaient passer sans rien dire, les épouses continuaient à piler le mil ou le sorgho. Émile, en tête, saluait tout le monde. Figdabé s'adressait parfois aux anciens et les vieux hochaient la tête. Sur le lac, des pêcheurs ramenaient leurs filets, tandis que d'autres se tenaient debout dans leurs pirogues, immobiles, telles des cigognes.

— *Akadja !* dit Figdabé. Pièges à poissons.

Louis hocha la tête. De son enfance auprès de son père adoptif, un terre-neuvas, il avait appris le monde de la mer.

— Ah, des casiers !

— Pièges avec des branches.

— Je connais. La mer remonte dans le lac, n'est-ce pas ?

— Oui. Beaucoup de marées.

— Et quand elle repart, les poissons restent coincés dans les nasses. Ça existe aussi sur les côtes françaises, tu sais ? Mon père était un grand pêcheur. Un pêcheur de baleines.

Figdabé le dévisagea avec suspicion.

— Je ne mens pas ! Il partait loin, loin, sur la mer, avec son bateau, jusqu'au pays des glaces, pour tuer des baleines.

Figdabé plissa les paupières. Partir loin sur l'Océan, quelle drôle d'idée ! Il ne savait pas nager. Dans son clan, l'élément liquide était lié à l'idée de passage entre la vie et la mort. Les défunts venaient faire leurs ultimes ablutions dans la lagune avant de se jeter dans la mer pour rejoindre l'au-delà. D'ailleurs, selon la tradition, *Koutounou* signifiait « Au bord de la lagune de la mort ». Un point en équilibre entre deux univers, celui de la terre et celui de l'eau.

— Tu sais qu'avec les baleines on fait des tas de choses ? continuait Louis. De l'huile pour les lampes et les machines, des bougies, des ceintures, des cordages, des baleines de parapluie, des corsets et des crèmes pour les dames…

— C'est ça, bientôt nous serons responsables du massacre de ces pauvres bêtes ! lança Camille de son hamac.

— Massacre qui arrange bien tout le monde ! D'où crois-tu que vient la « veloutine russe » que tu achètes par douzaine de tubes ou la brillantine avec laquelle Albert plaque ses épis sur son crâne macrocéphale ?

— Et mes gants de boxe ? demanda Tyler en rigolant. Cuir de baleine ?

— Sans doute !

— Bon sang, voilà pourquoi je frappe si vite et si fort ! Un géant des mers au bout des bras, boum, personne ne fait le poids !

— Même les godillots d'Émile sentent le varech !

— Fermez-la un peu, la bleusaille, vous allez avaler des moustiques.

À l'arrière, Delany marchait d'un pas régulier, suivi de Me Coleman à cheval sur son hamac, jambes pendantes. Il avait consenti à abandonner son costume-cravate en laine fine pour un léger costume de brousse en coton grège, mais n'avait pu renoncer à se nouer un foulard gris perle autour du cou. L'humidité tropicale faisait transpirer à grosses gouttes. Les hamacaires, empêchés de courir, rongeaient leur frein pour mettre leur pas à l'allure de celui de leurs employeurs.

Ils marchaient depuis bientôt quatre heures et Albert pensait à ordonner la halte pour se nourrir et laisser souffler les porteurs quand Émile fit stopper la colonne et consulta un plan chiffonné, tracé à la main.

— D'après mes indications, la concession de Gando n'est pas très loin, dit Émile. On te suit, Figdabé.

Ils empruntèrent un étroit sentier qui cheminait entre des baobabs impressionnants que Louis prit en photo. Albert se rendait compte que filmer tout en se déplaçant n'était pas pratique. Cela aurait nécessité de s'arrêter trop souvent, d'autant qu'il n'avait pas l'habileté des opérateurs Lumière, capables de se servir de leurs appareils en un tournemain.

Avocatiers, arbres à pain, amarantes géantes, haies de joncs, la haute végétation qui les entourait empêchait de voir au loin, donnant un sentiment d'enfermement. Albert, qui avait potassé le traité d'Édouard Foà sur le Dahomey, les mettait régulièrement en garde contre tel ou tel végétal. Ainsi, les pommiers d'acajou offraient leurs fruits empoisonnés, qu'on ne pouvait manger que cuits sous peine de voir sa langue et ses lèvres enfler démesurément.

Ils débouchèrent soudain dans une clairière, face à un hameau aux cases de banco et aux toits de feuilles d'éléis séchées au feu. Des poules caquetantes s'éparpillèrent à leur arrivée et un coq se mit à chanter, défiant les intrus. Louis repéra deux vaches maigrichonnes qui ruminaient paisiblement près d'un gros cochon noir. Les enfants, étonnés, contemplaient les Américains. Qui étaient ces Noirs habillés en Européens et qui parlaient une langue inconnue ? Des marchands ? Des émissaires des trafiquants d'esclaves ? Les femmes gardaient pudiquement les yeux baissés et là encore les hommes présents se rassemblèrent sans parler, plus méfiants qu'accueillants. Ils portaient tous les mêmes cicatrices sur le visage, deux larges barres sur chaque joue.

— On leur a dit qu'ils devraient bientôt payer l'impôt, expliqua Émile. Un franc vingt-cinq centimes par tête. Du coup, ils ont peur chaque fois qu'ils voient des Blancs.

— On va leur faire payer des impôts ? s'étonna Camille. Pour s'être fait envahir ?

— Voilà un raccourci bien féminin !

— Auquel vous n'avez rien à répondre !

— Les impôts servent au bien public, expliquez-lui donc, Louis !

— Ah ! parce qu'en plus il est responsable de moi comme d'un animal domestique irritable ?

— Cessez de crier ! dit Figdabé. Cela dérange les esprits et les prières. Suivez-moi.

Il les entraîna dans un silence maussade jusqu'à un mur d'enceinte d'environ trois mètres de haut et s'arrêta devant un petit abri construit à l'extérieur sous lequel Louis aperçut de nouveau la hideuse statuette du petit dieu priapique.

— C'est Legba, un esprit familier et rusé, un peu comme Mercure, chuchota Albert.

— Attendez ici. Je vais prévenir Gando ! lança Figdabé.

Ils restèrent plantés là, observés par tout le village. Des jeunes filles qui revenaient du puits, poitrine nue et jarres sur la tête, les dépassèrent en chuchotant.

Figdabé revint enfin et les fit passer par une ouverture dans le mur. Ils se retrouvèrent dans un dédale de cases et de cours.

— Ici, *agbadji*, cour des visiteurs, expliqua le jeune garçon. Là, *hodogba*, la case des paroles.

— C'est là que le chef de famille entend les plaintes et les doléances, lança Arthur Gando en arrivant d'un pas vif. Devant vous, c'est *afagba*, la construction pour le *Fa*. C'est ici que le devin consulte les oracles.

Un vieil homme aux cheveux gris et aux yeux laiteux en sortit à ce moment-là. Il ne portait qu'un pagne orné de rubans colorés, et ses membres grêles supportaient une profusion de bracelets métalliques. Son corps entier était couvert de tatouages en relief en forme de points et de spirales. S'aidant d'un long bâton, il se dirigea vers un auvent sous lequel se dressaient des sculptures en fer.

— La case des fétiches, murmura Albert avant de se retourner vers Gando.

Le cafetier semblait soucieux, les traits tirés. Il portait un pantalon de coutil blanc et une chemise de coton sans cravate.

— Madame votre mère ? s'enquit Albert à voix basse.

— Ça ne va pas mieux. Je dois me rendre à Abomey pour chercher des remèdes spéciaux. Je partirai avec vous après le repas. Vos porteurs seront nourris, ne vous inquiétez pas. La plupart ont de la famille par ici.

Louis se fit la réflexion qu'il eût été plus commode d'aller chercher des médicaments à Cotonou, tout proche, et que cela signifiait sans doute que la mère de Gando ne voulait être soignée que selon les usages de la médecine traditionnelle.

Gando les précéda dans sa demeure, leur désignant au fur et à mesure les diverses constructions.

— *Adjalala*, la chambre des visiteurs de marque, la vôtre si vous restiez. *Deho*, la chambre des sacrifices. Ne craignez rien, il ne s'agit que de chèvres et de poulets. *Adoho*, la case qui abrite le symbole du *Fa* du maître de maison. Le symbole de ma destinée, si vous préférez. C'est assez complexe à expliquer. C'est là que je serai enterré. Sur votre droite, vous avez ma chambre. Là, nous avons l'*akpamè*, le quartier des palissades. Comme son nom l'indique, c'est une succession de cours délimitées par des palissades en bambou et qui comprend les cases de mes frères, celles des serviteurs, celles des étrangers, et les toilettes. Une deuxième partie comprend les cases des femmes, dont la case principale, celle de ma mère qui est en dur, tandis que la plupart des autres ne sont closes que par des nattes. Toutes les demeures de chefs de clans sont bâties sur le même modèle. Vous devez avoir faim et soif, venez.

Il les installa en plein air dans la cour attenante à sa case, sous une sorte de large parasol carré, et une femme âgée apporta un grand plat de ragoût à la sauce d'arachide, accompagné de boules de pâte blanchâtre.

— Agouti, expliqua Gando. Du rat de brousse. Très goûteux.

— Le vieux monsieur ne mange pas ? demanda Camille en désignant le prêtre qui psalmodiait face aux idoles.

— Non. Il mange à part. Il ne faut pas mélanger la nourriture sacrée et la nourriture profane. Servez-vous. Désolé, nous n'avons pas de fourchettes, ici on se sert de l'*akassa*, dit-il, regardez.

Il aplatit une des boulettes dont il détacha une partie qu'il plia et plongea dans le plat pour attraper un morceau de viande.

Ils s'empressèrent de l'imiter et Louis dut convenir que le rat de brousse valait bien le lapin.

— Ça me rappelle les bivouacs, dit Delany. Le gibier cuit au feu de bois. Une fois, on a dû se contenter d'une mangouste. Pas très tendre !

— On ne parle pas la bouche pleine, déclara Figdabé.

— Tiens ton rang, mon garçon. Ici, c'est moi qui commande, répliqua Gando.

Boudeur, Figdabé s'écarta pour aller se joindre au groupe des porteurs.

— De la graine de guerrier, commenta Émile. Mais il faut qu'il refrène son arrogance.

— Je suis d'accord avec vous, convint Gando.

Coleman, qui n'avait à l'évidence jamais vécu à la campagne et encore moins participé à un pique-nique, se servait du bout de ses doigts aux ongles impeccables. Gando vit qu'il cherchait les verres du regard et ordonna à une de ses tantes d'apporter une lourde poterie remplie d'eau plus que tiède.

— L'eau vient du puits. C'est le travail des femmes. On la garde dans des jarres afin que les impuretés se déposent au fond. On n'en manque nullement, mais l'usage est de boire en dehors des repas.

Coleman, gêné, n'avala qu'une petite gorgée au goût de croupi. Louis se dit qu'il devait regretter son bureau bien rangé, ses dossiers parfaitement alignés, les rues symétriques et l'agréable rumeur de la ville.

Tyler, dont les grands battoirs lui permettaient de se servir d'imposantes portions, posait des questions sur l'organisation de la colonie, la vie quotidienne. Gando répondait poliment, un peu absent.

Plusieurs femmes s'approchèrent de Delany. Elles marmottaient en regardant son visage abîmé. Arthur voulut les chasser, mais Delany leva la main.

— Laissez ! Mes concitoyens ont la même réaction. Je sais que je ne suis pas spécialement agréable à regarder.

— Holà, camarade, qu'importe le flacon pourvu qu'on ait l'ivresse ! lança Émile. Ce qui compte, c'est la valeur *et* le nombre des années !

— *Toxosu*... souffla une des tantes avant de s'enfuir en se cachant les yeux avec le bras.

Gando soupira.

— Ce qui les préoccupe, ce n'est pas seulement votre apparence. À leurs yeux, cela signifie que vous êtes habité par un génie des eaux, un *toxosu*, responsable de... de...

— De ma monstruosité. N'ayez pas peur des mots. Et comment se comporte-t-on habituellement avec de telles personnes ?

— Les enfants... heu... différents sont noyés et deviennent l'objet d'un culte. Ils deviennent eux-mêmes « rois des eaux ». C'est assez compliqué, je vous l'ai déjà dit, tout est imbriqué, tout a des correspondances.

— Nous avons des visiteurs, coupa Figdabé. Ils demandent à voir la princesse.

Arthur se leva d'un bond. Trois hommes en costume de voyage se tenaient près des chèvres, l'air impatient. Ils eurent l'air surpris de voir un métis se diriger vers eux.

— *Okouassan*, lança en nago un petit rouquin.

— Vous pouvez parlez français, ce sera plus compréhensible, répliqua Gando. Ma mère la princesse Sélèmè est souffrante et ne peut vous recevoir.

— Transmettez-lui tous nos vœux de rétablissement, dit un deuxième visiteur, un homme mince au teint hâlé, à la courte barbe blonde, doté d'un fort accent anglais.

— Je lui ai déjà rendu visite l'an passé, reprit le rouquin. Fernand Daumas, de la Maison Régis de Marseille.

— Votre bimbeloterie ne nous intéresse pas, laissa tomber Gando.

— Nous avons là de superbes articles ! se récria Daumas. Parasols, parapluies, récipients d'aluminium, sacoches, pipes, jupons, caracos, courroies, poudre à fusil, outils de la meilleure manufacture, boîtes de conserve…

— N'insistez pas.

— Vos tantes m'avaient pris pas mal de choses lors de mon dernier passage, s'entêta le jeune vendeur.

— Je n'étais pas là. Je suis revenu. Nous ne vous achèterons rien. Ne me le faites pas répéter.

— Très bien. C'est dommage ! Vous ne savez pas ce dont vous privez tous ces gens !

— De cochonneries dont ils n'ont nul besoin.

— Vraiment ? Vous croyez préférable de les laisser se débrouiller avec leurs misérables instruments ? Croupir dans leurs guenilles ?

— Laissez, Daumas, il est visible que nous tombons mal, intervint l'Anglais. Nous permettrez-vous au moins de nous reposer un moment avant de reprendre notre route ?

— Il ne sera pas dit que nous négligeons l'hospitalité, monsieur…

— Kerry. John Kerry, de Londres. Je suis antiquaire. À la recherche de belles pièces pour des collectionneurs avisés.

— Ah, j'avais cru que…

— Non, nous voyageons de conserve pour plus de commodités. Mon assistant, Douglas Wilkes.

Gando se tourna vers le troisième homme, de stature moyenne, brun, de fines moustaches et un regard sombre. Ils se saluèrent de la tête puis Gando revint brusquement à Daumas.

— Je suppose que vous ne transportez pas de médicaments ?

— Rien que de la quinine, de l'antipyrine et du laudanum. Un peu de chloral aussi, et des pommades. C'est pour madame votre mère ?

— Oui, mais rien de tout ça ne sera utile. Venez, nous sommes en train de finir de manger, je vais demander qu'on apporte un autre plat.

— Nous vous remercions, c'est très aimable de votre part, déclara Kerry de sa voix onctueuse.

Les nouveaux venus furent installés dans la cour poussiéreuse et on fit les présentations. Les Anglais n'étaient pas vraiment des inconnus, on les avait déjà aperçus à bord du vapeur. Camille remarqua que le nommé Wilkes la regardait fréquemment à la dérobée. Sans doute la surprise de voir une femme européenne voyager dans ces conditions, se dit-elle. Avec son visage osseux, sa peau très pâle et ses lèvres trop rouges, il ressemblait à un des portraits du comte Dracula qu'on avait pu admirer dans la presse à la sortie du livre. Son employeur, John Kerry, avait, lui, le parfait type de l'aristocrate anglais tel qu'on l'imagine en France. De belle prestance, blond, le nez court, la barbe parfaitement taillée, les yeux bleu porcelaine, et s'exprimant avec cette sorte de bégaiement propre aux gentlemen. Le jeune Fernand Daumas, quant à lui, rondouillet et court sur pattes, avec une houppe de cheveux roux, évoquait un croisement du chansonnier Mayol et de Sancho Pança.

Ce n'était pas évident de se retrouver seule au milieu d'une compagnie masculine. Louis la couvait du regard telle une poule son poussin, en pire. Heureusement sa voilette lui permettait de dissimuler ses traits, et elle aurait même accueilli avec plaisir le voile de certaines musulmanes. Elle comptait aussi sur la distraction procurée par les jeunesses à seins nus qui se promenaient librement aux yeux de tous pour détourner l'attention d'elle-même. Pour Louis, tout individu batifolant avec elle se voyait exposé à être soit roué de coups, soit révolvérisé.

On lui tapa sur l'épaule. Une des tantes de Gando lui tendait un petit bout de bois dur taillé en pointe et mimait le geste de se le passer entre les dents.

— C'est la coutume après chaque repas. Les gens prennent grand soin de leur hygiène buccale, expliqua Gando. C'est d'ailleurs préférable, car on ne trait pas le bétail à la main, on absorbe le lait directement au pis avant de le recracher dans une calebasse.

Camille se jura *in petto* de ne pas boire de lait.

La tante aux cauris faisait à présent circuler le tafia, l'alcool local.

— Avant de boire, il faut en verser une goutte par terre, pour le fétiche. C'est important, si vous voulez arriver à communiquer avec les gens d'ici. Leurs habitudes ne sont pas de simples usages, elles sont profondément religieuses. Ne l'oubliez jamais sous peine de voir les portes se fermer.

Résistant à la tentation de la sieste, très pernicieuse d'après leur hôte, tout le monde se mit debout, les porteurs récupérèrent leurs charges, les hamacaires leur fardeau et Arthur Gando prit congé de sa mère, de ses tantes et de ses gens. Un homme âgé qui donnait leur pitance aux animaux se prosterna devant lui, se recouvrant la tête de poussière, et ne se releva que lorsqu'ils furent tous passés.

— Quelle marque de respect ! s'étonna Louis.

— Ma mère est de sang royal. Fille de Glélé et sœur de Béhanzin.

Il y eut un bref silence. Les Français avaient destitué son frère, envoyé en exil en Martinique. La princesse ne devait pas les porter dans son cœur.

— J'ai cru voir que ce serviteur portait la marque des esclaves, intervint John Kerry de sa voix onctueuse.

— Oui, il appartenait à mon oncle. C'est un esclave de famille, comme on dit. Un serviteur payé en nature : repas, logement, etc.

— Et vous ne l'avez pas affranchi ?

— Cela n'existe pas ici. Il fait partie du clan. Livré à lui-même, seul, sans appuis, où voudriez-vous qu'il aille ? Qui le nourrirait ?

Tyler, qui avait entendu la fin de la conversation, se renfrogna. Si les esclaves avaient eux-mêmes des esclaves, où allait-on ? C'était à désespérer du genre humain !

— C'est un système très répandu dans tout le golfe de Guinée et jusqu'au Niger, mais plus rare au Dahomey, sauf au sein des familles nobles, car les autres n'en ont pas les moyens, expliqua Gando. Par tradition, tout ici appartient au monarque, gens et biens, et la pauvreté est générale car « le peuple doit nourrir le roi ». Bien sûr, grâce à la France, ça a changé aujourd'hui, ajouta-t-il avec une moue ironique.

Louis se dit une fois de plus que ce devait être difficile d'être écartelé par ses origines et son éducation entre deux sociétés aussi différentes que la cour dahoméenne et le gouvernement colonial.

— Vous avez assisté à certaines cérémonies royales ? demanda Wilkes.

— Très peu. Le roi n'a pas apprécié que sa sœur se soit laissé séduire par un étranger de passage, bien qu'elle ait toujours affirmé avoir été ensorcelée. Les esprits, dûment consulté, ont déclaré que je devais être élevé chez les missionnaires, afin de ne pas être un danger pour le roi. Comme si j'étais contagieux, en quelque sorte. Ça n'a pas empêché sa chute…

Albert se contenait pour ne pas demander à Gando s'il avait pris part aux fameuses Coutumes sanglantes, se réservant de le questionner en tête à tête.

Figdabé, qui marchait en tête avec Émile, se retournait de temps en temps, visiblement mécontent. Gando parlait trop.

Quatre heures plus tard, Figdabé lança *ouê-fè-ko*, « le soleil tournait le cou », et Émile décida qu'il était temps de faire halte. Il était un peu plus de six heures du soir et ils se trouvaient tout près d'un ancien quartier général construit par le génie – admirez le travail ! – et à présent abandonné. Les deux cuisiniers partirent au village voisin acheter de l'eau. On en trouvait tout au long de la route, ce qui évitait de devoir supporter une lourde charge supplémentaire. Émile indiqua où se situerait la feuillée – pas sous le vent ! – et voulut superviser l'installation du campement, mais chacun avait son idée sur l'endroit où il voulait dresser son lit et c'est dans une certaine cacophonie, tandis que les porteurs harassés se jetaient sur leurs nattes, qu'on arriva enfin à s'installer. Le poisson fumé arrosé de sauce gombo et les accras à la farine de maïs, que les indigènes accompagnaient de piments frais, furent vite avalés, le tout arrosé d'un petit bourgogne très correct tiré des caisses de Fernand Daumas. John Kerry fit ensuite circuler une bonne bouteille de cognac. La nuit était claire et étoilée, la brise agréable. Tyler avait sur lui un jeu de cartes et Américains et Anglais entamèrent une partie de poker. Figdabé, assis en tailleur, surveillait les ténèbres environnantes. Gando et Émile farfouillaient dans les fournitures et les conserves. Le jeune Daumas, assis sur une malle, écrivait avec application.

— Une lettre pour ma mère, expliqua-t-il à Camille qui lui souriait. Elle s'inquiète pour moi, la chère femme, et je lui envoie de mes nouvelles chaque fois que je peux. Elle craint les fièvres, mais heureusement ma santé est excellente. C'est primordial ici. Il faut prendre garde à mener une vie saine et à retourner régulièrement au bord de la mer. Ne prenez jamais à la légère un petit malaise. Vous êtes là, et la semaine suivante vous n'y êtes plus !

Le Voyageur souriait dans l'ombre épaisse de la nuit tropicale. Il avait toujours le don de plaire et d'inspirer confiance à ses congénères, lui qui n'éprouvait envers eux qu'une totale indifférence. Qu'allait-il se passer à présent ? La jolie Camille était-elle en danger ? L'homme en colère allait-il passer à l'acte ? On verrait bien. L'avenir n'était fait que d'interrogations, c'était ce qui faisait son charme.

CHAPITRE IX

— Debout là-dedans !

Louis ouvrit un œil sur une aube resplendissante. Camille grogna, la tête enfouie sous son drap de percale. Ils écartèrent la moustiquaire et vérifièrent soigneusement l'intérieur de leurs chaussures. Pas de vilains intrus grouillants de pattes. Les porteurs étaient déjà levés et rassemblaient les bagages. Deux coups de feu retentirent soudain et Wilkes, qui s'était écarté pour satisfaire un besoin naturel, revint bretelles pendantes, fusil fumant, et une pintade à la main. Tous les autres jeunes gens arborèrent aussitôt des mines farouches, en empoignant leur propre arme, et Camille soupira : on allait avoir droit à une hécatombe de rats de brousse et autres bestioles comestibles.

Pour l'heure, le petit déjeuner consistait en galettes de sésame et en café bouilli. Camille préférait ça aux boîtes de rations militaires apportées par Émile. Albert leur avait fait tout un cours sur la nocivité potentielle des conserves arrivées de France. Les compagnies expédiaient aux colonies leurs denrées périmées. Il valait mieux se concentrer sur les ressources locales, abondantes.

Les porteurs étaient prêts. Un peu d'eau, une boulette d'*akassa*, et en route ! Ils partirent en avant. Ployant sous leur charge, ils marchaient lentement et s'égrenaient au long du sentier. Les aides du représentant de la Maison Régis croulaient sous les malles qui contenaient un invraisemblable capharnaüm destiné à séduire les Dahoméens.

— Vous croyez vraiment qu'ils ont besoin d'une pendule ? osa Camille.

— C'est pour le prestige. Le roi Toffa de Porto-Novo collectionne les couvre-chefs européens, du casque de pompier au tricorne. Imaginez, une pendule qui sonne les heures !

— Mais tout est réglé sur la course du soleil !

— Sans vouloir vous offenser, vous n'avez pas la fibre du commerce.

La voix pressante d'Émile les interrompit.

— Nous avons un petit problème.

Il avait parlé tout bas à l'adresse d'Albert. Louis, qui vérifiait ses munitions, tourna à peine la tête. Émile soulevait toujours un problème ou un autre.

— Il ne faut pas affoler les indigènes, insista Émile sur le même ton.

— À propos de quoi ? demanda Albert en ajustant ses lunettes aux verres fumés.

— Nous avons un homme malade, très malade.

— La nourriture avariée ! fulmina Albert.

— Non, il ne s'agit pas de cela.

— Le choléra ?

— Pire.

— La peste ? s'exclama Louis, incrédule.

— *Black water fever ?* demanda Coleman, rasé de près, et qui se tenait à côté, prêt à grimper dans son hamac.

Émile secoua la tête, bourru.

— Albert, venez. Tyler, faites partir la troupe, nous n'en avons pas pour longtemps, nous vous rejoindrons à marche forcée.

— Je vous accompagne, protesta Louis, je suis reporter !

— Je m'occupe du personnel, dit Gando en se tournant vers les cuisiniers qui rangeaient leur popote.

Figdabé se posta devant le buisson d'où avait surgi Émile, lance au poing, tandis que Tyler et les autres finissaient leurs préparatifs de départ. Les hamacaires discutaient tranquillement entre eux, habitués aux caprices des Blancs.

Albert et Louis suivirent un Émile fébrile jusqu'à un iroko au pied duquel était allongée une silhouette à la peau sombre. L'endroit était protégé des regards par de hautes herbes. Albert avait déjà sorti son stéthoscope quand il se figea.

— Bon sang, Émile, c'est ça que vous appelez malade ?

— Moi, j'appelle ça très mort ! renchérit Louis en contemplant le corps décapité. Très salement mort.

La vision semblait irréelle, un homme sans tête couché sur un lit de végétation humide, au cœur de la brousse, sous un ciel bleu sans nuages, les palmiers à huile agitant leurs palmes doucement dans le lointain. Mais le vrombissement des mouches et l'odeur âcre du sang vous ramenaient *illico presto* à la réalité. Louis tourna la tête pour suivre le regard d'Émile et vit la tête plaquée contre le large tronc d'un baobab, à hauteur d'homme. De la bouche dépassait ce qui ressemblait à une poignée argentée.

— Elle est clouée au tronc, confirma Émile. À l'aide d'une de ces foutues récades.

— On a une idée de son identité ? demanda Louis tout en contemplant les yeux exorbités du cadavre.

Émile haussa les épaules.

— Un villageois des environs, sans doute.
— Flûte et flûte ! pesta Albert. Est-on sûrs qu'il ne s'agit pas d'un de nos hommes ?
— Il porte en bandoulière la chaîne de verroterie rouge et blanche des féticheurs de Chango, le Tonnerre, fit observer Émile. J'en ai déjà rencontré. Chango est en quelque sorte chargé de punir les méchants à travers son fils, Ara, la Foudre.
— Mais ce type n'a pas été foudroyé ! protesta Louis
— Votre esprit d'observation vous honore, deuxième classe Denfert, n'empêche qu'il est un des disciples de Chango. Et donc pas un de nos porteurs. Les féticheurs ne s'abaissent pas à servir les colons.
— La mort remonte tout au plus à quelques heures, marmonna Albert qui examinait le cadavre.
— Que faisait ce type près du campement cette nuit ? se demanda Louis à voix haute.
— Et qui l'a dégommé ? ajouta Émile.
— Une vengeance personnelle ? Une querelle de villageois ? questionna Albert penché sur le cou déchiqueté.
— Tête coupée et récade enfoncée dans la gorge, comme par hasard ? L'assassin de Paris est parmi nous ! lança Louis, survolté. Le meurtre est tout frais, collectons les indices.
— Lesquels ?
— Émile, vieux rabat-joie, taisez-vous et cherchez.
Le sang répandu avait déjà été bu par la terre grasse. Le mort les fixait, la bouche grande ouverte sur le morceau de métal qui en dépassait. Albert, après avoir chassé le nuage de diptères agglutinés contre la blessure béante, retira la récade avec précaution, sans pouvoir empêcher la tête tranchée de rouler au sol.

Telle une sinistre boule de pétanque, elle alla se cogner contre une racine et s'immobilisa. Émile la ramassa par les cheveux et la déposa sur une pierre. Albert brandit la canne au bout acéré. Le pommeau portait le motif habituel : la hache à double lame.

— Le doute n'est pas permis. C'est bien le même tueur !

Finement gravés sur le manche se détachaient un bélier et un tromblon.

— Si le tueur est parmi nous, il transporte donc ses récades dans ses bagages, dit Émile.

— Pas forcément. Elles peuvent appartenir aux victimes, fit observer Louis. Ce sont peut-être des messagers envoyés par quelqu'un qu'il n'a pas envie d'entendre. De toute façon, il ne sera pas difficile de fouiller nos porteurs, ils n'ont chacun qu'un minuscule balluchon. Tout ce qui compte pour eux, ce sont leurs gris-gris et leurs pendentifs.

— Il n'y a pourtant pas trente-six solutions, coupa Émile, l'assassin est forcément un de nos fantassins. Sauf erreur, Albert, vous avez engagé des danseurs qui se trouvaient à Paris. Voilà vos coupables. À moins que ce soit votre protégé, le têtard qui se veut gros comme un bœuf.

— Et pourquoi pas Tyler ? avança Louis. Ou Gando, tant que vous y êtes ? Ou vous, moi ou Albert lui-même ? Il n'y a que les Anglais qui puissent être hors de cause, et le petit rouquin.

— Votre raisonnement est incomplet, fit la voix froide de Coleman dans leur dos. Tss tss, sergent Germain, je sais que je n'ai rien à faire là, mais je suis avocat, n'est-ce pas ? Fichtre, ce n'est pas très joli à regarder ! Est-ce la décapitation qui a causé la mort ?

— Sans aucun doute, assura Albert. Cette récade a été enfoncée dans la gorge du cadavre *post mortem*.

— Intéressant. Jolies gravures. Peut-être M. Gando sera-t-il capable d'en déchiffrer le rébus. Je vous ai écouté avec attention, monsieur Denfert. Vous avez omis dans votre plaidoirie le fait que je vous ai raconté moi-même avoir visité le village africain à Paris, en compagnie de Delany. L'un de nous deux pourrait être votre homme. En fait, nous sommes tous bien plus suspects que vos malheureux porteurs.

— Pas les Anglais.

— Que savez-vous de leurs déplacements ces dernières semaines ? Avec les moyens de transport actuels, Paris n'est plus que la banlieue de Londres, ou le contraire ! Il n'y a que le nommé Daumas qui semble hors de soupçon. Mais c'est encore à vérifier. Que comptez-vous faire de la dépouille ?

— Nous verrons ça avec Gando, dit Émile. C'est une affaire très sérieuse par ici, les funérailles.

— On les prend rarement à la légère, où que ce soit, répliqua Coleman, pince-sans-rire.

Ils regagnèrent le campement. Albert expliqua qu'il allait rester en arrière avec Gando pour donner les soins d'urgence au malade, « un villageois au plus mal, peut-être contagieux, il vaut mieux ne pas en approcher, je crains que ce ne soit un accès bilieux hématurique, je vais essayer l'antipyrine, inutile de vous retarder, nous prendrons quatre hamacaires au village pour vous rattraper ». Tous acquiescèrent, Daumas le premier. Les fièvres malignes étaient le cauchemar des Européens, trop souvent terrassés. Émile, chef tacite de l'expédition, donna le signal du départ. Il râlait un peu de ne pas rester, mais, d'un autre côté, il leur fallait un homme de confiance au cas où l'assassin serait vraiment parmi eux.

— Le Cinématographe ! souffla Albert à Louis. Il sera utile.

Les hamacaires partirent au trot, précédés par Figdabé, chargé spécialement de veiller sur Camille, et tout le monde pressait le pas, soucieux de ne pas se laisser distancer. Louis fit mine de prendre le départ, mais s'arrangea pour rester à la traîne. L'abondance de bosquets rendait l'esquive facile.

Dès le premier tournant passé, il revint sur ses pas, Cinématographe en bandoulière. Albert était penché sur le corps. Arthur Gando, à ses côtés, arborait un air sombre et préoccupé.

— Et de quatre ! lança Louis à son intention. Qui a donc intérêt à assassiner ces malheureux ?

— Je ne sais pas. Peut-être une guerre de clans ?

— Hum. Le tueur commence ses meurtres dans la région d'Abomey, les poursuit à Paris, puis revient sur ses pas. Ça n'a pas de sens ! Au fait, voici votre joujou, Albert.

— Merci. Nous allons nous en servir pour fixer l'état de la scène du crime. Sinon, à cause du climat et des animaux, le commandant des gardes de cercle n'aurait plus rien à voir à son arrivée sur les lieux. Grâce à notre pellicule, tout sera restitué avec précision. Ne faites pas la moue, Louis, comme disent les Chinois : une image vaut mille mots.

— Certes, voilà un film qui ferait fureur au Grand-Guignol ! ricana Louis.

Louis prenait des notes, avec le sentiment bizarre qu'elles ne serviraient peut-être à rien. Était-il possible que dans le nouveau siècle qui arrivait à toute allure les journaux écrits disparaissent au profit des journaux filmés ? Qu'on se rende au Cinématographe pour voir les nouvelles, les actualités, au lieu de les lire ? Non, se rassura-t-il, c'était trop contraignant. Il fallait attendre l'heure de la séance et payer cher. Les journaux, disponibles rapidement et partout, avaient encore une longue vie devant eux. Et les journalistes aussi. Un homme, une plume : la liberté et le savoir.

— Arthur, que pouvez-vous nous dire à propos de cette récade ? demanda Albert, tout en tournant la manivelle.

— Elle appartient certainement à un haut dignitaire. Aucun vil sujet du roi n'a le droit de posséder un objet de ce prix.

— Et les symboles ?

— Je n'ai jamais vu cette signature auparavant.

— Attention, vous me faites de l'ombre ! lança Albert. Louis, poussez votre grande carcasse. Pouvez-vous me tendre la tête un instant, s'il vous plaît ?

Écœuré, Louis reposa le triste trophée et s'essuya les mains contre le tronc d'un arbre.

— Non ! cria Gando. Ne souillez pas l'écorce avec le sang d'un meurtre !

— Je croyais que vous n'étiez pas très religieux…

— Je respecte la nature et les traditions de ma mère. Il n'existe pas ici l'acharnement à détruire son environnement que professe l'Européen.

— Ah ! Le procès de l'industrialisation ! ironisa Louis. Monsieur est contre le progrès ? Mais le progrès, c'est aussi de la bouffe pour tout le monde, et la bouffe, ça passe par les machines.

— Et les machines aident les gros capitalistes à contrôler la distribution de la bouffe, répliqua Gando.

— Ça, je suis d'accord. Les salopards de richards s'engraissent sur le dos du peuple. Vous avez lu *Le Père Peinard*, dites-moi !

— Non, j'observe, c'est tout.

— Voilà, j'ai fini, si ça intéresse quelqu'un ! coupa Albert qui déposait dans une boîte métallique des fragments de peau, une mèche de cheveux et un échantillon de sang. Que faut-il faire à présent ? Qui faut-il prévenir ?

— La famille, répondit Gando. Afin qu'ils puissent procéder aux rituels. La cérémonie des pleurs, le repas, les prières et l'inhumation du corps dans le sol de sa case.

— Quoi ? Vous voulez dire que les demeures sont des tombes ? s'étonna Louis.

— En quelque sorte. C'est la coutume. On lave et on coiffe le mort, on lui donne une bouteille de tafia, quelques cauris et on l'enterre sous les pieds des vivants. N'oubliez pas que le monde de l'au-delà communique en permanence avec le nôtre.

— On ignore son identité et je ne pense pas opportun d'affoler toute la population du coin, objecta Albert. Je propose donc de l'ensevelir en attendant de pouvoir prévenir les autorités. La famille attendra.

Louis et Arthur Gando en convinrent.

— Surtout, ajouta ce dernier, que l'enterrement proprement dit peut avoir lieu à plus ou moins long terme. Chez les Ashanti, par exemple, on fume le corps et on le conserve trois ans avant de l'inhumer.

— Et où le conserve-t-on pendant ce temps ?

— Eh bien, dans la case, comme je vous l'ai dit ! Chez les Jébous, on le suspend au plafond.

Tout en bavardant, ils creusèrent une fosse dans la boue épaisse près du ruisseau.

— La tourbe conserve, leur assura Albert. Recouvrons ce pauvre diable de pierres et allons-y.

— Que vaut la police ? demanda Louis à Gando. Aussi efficace qu'en métropole ?

— Celle mise en place par l'administration coloniale ne vaut pas grand-chose. La plupart des sous-officiers indigènes de la garde de cercle ne sont pas dahoméens et ne connaissent pas les gens de la région. Les cadres européens, eux, n'y comprennent quasiment rien. La police du roi était autrement plus efficace ! Ses espions étaient partout, entendaient tout, voyaient tout. La moindre peccadille vous exposait à être puni de mort ou vendu aux négriers.

— Le bon vieux temps, dites donc ! se gaussa Louis.

— Qui sait ? se contenta de répondre Gando.

Ils se mirent en route au pas allongé et arrivèrent rapidement devant quelques cases délabrées. Une vieille femme qui faisait cuire son frichti sur un petit réchaud bancal secoua la tête quand Gando lui demanda s'il y avait des hommes disponibles pour les transporter. Ils étaient tous partis aux champs avant que la pluie arrive. Étonné, Louis leva la tête vers le ciel dégagé.

— Le temps change très vite, confirma Gando. Bon, il ne nous reste plus qu'à trotter !

Ils repartirent après avoir bu et mangé une boulette de maïs que Louis paya avec les deux centimes retrouvés au fond de sa poche. La vieille dame, ravie, contempla l'effigie de Cérès et fourra la pièce dans l'étui de cuir à son cou. Gando les mena ensuite à un train rapide sur des sentiers étroits.

— Ça me rappelle le service militaire et les courses chez les chasseurs alpins ! lança Louis haletant. Émile serait fier de nous !

— J'ai été réformé, répliqua Albert.

— Le havresac pesait plus lourd que vous ?

— À cause de ma myopie, imbécile.

— Et vous, Gando ? Vous n'avez jamais fait l'armée ?

— Pas la vôtre. J'ai combattu auprès de Béhanzin. Tous les sujets du roi sont soldats et appartiennent de fait à l'armée royale. On ne peut s'y soustraire, sous peine de mort ou de déportation.

Ils méditèrent un instant sur le fait que Gando avait donc certainement blessé et peut-être abattu des troufions tricolores. Certes, Delany, Émile, Gando avaient combattu sous un drapeau ou un autre, se dit Louis. Mais c'était bizarre d'imaginer Arthur, si civilisé, affublé d'un pagne, de gris-gris et d'un javelot, en train de mener la charge contre les troupes de Dodds et de Faurax.

Le vent s'était levé. De gros nuages gris couraient dans le ciel, vers l'ouest, tels des moutons pris de panique.

— Cirrocumulus, décréta Albert. Annonciateurs de pluie.

— Exact, monsieur Féclas. L'horizon se bouche. Nous allons avoir sous peu une bonne petite rincée, comme on dit chez vous.

Ils accélérèrent encore, et aperçurent enfin, hors d'haleine, la queue de l'expédition : les porteurs les plus lourdement chargés qui se dépêchaient de leur mieux.

Le grondement du tonnerre ébranla le calme paresseux de la brousse. Les porteurs se mirent à courir, leurs vingt-cinq kilos de charge oscillant sur leurs têtes. Le vent avait forci et la température avait baissé d'un coup de plusieurs degrés, rappelant à Louis les grains subits de la Manche. Avec son père adoptif, il avait affronté suffisamment de coups de mer pour en reconnaître les signes imminents. L'orage était tout près. L'odeur même avait changé, plus du tout africaine, juste l'odeur familière de l'ozone.

Un éclair sillonna le ciel et le tonnerre les assourdit à la même seconde. Chez les porteurs, ce fut la débandade. Jetant leurs colis à terre, ils s'enfuirent à toute allure.

— Ça va claquer ! lança Gando.

Le mugissement du vent couvrit sa voix et Louis vit, incrédule, les palmiers se ployer comme des roseaux, tous dans le même sens, tandis que la rafale les faisait eux-mêmes vaciller.

— Tenez-vous ! hurla Gando en saisissant une liane.

Ils l'imitèrent et résistèrent à la poussée furieuse du vent aussitôt suivie de grosses gouttes puis d'un véritable déluge.

Louis avait l'impression de se trouver sous une de ces douches publiques nouvellement instituées par Charles Cazalet. Arrosage gratuit pour tous les citoyens ! En quelques secondes, il ne lui restait plus un poil de sec et il ne distinguait quasi rien à travers le rideau liquide qui s'était abattu sur eux. Puis, aussi soudainement qu'il était venu, l'orage s'éloigna. Le vent tomba, la pluie s'arrêta, les laissant trempés comme des soupes, les pieds enfoncés dans la boue. Les marécages alentour, encore nombreux à cette distance de la lagune, exhalaient une odeur infecte. Louis ôta son casque et le vida.

— *Tornado !* dit simplement Gando. Heureusement, ça ne dure pas longtemps, sinon chaque fois le pays serait ravagé !

C'est dans un chuintement de bottes s'arrachant à la gadoue qu'ils arrivèrent au prochain village où les attendaient leurs amis.

— Tenez, buvez donc un coup de tafia, ça vous réchauffera ! lança Émile sortant de sous un auvent une flasque à la main.

Louis se rendit compte qu'il était gelé et accepta de bon cœur l'alcool coupé d'eau. La petite troupe s'était abritée dans la case à palabres et Daumas en avait profité pour refiler une machine à coudre à pédale au chef du village. Les enfants, nus et rigolards, les observaient, de même que les femmes aux épaules couvertes de scarifications en forme d'écailles. Les hommes restaient en retrait, réservés.

— À combien sommes-nous de votre ami Danjou ? demanda Louis à Émile.

— Bah, d'après mes calculs, à encore une bonne journée et demie de marche. Toute cette bouillasse va nous ralentir !

— Ça sèchera vite, assura Gando. J'ai dit à nos *cooks* de préparer un repas rapide et d'offrir quelques boîtes de petits pois et de corned-beef à nos hôtes.

La progression sur les chemins ravinés et inondés se révéla aussi difficile qu'Émile l'avait prévu. L'eau, partout présente, débordait des marais et des étangs et formait des flaques profondes où l'on s'enfonçait jusqu'aux genoux. Les gaz délétères des marécages empuantissaient l'atmosphère. Suant et soufflant, Louis remonta une fois de plus la mallette du Cinématographe dont la courroie lui sciait le cou. Albert avait refusé de la confier aux porteurs que Louis avait vus détaler sous l'orage après avoir balancé leur chargement n'importe où. Albert avait insisté pour la trimballer lui-même, mais Louis lui avait objecté que son nanisme prononcé exposait le précieux engin à être éclaboussé et qu'il valait mieux qu'un Apollon de haute stature s'en chargeât.

Comme l'avait conseillé Coleman, Louis avait discrètement interrogé les deux Anglais sur leurs récents déplacements. Kerry était venu en France début septembre pour rencontrer un antiquaire spécialisé dans l'art égyptien et c'était là, lors d'une vente aux enchères, qu'il avait fait la connaissance de Wilkes. Ils avaient décidé tous deux de s'associer pour explorer cette partie du continent africain, dont les sculptures et les objets commençaient à prendre de la valeur. L'art primitf était voué à un bel avenir et les collectionneurs ne s'y trompaient pas. Donc, il était exact qu'un des deux hommes ait techniquement pu couper le cou d'Olakonitan et de Bidossessi.

Les moustiques, réveillés par la pluie, attaquaient en piqué, en escouades vrombissantes, et Camille, protégée par sa voilette, riait sous cape en voyant cette belle brochette d'Occidentaux s'assener de grandes claques sur le visage toutes les deux secondes.

— Tu vois, tu ne voulais pas que je prenne mon cold-cream ! Tu seras bien content de t'en tartiner ce soir ! lança-t-elle à Louis en le dépassant, juchée sur son hamac.

Il agita une main faussement menaçante. Ces diables de hamacaires filaient comme le vent, pieds nus, indifférents aux racines, aux bosses et aux insectes. Ils se permettaient même de chanter, des refrains évidemment incompréhensibles, aux sonorités discordantes. Proust avait bien eu raison de préférer Anvers et la peinture, les salons de thé cossus et les conversations à triple sens.

— Avancez donc, Louis, vous bloquez la file !

Émile le dépassa à son tour de son grand pas élastique, coiffé de sa bonne vieille casquette de sapeur, pas très éloignée de celle que portait Delany. Tyler, indifférent aux bestioles volantes ou terrestres, se tenait sans peine à hauteur des hamacaires à qui il essayait d'apprendre quelques ragtimes endiablés que Camille reprenait de sa délicieuse voix de contralto, au grand dam de Louis.

La peste soit des femmes et des boxeurs.

CHAPITRE X

Après une deuxième nuit passée en plein air, un peu moins enjouée (les ampoules, les cloques, les courbatures et l'odeur soufrée des marigots n'étant pas étrangères à cette légère dégradation de l'humeur générale), on reprit la route, sans chansons ni gibier, mais sans cadavre non plus, ce qui représentait somme toute une nette amélioration, se dit Louis.

Les hameaux se succédaient et bientôt une procession de marmots aussi joyeux qu'insolents les accompagna. Ils chantonnaient, pouffaient de rire et sautillaient pour mieux voir Camille dans le hamac, quand ils n'imitaient pas la démarche et le parler des étrangers.

— Ne leur donnez rien sinon on ne pourra plus s'en débarrasser, prévint Gando tandis que Figdabé leur intimait l'ordre de ficher le camp sans grand succès. Nous arriverons bientôt chez Fernando de Souza, continua-t-il. C'était un important négociant, à présent à la retraite. Il a soixante-douze ans, il est né dans ce pays, a commencé sa carrière sous Guézo et a assisté à l'intronisation du roi Glélé en 1858. Il est de la lignée du fameux Francisco de Souza, conseiller du roi Guézo dans les années 1830.

— Sans doute un descendant d'esclaves brésiliens affranchis revenus s'enrichir au Dahomey en pratiquant le commerce et la traite négrière, comme tant d'autres, dit Louis sur un ton désabusé.

Tyler souffla de nouveau, excédé, en entendant ces paroles démoralisantes. C'était comme d'imaginer qu'il était venu ici, dans le pays de ses ancêtres, pour capturer et vendre les siens aux planteurs de coton qui avaient malmené ses parents pendant des décennies ! L'appât du gain était décidément un moteur plus puissant que la compassion ou l'amour. Il n'y avait que l'honneur qui puisse lui tenir tête. L'honneur d'un soldat prêt au sacrifice de sa vie. Tyler admirait les hommes tels qu'Émile Germain ou James T. L. Delany. Il voulait mettre sa force au service d'une cause, celle du drapeau de son futur régiment. Aussi la réponse de Gando mit-elle un frein à son élan.

— Francisco de Souza était bien brésilien, mais blanc, disait celui-ci. Condamné à la déportation pour troubles politiques et émission de fausse monnaie ! Il est venu s'établir à Ouidah pour y faire du commerce. Le roi Adandozan, un despote sanguinaire, l'avait pris en grippe et lui avait fait raser la tête et ôter ses chaussures, ce qui était alors l'humiliation suprême pour les Blancs. Envoyé en prison, de Souza s'est lié d'amitié avec le propre frère du roi, Guézo, lui-même en disgrâce. C'est d'ailleurs en souvenir de ces brimades que Guézo a choisi son surnom. Peu de gens savent que le nom des rois est en fait le début d'une phrase, généralement une allégorie. *Guézo ma si gbé* signifie « Le feu de l'oiseau cardinal ne peut atteindre la brousse ».

— Dans notre pays, nous disons que la bave du crapaud n'atteint pas la blanche colombe ! s'exclama Albert.

— Eh bien, le roi qui choisirait cette maxime se ferait appeler « la Bave ». Le fameux Glélé, par exemple, celui qu'a servi notre de Souza, avait choisi comme devise : *Glélé ma gnou zé*, « On ne peut pas soulever un champ ».

— Et donc, vous disiez que Francisco de Souza s'est lié avec le futur roi Guézo.

— Tout à fait. Quand le peuple dahoméen, pour la première fois de son histoire, a exigé la destitution d'Adandozan et que Guézo est monté sur le trône, il s'est souvenu de son ami de Souza et l'a nommé vice-roi d'Ouidah. Il gouvernait sous le titre de *chacha*, que tout le monde tient pour un titre africain, mais qui est en fait la déformation de *chanchan*, faux-monnayeur en brésilien ! Bref, notre de Souza est un de ses descendants, un mulâtre.

Louis prenait des notes tout en marchant. Il faudrait interroger Gando plus longuement sur le tyran renversé. Une bonne histoire pour *Le Petit Éclaireur*. « Quoi, même les Africains ont eu leur révolution ? » Demander des détails sur ses lubies et ses exactions. Combien elles avaient dû être ignobles pour provoquer l'ire des sujets ! Que ressentait un monarque face à la révolte de la nation ? Pensait-il se trouver soudain seul face à une conjuration d'abrutis et d'ingrats ? Avait-il une brève intuition du fait qu'il était responsable de ce soulèvement ?

De son côté, Coleman avait fait ralentir ses hamacaires pour venir à la hauteur d'Albert.

— Avez-vous d'autres informations concernant ce qui s'est passé hier ? voulut-il savoir.

— Aucune ! Une fois que nous aurons rejoint le poste du 1er étranger, on pourra alerter l'administrateur qui diligentera une enquête.

— Pourquoi perdre du temps en ce cas à faire un détour pour rendre visite à ce monsieur Fernando de Souza ?

— Le but de cette expédition, financée par les *Archives de l'anthropologie criminelle*, est d'en apprendre le plus possible sur les meurtres rituels commis lors des fêtes annuelles des Coutumes et plus généralement sur le système judiciaire en vigueur jusqu'à la conquête. De Souza est un témoin direct de cette époque. Un témoin oculaire ! Qui plus est, il n'a pas suivi Béhanzin dans sa fuite, contrairement à de nombreux « Brésiliens » que le gouvernement français a fait déporter au Gabon.

— Mais il y a bien actuellement un roi d'Abomey ?

— Oui, un roi fantoche, un frère aîné de Béhanzin, nommé Ago-Li-Agbo, placé sur le trône par le général Dodds. Le problème, d'après Gando, est que, d'une part, il s'entend très mal avec notre résident et, que d'autre part, il est harcelé par sa parentèle, jalouse et vindicative.

— Un vrai nid de vipères que ces monarchies ! Vive la démocratie !

— Voilà la concession de De Souza ! lança Gando en montrant une grande bâtisse à deux étages en briques ocre, entourée de constructions plus petites, chacune séparée de ses voisines par une palissade en bambou.

La maison principale possédait, chose rare, des fenêtres étroites et une haute clôture en bois entourait l'ensemble.

Des jeunes indigènes coururent à leur rencontre et Louis nota que plusieurs d'entre eux étaient métissés. Une femme de haute taille à la peau très sombre s'avança vers eux et les adolescents s'écartèrent pour la laisser passer. Vêtue d'un corsage crème surmontant une longue jupe indigo, coiffée d'un foulard de soie de même couleur, parée de nombreux bijoux, elle avait un beau visage aux traits altiers, aux pommettes sillonnées de fines cicatrices. Elle tenait d'une main un éventail en nacre et de l'autre une pipe en ivoire qu'elle fumait à petites bouffées.

Gando se présenta en nago et elle lui répondit de même.

— C'est la maîtresse de De Souza, souffla le petit Daumas. C'est elle qui porte la culotte ici. Le vieux lui passe tous ses caprices.

— Une belle femme, commenta John Kerry.

— Un peu trop grande à mon goût, souligna Wilkes. Je les préfère fines et menues.

— La peau a l'air ferme et lisse, d'un joli brun. Les muscles sont bien dessinés…

— Ce n'est pas une jument ! coupa Delany, indigné.

Ils sourirent poliment, comme s'il avait lancé une plaisanterie. Stupides Anglais pleins de morgue ! Puissent-ils se retrouver un jour enchaînés, nus et honteux sur une place pleine de monde pour être vendus à l'encan, pendant qu'on examinerait leurs dents, leurs yeux et leurs testicules ! « Calme-toi, mon vieux, se dit Delany. Depuis que tu es arrivé dans ce pays, tu ne te reconnais plus ! Toi, le bras armé de Lincoln et de la Constitution, tu te mets à raisonner en rebelle africain ! » Mal à l'aise, il ne pouvait que constater en lui une montée d'indignation contre les colons et d'empathie envers les indigènes. Il faudrait qu'il s'en ouvre à Coleman. L'avocat ressentait-il la même chose ? La couleur de la peau signait-elle votre appartenance à un monde au-delà du temps et de l'histoire ? Quelle tristesse ce serait si les choses étaient ainsi figées par une simple couche de mélanine !

La maîtresse de maison les fit entrer avec courtoisie. Ils passèrent de la première cour où vaquaient poules et cochons à une deuxième, balayée et nettoyée, dans laquelle un vieux monsieur grisonnant était assis dans un fauteuil à bascule sous un grand parasol. Voyant arriver la compagnie, il se leva avec effort.

— Entrez ! Entrez ! Sokamè, va donc chercher à boire ! Nous avons de la visite, lança-t-il dans un français sans accent.

Sokamè le fusilla du regard avant de se tourner vers les garçons qui la suivaient et de crier des ordres.

De Souza avait des cheveux gris crépus, encore abondants et coiffés très court, le nez camus, la mâchoire large. Il ressemblait plus à un vieux colonial au teint de brique qu'aux négociants mulâtres qu'on voyait à Cotonou. Il avait dû être grand avant de se voûter et sûrement plus en chair. À présent sa chemise blanche flottait autour de son torse amaigri. D'après Gando, il parlait couramment le fon-gbe, le nago, le portugais, l'anglais, l'allemand et le français.

Il demanda en français d'une voix forte des nouvelles de leur voyage pendant que deux jeunes filles aux seins nus servaient les boissons : thé rouge et alcools. Il voulait tout savoir, qui ils étaient, d'où ils venaient, où ils allaient et, comme chacun avait une histoire différente à raconter, Louis se dit qu'ils en avaient pour la journée.

— Goûtez-moi ça ! lança Daumas derrière lui. Coca-Mariani. Ça vous requinque en cinq secondes.

Louis accepta avec plaisir. Le vin médicinal Mariani, connu sous diverses appellations, était apprécié jusqu'aux États-Unis. Sa formule exclusive « à la coca du Pérou » lui avait même valu une médaille du pape Léon XIII qui en gardait toujours une bouteille à portée de main. Les six ou sept milligrammes de cocaïne contenus dans chaque bouteille le faisaient recommander comme tonique pour combattre la fatigue mentale et physique. Zola en était un fervent défenseur et avait fait connaître « ce vin de jeunesse qui fait de la vie » à Yvette Guilbert, laquelle en avait offert à son tour une bouteille à Camille. Mariani, habile publicitaire, éditait chaque année un « Album » contenant les dédicaces des personnalités qui appréciaient cette boisson revigorante, accompagnées de leur portrait et d'une flatteuse biographie. Tout le monde y trouvait donc son compte et on pouvait trouver parmi les signataires des hommages des personnages aussi différents que le prince Bonaparte, le savant Camille Flammarion ou Jules Verne.

Tyler leur montra comment agrémenter leur vin Mariani d'un trait de vermouth, au grand dam des Anglais qui le consommaient habituellement à l'heure du thé avec des scones et se rabattaient pour le moment sur le tafia et le gin.

De Souza, tout heureux de l'animation et de la compagnie, ordonna à Sokamè de faire préparer un repas convenable : quatre douzaines d'œufs, de la soupe de haricots, des fruits bien mûrs, et quatre ou cinq grands plats de calalou, du poisson cuit dans l'huile de palme et assaisonné de piments, de gombos et d'épices. Albert protesta que c'était trop, mais de Souza n'en démordait pas. Albert lui assura alors que son précieux témoignage serait publié dans la *Revue d'anthropologie* avec sa photographie et Daumas fit l'effort de sacrifier un superbe réveille-matin en laiton et une ombrelle rayée bayadère à l'intention de Sokamè qui s'amadoua un peu. La petite cour résonnait des discussions de la vingtaine de personnes présentes. Domestiques et familiers se tenaient un peu en retrait, debout ou assis, prêts à saisir leurs instruments de musique à la demande. De Souza leur fit signe et ils se mirent à jouer du tam-tam et à danser en l'honneur des invités.

Cela faisait un charivari tonitruant dans un si petit espace et Louis serra la main de Camille en souriant.

— J'ai envie de les engager pour te donner la sérénade ce soir.

— N'essaie même pas si tu ne veux pas finir chez les caïmans.

— Ces gens ont le sens du rythme ! lança Tyler. Écoutez-moi ces percussions ! Ça, c'est autre chose que la vieille musique classique !

— Je ne vous le fais pas dire, répliqua Louis.

— Vous n'entendez que du vacarme parce que vous n'écoutez pas ! Il faut capter le rythme. C'est comme la boxe. Jab, jab, feinte, crochet, uppercut. Le rythme !

Effectivement, les danseurs marquaient le pas sans jamais se tromper et frappaient le sol du talon sur un tempo qui rappelait le *cake-walk* tout en tournoyant, bras et jambes écartés, yeux révulsés. Louis confia son Coca-Mariani à Camille et alla chercher le Cinématographe pour immortaliser ces derviches tourneurs. Il n'était pas bon dessinateur et la description seule serait insuffisante à rendre compte de leurs contorsions. Avec le film, on verrait même voler les gouttes de sueur ! Voilà que tu passes à l'ennemi, songea-t-il en installant le trépied.

Albert accourut pour tourner la manivelle, le casque repoussé en arrière, et les danseurs se déchaînèrent devant ce gros appareil photographique. Les images prises par les Blancs étaient rarement taboues car ceux-ci étaient trop mauvais en sorcellerie pour pouvoir en faire usage. Ils n'avaient pas de féticheurs pour envoûter les portraits. Et puis, comme tout un chacun, les Dahoméens avaient pris goût à se voir représentés sur du papier, avec leur nom écrit dans la marge. La technique moderne offrait un magnifique support au péché de vanité, pensa Louis.

C'était peut-être ce qui expliquait son si rapide développement.

On lui tapa sur l'épaule. C'était Fernand Daumas, tout excité.

— Je viens de me souvenir que j'ai quelque chose qui devrait plaire à M. Féclas ! Venez voir !

Il l'entraîna vers une de ses volumineuses caisses dont il sortit un coffret d'environ 30 cm sur 60, gainé de moleskine noire.

— C'est tout nouveau, ça vient de sortir, j'en ai l'exclusivité pour l'Afrique française !

Il souleva le couvercle, découvrant un lecteur de cylindres aux pièces rangées dans des compartiments de feutrine.

— Je vous présente le Virtuose, la toute dernière création de la maison Pathé.

Il désigna la gravure près de la serrure : un coq chantant devant le pavillon d'un phonographe, surmonté de la phrase « Je chante haut et clair ».

— Le coq français vaut cent fois l'aigle américain ! lança-t-il avec fierté, faisant allusion au phonographe Eagle vendu par la firme Columbia.

« Pavillon "cor de chasse" en aluminium, quinze cylindres vierges, diaphragme enregistreur avec saphir tranchant et diaphragme reproducteur, expliqua-t-il tandis que Louis examinait avec curiosité le nouvel appareil.

Tout en parlant, Daumas installait rapidement le matériel et posait la pointe de saphir sur un rouleau vierge.

— Et voilà ! conclut-il. Nous aurons les chants des sauvages !

Albert allait être emballé, se dit Louis, à l'idée de passer son film accompagné du son ! Daumas n'avait pas donné le prix de sa valisette, mais quel qu'il soit, ça valait le coup.

La danse finie, on s'installa tant bien que mal sur les nattes disposées par terre pour les invités et on se jeta sur la nourriture.

— Mille bombes ! murmura Louis à Camille.

— Toi qui te plains toujours que la vie manque de piquant, tu es servi, mon choupinet !

— Ça réveille les organes, décréta Émile.

— Surtout chez ceux dont l'estomac remplace le cerveau…

Le repas achevé après une tournée d'eau-de-vie de maïs, Daumas confia son Virtuose à Louis et alla déballer d'autres marchandises à l'intention de la famille de De Souza. Kerry et Wilkes partirent fouiner dans la maison, sous la conduite de Sokamè, en quête d'objets de valeur. Camille, escortée par Figdabé, entreprit de lier connaissance avec les nombreux bambins qui couraient en tous sens. Tyler, fasciné, observait une partie de jeu de godets. Installés autour d'un plateau de bois sculpté, quatre joueurs plaçaient des graines dans des coupelles creusées à même le bois et les changeaient de place à toute vitesse. Delany et Coleman, pour leur part, essayaient de discuter avec de vieux serviteurs dans un charabia franco-anglo-dahoméen.

Albert, nerveux, se préparait à présent à interviewer leur hôte. Il avait noté ses questions, s'était recoiffé, avait essuyé ses lunettes et vérifié son nœud papillon sous le regard narquois de Louis.

— Alors, on a le trac ?

— Pas du tout. C'est juste que j'ai plus l'habitude d'interroger les morts que les vivants. Fichez-moi le camp, allez embêter Camille !

Ils s'installèrent dans un coin tranquille de la cour. Le négociant refusa tout net que le jeune criminologue utilisât le Cinématographe.

— Des images animées ? Et puis quoi encore ? Les images ne bougent pas, jeune homme ! A-t-on déjà vu une fresque mouvante ? Et moi, Fernando de Souza, poser devant une chose qui permet de voir des morts marcher et rire ? Non merci !

Albert n'insista pas, soucieux de ne pas l'irriter. Louis, très discrètement, ouvrit la valise Pathé le plus près possible et positionna l'enregistreur de cylindre comme le lui avait montré Daumas, avant de recommencer à siroter sa boisson, mine de rien.

Calé dans son fauteuil à bascule, de Souza, un verre de tafia à portée de main, agitait le doigt pour ponctuer ses phrases :

— Il faut que vous compreniez bien qu'il y a deux célébrations distinctes, jeune homme. Notez ! Les grandes Coutumes se déroulent deux ans après la mort du souverain, au moment de l'intronisation de son successeur. Elles requièrent un nombre élevé de sacrifices humains, disons environ cinq cents têtes. Vous faites la moue ? Bah, la vie humaine n'a pas grande valeur par ici. La paix est une notion inconnue. Chaque Dahoméen est un soldat au service de son roi, prêt à mourir à n'importe quelle heure. Un bien bel idéal !

Albert hocha poliment la tête, en évitant de croiser le regard de Louis.

— Et les Coutumes annuelles ? demanda-t-il de son air de premier de la classe.

De Souza croisa ses mains tavelées sous son menton.

— Les Coutumes annuelles sont, elles, des sortes de fêtes d'anniversaire en l'honneur des rois défunts. Le décorum est plus modeste. Moins de ripailles, moins de bombances. Une petite dizaine de victimes environ. Tout dépend des années, bien sûr. Et de la lecture des oracles.

Tout juste s'il n'était pas dédaigneux vis-à-vis de ces « petites » réjouissances ! se dit Louis.

— Vous avez assisté de nombreuses fois à l'une ou l'autre de ces célébrations ? reprit Albert sans manifester aucune émotion.

— Pardi ! En tant qu'ami privilégié du royaume depuis plus de cinquante ans, je ne pouvais manquer cet honneur. Mon aïeul, Francisco de Souza, le *chacha* du roi Guézo, avait donné l'exemple. Vous savez qu'il avait près de soixante concubines ? Pas Guézo, Francisco. Tous les de Souza de ce pays descendent de lui !

Il avala une gorgée de tafia, avec un sourire satisfait, avant de reprendre ses explications :

— Pour parler franc, cette tradition des Coutumes répond en fait à deux préoccupations. La première est de montrer la puissance du roi. Il fait étalage de ses richesses, de ses biens, de ses gens, dans une sorte de triomphe à la romaine où sont exhibés et exécutés les vaincus de l'année. La seconde est de donner aux rois défunts, ses prédécesseurs, des nouvelles de ce qui se passe, comme avec vos journaux en quelque sorte.

L'idée l'amusa et il gloussa.

— Oui, un journal récité *in vivo* par des morts ! C'est exactement ça. On envoie donc des messagers au *Kou-Tomé*, au Royaume des Morts. J'ai personnellement aidé le Migan, ministre de la Justice et exécuteur des hautes œuvres, à rassembler les provisions et la basse-cour qui devaient accompagner les serviteurs désignés pour remplir cette grande mission. Huile, miel, vin de palme, canards, volailles… des jarres et des jarres de victuailles. Sans oublier cauris et étoffes. Et femmes et domestiques. On était parfois obligés de briser les jambes des femmes pour les empêcher de s'enfuir… mais dans l'ensemble tout se passait au mieux, personne ne cherchait à se défiler. Le Dahoméen a le sens du devoir et de l'obéissance.

Il avala une nouvelle gorgée de sa boisson. Albert, écœuré, se représentait ces pauvres malheureuses condamnées à rejoindre leur époux défunt. Il les voyait ramper sur la terre battue, les membres fracassés, essayant de fuir la hache fatale.

— Une fois tous ces préparatifs terminés et le convoi prêt, l'usage était d'y ajouter un chat, pour annoncer les nouvelles au monde des forêts, un crocodile pour informer le monde des eaux et un vautour pour le monde des airs, reprit de Souza presque gaiement. C'est que le lien est permanent entre l'au-delà et nous-mêmes, et les rois défunts, conseillers avisés du roi en exercice, ont besoin de tout le faste de leur cour : vivres, femmes, armes, objets. Je me souviens qu'une fois même on a expédié un beau carrosse, un cadeau d'un marchand anglais. Attelé avec des chevaux noirs coiffés de pompons. Les laquais ont été exécutés en livrée. Somptueux ! J'avais eu le privilège d'y assister, je dis privilège car cette partie de la cérémonie est privée et se déroule au palais, entre notables.

— Et la partie publique ?

— Lors des grandes Coutumes, tout le peuple est rassemblé. Après les chants et les danses, les futures victimes sont emmenées sur l'estrade sacrée dans des paniers que l'on porte sur la tête. Ne me demandez pas pourquoi ! Elles y sont couchées, entravées et bâillonnées avec un morceau de bois qu'on leur enfonce dans la bouche. Entre cent et trois cents prisonniers, transportés comme des marchandises. Au signal donné, on les précipite en bas de l'estrade et là on les décapite. Ah, j'en ai vu voler, des têtes !

Albert tourna sa page sans broncher.

— Et que se passait-il ensuite ?

— On recueillait le sang mêlé à la boue pour le sanctifier sur l'autel des ancêtres et il servait à construire les demeures du roi. Les murs et les fondations des maisons royales doivent être arrosés de sang. Les têtes, elles, sont alignées devant l'entrée du palais, et les corps traînés jusqu'à un charnier aux portes de la ville.

— Ce devait être assez terrifiant…

De Souza le considéra, sourcils froncés :

— C'était surtout très impressionnant, très… stimulant. Ces coups de fusil, ces clameurs, les récitations des prêtres, les chants, les danses… Les Coutumes sont une grande fête religieuse, mais aussi une grande fête tout court, et une fois les exécutions terminées, le roi procédait à la distribution des richesses. Il jetait du haut de l'estrade des cauris, de l'alcool, du tissu, à son bon peuple. Et les Blancs lui offraient des cadeaux.

— Il y avait toujours des Blancs ?

— Évidemment ! Le roi invitait les résidents et les marchands à assister à sa gloire. Une invitation qui ne se refusait pas, n'est-ce pas ?

Albert hocha la tête. C'était d'ailleurs à travers les récits scandalisés de ces témoins obligés qu'on avait eu connaissance de ces célébrations sanglantes, d'autant plus odieuses aux yeux des nations civilisées qu'elles étaient désireuses de s'approprier ces riches territoires en toute bonne conscience. De Souza soupira, en homme qui a beaucoup vu et beaucoup vécu.

— Oui, reprit-il, ces rites nous enseignent que les ancêtres ne doivent manquer de rien. Ils nous guident et veillent sur nous et nous devons veiller à leur bien-être et à l'harmonie entre les mondes, conclut-il avec emphase.

— Et vous-même, vous partagez cette croyance ?

— Question impertinente, jeune homme ! Pensez-vous que je vais vous livrer mes sentiments intimes sur une affaire si importante ?

— Mais pensez-vous que les morts nous écoutent et nous observent ?

— N'insistez pas. Le non-initié ne va pas dans l'enclos du *vodun*.

Il se carra dans son siège. Albert soupira. Vieux revêche ! Il avait dû manier le couperet lui-même avec ardeur !

— Les récades jouaient-elles un rôle dans ces cérémonies ? insista-t-il.

— Bien sûr. On mettait les bâtons royaux entre les mains des messagers pour qu'ils les donnent aux défunts.

— Mais on ne s'en servait pas pour frapper ou blesser ?

— Quelle drôle d'idée ! Frappez-vous et blessez-vous les gens avec vos missives ?

— Un homme comme vous, au courant de tout ce qui se passe dans ce pays, doit bien savoir qu'il y a eu récemment un tirailleur assassiné et mutilé à l'aide d'une récade.

De Souza le regarda longuement avant de répondre.

— Le *vodun* est venu sur lui, se contenta-t-il de dire en tournant la tête pour signifier que la conversation était terminée.

— Mais quel est le sens de la récade enfoncée dans sa gorge ?

— Sokamè ! Aide-moi à me lever, j'ai mal au dos, c'est l'heure de ma sieste. Très heureux d'avoir bavardé avec vous, jeune homme.

— Ce meurtre s'inscrit-il d'une manière ou d'une autre dans la tradition des Coutumes ?

— Le *vodun* soit dans votre bouche et la paix dans votre cœur. Bonne route.

Il commença à s'éloigner, appuyé sur sa canne, laissant Albert consumé de frustration, puis se retourna brusquement.

— Celui que vous cherchez veut détourner le fleuve du temps. Mais on ne peut pas se baigner deux fois dans la même source.

— Que voulez-vous dire ?

De Souza secoua la main et s'en alla.

Le Voyageur, qui avait observé la scène avec son habituel détachement intérieur tout en discutant avec le reste du groupe, avait vu l'homme en colère écouter cette conversation subrepticement ; un pli soucieux barrait à présent son front. De Souza avait sans doute trop parlé. Mais de quoi ? On lui tendit un verre de vin à la cocaïne et il le but distraitement. Il aimait bien les stimulants. L'opium était abrutissant, de même que le laudanum. La cocaïne, comme le champagne, avait le don de vous faire pétiller les neurones.

Louis apostropha Albert :

— Alors, votre première interview s'est-elle bien passée ? Vous avez réussi à tirer les vers du nez de ce vieux roublard ?

— Vous auriez sans doute mieux manœuvré que moi, l'animal est coriace ! Il n'a même pas voulu se laisser filmer.

— De Souza est plus que convaincu du bien-fondé de l'adage « pas vu, pas pris », intervint Gando. C'est un homme de l'ombre. Nul ne connaît sa date de naissance exacte et il ment à ce sujet, même au devin chargé des prédictions, de peur qu'on ne lui envoie un mauvais sort. Fernando est son prénom occidental, mais on soupçonne qu'il en porte un autre, plus africain, soigneusement gardé secret.

Arthur Gando avait-il aussi un prénom tabou ? se demanda Louis. Et lui-même, quel était son vrai prénom ? On lui avait donné celui de la pièce d'or accrochée à ses langes, accompagnée du laconique message « *God Bless You* ». Ses parents étaient-ils anglais ? Sa mère, une lady ou une servante ? Il n'en saurait jamais rien. Revenant à leur discussion, il se pencha pour chuchoter à l'oreille d'Albert :

— En tout cas, avec ou sans film, sa prestation est immortalisée ! Venez voir un peu ce que le petit Daumas avait dans sa manche.

Il l'entraîna jusqu'au Virtuose.

— Sur le premier rouleau, là, il a gravé les chants de tout à l'heure. Et sur le deuxième, c'est mézigue qui s'y est collé. J'ai immortalisé au moins trois minutes des délicieuses explications du vieux grigou. C'est pas bath aux pommes, ça ?

— Louis, c'est pour les rares instants comme celui-ci que je continue à vous fréquenter malgré tout le reste ! Mais il ne faut pas gaspiller les rouleaux. Combien coûte ce précieux accessoire ?

— Daumas ne me l'a pas dit. À mon avis, préparez votre portefeuille à souffrir !

— Oh ! un phonographe, quelle bonne idée !

Camille, escortée de trois bambins aux joues rondes accrochées à ses jupes, battit des mains.

— C'est un tel plaisir de pouvoir écouter de la musique où on veut et quand on veut ! Louis, sors donc ton sachet de cachous de ta poche et offres-en à ces petits polissons. Ne fais pas cette tête, j'en ai en réserve !

Kerry et Wilkes les rejoignirent, l'air satisfait.

— Dame Sokamè est pleine de bon sens, dit Kerry.

— Du sens du négoce, ajouta Wilkes.

— Vous avez donc fait de bonnes affaires ? dit Louis.

— Quelques jolies pièces yoruba, tabourets sculptés et poterie fon, laissa tomber Kerry en lissant sa barbiche.

— Et un autel à ancêtres, très ancien, ajouta Wilkes, ses lèvres rouges esquissant un mince sourire. Une pièce royale, d'après la maîtresse de maison.

— Et que nous avons royalement payée ! conclut Kerry. N'est-il pas temps de se remettre en route ?

Camille se dit une fois de plus que Wilkes avait tout d'un vampire, surtout avec ce sourire narquois qui dévoilait ses dents. Kerry, très gentleman, baisa la main de Sokamè qui riait derrière son éventail. Émile, le visage rougi par le soleil et l'alcool, rassemblait les porteurs, rameutait les traînards, aidé de Figdabé qui semblait heureux de se remettre en route. Avec ses longues jambes et son torse délié, le jeune garçon semblait capable de courir des jours d'affilée sans fatigue et jamais il ne semblait aussi détendu et joyeux qu'à ces moments-là. Le reste du temps, il arborait un masque bien sévère pour ses treize ou quatorze ans.

Il passa près de Camille dans un cliquetis d'amulettes et de bracelets et lui glissa à l'oreille :

— C'est sur l'arbre tordu que l'on passe pour trouver l'arbre droit.

— Que veux-tu dire ? s'étonna-t-elle.

— Sergent Émile ! Tout le monde est prêt ! lança Figdabé sans la regarder.

Il n'avait pas répondu. Camille soupira. Les hommes et les garçons adoraient les mystères à deux balles. On s'épuisait à leur donner du Molière, du Racine, du Rostand, et ils continuaient à vibrer en secret pour le Grand-Guignol.

CHAPITRE XI

Ils arrivèrent en vue du poste de brousse du 1er étranger le lendemain vers midi, harassés. Après une nouvelle nuit dans la brousse, non loin d'un marais dont l'odeur d'œuf pourri prenait à la gorge, ils étaient repartis à l'aube et au trot. Émile voulait rattraper le retard causé par la halte prolongée chez de Souza en les menant à un train d'enfer.

En se réveillant, Louis s'était trouvé face à une grosse araignée velue accrochée à la moustiquaire, ses crochets gluants à moins de deux centimètres de son visage. Écœuré, il s'était dégagé sans bruit et avait écrasé l'intruse sous sa botte enfilée à la hâte avant de penser à en vérifier l'intérieur, en conséquence de quoi il s'était retrouvé la plante du pied rafraîchie par une bouillie de limace. De surcroît, Émile l'avait enguirlandé pour avoir gâché de la bonne moustiquaire alors qu'il suffisait de la secouer dans les broussailles pour faire tomber les bestioles, comme le savait le dernier des troufions !

Camille, qui avait mal dormi à cause des piments et de l'indigeste huile de palme, avait dû courir en hâte à plusieurs reprises à la feuillée, suivie de Louis fusil sous le bras, au cas où un léopard aurait confondu la jeune femme avec une gazelle. Le reste de la compagnie, également affecté, avait passé la nuit dans un ballet d'allées et venues silencieuses et furtives. Seuls Tyler et Coleman, habitués à la nourriture pimentée du sud des États-Unis, et Delany et Émile, habitués à tout, avaient connu une nuit paisible, ronflant sous les étoiles.

Escortés par un tirailleur, ils traversèrent un petit camp de tentes et arrivèrent à quelques casemates en terre sèche.

Le sergent-major Danjou, pas plus grand qu'Albert, avait un torse de lutteur posé sur des jambes courtaudes, un nez pointu à couper du verre, les cheveux bruns lissés en arrière et une moustache en crocs.

Il donna l'accolade à Émile et les accueillit chaleureusement.

— Je ne savais pas que vous seriez aussi nombreux ! Adébéla, toi y en a apporter à boire et y aller faire monter deux tentes-maisons pour ces messieurs. Vous, madame, vous logerez chez moi, avec M. Denfert. Où sont vos porteurs ?

— Ils arrivent. Ils sont lourdement chargés, répondit Émile.

— Bah, ils sont robustes ! Vous avez des journaux, des revues ? On manque cruellement de livres par ici !

— Les derniers numéros du *Petit Éclaireur*, *La Guerre des mondes* et *Dracula*, dit Louis.

— Fort bien ! J'en ai ma claque de ne lire que des ouvrages militaires.

— Tu es là pour combien de temps ? demanda Émile.

— Nous repartons la semaine prochaine vers le nord, pour établir la liaison avec une colonne au Soudan. Rends-toi compte, nous allons traverser des endroits encore inexplorés. Je donnerai peut-être mon nom à un fleuve !

— Tu parles ! Quoi que tu découvres, ce sera pour la gloire d'un haut gradé.

— Servitude et grandeur militaires ! Je n'ai pas pu vous le dire plus tôt, mais Sodjebedji est mort, enchaîna-t-il, ses épais sourcils froncés.

— C'est fort de café ! s'exclama Émile, résumant le sentiment général.

— Pire que ça : il a lui-même été décapité ! lui renvoya Danjou. Un de ses camarades l'a trouvé près des latrines, à quatre heures du matin. Le corps allongé dans la poussière, la tête posée sur une souche de palmier. Et avec un bâton à message dans la bouche !

— Mais il n'était pas aux arrêts ?

— Évidemment qu'il l'était ! Nous attendions de le faire transférer à Cotonou pour répondre du meurtre du chef de village. Mais comme vous le voyez, je n'ai pas de prison ici ! Juste des baraques en terre. Il a creusé un trou pour s'évader.

— C'est à ne plus rien y comprendre ! dit Louis, perplexe. Êtes-vous sûr qu'il était coupable du premier meurtre ?

— On l'a trouvé près du corps, éclaboussé de sang. Il refusait absolument de parler. J'ai eu beau le menacer, je n'ai rien pu en tirer. Mais étant donné le délire qu'il a montré, il est évident que c'est lui qui a tué Alougbine. Il a perdu la tête, voilà tout.

— Et s'est coupé le cou lui-même ?

— Bien sûr que non ! Un proche d'Alougbine a dû vouloir le venger.

— Comment était le pommeau de la récade enfoncée dans sa gorge ? demanda Albert.

— Il manquait.

— Flûte ! Et pour celle retrouvée dans la bouche d'Alougbine ?

— Une double hache argentée.

Un aide de camp apparut et on changea de sujet. Il y avait tant d'autres choses à se raconter de part et d'autre, en dégustant une dizaine de poulets rôtis, de la purée d'ignames, des petits pois en conserve et de succulentes petites bananes ! Des groupes se formèrent et Émile en profita pour informer en aparté Danjou du cadavre trouvé l'avant-veille près de leur campement. Celui-ci pinça les lèvres :

— Mauvaise pioche ! Je n'aime pas ça. Le résident d'Abomey, que vous rencontrerez demain soir, est loin d'être un aigle. Tout juste une cervelle de moineau. Il a décrété que le meurtre de Sodjebedji relevait de la gendarmerie militaire, ce qui n'est pas faux. Sauf que nous n'avons pas de gendarmes sous la main. De fait, le capitaine s'est trouvé investi d'une mission de gendarme délégué et me l'a refilée. J'ai mené ma petite enquête sans succès. Et voilà tout ! Pour le résident, il s'agit d'un incident qui a mal tourné entre deux hommes de troupe, en clair il s'en bat les… oreilles, excusez, mademoiselle.

Ils étaient installés sous un porche en bambou tressé, autour d'une bouteille de tafia en guise de rincette, et Camille réclama un peu d'eau. Dans un pays où on en trouvait partout, rien ne manquait autant ! Les Américains déambulaient parmi les soldats, lesquels étaient étonnés de ces Africains qui ne comprenaient pas le nago et affirmaient venir d'Amérique. Tyler posait mille questions sur la solde, la nourriture, les officiers, les armes, les combats, auxquelles les tirailleurs répondaient de leur mieux. Les deux Anglais fumaient le cigare devant leur tente, tout en compulsant leur carnet de route et la liste de leurs achats. Gando et Daumas, de leur côté, rassemblaient porteurs et marchandises. Il fallait vérifier les sangles, les serrures, les hamacs, envoyer les hommes se ravitailler, etc.

— Sodjebedji était un Fon, dit Danjou en se resservant une lichette de tafia. Un bon gars, solide et serviable, comme ils le sont tous. Je ne comprends pas pourquoi il a tué Alougbine. Il devait être comme possédé.

Louis se rappela un détail :

— La troisième victime, Olakonitan, était du même village que Bidossessi, le *zangbeto* qui a ensuite été lui-même assassiné. D'où venait Alougbine ? Et Sodjebedji ?

— Tous deux du même hameau près de la forêt sacrée de Ko, dans les grands marais de la Lima. Une *zangbetozoun*, une forêt dédiée aux revenants et aux morts. Interdit aux Blancs d'y pénétrer et à tout le monde d'y cueillir quoi que ce soit. Les colons qui s'installent au moyen pays devront faire gaffe à ne pas couper du bois dans ces foutues forêts ! Il y en a partout. La forêt des ancêtres, la forêt cimetière, celle de Sakpatazoun le dieu de la Terre, celle de Lissa où pullulent les caméléons, la forêt mâle, la forêt femelle, sans oublier les termitières et les mares sacrées… L'administration coloniale a du souci à se faire. D'autant qu'il ne s'agit pas toujours de grande forêt, mais parfois d'un simple bosquet. Un vrai casse-tête !

— Bah, quelques arbres de plus ou de moins…marmonna Émile. Il faut bien construire des routes, planter des poteaux télégraphiques, poser des rails ! C'est le progrès !

— Il est heureux que tout ce merveilleux progrès n'entraîne pas en France la destruction de nos églises ou de nos chapelles, mon cher Émile, lança Camille.

Après tout, à la place de Notre-Dame, on pourrait avoir un superbe ministère des Communications !

— On ne peut pas civiliser un pays sans casser quelques œufs sacrés !

— L'omelette de la conquête !

Pendant qu'ils se querellaient, Louis était allé trouver Figdabé, lequel, perché sur une jambe, lance au repos, observait la vie du camp avec condescendance.

— Olakonitan et Bidossessi étaient eux aussi originaires des environs de Ko, leur apprit-il en revenant tout excité. Dommage qu'on ne sache rien du type trouvé dans la brousse !

— C'était un féticheur, dit Émile. Il portait le signe de Chango. Ont-ils un foutu lieu consacré à ce dieu dans cette foutue forêt ?

— Certainement ! lança Danjou en soupirant. Cette foutue forêt, comme tu dis, est immense et très sauvage. Chacun y trouve son bonheur *vodun*. Mais pourquoi assassiner des hommes sans histoires, ni puissants ni riches ?

— Querelles de voisinage ? proposa Camille.

Albert secoua la tête :

— Ces meurtres sont à la fois trop barbares et trop raffinés. Je suis persuadé qu'ils obéissent à un rituel précis. Et je suis également certain que de Souza sait quelque chose. Dès que je lui en ai parlé, il s'est défilé en mettant fin à l'entretien.

— De Souza ne sert que ses intérêts. Il s'est éloigné de Béhanzin dès qu'il l'a senti en mauvaise posture, précisa Danjou. Mais il ne fréquente pas Ago-Li-Agbo qu'il tient pour un incapable et un usurpateur. Et qui est de plus en bisbille avec notre résident, donc inutile à ses affaires. Cela dit, de Souza a des oreilles partout, mais même s'il sait quelque chose, il ne nous dira jamais rien.

— Ces meurtres auraient-ils bêtement pour but de porter des nouvelles aux rois défunts ? demanda Louis à la cantonade. Comme lors des fameuses Coutumes ?

Albert secoua de nouveau la tête :

— Les Coutumes sont des cérémonies officielles. On ne traficote pas ses petites Coutumes personnelles en privé. C'est le roi qui officie. Et le roi, de nos jours, n'en a plus le droit.

— Cependant, on ne peut négliger le fait que les récades sont des bâtons à message, insista Louis. Où voulez-vous envoyer un messager défunt sinon dans l'au-delà, auprès des ombres ?

— Raisonnement spécieux, objecta Danjou. Les morts ne parlent à personne.

— C'est ce que vous pensez. Peut-être l'assassin est-il convaincu du contraire. Si seulement quelqu'un pouvait nous déchiffrer ces foutus gribouillis !

— Personne ne le fera, sachant que ces cannes ont été en rapport avec un assassinat, soupira Danjou.

— On barbote dans la panade ! conclut Émile.

— Nous avons donc cinq cadavres décapités à la hache et cinq récades au message obscur, récapitula Louis. Jusqu'où ça va continuer ? Combien de victimes sont prévues ? Dix ? Vingt ? Et si c'est l'œuvre d'un fou ? D'un maniaque homicide comme on en rencontre en Europe ? Un Jack l'Éventreur ou un Joseph Vacher ?

— À propos de Vacher, Émile m'a dit que vous aviez aidé à faire capturer cette bête sauvage. Une bonne chose. Est-il aussi cinglé qu'on le dit ?

— Encore plus, affirma Albert, qui avait participé à l'expertise psychiatrique du tueur de bergers. C'est un hystérique et un mégalomane. Il fait penser à l'Éventreur. Une telle frénésie sanguinaire alliée à une telle absence d'empathie pour les victimes, c'est glaçant.

— Rien de tel sous cette latitude ! se réjouit Danjou. Les quelques meurtres que j'ai connus depuis que je bourlingue en Afrique étaient dus aux bons vieux motifs traditionnels : jalousie, ivresse, colère... pas de tueurs sadiques à ma connaissance, ni dans les annales.

— Sauf les rois eux-mêmes ! dit Camille. De vrais tueurs en gros, si j'ai bien compris. De quoi calmer les apprentis homicides en leur offrant un exutoire chaque année.

— Ou les exciter ? murmura Albert pour lui-même. Le professeur Lacassagne souhaite un rapport complet sur les meurtres rituels au Dahomey, reprit-il à haute voix. Nous nous rendons donc à Abomey dans le but de collecter toutes les informations possibles et votre témoignage est important. Verriez-vous un inconvénient à ce que je vous cinématographie ? Quelques cartons intercalés résumeront vos propos sur la criminalité locale.

Danjou se rengorga.

— Bien sûr, bien sûr, attendez juste que je passe un dolman propre. Où est mon peigne ? Adébéla ! Ramène-toi ! Toi y en a chercher cirage pour bottes ! Et fais-toi beau, tu vas être sur le film aussi, n'est-ce pas, Féclas ?

Une fois la séquence en boîte, Danjou leur montra les dessins qu'il avait faits de l'endroit des crimes : position des corps, flaques de sang, trajectoire des têtes qui avaient roulé au sol, taille et motifs des récades.

— Excellent boulot ! apprécia Albert. Vous noterez que, cette fois encore, l'angle de frappe montre que le meurtrier est droitier, fit-il observer.

— Hélas ! C'est le cas le plus fréquent. Un manchot gaucher aurait été bienvenu, dit Louis.

— Et qu'il n'a frappé qu'une fois. L'entaille est nette, reprit Albert qui se tourna vers Émile et Danjou : À votre avis, quelle force faut-il pour décoller une tête d'un seul mouvement ?

— Ça a l'air simple comme ça, vous levez le bras et hop ! dit Émile, mais la lame doit tout trancher, nuque, cou, tendons, cartilages, vertèbres… C'est drôlement résistant, le cou d'un zig ! Au sabre, c'est assez rare d'y arriver du premier coup, reconnut-il. Certes, j'ai des facilités avec mon gabarit, mais j'ai souvent dû m'y reprendre à deux fois !

Camille cligna des yeux. Elle voyait ce bon vieil Émile, dans un uniforme couvert de sang, brandir son sabre en hurlant tandis que titubait devant lui un ennemi à la tête à demi coupée telle une noix de coco.

— La hache assure un meilleur impact, elle est plus adaptée à l'exercice, précisa Danjou en expert. Mais la décapitation demande de l'entraînement et de la force. Rappelez-vous, avant la guillotine : les décapitations étaient dites réussies lorsque le bourreau réussissait à trancher d'un seul coup la tête du condamné. C'est bien la preuve que ce n'était pas si aisé ! Et ces messieurs les Faucheurs n'étaient pas des avortons. À ce propos, c'est vrai que tu as le bon format, Émile ! Il paraît que Deibler va prendre sa retraite, tu devrais postuler ! Dites-moi, Dr Féclas, votre pellicule, là, vous la projetterez dans un amphithéâtre ?

— Oui, à Paris, devant tous les rédacteurs et les abonnés de la revue, et nombre de membres de sociétés savantes. Vous allez être célèbre ! Pour en revenir aux meurtres, on est donc quasi sûrs que notre coupable n'est pas une mauviette. Et si c'était un professionnel ? Il a peut-être eu l'occasion d'apprendre l'art de la décollation sous le règne de Béhanzin ou de son prédécesseur.

— Un membre de la Cour ? Un exécuteur des hautes œuvres ? Bonne idée, ça !

Danjou se caressait les moustaches.

— Mais je ne vois pas le Migan s'amuser à ça. Il réside près du roi et ne s'est certes pas déplacé à Paris. Un de ses aides ? Il faudrait en avoir la liste. Voyez donc à Abomey avec le vieux gardien des palais royaux. C'est un bavard. Il a tout vu, tout entendu. Dites-moi, qui sont ces hommes de couleur bien habillés qui vous accompagnent ? Ils se comportent en bourgeois.

— Des Américains, expliqua Louis, rencontrés sur le bateau. Ils se rendent au Liberia. Le plus jeune voudrait s'engager dans la Légion.

— Comme si on n'avait pas assez d'Africains à notre disposition ! Enfin, il a l'air solide. Et ces satanés Anglais ? Ils se rendent également au Liberia ?

— Non, ce sont des marchands d'art. Ils veulent remonter vers le Niger, je crois.

— Grand bien leur fasse ! Qu'ils aillent donc faire leurs emplettes à Fachoda ! Bougres de rosbifs ! Tout ce qu'ils cherchent c'est à nous arnaquer en plantant leur drapeau partout !

— En parlant de soldats, y a-t-il encore des factions fidèles à Béhanzin ? voulut savoir Louis.

— Sans doute. La plupart des Dahoméens font semblant de nous accepter et de nous aimer, mais leur vraie dévotion allait à leur roi. Une monarchie aussi absolue que sacrée, pour laquelle chacun devait être prêt à mourir, ça ne s'oublie pas si vite. Le gouvernement veut se persuader que les indigènes sont plus heureux sous notre administration, juste et civilisée. Mais je ne suis pas sûr que ces animaux-là ne regrettent pas le fouet et les exécutions arbitraires !

— Vous parliez d'animaux ?

Debout, à quelques pas, Coleman les dévisageait. Rien dans ses traits impassibles n'indiquait qu'il avait entendu toute la phrase. Mais le regard flamboyant de Delany, posté derrière lui, renseigna Louis.

— Il y a quelques belles pièces à chasser dans les parages, n'est-ce pas, Danjou ? s'empressa de dire Albert.

— Heu, oui, oui, nous pourrons aller tirer notre souper tout à l'heure, enchaîna l'officier en mâchonnant sa moustache. Ragondins, écureuils, tourterelles... il y a le choix. Pour le gros gibier, il faut monter plus au nord. Léopards, buffles, hippopotames... ici nous avons surtout des singes chapardeurs et des chacals !

— Je suis une assez bonne gâchette, dit Delany, ce sera avec plaisir.

— Le caporal Delany était tireur d'élite dans l'armée américaine, dit Émile. Médaillé de guerre.

Le visage de Danjou s'éclaira.

— Vraiment ? Il faudra nous raconter vos campagnes ! Goûtez-moi donc cette eau-de-vie de maïs ! C'est vrai que vous autres, les Noirs, êtes de sacrés soldats !

— Êtes-vous bien installés, monsieur Coleman ? demanda Camille à tue-tête de sa voix de théâtre.

— Parfaitement bien, merci. À tout à l'heure.

Il s'éloigna, plutôt raide, tandis qu'Émile lançait de viriles bourrades à Delany qui semblait hésiter entre se fâcher ou sourire. Il prit finalement le parti de la camaraderie et s'assit avec eux.

Debout à l'ombre d'un bananier, le Voyageur était perplexe. Quelque chose ne tournait pas rond chez lui. Il s'était préparé à un festin succulent et voilà qu'il n'avait pas d'appétit ! Il avait beau essayer de se stimuler en se représentant un scalpel aiguisé et la chair tendre se fendant comme une pastèque, mais non, rien à faire : les femmes indigènes ne l'attiraient pas !

Leur peau satinée, leur chair ferme enduite d'huile de palme, leurs dents si blanches, tout cela le laissait indifférent. Où étaient l'odeur douce-amère, le charme flétri, les poitrines sifflantes de ses chères amies de Whitechapel ? Les démarches titubantes, les gosiers brûlés de gin ? Où étaient les herbes folles des pavés ? Il avait couru jusqu'en Afrique comme un gamin qui se rend tout guilleret au bordel et voilà que son érection retombait à peine le seuil franchi ! Il était impuissant ! Et obligé de continuer à jouer la comédie, à crever de chaud et à marcher des heures, à écouter des balivernes et à feindre de s'intéresser à des discussions oiseuses. Heureusement, il y avait ces décapitations. Un travail vulgaire, certes, mais le détail des récades y ajoutait un peu de piment, à la mode de la cuisine locale.

Le coupable, il le connaissait. Pas par déduction, par intuition. Mais il n'allait pas le dénoncer, bien sûr. Peut-être même pourrait-il lui donner un coup de main ? Mais non, dans ces affaires-là, chacun cherchait son propre assouvissement. On ne pouvait pas partager un meurtre comme un bon repas.

Et Camille ? Pourrait-elle le contenter ? Elle était en trop bonne santé. Trop saine, trop rousse, trop gaie.

En se forçant un peu ?

À quelques mètres du Voyageur, le messager du pays des ombres priait en silence, agenouillé devant un tas de coquillages consacré à Egun, le dieu des Morts. Personne n'avait encore répondu à ses missives. Peut-être les ancêtres lui en voulaient-ils de son arrogance ? Peut-être étaient-ils furieux qu'il n'utilise pas le sabre traditionnel ? Mais la hache à double face symbolisait la séparation des ténèbres et de la lumière. Seul le sang craché pouvait ramener l'harmonie dans les pâtis. Il devait continuer. Les crânes sacrés d'Abomey l'aideraient. Le secret de leur cachette n'avait pas été divulgué, mais le petit savant blanc à lunettes voulait faire des fouilles. Peut-être les trouverait-il et il ne resterait alors qu'à se débarrasser de lui et de ses encombrants compagnons.

Sans se douter le moins du monde de la proximité immédiate de deux meurtriers, Louis soupesa sa boule, fit trois pas et lança.

— Trop loin ! cria Camille. Tu ne connais pas ta force, mon petit tsar !

— Ce coup-ci, le point est pour nous ! cria Tyler.

La France soupira. L'Amérique menait.

— Honneur aux vaincus, grogna Émile en lançant le cochonnet.

Et la partie de pétanque acharnée se poursuivit à l'ombre des bambous sous le regard indifférent d'un iroko sacré.

CHAPITRE XII

Abomey ! Enfin, la capitale du royaume conquis s'étendait devant eux. De hautes murailles de brique, à demi écroulées, un rassemblement de cases et de concessions et quelques bâtiments administratifs en dur, surmontés du drapeau français.

Ils avaient trotté toute la journée depuis l'aube, encore embués par les vapeurs des libations de la veille, ne s'autorisant que de courtes haltes sur les sentiers autrefois gardés par des décimères, les douaniers du roi qui barraient le passage avec des cordes afin de percevoir les taxes de circulation. Comme le leur avait de nouveau rappelé Albert, jamais lassé de jouer les professeurs, sous l'ancien régime tout appartenait au roi, hommes, bétail, récoltes, objets. « Le peuple travaille pour que le roi mange », selon la formule consacrée. Le monarque régentait les us et coutumes. Interdit d'arborer des bonnets ou des coiffures extravagants, interdit d'avoir des portes en bois, interdit de porter certains bijoux, interdit de se vêtir à sa guise, etc. Tout avait changé très vite en à peine quatre ans.

Harassés et crottés de boue – il avait plu à verse entre une et deux heures, balnéothérapie gratis, ils avaient traversé la Lima, la région des marais, le visage protégé des miasmes par des masques de gaze. La végétation s'espaçait peu à peu. « Savane arboricole, expliqua Albert. Nous quittons la zone littorale et son climat subtropical. »

Les villages se succédaient à l'approche de la capitale. Tous les hommes étaient aux champs et levaient leurs houes pour saluer leur passage de vigoureux *akou, akou !*, « bonjour, bonjour ! ». Les enfants accouraient vers eux et faisaient le salut militaire en criant « France ! France ! », et Camille leur lançait des bonbons.

Et, à présent, Abomey s'étendait devant eux. Un ensemble disparate de cases et de ruines, de champs et de jachères. Ils contemplaient les quarante hectares sur lesquels la dynastie royale avait bâti ses douze palais, chaque roi se devant de construire le sien à côté de celui de son prédécesseur. Seul Akaba avait élevé sa demeure un peu à l'écart et elle se trouvait aujourd'hui séparée des autres par une rue et des habitations.

Le roi Béhanzin avait brûlé la ville lors de l'invasion française et la trace du feu était encore visible partout.

— Une cité de terre cuite, dit Camille. Comme c'est curieux ! On dirait qu'elle a été piétinée par un enfant mécontent.

— Béhanzin n'était pas un enfant, rectifia Albert. Mais un roi déterminé à défendre sa patrie contre l'envahisseur.

— Béhanzin grand roi, laissa tomber Figdabé en élevant sa lance. Il s'est battu pour son peuple et pour l'honneur. Ce n'est pas lui qui a attaqué la France, c'est la France qui est venue nous attaquer. Ici, c'est notre terre. Chacun la sienne. Vous nous l'avez volée. Un jour nous la reprendrons.

— Heureusement que ni Danjou ni Émile ne t'entendent, dit Louis. Tu finirais au cachot pour sédition !

Figdabé cracha par terre.

— Le cachot, nous y sommes tous. La France a mis les barreaux de ses lois autour de nous. Mais c'est le palmier dont on enlève les noix une à une, on ne peut pas le faire pour la noix de coco.

— Tu devrais rédiger les devinettes pour les gazettes, lança Louis alors qu'ils avançaient sur le chemin poussiéreux bordé de flamboyants. Tu sais lire ?

— Lire quoi ? Les mensonges blancs ? Ça ne m'intéresse pas.

— Tu sais lire les récades, n'est-ce pas ?

Figdabé cligna des yeux sans répondre.

— Tu ne veux pas savoir pourquoi Olakonitan, Bidossessi, Alougbine et Sodjebedji sont morts ?

— Et Achébé, ajouta tranquillement le garçon en accélérant. Il ne faut pas l'oublier.

Il connaissait donc le nom du féticheur trouvé dans les buissons ! Louis força l'allure pour se porter à sa hauteur.

— Que sais-tu de cet Achébé ?

— Chango ne frappe pas au hasard. La foudre va droit au rein.

— C'est ça. Mon pied aussi ! Cet homme, il venait de la forêt de Ko ?

— La forêt sacrée a besoin des coupes rituelles.

— Ça veut dire oui ? Pourquoi l'a-t-on tué ?

— Ce qui est petit meurt petit, ce qui est grand meurt grand.

— Mille bombes, je vais te faire bouffer tes plumes !

— Louis, arrête de faire ton Émile, ça ne te va pas, le tança Camille.

— Mais tu ne vois pas qu'il se moque de nous ?

— Il nous dira ce qu'il faut quand ce sera le moment.

— Tu t'y mets aussi !

— Achébé grand chanteur, dit Figdabé. Musique magique.

— Je croyais qu'il servait le Tonnerre.

— Oui. Musique magique. Le monde chante, monsieur Louis Denfert. Tu ne l'entends pas ?

Sur ce, il s'arrêta net devant une arcade de bambou constituée de deux vigoureuses tiges sur lesquelles une troisième était posée transversalement. On y avait suspendu des bouquets de paille sèche, ainsi qu'un paquet de plumes sanguinolentes bourdonnant de mouches, deux ou trois pattes de poulet, une mâchoire de chien blanchie sous le soleil.

Figdabé se jeta à terre et se couvrit la tête de poussière avant de se relever et de passer sous l'arche végétale comme si de rien n'était.

— L'arcade de bambou se trouve très souvent à l'entrée des villes, expliqua Albert qui les avait rejoints. On y suspend des objets fétiches. Celui qui passe dessous en ayant de mauvaises intentions contre le gouvernement – le leur, pas le nôtre – est terrassé par le *vodun*.

— On devrait en installer une à l'entrée de l'hémicyle ! lança Louis. Ça nous éviterait bien des désillusions ! Paf, la moitié de nos députés dégommée d'un coup ! Tenez-vous bien, mon petit Albert, continua-t-il à voix basse : Figdabé connaissait le mort inconnu ! Il nous a dit qu'il s'appelait Achébé et que c'était un grand chanteur. Mais il n'a pas voulu nous révéler pourquoi on a coupé le sifflet d'une étoile de l'opéra local. Peut-être pour le faire taire ?

— Abomey nous apportera les réponses, assura Albert en ajustant son casque. Vous ne sentez pas la ville vibrer des mystères de l'Afrique ?

— Albert ! Vous, la fourmi industrieuse au service de la logique, vous me servez la soupe mystique ? Mais bon sang, ce pays vous rend tous siphonnés !

— Ne touchez pas la paille fétiche avec vos cheveux, ça risque d'énerver les esprits !

Instinctivement, Louis baissa la tête, avant de donner un coup de pied rageur dans un caillou.

Ils longèrent de profonds fossés en partie comblés par des broussailles.

— *Agbodo* : le fossé, dit Figdabé.

Puis, désignant la petite ville :

— *Agbomé* : à l'intérieur du fossé.

La route descendait en pente douce. Ils dépassèrent des baobabs fétiches, ceints d'un pagne de paille, puis une case carrée largement ouverte, au toit de chaume pointu.

— Temple des os des vaincus, lança Figdabé. Avant, il était tapissé des crânes et des tibias des ennemis. Grande fierté. À présent, le lâche Ago-Li-Agbo y a fait mettre des os de bœuf et de cerf pour ne pas fâcher les colons !

Il montra un baobab plus large que les autres.

— Ici, avant, le père des bois était honoré d'une guirlande de crânes d'éléphant ! Maintenant, rien.

Il cracha par terre.

C'était jour de marché et il y avait une affluence incroyable. Ils durent se frayer un chemin entre les marchands accroupis près de leurs denrées, louvoyer entre les jarres et les calebasses remplies de nourriture et de fournitures diverses. Des centaines de personnes s'interpellaient joyeusement et marchandaient sec. L'odeur délicieuse des épices masquait en partie celle de la viande faisandée et du poisson séché. Camille se boucha le nez en traversant la section des tanneurs et des marchands de peaux. Plusieurs féticheurs arboraient les emblèmes de leur dévotion – des morceaux de ferraille habillés de peau de lapin, aux yeux impies de Louis. Une vieille féticheuse portait quatre ou cinq serpents – épais, luisants et très vifs – enroulés autour du cou. Camille se serra contre Louis tandis que les ophidiens tendaient leurs têtes sifflantes vers eux.

Ils débouchèrent enfin sur la place Simbodji, la place royale d'Abomey. Un long rempart de terre rouge, haut de près de huit mètres, entourait l'ensemble du site. En plus de sa fonction défensive, il était censé dissimuler les bâtiments intérieurs, mais il présentait de nombreuses brèches. Figdabé désigna de sa lance divers bâtiments eux-mêmes enclos d'enceintes, le tout environné d'herbes folles et de broussailles.

— Palais de Glélé, palais de Guézo. Enceinte du palais Takimbaïa. Palais de la mère de Béhanzin et des Amazones, et aussi la prison. Au sud, la maison du chef des princes et du Méhou, le ministre des Affaires étrangères et précepteur des princes, murmura Albert. À l'ouest, la demeure du Migan. Au nord, là, le palais du nouveau roi. Le roi ne reçoit que sur rendez-vous. Ici, dans le palais de *Dada* Glélé, les Français ont installé leurs employés.

Il montrait une « maisonnette » peinte en blanc, surmontée du drapeau français, en arborant une moue dégoûtée.

Albert alla aux renseignements. Deux fonctionnaires coloniaux penchés sur des registres l'accueillirent chaleureusement. Ils établissaient des inventaires. Pas mal d'objets saisis lors de la reddition du royaume devaient être envoyés à Paris pour la prochaine exposition universelle de 1900.

— Un nouveau siècle, vous vous rendez compte ! Qui sait ce qu'il y adviendra ? demanda un secrétaire à l'air effacé.

— Progrès, justice et civilisation pour tous ! assura son collègue, un grand maigre enthousiaste. Regardez l'Afrique ! C'en est fini du Moyen Âge !

Albert opina poliment.

— Nous avons démonté les canons et les mitrailleuses offerts par ces salauds d'Allemands à Béhanzin. On va en faire une haie d'honneur pour la future résidence qui est en chantier. L'administrateur a établi son bureau juste à côté, précisa le premier, tout aussi exalté.

Ils lui recommandèrent enfin d'aller voir l'administrateur en personne pour les questions de circulation *in situ* et d'audience royale.

Albert les remercia et ressortit sous l'ardeur renouvelée du soleil. Ils longèrent le quartier d'Aouaga pour gagner l'enclave coloniale environ cinq cents mètres plus loin. La construction de la nouvelle résidence avait commencé et le bâtiment promettait d'avoir de l'allure. Comme ils arrivaient à l'entrée du « camp des Français », un homme en uniforme de facteur, casquette sur la tête et sac à l'épaule, les salua avec affabilité.

— Ah, de la visite ! Un télégramme du bataillon étranger nous a prévenus de votre arrivée ! Attention, poussez-vous, voilà M. Henri !

Un grand jeune homme, blond et échevelé, juché sur une bicyclette, les dépassa en actionnant sa sonnette, puis freina pile.

— Quelque chose pour moi ?

— Une de ta mère et une de ta sœur ! lança le préposé en tirant deux épaisses enveloppes de sa sacoche.

— Merci, bien le bonjour, je ne m'arrête pas, je dois récupérer mes Peuls et ma pirogue avant qu'ils renversent tout.

— Il vit un peu plus au nord, il a construit sa ferme tout seul, il fait du coton et du tabac et vend des cochons et des bœufs, leur apprit l'aimable fonctionnaire. C'est un rude travailleur !

Louis essaya de s'imaginer en fermier africain, loin du brouhaha de la ville, du journal, des commissariats.

Réduit à collecter des indices sur les bouses de vaches en fuite.

— Excusez-moi, je finis ma tournée, reprit le bonhomme. Vous savez ce que c'est, on attend le courrier comme le messie ! Vous trouverez le résident juste après la *gore*.

La *gore* était un ensemble de cases qui servaient pour les indigènes à la fois de commissariat et de centre des impôts. Y logeaient les *agorigans*, les chefs de la *gore*, en compagnie de leurs épouses, ainsi que leurs employés, les *mocos*, espions et agents de police. On avait bâti juste à côté une sorte de grande casemate en brique, peinte en blanc. Les quartiers du résident. Un factionnaire autochtone en uniforme en gardait le seuil. Il s'effaça pour laisser entrer Albert tandis que le reste du groupe attendait à l'ombre d'un grand parasol à franges planté dans la cour. Kerry et Wilkes semblaient se frotter les mains à l'idée des bonnes affaires en vue, et Daumas houspillait ses porteurs, pressé d'aller montrer ses marchandises au roi et à sa cour.

Le résident fit l'impression à Albert d'un acteur jouant le rôle d'un haut fonctionnaire français à l'étranger. D'un certain âge, portant barbe et monocle, habillé d'un dolman blanc et d'un pantalon noir, une chaîne de montre en argent massif à la ceinture, il était assis derrière un bureau Empire, ses encriers bien alignés devant lui, la plume levée sur une pile de documents estampillés « très importants ». Rien de trop souriant ni de trop spontané chez ce parfait spécimen de l'administration coloniale qui parlait avec componction sans se hâter. Il accueillit Albert avec l'aimable désintérêt d'un homme qui gère des questions autrement importantes que des enquêtes criminelles, et parut cependant flatté que le fameux professeur Lacassagne envoie un de ses émissaires dans son fief – « vous lui donnerez le bonjour de ma part, nous avons passé le baccalauréat ensemble » –, sans cesser de manier le tampon encreur avec une belle vigueur.

— Voilà, tout est en règle ! lança-t-il enfin. Vous comptez, je suppose, rencontrer le roi ?

— Tout à fait, monsieur.

— Bon courage ! Cet abruti ne fait que se plaindre de tout et de rien. Il n'a pas assez d'argent, il ne peut tenir son rang, on lui cherche noise, on veut sa perte, etc. Je le crois séditieux et capable de nuisances et je compte réclamer son exil. Vous me donnerez votre opinion de médecin.

— Je n'y manquerai pas, monsieur. Merci pour votre accueil et vos conseils.

— Ce n'est rien.

— Je voulais vous signaler un fâcheux événement, monsieur. Lors de notre voyage, nous avons trouvé un indigène décapité. Nous l'avons signalé au sergent-major Danjou en poste au 1er étranger.

— Très bien, parfait. Ces primitifs s'entre-tuent pour un rien. Heureusement, nous allons mettre bon ordre à tout ça.

— Heu… à qui dois-je communiquer les détails ? Pour l'enquête ?

— Laissez Danjou s'en occuper. C'est un excellent élément. Il va nous envoyer son rapport en quatre exemplaires et je lui dépêcherai l'inspecteur de première classe Dubois, de la garde civile indigène.

— Bien monsieur, marmonna Albert les lèvres pincées. Je reste à la disposition de l'inspecteur Dubois. Un natif promu en grade sans doute ?

— Tss tss, vous plaisantez ?

Le résident désigna un arrêté placardé au mur.

— Organisation de la garde civile indigène du Dahomey et dépendances, 23 juin 1894 ! récita-t-il sans regarder le texte. Article 2 : Inspecteurs de première classe ou de deuxième classe : Européens. Article 6 : Choisis soit parmi les anciens officiers de l'armée active, soit parmi les inspecteurs de deuxième classe. L'inspecteur Dubois est actuellement en mission. On nous a signalé des éléments séditieux plus au nord. En effet : la garde indigène est affectée au service suivant, entre autres : service des renseignements politiques. Mes gardes de cercle ont déjà fort à faire pour maintenir l'ordre dans la brousse, avec tous ces chefs qui essaient de nous entourlouper ! Ne vous inquiétez de rien ! Nous veillons.

Albert était plus que dubitatif. Mais que faire ? Le bon déroulement de leur séjour dépendait de ce niquedouille.

— Venez donc dîner ce soir avec vos amis, lança le niquedouille avec jovialité. Ah ! Encore une chose : n'oubliez pas que vous représentez la France. Les indigènes sont très sensibles aux apparences.

— Certainement, monsieur. Pourrais-je vous présenter un avocat américain qui se rend au Liberia et souhaiterait saluer un de nos éminents représentants ?

— Certainement, certainement ! assura le résident tout en donnant deux ou trois coups de tampon supplémentaires. Ce sera avec grand plaisir.

Albert ressortit chercher Coleman et fut très satisfait de voir l'étonnement du résident qui tendait le cou pour distinguer, derrière le Noir qui l'accompagnait, l'avocat en question.

— Je suis Me George Washington Coleman, annonça calmement celui-ci.

— Oh ? Vraiment ? Très bien, très bien. Avocat, dites-vous ? Hum. Des États-Unis. Formidable ! Très bien, très bien.

Albert les laissa se lancer dans une conversation sans aucun doute passionnante et rejoignit Louis et Camille.

— C'est un crétin fini, mais nous avons tous les papiers nécessaires. Et nous sommes invités à dîner ce soir. Vous pourrez sortir votre plus belle robe, Camille. Et au fait, vous savez ce que signifie le W de Coleman ? Washington !

Ils furent interrompus par l'arrivée de la délégation des chefs des villages voisins qui venait, comme tous les jours, prendre les ordres du résident. Escortés de leurs porte-cannes, porte-tabac et porte-parasols, vêtus de pagnes plissés, bardés de bracelets de biceps et coiffés de bonnets en panthère, les chefs mâchonnaient leurs pipes en observant les visiteurs. Les serviteurs chargés des récades tenaient leur bâton au creux du bras, comme un nourrisson. Un groupe de hamacaires et quelques porteurs se tenaient en retrait, se dandinant d'un pied sur l'autre, attendant qu'on les appelle.

Me George Washington Coleman, dans son complet veston en alpaga gris perle, sortit de chez le résident à l'instant où les chefs entraient et ils se dévisagèrent, l'Afro-Américain et les Dahoméens, tellement dissemblables dans leurs costumes et leurs mœurs et pourtant issus de la même terre d'Afrique de l'Ouest. Delany, qui cachait son visage abîmé sous un foulard noué à la cow-boy, en fut troublé. Tyler, pour sa part, avait entrepris de demander à l'un des serviteurs des dignitaires comment c'était de travailler à porter un parasol à franges et quelle somme il y gagnait, ce à quoi l'autre, effaré, ne savait que répondre et lui offrait aimablement en retour des graines d'arachide qu'il tirait d'un sachet de cuir pendu à son cou.

L'officier de liaison les informa qu'en raison du grand nombre de visiteurs et de la pénurie de logement ces messieurs dames seraient logés dans des cases réquisitionnées lors de l'abandon de la ville par certains des partisans de Béhanzin.

Les cases rondes, recouvertes du traditionnel toit de feuilles d'éléis, ne comportaient bien sûr pas de fenêtres et la lumière pénétrant par l'étroite porte y était plus que chiche. Le sol, surélevé d'environ vingt-cinq centimètres par rapport à la rue, était recouvert d'un mélange de vase et de sable, lissé, durci et enduit d'une sorte de teinture vert clair. Une forte odeur d'étable rappela à Albert sa ferme savoyarde natale, où hommes et bêtes partageaient encore la même salle.

— C'est rapport à la peinture à la bouse de vache, expliqua Émile, ils la délaient avec de l'eau et de l'herbe et s'en servent comme encaustique.

Camille s'amusa à s'imaginer essayer d'introduire cette mode à Paris. Le cirage du parquet à la bouse conviendrait tout à fait à certaines peaux de vache de ses connaissances !

— Attention aux rats, à la vermine et aux serpents ! continua Émile en écrasant quelques bestioles frétillantes aussi longues que des saucisses de Toulouse. Et vous devriez aplatir votre tête-de-loup, Louis, m'est avis que vos tifs vont servir d'attrape-araignées !

Louis, dont la haute taille lui faisait presque toucher le plafond, baissa vivement la tête. Les araignées dahoméennes avaient plus de vigueur que leurs consœurs parisiennes, et une seule pouvait vous servir de couvre-chef.

Les tirailleurs avaient installé des lits de camp, des moustiquaires et des lampes à pétrole, mais le confort restait sommaire. La cuisine se faisait dans les petites cours extérieures, sur des fourneaux rudimentaires. Pas d'eau, pas d'éclairage, pas de meubles.

Dans une de ces courettes, le petit Daumas, indifférent au décor, s'était assis devant une caisse pour écrire une de ses lettres quasi journalières à sa mère.

— Elle voudrait tant venir me voir depuis deux ans ! dit-il à Camille qui cherchait une écuelle pas trop graisseuse pour y verser un peu de soupe en boîte. Vous savez que j'ai de la vaisselle en porcelaine ? Les princes en raffolent. À Porto-Novo, j'ai fourgué au roi Toffa des couverts en argent qu'il porte en sautoir. Ma mère s'inquiète tellement de me savoir seul au milieu des sauvages. J'ai beau lui dire que les affaires vont bien et que ma santé est bonne !

— D'où venez-vous ?

— De Cavaillon. Les melons, vous savez... Maman est institutrice et Papa employé de mairie.

— Vous n'aviez pas envie de faire votre carrière là-bas ?

— Oh, non ! Il ne s'y passe jamais rien ! Tandis qu'ici... Je vais remonter l'Ouémé en pirogue jusqu'à Savé, dans le Haut-Dahomey. Rencontrer des pauvres diables qui n'ont jamais vu de Blancs. Je suis en train d'écrire l'histoire du commerce dans cette partie du monde, mademoiselle ! Peut-être qu'un jour un comptoir portera mon nom ! Non, mais vous me voyez, boire le pastis sur la place de l'église en attendant de retourner au bureau de deux heures à six heures ? Jamais ! D'ailleurs, je ne bois pas, Maman fait partie d'une ligue de tempérance.

Il avait l'air si content, si enthousiaste, si jeune, que Camille eut envie de lui ébouriffer les cheveux comme à un enfant. Le laissant à ses rêves de gloire commerciale, elle entreprit de balayer leur case et de verser un peu de vinaigre hygiénique sur la toile des matelas de paille. Louis s'installa dehors sur un tabouret orné de poissons stylisés, un tas de papiers sur les genoux.

— Nous avons audience avec le roi à quatre heures ! lança Albert en surgissant de derrière une palissade en bambou.

— Qui ça « nous » ?

— Les quatre mousquetaires. Camille, Émile, vous et moi.

— Et les Américains ?

— Ils seront reçus à une heure d'intervalle.

— Dommage, j'aurais bien voulu assister à cette entrevue historique entre le passé et l'avenir. Et nos rosbifs amateurs d'art ?

— Une heure plus tard encore. Accompagnant Daumas et ses caisses, ils auront d'abord rendu visite aux princes et à leurs épouses, histoire de s'échauffer la comptabilité.

— Vous voilà bien acerbe !

— Le soleil africain fait fondre bien des apparences, vous ne trouvez pas ? Nous prendrons le Cinématographe. Soyez prêts à l'heure.

— Ce n'est pas comme si nous devions prendre le tramway et courir dans la cohue des Grands Boulevards, mon petit Albert. Détendez-vous ! Nous avons, quoi, cinq cents mètres à faire ? On devrait pouvoir éviter les embouteillages de cochons sauvages et les attroupements de poulets !

Albert tourna les talons sans répondre, comme monté sur ressort.

— Incroyable que dans un pays où tout va si lentement tout le monde soit toujours agité, marmonna Louis en suçotant son crayon.

— Tu dis ça parce que tu n'as pas eu de cadavre à te mettre sous la dent aujourd'hui, mon petit tsar. Tu ne sais pas à qui faire donner le knout, ça te manque.

— Arrête de faire ta comtesse de Ségur ! Demande-toi plutôt ce que tu vas mettre pour te présenter devant le monarque.

— Tu es cruel, tu sais très bien que je n'ai rien de potable !

Et elle rentra sur-le-champ inspecter le contenu de ses valises. Louis s'étira, satisfait de sa pique, mais fort mécontent du piétinement de leur enquête. Il se replongea aussitôt dans ses raisonnements, non sans surveiller du coin de l'œil le foisonnement d'insectes en tout genre – tous frappés de gigantisme – occupés à d'incessantes allées et venues.

Olakonitan. Bidossessi. Alougbine. Sodjebedji. Achébé. Cinq hommes dont deux *vodunsi*. En quoi était-il important de les faire passer de vie à trépas et pourquoi de cette manière ? Il ouvrit une petite monographie donnée par Danjou, un essai rédigé par son capitaine sur les croyances locales, qu'Albert avait déjà épluché de long en large.

Le culte *vodun* comporte quatre catégories de prêtres : le *vodounnon*, celui qui possède (*non*) le *vodun*. C'est le servant du fétiche. À l'extérieur, lors des cérémonies, il est représenté par le *hounso* (*e so houn :* celui qui porte le fétiche). Le *hounso* danse en tenant sur ses épaules les animaux à sacrifier. Les *vodunsi* viennent ensuite. Ce sont en quelque sorte les prêtres de base, formés dans les couvents *vodun*, voués à un fétiche particulier. Et pour terminer, *legbanon* (celui qui possède Legba). Une notion difficile à concevoir pour un Européen. Le *legbanon* servait le *legba* du fétiche, soit l'esprit de l'esprit. Car chaque individu, chaque divinité – insistait le capitaine –, a son *legba*, son compagnon secret et personnel, qui réside dans le nombril, comme en témoigne son autre nom : *hondan*, littéralement « agitateur du nombril ».

Louis examina le sien. Un endroit dont il se préoccupait peu et qu'il détestait récurer. Bien. Ce mystérieux *legba* était aussi appelé *homêsingan* : chef de la colère. Au Dahomey, le ventre était le siège des émotions fortes comme la colère, la douleur, la joie ou la pitié.

Ces *legba*, sorte d'esprits saints – et malsains – personnels, étaient représentés par des sculptures symboliques, de style priapique, que l'on plantait devant chaque maison. Mais oui, il en avait vu partout !

Legba, le double intérieur, était responsable de presque tout ce qui arrivait, car il était l'outil des puissances supérieures. Chaque Dahoméen est donc possédé par son *alter ego* invisible, lui-même piloté par les dieux. Vous alliez chercher de l'eau et vous cassiez votre cruche : *legba*. Vous vous battiez avec votre voisin pour une peccadille : *legba* (le vôtre ou le sien). Vous oubliiez d'honorer *legba* : boum, une noix de coco sur la tête. Bref, l'existence n'était qu'une longue suite de révérences et de courbettes devant les instances supérieures, y compris celle que vous logiez en vous-même.

Un enfer. En Occident, les bigotes qui se pressaient au pied des statues de saints et ne quittaient jamais leurs rosaires n'en étaient pas très éloignées, se dit-il. Sans parler des signes de croix censés repousser le démon ou de toute la panoplie de la superstition effrénée des campagnes. Et même les citadins les plus modernes se désolaient si on cassait un miroir ou si on passait sous une échelle.

Il referma le petit opuscule en soupirant. Un *legba* vindicatif et furieux menait-il la main qui tenait la hache ? Le meurtrier se pensait-il investi d'une mission ?

À quatre heures, sous un soleil de plomb, Albert et ses compagnons se présentèrent sur la place royale Simbodji sur laquelle donnait la maison à étage construite par Guézo, entrée de son palais. C'était cette maison *singbo*, à étage, qui avait donné son nom à la place.

Figdabé, en tant qu'interprète, les précédait. Louis, chargé du Cinématographe, avait ajouté un nœud papillon à sa chemise blanche, Émile avait ciré ses godillots et portait un dolman gris, Albert avait enfilé un costume en lin froissé mais propre et Camille, superbe dans une légère robe grège agrémentée de soie lilas, protégeait son visage avec une ombrelle à pois mauves. Les porteurs, désœuvrés, les observaient en ricanant, de même que les marchands de pâte et de galettes de mil, accroupis près de leurs calebasses.

L'ensemble des palais, incendiés comme le reste de la ville par Béhanzin, portait les stigmates de la guerre. Disséminés sur une vaste étendue où ne s'élevaient que quelques arbres sacrés, ils n'offraient pas aux yeux occidentaux le faste des cours européennes. Simples constructions en pisé, recouvertes de toits de chaume qui descendaient presque jusqu'au sol, rectangulaires ou ronds, les bâtiments étaient d'une simplicité géométrique, très loin de l'idée occidentale de château. Albert perçut très vite que c'était leur ordonnance et leurs fonctions rituelles et sacrées qui prévalaient. Mais là encore, rien à voir avec les ruines de temples que Louis avait pu contempler en Grèce lors des jeux Olympiques de 1896. Ces constructions rectangulaires ornées de bas-reliefs abîmés et de peintures aux motifs étranges étaient les lieux de culte et de pouvoir d'une autre civilisation.

Louis se tordit le cou pour observer l'*atoh*, la funeste terrasse d'où les victimes décapitées étaient jetées au peuple les jours de sacrifice pendant que les trompes sonnaient et que les tam-tams résonnaient.

Figdabé les mena jusqu'à la première enceinte de la demeure du nouveau roi, lequel avait réinvesti celle de son ancêtre Kpengla. On accédait à chaque palais par un portique, le *honnuwa*, creusé dans des murs épais d'une bonne quarantaine de centimètres et surmonté d'un toit de tuiles. Il actionna le heurtoir d'une large porte en bambou solidement tressé et celle-ci s'entrouvrit. Albert toussota et resserra son nœud de cravate. Un groupe de jeunes gens, parés de pagnes écrus plissés et portant de lourds bracelets de fer aux poignets et aux chevilles, s'encadra dans la porte et un vif échange s'ensuivit avec Figdabé qui se retourna, les lèvres pincées.

— Les princes disent qu'il faut demander audience.

— Mais le résident a fait prévenir le roi ! protesta Albert.

— Il faut attendre. Ils reviennent.

On les fit passer dans une première cour, la *kpodoji*, la cour d'apparat, où se trouvaient le *jonoxo*, case des étrangers, la case de la prêtresse du roi et la case des conciliabules. On les poussa du côté de la case des étrangers avec moult sourires et claquements de doigts. De très jeunes gens les observaient, certains assis sur des tabourets finement sculptés, d'autres debout, appuyés sur leurs récades. Quelques-uns portaient des pantalons bouffants, d'autres de larges chemises, attestant des changements vestimentaires depuis la conquête. Des esclaves se tenaient en retrait, chargés des inévitables sacoches en peau de chèvre qui contenaient les sempiternels blagues à tabac, briquets, silex, amadou, cure-pipes et pincettes, et ce bien qu'on utilise de plus en plus les allumettes.

— Glélé, le père de Béhanzin, a eu quatre-vingt-deux fils et quatre-vingt-seize filles… chuchota Émile, et eux-mêmes ont engendré une flopée de mioches. Vous imaginez les réunions de famille !

On les fit poireauter une bonne demi-heure, puis un des princes vint leur annoncer que le roi n'avait pas encore examiné leur requête. Il en avait l'air profondément satisfait, ce qui contraria Émile, toujours prêt à prendre la mouche. Ulcéré, il contourna le jeune noble et les entraîna vers un deuxième auvent, le *logodo*. Ils franchirent une porte masquée par une tenture dans un concert d'exclamations scandalisées, mais sans que personne s'interpose. Défier l'autorité française coûtait cher : amendes, prison, travaux forcés.

Suivis par une escorte indignée qui n'osait pas les toucher, ils débouchèrent dans une seconde cour, mieux entretenue, et franchirent au pas de course une troisième porte pour se retrouver dans un espace circulaire. S'y élevait un long bâtiment pourvu de nombreuses ouvertures et orné de bas-reliefs polychromes, ainsi que des cases-temples. Avant que Figdabé ait pu les retenir, ils passèrent dans une quatrième cour et s'arrêtèrent net. Celle-ci était remplie de femmes à demi nues qui s'enfuirent en criant à leur vue.

— *Ahosi*. Les épouses royales, annonça Figdabé à voix basse en baissant les yeux. Servantes, cuisinières, musiciennes… Ses autres épouses, celles de lit, les *kposi*, vivent à l'écart, à l'arrière du palais.

Il y avait bien deux cents *ahosi*, regroupées sous un préau de feuilles de palmier, blotties les unes contre les autres. Les princes, courroucés, s'étaient interposés pour les cacher à leur vue. Quiconque effleurait une épouse royale était condamné à mort.

Derrière elles, sur leur gauche, une dernière enceinte, d'environ six mètres de haut, épaisse comme les autres d'au moins quarante centimètres. Et une porte, entrouverte.

Émile fit de nouveau un pas en avant et le plus âgé des princes lui barra le passage.

— Il dit qu'il est le prince Soglo, leur chef, et que le roi va vous recevoir, annonça Figdabé. Il est très fâché de votre mauvaise conduite.

— Dis-lui donc qu'on s'en fout, répliqua Émile. Nous voulons rendre hommage à Ago-Li-Agbo.

Soglo grommela quelque chose de fort peu aimable, puis les précéda dans la dernière cour qui jouxtait la demeure du roi proprement dite, un bâtiment de plain-pied, peint en ocre et blanc.

De là, Soglo les conduisit dans une des salles de réception et leur désigna des tabourets sculptés. Ils s'assirent, un peu gênés, et sursautèrent quand un charivari éclata tout près.

— L'orchestre du roi, expliqua Figdabé en montrant la courette extérieure.

La fanfare royale joua une quinzaine de minutes, accompagnée d'une chorale de jeunes filles et de jeunes garçons, puis posa ses instruments. Soglo se tourna vers Albert et fit signe de le suivre avant de se jeter à plat ventre dans la poussière de la cour, imité par les autres courtisans.

Un homme imposant, aussi haut et large qu'Émile, leur faisait face. Il portait un pagne rayé brun et blanc maintenu par une ceinture à boucle d'argent. Sur ses épaules puissantes, une sorte de toge romaine, rayée elle aussi. À ses pieds, des sandales en cuir teintes en noir, brodées. Il était coiffé d'une espèce de tiare d'argent surmontée d'un cimier indigo.

Mais le plus étonnant dans sa tenue était la paire de lunettes qu'il portait sur le nez.

Louis cligna des yeux. Les branches desdites lunettes passaient bien derrière les oreilles, mais les verres se trouvaient sur les narines. En regardant mieux, ce n'étaient pas des verres, mais des opercules grillagés. L'effet était plus qu'étrange et Albert, décontenancé, bafouilla un moment avant de lancer « *Akou Baba, akou Dada* », « Salut père, salut roi », ainsi que le lui avait appris Émile. Ce à quoi le roi répondit d'un vigoureux « *Akou dadi, akou !* », « Salut ami, salut ». Ils se serrèrent la main. Le roi claqua des doigts et leur fit signe de le suivre. Aussitôt tous se relevèrent et une nuée de dignitaires se mirent en branle, les précédant et balayant le sol devant le roi à l'aide de feuilles de palmier tout en psalmodiant « *Dé, dé !* », « Attention, attention ! ».

— Si le roi tombe, le Dahomey tombe aussi, chuchota Figdabé.

Derrière eux se pressaient à présent une dizaine de princesses et deux fois plus d'enfants. Les princesses faisaient office de suivantes, chargées de tout ce dont le roi pouvait avoir besoin, crachoir, éventail, cure-dents, chasse-mouches…

Immense à côté d'Albert qu'il tirait par la main tel un enfant, le roi les conduisit à la salle du trône et tout le monde se jeta derechef à plat ventre tandis que la musique reprenait avec vigueur. Là, une nouvelle surprise les attendait.

En effet, le trône consistait en un superbe siège en bois sculpté d'au moins quatre mètres de hauteur.

— On dirait une chaise d'arbitre de tennis ! marmonna Louis.

Le roi y grimpa avec aisance au moyen d'une échelle. Toute la cour se redressa. L'un des ministres avança pour Albert un tabouret de taille normale, tandis que Louis et les autres restaient en arrière, regroupés derrière Soglo.

Albert, qui ressemblait encore plus à un bambin face à un gigantesque maître d'école, se retrouva assis trois mètres au-dessous de son interlocuteur.

— Il se fout de notre gueule ! pesta Émile.

Et, courroucé, il bondit en avant au grand dam de Soglo.

— M. Féclas est un grand savant ! lança-t-il. Il lui faut un grand siège ! Traduis, bourrique ! ordonna-t-il à Figdabé.

Le roi soupira puis fit un signe et on apporta un second siège identique au sien qu'Albert escalada de son mieux.

— La pauvre crevette doit avoir le vertige ! souffla Émile.

Le roi, aimable, posa quelques questions à Albert, sur la France et Paris. Pourquoi le roi-président ne portait-il pas de couronne ? Les Français n'avaient-ils pas assez à manger chez eux qu'il leur fallait prendre les terres d'Afrique ? M. Féclas était-il un bon médecin ? Connaissait-il des remèdes efficaces contre la variole et la lèpre ?

Figdabé devait hausser la voix pour traduire et, chaque fois que le roi voulait quelque chose – sa pipe, son couteau, un mouchoir… –, une princesse devait grimper à l'échelle, ce qui ralentissait considérablement une conversation déjà languissante.

Albert demanda d'une voix timide s'il n'était pas possible de descendre s'installer en bas auprès de ses amis et le roi acquiesça.

— Fin du premier set, annonça Louis.

Une fois à terre, on repassa dans la salle de réception où ils virent avec surprise qu'une table avait été dressée et offrait un apéritif à l'occidentale : champagne, Coca-Mariani, Picon, cigares et cigarettes.

Le roi leur fit signe de se servir tandis que la musique reprenait. Il s'allongea à demi sur un lit de camp, à la romaine, et les princesses s'installèrent à ses pieds pour recueillir la cendre de sa cigarette, essuyer sa sueur, lui tendre le crachoir, le masser ou le gratter. L'étiquette était pointilleuse, nota Louis. On servait un tyran comme n'en connaissait plus l'Europe, mais comme il avait dû en sévir des dizaines dans le passé. Il remarqua qu'une des femmes, plus âgée, donnait les ordres aux autres et veillait à ce que tout se passe bien.

— La tante du roi, dit Figdabé qui avait suivi son regard. Chef des femmes.

La conversation avait repris. Le roi se plaignit à voix basse que les Français lui eussent ôté le droit de percevoir le *kousou*, cet impôt agricole dû par tous. Or, il devait tenir son rang et entretenir tous les princes et leurs familles, mais comment faire ? De plus la France avait promis une rente de dix mille francs, mais la seule somme qu'il eût reçue à ce jour s'élevait à mille six cents francs au titre de remises sur l'impôt. Ce n'était pas juste. La France n'avait donc pas de parole ? Le résident refusait de l'écouter. Le Dr Féclas pourrait-il intervenir ? Albert hocha la tête et Ago-Li-Agbo continua ses doléances. Ses joueurs de tam-tam, ses hamacaires, ses récadères – prérogatives royales – louaient leurs services à d'autres ! Comprenant qu'il ne serait pas opportun d'interroger le souverain sur les meurtres rituels à présent interdits, encore un privilège royal aboli, Albert ramena la conversation sur un terrain moins miné. Les bas-reliefs, l'histoire du Dahomey, les ancêtres, etc., et, avec maintes précautions oratoires, en vint à oser demander à quoi servaient donc ces lunettes de nez…

Ago-Li-Agbo répondit sans gêne et sans hésitation. Au moment de son sacre, les fétiches, consultés par les plus grands devins, avaient rendu leur oracle : le roi serait vulnérable aux mauvaises odeurs et pouvait en mourir. Il lui fallait donc un instrument spécial qui lui permette de respirer mais empêche les odeurs délétères et létales de passer.

Camille remarqua que le roi, à qui on avait servi une coupe de champagne, la faisait tourner entre ses doigts sans rien avaler.

— Le roi n'a pas le droit de boire ni de manger en public, expliqua Figdabé. C'est tabou.

Ago-Li-Agbo claqua de nouveau des doigts et la fanfare éclata à l'extérieur tandis que tous se jetaient à plat ventre et s'arrosaient de poussière ocre. Deux princesses tendirent un grand linge écru devant le roi, et, protégé des regards, il put siffler sa coupe. Quand il eut fini, on abaissa le rideau improvisé et les courtisans se relevèrent, claquant des doigts et des paumes, se tapotant la bouche avec les doigts en poussant de grands « ah ! ».

Camille regardait de tous ses yeux ce théâtre exotique. Chaque société avait ses protocoles et combien aurait semblé bizarre à ces princes et princesses une réception chez Sarah Bernhardt ! Elle en aurait à raconter à Prousty, lui qui disséquait pendant des heures le moindre détail d'une soirée mondaine !

Elle tourna la tête. Un homme s'était mis à danser au milieu de la cour.

— Frère aîné du roi, dit Figdabé. Il lui rend hommage.

— Pourvu qu'Albert ne soit pas obligé de faire pareil ! ricana Louis.

Mais Albert avait prévu un cadeau d'une autre sorte. Il proposa au souverain de lui montrer les images de la boîte magique.

Un frémissement parcourut l'assemblée et certains se tortillèrent nerveusement. Ago-Li-Agbo hocha finalement la tête.

Albert, aidé de Louis et d'Émile, tendit contre un mur le drap qui avait servi à masquer le roi. Puis ils installèrent le projecteur dans un brouhaha de murmures surexcités.

Albert, dans un souci d'impressionner Sa Majesté et d'honorer un peuple guerrier, avait choisi d'apporter une bande montrant le président Félix Faure passant les troupes en revue le 14-Juillet.

Il lança la projection et le silence se fit, traversé de quelques exclamations suraiguës. Ago-Li-Agbo, visiblement impressionné, gardait contenance et s'efforçait de ne rien manifester. Les forces françaises défilaient et les images des méharistes et des tirailleurs suscitèrent force commentaires.

Puis la pellicule s'arrêta et le roi se tourna vers Albert, très satisfait.

— Quand le Dahomey marchera au combat avec la France, il faudra la boîte à images !

Albert le lui assura.

— Le Dahomey a beaucoup de guerriers ! Le Dahomey ne connaît pas la peur !

Albert en convint. Il certifia à Ago-Li-Agbo que le président Félix Faure lui transmettait son meilleur souvenir et ses hommages de chef d'État et chef de guerre. Le roi lui tapa sur l'épaule, manquant l'envoyer à terre, avec un : « Bien, bien, nous sommes amis ! »

Ils bavardèrent encore un peu, puis Albert salua. Louis, Camille et Émile s'inclinèrent très bas. Ago-Li-Agbo les escorta en personne à travers les trois enceintes jusqu'à la place royale, toujours accompagné d'une nuée de princes balayant le sol devant lui et de la fanfare tonitruante.

Il s'arrêta devant un grand fromager au sommet duquel flottait le drapeau du Dahomey : jaune, rayé de noir et arborant à l'angle supérieur les couleurs de la France. Comme cela devait leur rester en travers de la gorge, se dit Camille. Un drapeau profané. Pour de tels guerriers, avoir été vaincus devait être plus qu'humiliant.

Le roi tourna la tête. Les Américains attendaient, debout, sous les regards étonnés des serviteurs. Il leur parla d'une voix forte.

— Est-ce vous les hommes de la tribu Amérique ? traduisit Figdabé.

Coleman hocha la tête et le roi leur fit signe de le suivre. Au passage, Émile tapa sur l'épaule de Tyler.

— Faites gaffe, il est capable de vous faire déporter là-bas une deuxième fois !

Tyler haussa les épaules, le regard tourné vers les vestiges d'une grande butte.

— *Vizoun*, tour des sacrifices, dit Figdabé. Là, cases *djeho*, où l'on prie et où l'on fait les sacrifices en l'honneur de chaque roi. Murs en terre mélangée à alcool, cauris et sang. Là, case des bijoux et du trésor. Vide. Les soldats ont tout emporté.

Soudain, la procession ralentit et la plupart des hommes s'agenouillèrent. Une très vieille femme marchait lentement vers eux, coiffée d'un serre-tête blanc et vêtue d'une tunique bayadère. Elle s'abritait sous un parasol délavé brandi par une servante. Derrière elles, une deuxième servante portait tabouret et tabac. La vieille dame les dépassa en agitant aimablement la main, un peu comme pour une bénédiction, et Figdabé murmura : « Celle qui a enfanté une panthère. Mère du roi. »

— Lequel ? demanda Delany qui avait entendu.

— Je ne sais pas. Toutes les mères de roi sont *kpodjito*. Et quand elles meurent, d'autres femmes les remplacent et deviennent *kpodjito*.

— Vous voulez dire que cette vieille dame est une actrice ? s'étonna Tyler.

— Non ! Pas une actrice ! La nouvelle *kpodjito* ! s'indigna Figdabé. On lui doit le respect.

Elle était passée, on se releva et ils se remirent en route, Coleman en tête, sa sacoche sous le bras.

Delany eut la certitude que l'entretien ne ressemblerait en rien aux entrevues que l'avocat avait régulièrement avec les juristes et les notables d'Atlanta !

Tous ces gens vivaient selon des règlements et des lois liberticides, et la lecture de la Constitution les laisserait sans doute pantois. Mais qu'avait fait l'Amérique de leurs enfants, sinon les sacrifier au grand fétiche Argent ? Les Français leur laissaient leurs coutumes, pour autant qu'elles ne les gênaient pas. Ils transformaient cette partie du monde en un zoo, où vivotaient les indigènes. Et lui, Delany, le soldat d'élite, le bon Américain, ne devait pas oublier qu'il n'était sans doute que l'arrière-petit-fils d'un de ces guerriers balafrés au visage fier. Un sauvage, comme les Indiens qu'il avait contribué à massacrer.

À la fin de la guerre de Sécession, quatre millions de Noirs arrachés à l'Afrique de l'Ouest étaient devenus des citoyens américains à part presque entière. Qu'en serait-il dans vingt ans, cinquante ans ?

Depuis son arrivée, il avait l'impression que son âme tourmentée était aussi détruite que son visage. Et aucun chirurgien ne pourrait la réparer.

Et que penser des féticheurs qui prétendaient interroger votre *Fa*, ce messager de Mahou, le principe suprême, que vous portez en vous et qui dicte votre destin ?

Et si nos états d'âme étaient dictés par le *Fa* afin que l'on ne puisse se soustraire à l'accomplissement de notre destinée ? Si l'on ne ressentait que ce que Dieu voulait que l'on ressente ?

Il s'ordonna de cesser de penser à des bêtises sans queue ni tête et de rejoindre les autres qui pressaient le pas.

Sur la place, la luminosité avait baissé rapidement.

— Le soleil baisse le cou ! Votre entrevue s'est bien passée ? lança Gando qui attendait près de Kerry et de Wilkes.

— Oui, nous avons montré un peu de Cinématographe au roi, cela l'a fort distrait. Et vous-même, avez-vous pu rencontrer les médecins que vous souhaitiez ? demanda Albert, affable.

Gando fit un signe de tête pour montrer le porteur balafré qui patientait, accroupi près d'une petite calebasse.

— Nous avons pu rassembler quelques-unes des plantes nécessaires qui ne poussent que par ici, et je dois voir tout à l'heure le *bokonon*, le mage du palais.

— Vous n'avez donc pas confiance dans la médecine occidentale ?

Gando se renfrogna.

— Le mal qui ronge ma mère a ses racines dans cette terre et ce sont les plantes de cette terre qui pourront l'en délivrer. Et il faut aussi et surtout soigner et apaiser ses esprits. Je ne crois pas que ce soit dans vos compétences, Dr Féclas.

— Non, sans doute. Si toutefois vous changez d'avis et souhaitez que je l'examine…

Gando déclina en hochant poliment la tête.

— C'est votre serviteur personnel ? demanda Louis en désignant le porteur. J'ai l'impression de l'avoir vu bien avant le bateau.

— C'est possible, puisque Gumma dansait dans une troupe exotique à Paris, répondit Gando à voix basse, tournant le dos aux Anglais.

— Gumma… où ai-je entendu ce nom ?

— Chut, ne parlez pas si fort ! Elle est là incognito !

— Elle ?

— Gumma est l'une des chefs des Amazones. Elle n'a pas le droit de se trouver à Abomey. C'est pour cela qu'elle se déguise en homme.

Gumma ! Mais oui, là-bas au théâtre, à Paris ! L'Amazone qui voulait tuer Dodds.

— Pourquoi est-elle revenue ?

— Parce qu'elle avait le mal du pays. Nous avons combattu ensemble autrefois. Nous sommes frère et sœur de sang. Elle savait pouvoir trouver asile dans ma famille.

— Comment êtes-vous sûr que je ne vais pas vous trahir et prévenir le résident ?

— Parce que vous n'êtes ni une brute ni un salaud, sinon Mlle De Saëns ne vous supporterait pas.

Encore un qui était tombé sous le charme de Camille !

— Est-ce qu'elle se laisserait interviewer ? Une vraie Amazone ! Les lecteurs du *Petit Éclaireur* seraient enchantés.

— Elle ne connaît que quelques mots de français.

— Vous pourriez traduire ! Et on pourrait l'enregistrer avec l'appareil de Daumas ! Et la cinématographier !

— Je doute qu'elle accepte d'être mise dans une boîte ou d'entendre sa voix prisonnière d'un morceau de cire. Mais répondre à quelques questions, pourquoi pas ?… Attention, je ne veux pas que vous donniez d'elle l'image sanguinaire et barbare qui plaît à vos concitoyens ! Les Amazones – comme vous les appelez – étaient un corps d'élite et ont droit au respect !

— Tout ce que vous voudrez ! Allons-y !

Gando s'accroupit face à Gumma et ils palabrèrent un moment à voix basse, puis il fit signe à Louis d'approcher. Celui-ci essaya de prendre la même position qu'eux, mais ses genoux demandèrent grâce et il s'assit sur le sol poussiéreux, son carnet devant lui.

De près, il vit que les bras et les jambes de l'Amazone portaient les traces d'innombrables estafilades, les cicatrices se mêlant aux tatouages tribaux. Les seins étaient invisibles sous la chemise déchirée qu'elle portait par-dessus son pagne. Louis estima sa taille à un mètre soixante environ et son poids à soixante-dix kilos. Elle était massive et musclée, avec une allure de lutteur. Son regard n'exprimait rien, à part la méfiance.

Elle s'exprimait d'une voix monocorde, les yeux baissés, les mains pendantes effleurant le sol.

Louis apprit que Gumma avait eu le grade de *kpossou*, général. Elle avait eu sous ses ordres une partie des trois mille femmes qui formaient ce régiment d'exception. Leur uniforme, si souvent représenté de manière fantaisiste, consistait en un pantalon court arrivant aux genoux, le *tchokoto*, recouvert par une petite jupe bleue ou blanche. Une sorte d'étole leur couvrait les épaules et la poitrine, maintenue par la cartouchière qui tenait lieu de ceinture et à laquelle était suspendue la queue de cheval insigne de son grade. Sur la tête rasée, un bonnet gris orné d'une tortue en tissu. Leurs armes alternaient entre les fusils à pierre, la hache casse-tête et le sabre court, capable de décapiter un homme. Louis nota qu'elles ne mettaient que trente secondes pour recharger leur arme, contre cinquante pour un soldat ordinaire.

Elles semblaient insensibles à la douleur, capables de marcher sur des ronces et des braises ardentes sans ralentir leur allure et il interrogea Gumma sur cette endurance hors du commun, mais elle ne fit que hocher la tête : la guerre, c'était la guerre. Le roi comptait sur elles. Elles étaient élevées pour se battre.

— Faire un Dan-Homè toujours plus grand ! lâcha Gumma.

— C'est la devise des rois d'Abomey, expliqua Gando.

— Que pensez-vous d'Ago-Li-Agbo ?

Gumma ne répondit rien, mais son visage se contracta.

— Avez-vous assisté à des sacrifices humains ?

Elle haussa les épaules et émietta un peu de terre rouge entre ses doigts puissants.

— La terre donne, la terre reprend. Les hommes, ils sont au roi. C'est lui qui bénit le mil et nourrit son peuple.

— On ne peut consommer la première récolte qu'après que le roi en a donné la permission lors d'une grande cérémonie, expliqua Gando en aparté à Louis.

— Une fois parti, le roi a besoin de serviteurs pour son long voyage, continua Gumma.

Elle repassa au fon-gbe.

— Elle dit que son père était un cabécère respecté. Un matin elle l'a vu, paré de son plus beau pagne, partir en hamac, accompagné de ses serviteurs. Il était fier sous son grand parasol.

— Où allait-il ? demanda Louis.

— À Ouidah, pour y être jeté à la mer, en même temps que les gardiens des portes du port.

— Il était en disgrâce ?

Gumma sourit et secoua la tête.

— Non ! Pas du tout ! Il devait se tenir prêt à ouvrir lesdites portes au roi défunt, si jamais celui-ci voulait venir prendre un bain de mer. Seuls les morts peuvent servir les morts, vous comprenez ?

Louis se représenta des squelettes en livrée accompagnés de dauphins et d'hippocampes et escortant une bande de momies couronnées.

Gumma ajouta une longue phrase.

— Elle veut préciser que lors des Coutumes la plupart des victimes sont des prisonniers de guerre et des prisonniers de droit commun. On les exécute tous d'un coup le même jour, traduisit Gando. Comme si vous rassembliez tous les condamnés à mort de France à la même date en un seul endroit, au lieu de procéder tout au long de l'année et dans des villes différentes, ajouta-t-il en s'échauffant. Cinquante guillotines œuvrant en même temps place de la Roquette et on n'en parle plus !

Économique, c'est certain, se dit Louis mais *assez écœurant tout de même.* Il revint à ses questions :

— Combien de guerriers a-t-elle tués ?

— Plus de trois cents.

— Est-elle mariée ?

— Non. Les Amazones ne peuvent se marier tant qu'elles sont dans l'armée. Une union était ultérieurement prévue avec un des fils du Migan, mais il a péri au combat.

— Que se passe-t-il en cas de défaite ?

L'Amazone ne réfléchit même pas une seconde à la question.

— Elle dit que sa vie est à la merci du roi. Si elle attaque une cité, elle doit vaincre ou périr. La guerre est son métier.

— La guerre donne à manger, dit Gumma.

— A-t-elle peur de la mort ?

L'Amazone, qui avait compris la question, haussa les épaules :

— Même les mains coupées, Gumma continuerait à courir sur l'ennemi. Les pieds coupés, Gumma continuerait à ramper.

— Et la tête coupée ?

— Gumma continuerait à cracher et à mordre.

— Impressionnant ! Et que sais-tu des hommes décapités ?

Gumma le dévisagea, interrogative.

— Lesquels ? Tu as déjà posé la question.

— Olakonitan. Bidossessi. Alougbine. Sodjebedji. Achébé. Tu les connaissais ?

— Bidossessi *zangbeto*. Olakonitan bon guerrier. Alougbine chef. Sodjebedji tirailleur. Achébé *vodunsi*.

— Que penses-tu du fait que Sodjebedji se soit enrôlé dans l'armée française ? N'est-ce pas une trahison ?

— Sodjebedji besoin argent pour nourrir sa famille. Père mort. Beaucoup d'enfants petits et de femmes. Avant, Sodjebedji vendait des esclaves. Maintenant, il vend lui.

Elle eut un petit rire amer.

— Mais tu sais que ces cinq hommes ont été décapités ?

— La forêt parle à qui sait l'entendre.

— Et tu connais l'assassin ?

Gumma haussa les épaules.

— Le destin ? dit-elle en levant les paumes vers le ciel.

Puis elle se releva d'un bond souple et posa la calebasse d'herbes médicinales sur sa tête. Fin de l'entrevue. Gando consulta le ciel du regard avant de se tourner vers une porte basse de la première enceinte. Un homme en sortait. Le *bokonon*. Maigre, le cou cerclé d'un collier de fer, il portait un pagne écru, un sac d'amulettes en bandoulière et des bracelets de cheville en nacre. Un serre-tête en acier surmonté d'un chiffon blanc ornait son crâne rasé. Deux serviteurs le suivaient, munis des sempiternels tabouret, parasol et blague à tabac.

Sur son torse nu, une sorte de toile d'araignée se balançait au rythme de sa marche. Intrigué, Louis plissa les yeux et comprit soudain avec stupeur que les fils sombres reliés au plexus du sorcier étaient des filaments de sa propre chair ! On avait dû inciser de longues bandes de peau, les décoller et les faire cicatriser en les étirant avec des poids, se dit-il. L'effet était impressionnant. Un nœud cicatriciel sur le sternum d'où s'élançait une dentelle de chair ondulante.

Gando s'agenouilla devant le mage qui lui posa la main sur la tête. Puis les deux hommes s'éloignèrent, suivis de Gumma.

Louis rejoignit Albert et les autres.

— Je me demande de quoi souffre la mère d'Arthur, dit Albert, pensif. J'ai reconnu du *Cassia occidentalis* dans la calebasse de ce porteur balafré. On s'en sert pour combattre la fièvre.

— Ce n'est pas un porteur, c'est une porteuse, annonça Louis.

— Pardon ?

— Le balafré. C'est une femme. Une ancienne Amazone. Revenue clandestinement au pays. Elle s'appelle Gumma.

Il leur expliqua où ils l'avaient vue auparavant et leur relata son édifiante conversation.

— Elle s'entendrait bien avec Émile ! lança Camille. Deux têtes brûlées obsédées par les batailles !

— Avez-vous eu l'impression qu'elle savait quelque chose à propos des meurtres ? s'enquit Albert.

— Mon petit Albert, j'ai l'impression que tout le monde sait quelque chose sur ces meurtres et que personne ne nous dira rien.

— Nous sommes aussi utiles que les mouches du coche ! renchérit Émile qui s'était approché.

— *Coach ?* demanda Wilkes.

— Non, coche ! Fiacre. Émile faisait allusion à une fable de La Fontaine.

— Une fontaine serait la bienvenue, déclara Kerry, je crève de soif.

Il se dirigea vers une jeune fille aux seins nus chargée de deux lourdes jarres et échangea une piécette contre une grande lampée d'eau marécageuse.

— Pendant la saison sèche, il faut faire quatre kilomètres pour accéder à la mare commune, dit Émile. Béhanzin faisait venir l'eau des sources de Zagnanado. Elle y est limpide. Mais bon, ça fait tout de même quarante kilomètres à se farcir à pied.

— Bah, quand vous avez tout un peuple à votre service, c'est une peccadille ! déclara Kerry. Quand on pense au nombre d'Égyptiens sacrifiés pour édifier ces gros tombeaux inutiles dans le désert !

— Je vous croyais antiquaire ! Amateur d'art et de vieilles pierres ! se récria Albert, choqué.

— Mon cher Dr Féclas, je suis bel et bien antiquaire, amateur d'art, etc. C'est-à-dire que je sais déceler dans les objets anciens ce qui va plaire à mes contemporains. Ça ne veut pas dire que je suis convaincu de l'utilité des pyramides ou de la tour de Pise, qui non seulement ne sert à rien, mais démontre l'inanité de son architecte.

— Vous vous donnez beaucoup de mal pour jouer les cyniques, monsieur Kerry ! lâcha Camille en s'éventant. Je suis sûre que vous êtes en fait un grand romantique.

— Je n'oserais vous contredire, Miss.

— De toute façon, Camille a toujours le dernier mot, dit Louis. C'est constitutionnel chez elle.

— Ah, voici le moussaillon Daumas !

Émile désignait le jeune représentant, tout essoufflé, qui houspillait un porteur :

— Dépêche-toi, bourrique ! Le roi attend !

— Vous avez pu fourguer votre camelote ? demanda Louis, goguenard.

— Les princes ont pris des réveils à remontoir et même un coucou suisse, et les princesses ont adoré les calicots et les chapeaux à plumes d'autruche. Quant au roi, il m'a commandé plusieurs paires de lunettes à monture métallique et il est très intéressé par un des casques de scaphandrier que j'ai là-dedans.

— Qu'est-ce que vous foutez avec ça ?

— Ce que je fous ? Mais je vous fous mon billet qu'il n'y a rien de plus pratique pour explorer le fond des lacs. Il y a d'importants villages lacustres dont personne ne connaît l'ancienneté. Et habitations sur pilotis, ça veut dire trésors enfouis dans la vase, n'est-ce pas, monsieur Kerry, monsieur Wilkes ? J'ai emporté avec moi deux tenues complètes de scaphandrier. De plus, le roi va être enchanté d'avoir un casque aussi original.

— Un rien pesant, peut-être ?

— Un casque qui permet de respirer avec un tuyau ! De filtrer toutes les odeurs malignes !

— Le malin, c'est vous !

— Le commerce, c'est le commerce ! Allez, bouge-toi, âne bâté !

Il allongea un coup de badine au porteur qui vacillait sous la charge de sa caisse.

— Doucement ! s'interposa Louis. Inutile de le frapper.

— Ces gens-là sont de grands enfants et les enfants ont besoin d'autorité !

— C'est ce que votre maman vous disait quand vous refusiez de manger vos légumes ?

Daumas, cramoisi, se tourna vers Camille, mais ne trouva rien à répondre sinon :

— Allez, riez, riez, j'ai l'habitude ! Mais vous verrez, quand j'aurai mon comptoir !

CHAPITRE XIII

Louis se réveilla la bouche pâteuse et de mauvaise humeur. Le dîner avait été énervant au possible. Servi dans de la porcelaine sous la longue tente des officiers, décorée de bouquets de fleurs, le menu préparé par le *cook* avait aligné les plats français : harengs marinés au sauterne, andouillettes de Vire, chevreau rôti… Les flageolets tam-tam et l'omelette Béhanzin n'avaient d'exotique que le nom. Mais c'était surtout la conversation qui avait montré des faiblesses. Le représentant du gouvernement français était plongé jusqu'au cou dans les intrigues de palais. Il buvait comme du petit-lait les emphatiques déclarations d'allégeance dont l'abreuvaient journellement les commensaux du roi et croyait dur comme fer à leurs récriminations envers Ago-Li-Agbo, accusé de tout, y compris de vouloir empoisonner frères et cousins.

Il avait manifesté le plus complet désintérêt pour l'expédition montée par le professeur Lacassagne.

— Le passé, c'est le passé. Les Noirs ont très bien compris l'inanité de ces vieilles coutumes. Le prince Soglo me disait ce matin encore à quel point il était heureux qu'un *bon chef France* soit venu mettre de l'ordre dans la maison de Béhanzin !

Il avait réagi très sèchement à l'évocation des Amazones et l'idée de filmer les bas-reliefs l'avait fait rire. « Ces sculptures puériles sans intérêt ? Les Noirs n'ont décidément pas l'âme artistique ! Je parle des Noirs d'Afrique, bien évidemment, pas des Noirs civilisés », avait-il précisé en se tournant courtoisement vers ses hôtes américains.

Lesquels n'avaient paru que modérément contents de faire partie des civilisés. Sans doute le sauvage-qui-sommeillait-en-eux bouillait-il de refaire surface. Tyler avait beaucoup bu et terminé la soirée en beuglant des chants militaires de concert avec Émile. Coleman et Delany s'étaient retirés de bonne heure. John Kerry, qui appréciait l'excellent cognac du résident, avait longuement discuté chasse avec leur hôte qui était intarissable sur ses bons coups de gâchette, d'ailleurs il n'y avait plus un seul éléphant dans le royaume !

Louis avait surpris Wilkes dardant des yeux bordés de rouge sur Camille pendant que Daumas détaillait les bénéfices mirifiques de sa journée : le roi avait pris un scaphandre entier, des clarines à vache et une série de marmites en fonte.

L'unique autre élément féminin de la soirée était l'épouse du secrétaire général du cercle administratif d'Abomey, le bras droit du résident, Victor Francetti, un bonhomme méticuleux aux rares cheveux séparés par une raie médiane aussi droite qu'un décimètre et qui arborait le ruban amidonné de l'Étoile du Bénin. Sa jeune femme, poitrinaire, ne supportait pas le soleil et cumulait la blancheur d'un bidet et des yeux d'un bleu de Delft. « Une vraie ode à la porcelaine », avait soufflé Louis à Camille, s'attirant un coup de pied sous la table. Simone – c'était son nom – regrettait amèrement d'avoir suivi son époux dans un endroit si chaud et si pernicieux pour la santé. Souvent fiévreuse et obligée de garder le lit, elle se consolait en abusant quotidiennement du laudanum et du vin Mariani. Elle se trouva rapidement à bégayer, les yeux à demi révulsés, ce que les deux Anglais semblaient trouver fort drôle.

Albert, dépité par la tournure de la soirée, ne répondait à tous que par monosyllabes et avait rapidement prétexté un mal de crâne carabiné avant de s'enfuir vers son hamac et sa moustiquaire.

Et donc, Louis qui s'ennuyait ferme avait bu de même et à présent, tandis que Figdabé claironnait « *Aï-houn-hon* », « La terre ouvre sa porte », il ne rêvait que de la refermer afin de dormir tout son soûl.

Par chance, les autres n'étaient pas au mieux de leur forme. Seul Albert trépignait, bien réveillé. Il devait rencontrer dans la matinée le gardien du palais, une entrevue négociée par Gando, et il comptait bien interroger le bonhomme sur le détail de ces fameuses coutumes sanglantes.

— Vous n'êtes pas encore prêt, Louis ? Ne me dites pas que vous essayez de vous faire beau !

— Permettez que j'avale la tourbe qui sert de café et que je grignote un peu de rat grillé ?

— Ma pauvre Camille, je vous plains de plus en plus. Et vous, Émile, vous êtes prêt ?

— Cette question ! laissa tomber Émile, qui, son casque enfoncé sur la tête, astiquait avec soin son fusil. J'ai demandé à l'Amazone de nous accompagner.

— Émile ! On ne doit pas savoir qu'elle se trouve ici !

— En tant que porteur. Elle a connu tous les gens qui vivaient là et elle a assisté à toutes ces fichues exécutions massives dont on se demande pourquoi on s'y intéresse à ce point, vu qu'on zigouille des tas de quidams à chaque seconde quelque part dans le monde…

— Je vous ai déjà dit et répété qu'avec le professeur Lacassagne nous travaillons à un ouvrage encyclopédique sur les différents sytèmes judiciaires de la planète. Je suis chargé d'étoffer la partie Afrique.

— Inutile de glapir ! L'alcool frelaté rend aveugle, mais pas sourd. Deuxième classe Denfert, où est le machin à cinématographier ?

— Pendu à mon cou, comme d'habitude. Vous ne voyez pas que je commence à ressembler à une girafe ?

— Pas de mauvais esprit ! Figdabé, paré au combat ?

— Oui, mon sergent !

— Vous ne pouvez pas hurler un peu moins fort ? demanda Wilkes en sortant une tête hagarde de sa case.

— Tyler ! cria Émile en réponse, si tu veux te faire engager dans la glorieuse armée française, faut sauter dans tes godillots *right now* !

Tyler émergea, torse nu, muscles saillants, yeux rouges, haleine de poney. Mais il portait ses bottillons de marche et il enfila à la hâte une chemise blanche sale.

— Compagnie, en avant… marche !

Ils se mirent en route en bâillant à qui mieux mieux sous le regard amusé des tirailleurs occupés aux corvées du matin.

Le gardien logeait dans une cour du palais Takimbaïa, élevé par le roi Agadja, et devenu ensuite caserne des Amazones, prison d'État et logement de la mère de Béhanzin. Il s'avéra que le bonhomme était très vieux, très sourd et très gâteux. Il répondait n'importe quoi avec une bonne volonté évidente et un sourire édenté. Les menaces effrayantes que proféra Gumma à son encontre ne lui rendirent pas la mémoire. Il persistait à raconter des événements auxquels il n'avait pu participer cent ans plus tôt et à leur débiter billevesées et sornettes avec une amabilité exquise.

— Vieux crétin ! pesta Émile. Bon sang, Gando, vous auriez pu nous prévenir !

— J'ignorais qu'il était devenu sénile.

— On se renseigne avant de monter à l'assaut !

— Le fétiche caïman a mangé sa mémoire, soupira Figdabé.

— Laissez Osséni tranquille ! lança une voix impérieuse.

Ils se retournèrent.

Une très vieille femme se tenait devant eux. Elle portait sur la hanche un tambour en forme de jarre et tenait dans sa main un long bâton dont l'extrémité recourbée, à laquelle était noué un tissu blanc, était cerclée d'anneaux en fer.

— La maîtresse de musique ! murmura Gando en se prosternant.

— De quoi s'agit-il ?

— *Zënli-houn*, le tam-tam des jarres, chuchota Figdabé qui s'était plié en deux.

— Le tam-tam mortuaire. Le seul admis au palais royal au retour de la procession à la source, avant que démarrent les sacrifices, ajouta Gando.

— Sais-tu de quoi tu parles, le mulâtre ? lança la maîtresse de musique, hautaine.

— Je suis Arthur, fils de Sélèmè, neveu de Béhanzin et petit-fils de Glélé.

— Ah, le demi-*yovo* ! Honte à tes parents.

Elle parlait un français très correct, se dit Louis tandis que la vieille dame les dévisageait froidement.

— Pourquoi êtes-vous ici ? reprit-elle.

— Nous sommes des savants venus de France pour apprendre comment se déroulaient les grandes fêtes des Coutumes, répondit Albert en se fendant d'une courbette.

— Des tas de Blancs l'ont déjà raconté.

— Nous voulons l'entendre d'une personne qui connaît le sens des traditions.

— Demandez à l'Amazone.

Ainsi tout le monde reconnaissait Gumma !

— Elle ne parle pas assez bien notre langue. Et c'est une guerrière.

— Et moi, je suis une musicienne.

— Depuis quand vivez-vous ici ?

— Depuis ma naissance, il y aura bientôt mille quatre-vingts lunes.

Douze lunes par année. Elle a quatre-vingt-dix ans, calcula Albert.

— Où avez-vous appris le français ?

— Avec les Pères blancs de Lyon. Je montrais aux enfants de la mission comment manier l'*asan*, un instrument de musique pour les processions.

Tout en poursuivant son interrogatoire, Albert fit signe à Louis de déballer le Cinématographe.

— Osséni aussi sait danser ! La danse du cabri ! lança le vieillard en pouffant.

— Emmène-le donc chercher un peu de purée d'ignames ! ordonna la maîtresse des tam-tams à Figdabé. Avec de la sauce à l'arachide, il en est gourmand. C'est quoi, cet appareil ?

— Un appareil photographique.

— Il me semble bien gros. Je vais avoir l'air d'une géante.

— Ne vous inquiétez pas. Quel est votre nom ?

— Ça ne te regarde pas. Appelle-moi Madame.

— Bien, Madame.

Albert s'épongea le front. La vieille était coriace. Louis était prêt à tourner la manivelle à son signal. Gumma surveillait les alentours en se curant les ongles avec la pointe d'un couteau. Gando, Tyler et Émile s'étaient assis à l'ombre d'un pan de mur sous les deux gros yeux ronds d'un tigre à tête de bœuf. D'autres motif en relief ornaient les parois et Émile désigna un navire avec ses deux ancres.

— Le premier bateau français ! expliqua Gando. Agadja et le capitaine ont fait ami-ami et nous lui avons livré des esclaves en échange de marchandises de pacotille.

— D'où venaient-ils, ces esclaves ? voulut savoir Tyler.

— Des tribus voisines avec qui le Dan-Homè était en guerre. Il est plus facile de vendre ses ennemis que ses amis.

— Et ce type qui me semble en mauvaise posture, là ? demanda Émile.

— Le chef Degan, empalé parce qu'il avait volé le produit des taxes douanières. À côté, c'est la tête du roi des Nagos montée sur un rouet à filer le coton.

— On décapite pas mal, dites-moi…

— Oui, on taille, on tranche, c'est la guerre à armes blanches. Ici, vous voyez d'ailleurs un guerrier couper le pied d'un chef mahi qui essayait de s'enfuir.

— Et ce vieux fusil ?

— Un tromblon espagnol, le premier que le roi Agadja ait acheté.

« Le problème de nos murailles, enchaîna Gando, même quand les briques sont renforcées de paille ou de bois, ce sont les intempéries. Il faut sans cesse reconstruire, renforcer. Les bas-reliefs s'érodent. La mémoire de mon peuple s'efface comme celle d'Osséni.

— Il vous aurait fallu une écriture, fit remarquer Tyler. Vos symboles, sur les bâtons à message, ont bien un sens. Pourquoi ne pas s'en être servi pour raconter le passé ?

— Jusqu'à cent kilomètres à l'intérieur des terres, il n'y a pas de pierres, dit Gando, pensif. Peut-être que la mémoire des gens a paru plus fiable que la boue ?

— Les Égyptiens utilisaient le papyrus. Vous auriez pu écrire des livres en bananier !

— Nos traditions orales sont très fiables. Cent conteurs de cent villages différents vous feront le même récit, à la respiration près.

— Si je n'étais pas né d'esclaves américains, je ne saurais ni lire ni écrire, observa le jeune homme. Je serais comme Gumma. Un travailleur analphabète. Soldat ou ouvrier, c'est pareil, quand vous dépendez des chefs pour survivre.

— Et pourtant, Émile me dit que vous voulez louer votre force musculaire. Vous étiez boxeur, vous allez vous enrôler… Vous êtes comme Gumma.

— Plus noir que vous, c'est certain, répliqua Tyler avec un sourire. Si votre père français vous avait emmené avec lui, vous seriez peut-être un fonctionnaire aujourd'hui. Ou un écrivain, comme Alexandre Dumas. Camille m'a dit que son père était un mulâtre né aux Antilles d'un noble normand et d'une esclave. Il est devenu le premier général métissé de l'armée française et a donné naissance au plus célèbre des écrivains. Et le vôtre de père, qui était-ce, au fait ? Un soldat ?

— Un soldat qui récitait des poèmes, d'après ma mère. C'est ce qui lui a plu. Il était jeune et beau et il disait des choses qu'elle ne comprenait pas mais qui « avaient de la musique ». Ce sont ses mots à elle.

Tyler fouetta une mauvaise herbe du plat de la main.

— L'inaction me tape sur les nerfs. Pourquoi doit-on attendre qu'ils aient fini d'interroger la vieille dame ?

— On ne sait jamais ce qui peut arriver, nous montons la garde, dit Émile. C'est ça, être soldat. Attendre. Surveiller. Et nous avons de la chance d'être assis. Dans la guérite, tu cuis ou tu te gèles huit heures debout au garde-à-vous sans boire ni manger. Ce n'est pas un boulot de mauviette.

— Ce n'est pas parce que mon père écrivait de la poésie que c'était une mauviette… protesta Gando.

— Je n'ai jamais dit que…

— Moins fort ! leur lança Louis. J'enregistre !

Il avait installé le Virtuose à l'ombre d'un fromager.

— Le sang renforce les murs, disait la musicienne. Le sang, les cauris, les ossements. Le trône de Guézo reposait sur les crânes de ses ennemis. La force se transmet, la force passe dans les objets. Ils deviennent chargés de puissance. Mon bâton a accompagné tant de mises à mort, tant de danses, tant de réjouissances, qu'il pourra me guider dans l'au-delà jusqu'à mes ancêtres. Il contient une part de mon *yé*.

— Son âme, traduisit Gando.

Louis soupira, tout en soulevant l'aiguille du cylindre de cire. Une âme. En plus du démon familier et du destin personnalisé. Chaque Dahoméen hébergeait trois hôtes exigeants. Pas étonnant qu'ils passent leur temps en prières pour se concilier les bonnes grâces de l'un ou l'autre et éviter de contrarier le fétiche du coin.

Louis fit signe à Émile de venir tourner la manivelle pour qu'il puisse prendre des notes.

Albert avait résisté à la tentation de déboutonner son col de chemise et Madame le fixait d'un air malicieux, abritée sous un parasol carré que portait une servante accourue en hâte.

— Le soleil est droit comme la pierre lancée par la fronde ! annonça-t-elle.

Midi, se dit Louis en observant l'ombre d'Albert. Celui-ci s'éclaircit la gorge.

— Est-il exact que les victimes humaines étaient des prisonniers ?

— Pas seulement. Crois-tu que le roi avait envie de n'envoyer que des vaincus ou des assassins à ses ancêtres ? Le sang des prisonniers servait à arroser la terre et remplir les murs de puissance, je te l'ai dit. Les autres sacrifiés étaient choisis parmi les femmes et les guerriers dévoués. Beaucoup se proposaient volontairement. Les ancêtres et les esprits aiment le sang. C'est lui qui sert de messager entre les divers mondes.

— C'est pour cela qu'aujourd'hui on continue à sacrifier des bœufs, des moutons, des poulets ?

— Oui. Le crieur nomme tous les Migan qui se sont succédé depuis que le royaume existe et ceux qui les représentent s'avancent et s'alignent. Alors on leur jette les animaux et, d'un seul coup de sabre, ils les décapitent, comme le faisaient leurs pères.

— Donc si je comprends bien, les Coutumes étaient avant tout une cérémonie religieuse.

— Tu connais des cérémonies qui ne le sont pas ? Vous autres, les Blancs, vous portez tout le temps une croix autour du cou et priez le fétiche Jésus de vous accorder ses faveurs. Les Coutumes, c'est la fête, la grande fête de la vie. Après ses méditations devant l'autel des ancêtres, le roi se retirait dans une tente de nattes et prenait un repas en compagnie de ses favorites, puis, repu, il ouvrait les rideaux et lançait à son peuple de l'alcool, des pagnes, des cauris, de la nourriture et il criait : « Mangez, mangez la vie ! » Si tu ne manges pas la vie, c'est elle qui te mange. Nul ne sait de quoi demain sera tissé.

Figdabé accourut soudain et cria d'une voix haletante :

— La femme ! La femme blanche !

— Pourquoi hurles-tu ainsi, mon garçon ? Tu n'as même pas ralenti en passant devant Legba ! le gronda la musicienne en montrant une statuette phallique devant une case ronde.

Figdabé haussa les épaules :

— Legba n'avait ni faim ni soif, répliqua-t-il avec aplomb avant de crier à nouveau : La femme blanche ! Elle est morte !

— Que dis-tu ?

Louis l'avait saisi aux épaules et le secouait, blême.

— Pas Miss Camille, pas elle, l'autre !

Louis en conçut un tel soulagement qu'il en avait la nausée. Émile attrapa Figdabé par le bras et le secoua comme un prunier.

— Explique-toi !

— Madame secrétaire général, elle est morte. On l'a trouvée derrière sa case. La jupe relevée. Du sang partout.

— Décapitée ? demanda Louis.

— Décapitée et ouverte en deux, toute vidée comme un poisson au marché. Et la tête a disparu.

— Par l'œil borgne de Nelson ! Voilà qu'il s'attaque aux femmes à présent ! éructa Émile.

Tout le monde se mit à parler en même temps.

— Où est Camille ?

— Qui s'attaque aux femmes ?

— Le Décapiteur !

— Miss Camille fait le ménage de votre case.

— Quel décapiteur ? De quoi parles-tu, petit Blanc à cravate jaune ?

— Du tueur aux récades !

— Figdabé, qui t'a dit que Mme Francetti était morte ?

— Un tirailleur ! Il m'a montré un bout d'intestin accroché à un buisson.

— C'est peut-être lui le tueur !

— Je vais voir de quoi il retourne ! cria Tyler en filant comme une flèche.

— Je viens avec vous !

Louis s'élança à sa suite.

Albert hésitait. S'il tournait les talons, il ne reverrait peut-être jamais la vieille Madame. Il tira sur son élégante cravate jaune, indécis.

— Laisse-les faire. Il ne sert à rien d'aller secourir cette femme, si elle n'est plus. Dis-moi, de quels morts et de quelles récades parles-tu ? lui demanda la musicienne de son ton péremptoire.

Après tout, pourquoi hésiter ? Qu'avait-il à perdre à s'ouvrir à cette femme qui vivait depuis toujours dans l'ombre des rois ?

— Je parle des récades enfoncées dans la gorge de cinq hommes assassinés, lâcha-t-il.

— Cinq ! Et l'épouse de votre secrétaire général à présent… Ces morts ont-ils suivi ta route ?

— Non ! Enfin, si… c'est difficile à dire. Pouvez-vous m'aider ?

— Pourquoi le ferais-je ?

— On me dit que vous jouez du tam-tam mortuaire. Vous avez donc l'habitude des enterrements et des deuils. Moi, je suis médecin des morts.

Elle le considéra, les yeux plissés.

— On ne peut pas guérir les morts.

— On peut les aider à reposer en paix. On peut trouver qui leur a fait du mal et les venger.

— C'est honorable. Et qu'as-tu trouvé sur ces morts-là ?

Il sortit de sa poche les feuillets sur lesquels on avait recopié les motifs des récades.

— Ceci. Si j'ai bien compris, l'expéditeur est toujours le même. Quelqu'un dont le sceau est une hache à deux têtes dont chaque lame porte des lignes horizontales. Savez-vous de qui il s'agit ?

— Non. Personne de ma connaissance.

— Et les symboles gravés sur chacune des cannes ?

Elle étudia longuement les copies.

— Tu as dit que ces bâtons étaient enfoncés dans la gorge d'hommes mis à mort. Cela fait d'eux des messagers. Ce que tu vois là te dit à qui les récades doivent être remises.

Albert cligna des yeux. Mais oui, évidemment ! La victime, une fois expédiée *ad patres*, devait se rendre auprès du bon défunt ! Louis avait vu juste !

— Regarde ce qui a été inscrit au couteau ! Sur celle-ci, une pierre à briquet, de la terre et un trou dans la terre. Ce sont les armes de Dako, le premier de nos rois.

1625, se dit Albert. Et il s'agit de la récade retrouvée dans la gorge d'Alougbine.

— Son nom est le début d'une phrase : « *Dako dönou e hou mê, aho zen gbligbo !* », « Dako Donou tue et la jarre à indigo roule ». Le roi Dako a surpris son ennemi en train de préparer de l'indigo dans une jarre, l'a tué, l'a fourré dans cette jarre qu'il a fait rouler devant lui, expliqua-t-elle. Cette récade-ci est adressée au roi Houegbadja, continua-t-elle. Vois le poisson et la houe.

Il a régné de 1645 à 1680, le deuxième roi de la dynastie, se rappela Albert qui avait bien potassé son sujet avant d'entreprendre le voyage. Et ce bâton avait été trouvé dans la gorge de Sodjebedji.

— « *Ouê gb'adja, ma i adja ; ouê ma gni aghè, ouê to ouè ouê.* » *Ouê*, c'est le poisson. Ce nom veut dire « Poisson qui s'est échappé de la nasse n'y revient pas. Le poisson appartient à la rivière et pas à la terre ». La houe est l'instrument de notre peuple. Il sert à travailler le sol et à assommer les ennemis.

Albert notait à toute allure, regrettant que Louis ait dû s'absenter.

— La troisième récade porte un message pour le roi Akaba. Ce sont ses armoiries : un porc et un sabre. Le porc rappelle une victoire sur nos ennemis. Le roi et ses hommes sont restés cachés jusqu'à midi et ont attaqué pendant que les autres faisaient la sieste. Comme le porc qui se réveille au soleil, regarde le ciel et se met en colère.

— Et que veut dire son nom ?

— *Akaba*, c'est le camélon. C'est le début d'une phrase qui explique que bien que le caméléon marche doucement, il monte pourtant jusqu'en haut du fromager, qui est l'arbre le plus haut de ce pays. Akaba avait attendu longtemps de devenir roi. Où as-tu trouvé ce bâton ?

— À Paris, dans la gorge d'un certain Olakonitan. On a accusé de ce meurtre un nommé Bidossessi.

— Le *zangbeto* ? fit-elle, surprise.

— Oui. Vous le connaissiez ?

— Il venait de Ko. Comme les miens. Il a été élevé au couvent des féticheurs d'Abomey, avec une de mes petites-filles. Elle est *vodunsi* de Dan, le grand serpent du ciel.

— Ah ! Vous devez être fière.

— Je le suis. Qu'est-il arrivé à Bidossessi ?

— Il a été tué à son tour.

— Bidossessi a été assassiné ? Cela trouble l'ordre des choses. Nous, les humains, sommes la chorale qui chante la gloire du créateur et nos destinées s'entremêlent comme les différentes voix du chœur. Quelqu'un guidé par un esprit mauvais veut briser cette harmonie. D'où venaient les autres victimes ?

— Toutes originaires de la région de Ko.

— Cela est néfaste, très néfaste. La forêt sacrée n'aime pas qu'on mutile ses enfants. Quelqu'un défie les esprits. Il doit avoir un fétiche très puissant. Il faut le trouver.

— C'est ce que nous essayons de faire. Et cette récade donc, retrouvée sur Bidossessi, pour qui est-elle ?

— Destinée au roi Agadja.

A régné de 1708 à 1740. Le frère cadet d'Akaba.

— « *Naki dja agadja, ma'gnon zô dô* », « Le bois en branches ne peut être mis au feu », tel est son nom. Agadja a conquis Savi, nous donnant accès à la mer, et on l'a surnommé *Dosou Hounyito* : Dosou le preneur de bateaux. Tous les frères puînés de jumeaux s'appellent Dosou. Voici ses armes : un bateau et une pagaie.

— Et la dernière ?

— Ce sont les armes de Tegbessou, « La petite plante qui pousse malgré les feuilles qui couvrent le sol ». Sa mère ne voulait pas qu'il règne et avait fomenté un complot qu'il sut déjouer.

Quel rapport avec le féticheur retrouvé dans la brousse ?

Albert remercia Madame avec effusion. À présent, il savait au moins quels étaient les destinataires de ces récades ! Cinq rois défunts. Les cinq premiers rois du Dahomey, si l'on ne comptait pas Ganyé Hessou, plus chef de clan que souverain. Fallait-il chercher un lien avec leurs surnoms à rallonge ? Avec leurs armoiries ? Chez ce peuple, chaque mot était à double ou triple sens, chaque phrase à la fois un proverbe et un rébus. La parole n'était pas un simple outil de communication. Elle était vivante et avait du pouvoir.

Il chercha dans ses poches de quoi la remercier. De la monnaie ? Se vexerait-elle ? Il dénoua sa cravate jaune en soie et la lui tendit.

— Pour votre aide. Et prenez aussi ceci.

Il ouvrit sa sacoche, qui ne le quittait jamais, et en tira un vieux stéthoscope.

— Avec ça, vous pourrez entendre battre le cœur de ceux que vous aimez.

— Et connaître leurs pensées ? demanda la vieille dame d'une voix enjouée. Le rythme du cœur décrit les passions et les craintes. Il bat le tam-tam de notre *yé*. Merci pour ce présent, petit docteur blanc. Tu devrais rejoindre tes amis. La femme assassinée a sûrement besoin de tes services. Reviens me voir quand tu veux.

Albert la salua, puis appela Gumma pour qu'elle range les appareils.

— Tu donnes des ordres à un général ? s'étonna la musicienne, outrée.

— Elle s'est engagée comme porteur. La roue du destin a tourné.

Les deux femmes échangèrent quelques phrases rapides sur un mode aigu, puis Gumma secoua la tête et s'éloigna, chargée comme un baudet.

— Gumma est une grande guerrière. Elle pourrait tous vous tuer d'une seule main. Montre-lui le respect qui lui est dû si tu veux garder le mien.

— Bien, Madame. Je le ferai.

— Tu es un bon garçon. Dommage que tu sois blanc et malingre. Mange mieux. Trouve-toi une femme.

Albert sourit poliment.

— Je reviendrai bientôt, lui assura-t-il.

Il lui tendit la main et elle rit derrière son éventail, sans la prendre. Alors il souleva son casque et la salua de nouveau.

Des cris et des exclamations leur parvenaient, assourdies. Il pressa le pas pour rejoindre Gumma qui l'attendait à la porte d'Adonon, du nom de la mère du roi Houegbadja – le poisson, se remémora-t-il – et ils débouchèrent sur la place du petit marché du quartier d'Adjahito.

L'effervescence était à son comble. Sans doute le résident avait-il lancé les gardes de cercle sur les traces de l'assassin. Beaucoup de marchands remballaient leurs affaires. Des femmes couraient, le visage à demi caché par un pan de leur pagne. Les hommes se lamentaient, s'aspergeant de poussière. Mme Francetti était donc appréciée à ce point ?

— C'est prince Soglo ! lui dit soudain Gumma qui écoutait ce qui se disait.

— Le prince Soglo a tué Simone Francetti ?

— Prince Soglo tué personne ! C'est lui y en a tué ! Coupé tête !

Un deuxième meurtre ? Dans la même nuit ? L'assassin devenait-il tout à fait incontrôlable ?

— Où est le corps du prince ? demanda Albert, abasourdi.

— Au palais. Avec Migan et capitaine de la garde.

Albert hésita. Il brûlait d'envie de courir retrouver Louis et Émile, mais il ne pouvait pas passer à côté de ce nouveau décès.

— Que disent les gens ? Y avait-il quelque chose d'enfoncé dans la gorge du prince ?

Gumma posa une ou deux questions à des villageois affolés.

— Ils disent oui. Bâton à message.

— Nom d'une pipe ! Où est ce bâton à présent ?

— Chez le roi.

— Mène-moi auprès de lui. Il me recevra.

Gumma soupira et fit demi-tour. Albert traversa de nouveau enceintes et cours sans rien regarder. Les *kpodjito* hurlaient et se griffaient les joues. Les épouses se lamentaient, chacune dans son quartier. Les hommes criaient et se jetaient à terre. Les enfants, interdits, regardaient les adultes se livrer aux manifestations bruyantes et ritualisées du chagrin.

Le roi accepta de recevoir Albert et lui présenta le Migan, à la fois ministre de la Justice, grand prêtre et bourreau. C'était un homme mince et sec, au visage sévère, qui appela un de ses subordonnés pour servir d'interprète. Celui-ci parlait un français convenable et lui traduisit que le corps du prince avait été trouvé sur le marché, caché dans une grande corbeille semblable à celles utilisées par les marchands de mil.

Le corps était plié en position de fœtus sous un linge sombre, les membres liés par des cordelettes. Albert songea aussitôt aux corbeilles dans lesquelles on couchait les victimes lors des Coutumes, juste avant de les exécuter.

Le Migan ajouta quelque chose avec une nuance horrifiée dans la voix et l'interprète, gêné comme si c'était sa faute, précisa que la tête du prince avait été déposée sur une jarre sacrée, devant l'arcade aux bambous, au risque de fâcher tous les esprits. Une récade dépassait de sa bouche, suprême insulte ! Il s'interrompit et le Migan, courroucé, le pressa de poursuivre. De la suite de son récit haché, Albert comprit que le résident, qui ne savait sans doute plus où donner de la tête avec deux cadavres et un veuf éploré sur les bras, avait envoyé ses gardes fouiller tout le quartier, en vain. Leur capitaine, un Adja des villages lacustres, avait posé des tas de questions. Le marchand à qui appartenait la corbeille était détenu au poste de garde du camp des Français. Le garçon qui avait trouvé la tête l'y avait rejoint. Le cadavre en deux parties était encore ici, dans la chambre mortuaire. Le Migan accepta d'y conduire Albert, suivi de Gumma, taciturne. Il avait certainement reconnu un des anciens généraux du corps des Amazones, mais il n'en montra rien.

La pièce aux murs lissés à la main était curieusement fraîche. De la sauge brûlait dans une cassolette en fer, ainsi que d'autres herbes, inconnues d'Albert. La tête du prince reposait sur un coussin indigo rougi de sang. Le corps, en chien de fusil et totalement raide, était couché sur un lit en bois.

— Nous n'avons pas pu le déplier, dit l'interprète.

Les pieds nus du prince montraient leur plante pâle. Les talons étaient cornés, les muscles des mollets saillants. Pas de brûlures ni de coupures, nota Albert. Le pagne écru tire-bouchonné révélait les cuisses et les reins. Pas de sang. Le torse nu était glabre. Des bracelets de nacre se détachaient sur la peau sombre des bras. Pas de marques hormis les incisions rituelles. Le prince portait autour du cou une pierre bleu foncé. Silicate, se dit Albert. Où avait-il récemment vu la même ?

— *Ochoumaré*, lança le Migan dans son dos. Grande valeur.

On ne l'a donc pas tué pour le voler, se dit Albert en continuant son examen furtif. Il se pencha sur la tête, prenant soin de ne rien toucher de peur de commettre un crime de lèse-majesté. Les yeux étaient ouverts, écarquillés, pleins de reproches. La bouche montrait deux dents brisées, sans doute quand le meurtrier avait enfoncé brutalement la récade. Celle-ci trônait sur un haut tabouret, gluante de sanies.

Ce qu'on eût appelé « pommeau » en Europe, mais qui au Dahomey reposait sur le sol, portait encore une fois les mêmes motifs : la fameuse double hache. Il observa les symboles gravés sur le manche. Un bélier et un tromblon se côtoyaient, au-dessus d'un enchaînement de triangles et de stries.

— À votre avis, que signifie ceci ? demanda-t-il au Migan.

L'homme pinça les lèvres et l'interprète fit de même :

— Seul le destinataire aurait pu nous le dire.

Albert faisait tourner les rouages de sa prodigieuse mémoire à toute allure. Le sixième roi de la dynastie dahoméenne en comptant à partir de Dako Donou... allons... les jeux sont faits ! Kpengla, 1774-1789.

— N'est-ce pas à Kpengla que ce bâton est destiné ?

Le Migan écarquilla les yeux sous le coup de la surprise.

— En effet ! Je reconnais à présent son pivert et son *agbalia,* son fusil.

— Que signifie le nom de ce souverain ?

— « Le caillou ne ressent pas le froid de la source ».

— Hum. Dites-moi, à quoi sert-il d'envoyer un bâton à message à un roi défunt ?

De nouveau, le Migan parut frappé de stupeur et l'interprète se cacha la bouche derrière la main avant de répondre :

— Mais... à lui communiquer des nouvelles de ce monde-ci, bien sûr !

— Hum. Si j'ai bien compris le système, le bâton doit renseigner celui qui le reçoit sur l'identité de celui qui l'a envoyé. C'est le sens des ciselures sur le pommeau, n'est-ce pas ?

Le Migan parut embarrassé.

— Oui, chaque bâton est sculpté d'une manière particulière, confirma l'interprète. Le Migan ne reconnaît pas celui-ci. Il a dit au capitaine des gardes d'aller se renseigner chez les faiseurs de cannes pour savoir qui a commandé cette signature.

Albert désigna la hache à double lame :

— S'agit-il forcément d'un dignitaire ?

— Eux seuls ont le droit de posséder des récades.

— Un chef puissant peut-il avoir son orfèvre personnel ?

— Sans doute. Depuis que la France est venue, tout le monde s'arroge les privilèges du roi.

L'interprète parut embarrassé de ce qu'il venait de dire et grimaça, mais le Migan lui donna une bourrade sur l'épaule pour le faire continuer.

— Autrefois, aucun homme n'aurait osé porter de bijoux ou de pagne de couleur ! Le fer seul ornait le prince ! Aujourd'hui, ils ressemblent à des femmes, récita le traducteur.

— Le prince Soglo avait-il des ennemis ?

— Qui n'en a pas ? On est toujours le poulet ou le lion de quelqu'un.

— S'était-il récemment disputé ?

— Le prince s'est plaint au résident que le roi le traite mal. Mais le roi n'a pas d'argent. Les hommes ont perdu le respect.

— Ah ! *dada*, *dada*, où sont tes *dan-homènou* ? s'écria le Migan.

Il prononçait « le roi, le roi » avec un accent mêlé de désespoir et de vénération. Albert se souvint que Gando lui avait expliqué qu'avant la conquête tous les Dahoméens – les princes aussi bien que les chefs, les gens du peuple ou les esclaves – étaient *dan-homènou*, ce qu'on pouvait traduire par « gens du Dahomey ». Et que le Dahomey dans son ensemble appartenait au roi. Une idée le frappa soudain.

— En tant que fils de Béhanzin, le prince pouvait-il prétendre à la couronne ?

— Non. Pour qu'un de ses fils soit nommé prince héritier, le roi doit être mort alors qu'il régnait et être enterré dans le palais. Ce n'est pas le cas de Béhanzin qui a été exilé dans une de vos îles à esclaves.

— Est-il vrai que les rois sont inhumés dans des tombes secrètes et que les caveaux du palais sont vides ?

L'interprète se tourna vers son maître qui haussa les épaules :

— La mouche bourdonne. La bouche n'est pas loin de l'oreille.

— Bien sûr, bien sûr, acquiesça Albert, conciliant. Je suis médecin légiste, reprit-il. Cela veut dire que j'examine les morts pour déterminer la cause du décès.

— La cause semble évidente.

— Parfois on peut avoir des surprises. Trouver du poison, des blessures cachées. Puis-je examiner le défunt ?

— Notre *bokonon* s'en chargera. Il consultera les fétiches. Le poison laisse des traces bien connues et il n'y en a pas sur le prince. Le Migan doit à présent retourner auprès du roi pour organiser les funérailles.

L'interprète salua à la place du ministre qui gardait son air courroucé et Albert prit congé à contrecœur, le cerveau tintinnabulant de toutes les informations reçues en si peu de temps.

Une fois dehors, il longea le quartier d'Aouaga à toute allure, suivi de Gumma qui ne lui avait pas posé une seule question concernant son entrevue avec le ministre. Le meurtre de Soglo lui était-il indifférent ? Ou bien savait-elle tout ce qu'il y avait à savoir ?

Louis l'attendait, près d'une Camille blême.

— Qu'est-ce que vous foutiez, mille bombes ? !

— On a décapité le prince Soglo !

— C'est une blague ?

Albert haussa les épaules :

— Vous savez bien que je n'ai pas d'humour. Je viens de chez le roi. J'ai vu le cadavre. Et la récade ! Toujours la même fichue hache !

— C'est à s'arracher les cheveux !

— Et Mme Francetti ?

— C’est assez moche à voir, marmonna Louis.

— J’ai l’habitude. Où est-elle ?

— J’ai bien dit de ne pas y toucher jusqu’à votre retour, mais on n’a pas voulu m’écouter et on l’a transportée dans la case qui sert d’infirmerie. Ces administrateurs ne connaissent rien aux enquêtes modernes ! Il n’y a même pas un juge d’instruction dans tout ce foutu territoire ! Tous les indices ont été piétinés par les godillots des soldats ! Tyler et moi avons fouillé de notre mieux la scène du crime et mis de côté tout ce qui semblait intéressant.

— Tyler s’y connaît en méthodes de police ?

— C’est un grand lecteur de *detective novels*. Il y a appris beaucoup de choses.

— Bienvenue au club Sherlock Holmes ! Vous me semblez très pâle, Camille, vous devriez boire un cordial.

— C’est que c’était tellement… tellement… j’ai vomi sur mes souliers. Pauvre petite bonne femme ! Elle était si malheureuse et maintenant elle est si… morte !

Albert cligna des yeux en franchissant le seuil de l’infirmerie. Il faisait sombre et chaud. L’odeur du sang et des excréments flottait dans l’air moite. Le cadavre raidi et bleui de Simone Francetti donnait l’impression d’un mannequin galvanisé. Un soldat indigène agitait un éventail de palmes pour chasser les mouches qui revenaient sans cesse à la charge sur le corps éventré. Le cou tranché, mince et gracile, laissait voir veines et tendons à la manière d’une coupe anatomique. Le ventre blafard était fendu du sternum au pubis. Les côtes saillaient, comme dans un quartier de bœuf à l’équarrissage. Un des seins avait disparu. L’autre, petit et flasque, portait des traces de coupures.

— Prenez donc quatre ou cinq photos du corps avec votre Pocket avant que je commence, dit Albert qui enfila ses gants et sortit sa loupe et ses pinces.

À première vue, les incisions rappelaient les marques laissées par un scalpel, se dit Albert mal à l'aise. Mais qui posséderait un tel instrument sinon le médecin du poste ? Il demanda au soldat où se trouvait le docteur. « Docteur y en a parti loin, télégraphe dit y en a soldat blessé. » L'officier de santé avait été appelé en urgence à l'aube pour secourir un tirailleur qui s'était brisé les deux jambes dans un trou d'eau, à trente kilomètres de là, précisa Louis qui avait déjà posé la question à un officier. De toute façon, Albert était certainement le plus qualifié pour pratiquer une autopsie.

— C'est toujours extrêmement perturbant de disséquer au matin quelqu'un avec qui vous avez dîné la veille, répliqua le jeune légiste.

« Merci de prendre des notes, Louis, reprit-il quand celui-ci eut rangé son appareil. L'intestin grêle est en place, mais une grande partie du gros intestin a été sectionnée, d'où les sécrétions de matière fécale. L'utérus et le rein droit manquent. Les bords des blessures sont nets. La lame qui a causé les dégâts est une lame droite d'environ 16 cm, au tranchant aiguisé. Le meurtrier n'a pas tâtonné.

« Pas de sang dans le cœur, donc elle n'a pas été étouffée ou étranglée.

— On s'en serait douté !

— Pourquoi ? On a pu lui couper la tête après sa mort, mais ce n'est sans doute pas le cas, hélas. Par contre, à mon avis, les mutilations sont intervenues *post mortem*.

— C'est déjà ça, répondit Louis, un mouchoir aspergé d'essence de menthe noué sous le nez.

— On dirait qu'elle a été égorgée avant d'être décapitée, continua Albert. L'incision a commencé ici à gauche, a tranché tous les gros vaisseaux, puis coupé en deux la trachée pour finir sa trajectoire à droite, dans un demi-cercle quasi parfait. L'agresseur n'a eu qu'à peser un peu plus sur sa lame pour détacher complètement la tête. Ensuite l'assassin a donné libre cours à son hystérie sadique.

« Où se trouve ce que vous avez collecté ?

— Là, sur la table. Ce n'est pas grand-chose. Nous avons pensé à couler de la boue dans des marques de pas pour faire des moulages d'empreintes.

— Bravo !

— Mais l'endroit a été piétiné. Nous avons des tailles qui varient du quarante au quarante-huit et les habituelles semelles de godillots et de bottes. J'ai pris quelques clichés des branches brisées et des herbes couchées.

— Excellent. Je ne vous reconnais pas !

— Nous avons quelques brins de tabac blond, une bague de cigare, deux boutons de vareuse.

— Un soldat ?

— Les boutons peuvent se trouver là depuis des mois !

— Exact. Il faut retourner voir sur place, je veux analyser la trajectoire des gouttes de sang. A-t-on retrouvé les organes enlevés ?

— Quelques mètres d'intestin noués autour d'un baobab fétiche. Personne n'a voulu les retirer. C'est apparemment un immense sacrilège et les hommes sont terrorisés. C'est Delany qui s'y est collé, il a tout mis dans un grand sac qui doit être sur l'étagère là-bas. Pour le reste…

— Je ne comprends pas pourquoi notre tueur a soudain modifié son *modus operandi,* marmonna Albert. Et pourquoi emporter la tête ? Et le rein, le sein et le reste ? Où est notre récade habituelle ? Et quel rapport entre Simone Francetti et nos six cadavres dahoméens ?

— Croyez-vous qu'ils aient pu être ses amants ?

— Louis !

— Quoi, « Louis » ? Elle avait une tête de belette dépravée. Elle m'a fait penser aux épaves des fumeries d'opium.

— Ah, parce que vous en avez beaucoup fréquenté ?

— Des épaves et des fumeries, oui. Mon métier me conduit souvent à patauger dans la fange de la société. Auprès de vos futurs patients.

— Et donc, Francetti, ulcéré que sa femme ait des relations sexuelles avec toute la forêt de Ko, l'aurait décapitée et mutilée ? En général, nos cocus français se contentent d'un coup de pistolet. Et il aurait aussi décapité les amants pour faire bonne mesure et planté les récades dans leurs gorges adultères afin d'avertir les rois défunts qu'il n'était pas content de leurs sujets actuels ? Votre théorie me semble aussi farfelue que ridicule, Louis. Francetti n'était pas à Paris lors des meurtres d'Olakonitan et de Bidossessi.

Louis leva le doigt, comme un écolier :

— Pardon, monsieur le maître, j'ai une question. « Avertir les rois défunts » ? Que voulez-vous dire ?

— Je n'ai pas eu le temps de vous en parler, mais la musicienne m'a expliqué certaines choses.

Tout en prenant la température du corps et en examinant les fluides à la recherche de sperme – il n'y en avait pas trace –, Albert fit part à Louis des révélations de Madame.

— Notre homme s'adresse donc aux anciens rois. Et n'hésite pas à signer ses méfaits avec ses propres récades, résuma celui-ci, pensif. Mais pourquoi ces victimes-là en particulier et pourquoi Simone

Francetti ? Et ce déchaînement de violence sur elle ? Il n'a pas charcuté les autres.

— Il n'aime sans doute pas les femmes.

— Vraiment, Albert, quelle superbe contribution à la psychologie ! J'espère bien qu'il ne les aime pas, parce que si c'est sa manière de les aimer, qu'est-ce que ce doit être quand il les déteste !

— Je voulais dire qu'il doit avoir des problèmes sexuels. Être impuissant ou éjaculateur précoce. Ce qui expliquerait sa colère contre le corps féminin. Le fait qu'il ait prélevé l'utérus et un sein. Et pourquoi il n'a pas mutilé les hommes. Les hommes ne lui posent pas de problème.

— Il se contente donc de les décapiter gentiment. Ce type a la douceur du tigre et la sentimentalité du requin.

— Détrompez-vous, Louis. Notre assassin doit souffrir. Il est victime de ses pulsions.

— Victime ? Coupable !

— Si vous voulez, mais en tout cas il est mû par une force, une énergie qu'il ne contrôle sans doute pas. C'est ce qu'a expliqué Vacher. Il fallait qu'il tue, il fallait qu'il viole, qu'il mutile. Comme un besoin irrépressible. Comme s'il était soudain possédé.

Il examina les ongles de la malheureuse. Pas de peau arrachée à son agresseur. Un peu de terre ocre. De la poussière. Un long cheveu blond. Mais elle-même était blonde. Comment déterminer si celui-ci lui appartenait ? Il le mit de côté.

— D'ailleurs, ce meurtre-ci me rappelle un peu ceux commis par notre tueur de bergers, reprit-il. Mais ce qui est différent, c'est l'organisation.

— Expliquez-vous.

— Vacher se sert de son couteau comme d'un pénis. De plus, il mutile le sexe de certaines de ses victimes, il les mord, il ingère des morceaux de chair, bref il se comporte en chien enragé et agit sur impulsion. Ici, nous avons un assassin qui manie la lame avec précision, qui prélève des organes internes sans coup férir et les cache ensuite. Pas de liquide séminal, pas de traces de morsures ou de coups. Il faut voir si la tête a été écrasée ou défigurée, mais je ne le pense pas. Bref, nous avons affaire à un homme organisé, qui procède avec méthode.

— Un chirurgien du crime !

— Ne plaisantez pas avec ça. Toute cette mise en scène me rappelle quelque chose. Mais quoi ?

— Sûrement un de vos sujets d'étude. Vous avez passé votre jeunesse avec des assassins psychopathes.

— C'est vrai. Le seul avantage, c'est qu'ils étaient moins bavards que vous. Allons sur les lieux du crime. Où est Émile ?

— Il interroge avec sa douceur coutumière les pauvres troufions de service cette nuit. M'est avis qu'il va y avoir un nombre de désertions anormalement élevé.

Albert reporta son attention sur le corps.

— D'après mes constatations, le meurtre a été commis entre trois et quatre heures du matin. La digestion est quasiment finie et la rigidité cadavérique est complète, ce qui survient entre six à dix heures après le décès. Soglo est mort peu après ou peu avant.

Louis soupira :

— À peine avait-il achevé l'une qu'il se jetait sur l'autre. Ou l'inverse. Le prince a-t-il été expédié *ad patres* avant d'être placé dans la corbeille ?

— Impossible de le savoir. Le Migan ne m'a pas laissé le toucher. Hormis la décollation, son corps semblait intact.

— Vous auriez dû insister ! Les affaires criminelles sont du ressort du gouverneur et de la loi française.

— Certes, mais je n'étais pas mandaté par le résident. Il faut passer le voir tantôt. Comme vous le savez, la police judiciaire est encore mal organisée. La garde civile indigène en a les compétences par décret, mais dans les faits… Je vous rappelle que les crimes sont censés être jugés par le Conseil d'appel, composé du gouverneur et de fonctionnaires. Et à condition qu'on trouve les criminels.

— On en viendrait presque à regretter cette andouille de Journaux !

Tout en lançant sa boutade, Louis se rendit compte à quel point Paris lui semblait loin. Ses avenues bondées, ses voitures sans chevaux, ses tramways, la Seine et ses péniches, la fraîcheur du soir, les cabarets, la tour Eiffel… Une série de cartes postales. Ici, la réalité était crue, brûlante. Et en même temps éloignée par la lumière, le calme apparent de la brousse environnante. Le rythme des houes dans les champs et le pas tranquille des troupeaux.

Pour combien de temps ? Infraction du paragraphe 16 de l'arrêté du 12 octobre 1888 : « Laisser errer ses troupeaux et refuser de les rentrer. » Passible de 100 francs d'amende et/ou quinze jours de prison.

Ce qui était nouveau dans cette série de meurtres, se dit-il, c'était que personne ne les revendiquait. L'assassin agissait dans l'ombre. Sa jeunesse normande lui avait appris que la violence était partout. Au détour d'une clôture entre deux voisins, dans les poings d'un fermier tuant sa femme, dans les couteaux de jeunes gens ivres au bal, dans le torchon avec lequel une mère étranglait son enfant… Mais là, ce machiavélisme… cette persévérance…

Dehors, le ciel s'était voilé, la chaleur était étouffante, le vent de sud-est s'était renforcé.

— *Zô-dji !* lança Figdabé qui les attendait, une jambe repliée sur l'autre tel un héron. Pluie du feu.

Un lointain coup de tonnerre résonna dans les collines environnantes.

— L'orage va noyer tous les indices ! cria Albert. Dépêchons-nous !

Ils coururent jusqu'à un bosquet situé en arrière du camp, à environ cent mètres de la case des Francetti, et à moins de quatre-vingts d'un poste de garde. La végétation était dense et touffue. Une sente étroite permettait de rejoindre le « cimetière français » non loin de là. Une série de sépultures toutes simples. Les latrines de la troupe – une feuillée en plein air – se trouvaient sous le vent de l'autre côté d'une vaste mare d'eau croupie, totalement cachées par une haute rangée de bambous. Un endroit où il y avait toujours du bruit et du mouvement, se dit Louis. Les soldats venaient faire leurs besoins, fumaient, bavardaient. Qui se préoccuperait d'une agitation dans les buissons de l'autre rive ? Les rats, les écureuils, les palmipèdes, tout un tas de bestioles allaient et venaient, fouissant, couinant, crissant jour et nuit. Quant au cimetière, il était bien évidemment désert en pleine nuit. Aucun tirailleur n'y serait allé traîner ses guêtres. De plus, c'était un cimetière à l'européenne, qui ne correspondait en rien aux rites locaux.

Et qu'était venue faire Simone Francetti dans cet endroit isolé, entouré de broussailles ? Avait-elle suivi un amant ? un séducteur ? Y avait-elle été traînée de force, bâillonnée ? Seule sa fichue tête pourrait les renseigner sur ce dernier point !

Albert, sa loupe à la main, penché en avant, ressemblait à un petit chien affairé. Figdabé, les bras croisés, observait, silencieux. En savait-il bien plus qu'il n'en disait ? Louis en avait la certitude. Du bruit derrière eux. Les Américains. Delany et Coleman.

— Quel meurtre épouvantable ! dit ce dernier. Au cours de ma carrière, j'ai rarement été confronté à un tel déchaînement de violence. Il est vrai que je m'occupe principalement de droit public. Delany m'a raconté, pour les intestins et le reste. Sacrifice vaudou ?

— Je ne le pense pas, répondit Albert en attrapant deux cheveux blonds avec sa pince. Il n'y a pas eu de chants, de danses, de tam-tams. Pas de spectateurs, du moins pas à notre connaissance.

— Un sacrifice privé ?

— Peut-être. Peut-être tous ces meurtres sont-ils des sacrifices privés. Ce qui me gêne dans celui-ci, c'est d'abord que la victime soit une femme et ensuite qu'elle ait été mutilée.

— Cela traduit une escalade dans la frénésie de l'assassin, fit observer Coleman.

— Oui, mais dont le prince Soglo a été exclu ! répliqua Louis.

— Louis a raison, approuva Albert. Les deux victimes ont été assassinées à une heure d'intervalle environ et le corps du prince n'a pas été profané de cette manière. Toutes les victimes sont africaines, Simone Francetti est française. Six hommes, une femme.

— Il commence peut-être une nouvelle série ? fit remarquer Coleman en allumant un cigare.

— Il y a des hommes qui se servent de la guerre pour assouvir leurs penchants meurtriers, dit Delany. J'en ai connu au moins deux. Ils dissimulaient leur plaisir de tuer sous des actes de bravoure.

— Où voulez-vous en venir, mon ami ? demanda Coleman.

— En temps de paix, ce genre d'hommes est une menace pour la société. Or, depuis la reddition de Béhanzin, il n'y a plus de batailles. Tout un peuple guerrier se retrouve désœuvré. Peut-être l'un d'entre eux en est-il réduit à tuer en cachette, à effectuer en silence ce qu'il accomplissait auparavant en plein jour ? Nous avons vu les bas-reliefs sur les palais. Les mutilations et les décapitations sont très courantes dans ce royaume.

— Un guerrier qui n'a plus d'exutoire à ses pulsions… intéressant, dit Louis.

— Avez-vous examiné le cimetière ? Y a-t-il eu des profanations ? demanda Coleman qui suivait son idée de rite *vodun*.

— Nous y sommes allés avec Tyler, répondit Louis. Tout était en ordre. Pas de croix renversée ni de tombe ouverte. Juste les noms des soldats tombés pour la France. Ou plus exactement à cause des appétits de conquête de la France.

— Seriez-vous un anarchiste, monsieur Denfert ?

— Je pourrais le devenir. Tout dépendra de l'avenir, cher maître.

— La projection des taches de sang indique que le crime a eu lieu ici même, le corps n'a pas été déplacé, ce que confirme la lividité cadavérique, déclara Albert. On a tranché la gorge de la victime par-derrière, ajouta-t-il. Le meurtrier n'a donc pas été aspergé.

— Donc ce n'est pas un novice, dit Coleman en tirant une bouffée de son havane. Mais pensez-vous qu'un guerrier se soucierait d'un tel détail ? Se protéger du sang ?

— S'il veut continuer à pouvoir agir sans se faire prendre, oui ! affirma Delany.

— Et ces mutilations si précises ? Où les aurait-il apprises ?

— Auprès du bourreau, par exemple. Lors de ces fameuses Coutumes ou bien au sein des prisons, pendant l'administration des tortures et des châtiments, argua Delany.

— Et pourquoi ne pas avoir touché aux organes des morts dahoméens ?

— Par respect pour d'anciens camarades. La femme, ce n'est pas pareil. Il a pu donner libre cours à toute sa sauvagerie.

— Dans ce cas, pourquoi n'a-t-il pas jusqu'à présent exercé sa violence contre les femmes de son peuple ? s'obstina Coleman, en bon avocat.

— Il les respecte. Tandis qu'il hait sans doute les Européens. Mme Francetti représentait la meilleure victime qu'il puisse trouver.

— Décidément, Delany, vous avez réponse à tout ! Heureusement que vous êtes venu d'Amérique avec moi, vous seriez tout désigné pour endosser le rôle du coupable ! s'amusa Coleman.

— Qu'avez-vous fait lors de votre séjour à Paris ? Vous êtes allés chacun de votre côté ? demanda Louis tout à trac.

— *Hey !* Vous ne croyez tout de même pas que notre héros de guerre… protesta Coleman

Delany leva la main :

— Laissez ! Mon cher Denfert, Me Coleman et moi avons dîné ensemble tous les soirs, sauf un. Me Coleman devait rencontrer un de vos directeurs de cabinet du Conseil de gouvernement de l'Afrique-Occidentale. Pour ma part, je suis resté tranquillement à l'hôtel à lire.

— Vous n'aviez pas envie de vous promener dans notre belle capitale ?

— Parfois, j'ai besoin que l'on cesse de me dévisager comme un phénomène de foire. J'ai besoin de silence et de calme. De ne plus avoir l'impression douloureuse que le regard de tous les passants n'est qu'un immense miroir déformant.

Il y eut un bref silence. « Alibi difficile à vérifier », songea Louis sans insister.

Un grondement sourd le tira de ses soupçonneuses pensées et, quasi au même moment, il se mit à pleuvoir. De larges gouttes qui se changèrent en quelques secondes en un déluge.

— Mes indices ! pesta Albert en fourrant ce qu'il avait trouvé dans sa sacoche. Vite, courons !

Ils eurent beau se hâter pour parcourir le peu de chemin qui les ramena à l'infirmerie, ils étaient trempés comme des soupes en arrivant. Ils s'abritèrent sous un préau de palmes tressées malmené par les trombes d'eau. Des soldats passaient en courant pour se mettre à couvert dans leurs baraquements en torchis. Émile les rejoignit, dégoulinant.

— Fichue saison ! On n'aurait pas pu venir en hiver ? Y lansquine comme vache qui pisse !

— Le professeur Lacassagne est pressé. Et vous n'êtes pas en sucre, vous n'allez pas fondre à cause d'un peu d'eau.

Émile haussa ses massives épaules, projetant des gouttes sur tous ses voisins :

— J'ai mis les gars au rapport. Personne n'a rien vu ni rien entendu d'anormal. Certains jouaient à leurs machins en bois, vous savez ces plateaux avec des trous et des billes. D'autres faisaient leurs dévotions. D'autres encore lichaient du tafia en douce. Ça m'a coûté bonbon pour qu'ils avouent et je ne mens pas : ils m'ont délesté de tout mon stock de cachous ! Résultat : *macache bono !*

— Et Francetti ? s'enquit Louis. Quelqu'un a interrogé Francetti ?

— Louis veut croire que notre secrétaire général a lui-même estourbi son épouse, soupira Albert en essorant les pans de sa chemise.

— Avec comme mobile l'adultère ? fit Coleman, les sourcils froncés, les boucles de ses cheveux pleines de gouttelettes. Le mari aurait profité des meurtres récemment commis pour se venger de sa moitié en faisant attribuer la culpabilité de son acte à l'assassin inconnu ? Ingénieux.

— Sauf que nous n'avons parlé de cette série de meurtres à qui que ce soit, objecta Albert. J'ai simplement mentionné le cas d'Achébé au résident.

— Mais Danjou avait fait son rapport sur le nommé Sodjebedji et donc tout le monde était au courant dès ce matin qu'il y avait deux décapités ! riposta Louis. Sans compter que Danjou a dû évoquer les deux cadavres parisiens. Dans ce microcosme colonial, les nouvelles doivent se répandre plus vite qu'au marché de Cancale. Qui plus que son mari pouvait avoir envie de supprimer cette pauvre femme ?

— Peut-être que son sacrifice était nécessaire dans le cadre d'une série de meurtres rituels, dit Albert.

— Six buffles noirs décapités, une poule blanche éviscérée et le paradis assuré ! déclama Émile, ironique. Mais à quoi servent les récades dans ce cas ?

— Si nous le savions, nous ne serions pas là à échanger des hypothèses absurdes ! s'emporta Albert.

— Il faut attraper le fil de la raison et ne plus le lâcher, comme dit mon poteau Gaston Leroux, décréta Louis. Un zigue inconnu butte six messieurs africains et une dame européenne. Il découpe quelques morceaux de la jeune femme et plante des bâtons à message dans la gorge tranchée des bonshommes. Ces messages sont *a priori* adressés aux rois défunts d'Abomey, et dans l'ordre chronologique s'il vous plaît.

— Interessant, dit Coleman. Combien de rois en tout ? demanda-t-il tout en essayant de trouver une allumette sèche au fond de sa boîte.

— Treize si l'on y ajoute le fondateur mythique, Ganyé Hessou, mais douze avérés, Ago-Li-Agbo compris, répondit Albert du tac au tac.

— Bon, restons sur douze. Et donc dix monarques décédés, puisque Béhanzin est en exil ?

— Oui… Saperlipopette, vous pensez que…

— Je crains fort, en effet, que le meurtrier ne poursuive ses envois posthumes et ne doive encore exécuter quatre ou cinq personnes, selon que Mme Francetti compte ou pas.

— Merde ! lâcha Émile. Il veut se faire la série complète ! Comment se désenflaquer de là ?

— En trouvant le coupable, répondit Louis avec détermination.

La pluie avait cessé aussi brusquement qu'elle était venue et le soleil se montrait à nouveau. Un âne se mit à braire et un coq à chanter.

— À table ! cria Camille en agitant une clarine.

— Malheureuse ! s'écria Émile, ne faites pas ça ! C'est le signal pour les épouses du roi !

CHAPITRE XIV

À l'extérieur, le sol était détrempé. Ils s'étaient assis par terre dans la case sombre et enfumée, autour d'un grand plat de ragoût d'écureuil accompagné de lentilles en conserve, réchauffé par Camille sur le fourneau rudimentaire. Chacun se servait avec les boulettes d'*akassa* tout en écoutant les explications d'Émile :

— Le roi en avait marre que ses femmes se fassent enquiquiner par les tirailleurs lorsqu'elles sortaient chercher de l'eau au puits. Il a donc eu cette idée de faire porter à la première de la file un collier à grelot pour signaler que c'était son troupeau de femelles et qu'il ne fallait pas y toucher.

Tout le monde rit de bon cœur, sauf Delany qui avait honte de la naïveté burlesque de l'épisode. Il n'était pourtant pas responsable de la réputation de ce peuple. Mais songer que les Occidentaux prenaient ses aïeux pour de sombres crétins lui laissait un poids sur l'estomac. Comme si leurs rois à *eux*, avec leurs perruques, leurs fards, leur étiquette maniérée, leurs repas et leurs déjections en public n'étaient pas aussi grotesques ! Ras le bol des *Negrita* servant du rhum et des *Bamboula* offrant du cirage. Pourquoi pas la serpillière Marie-Antoinette ou le couteau de cuisine Guillotin ?

L'exotisme ! Une notion qui n'existait que pour les nantis. Les nègres du golfe de Guinée étaient exotiques. Mais il doutait fort que ses arrière-grands-parents aient trouvé les plantations de Virginie et les champs de coton exotiques. Sans doute simplement terrifiants.

Il but une gorgée d'alcool qui lui brûla l'œsophage, reposa son quart militaire avec humeur. Hormis Camille, toujours attentive à tout et à tous, personne ne s'en aperçut. Tout le monde parlait à la fois dans un grand brouhaha de théories et de controverses.

La chaleur devenait étouffante dans ce lieu confiné qui sentait la sueur et quand Louis saisit une datte qui se révéla être une blatte, tout le monde se rua à l'extérieur, histoire de respirer un peu.

MM. les Anglais qui avaient fait bande à part avec Daumas, très occupés à leurs affaires, rejoignirent la troupe pour le café – de la décoction de chicorée chauffée au soleil – qu'on prit assis sur des caisses. Une telle abomination gustative nécessitait abondance de pousse-café, décida Émile.

On trinqua donc à tout et à rien, à l'aventure, à la découverte du coupable, au commerce international, à la paix et à la guerre, aux petites femmes de Paris, à la reine d'Angleterre et à la Constitution des États-Unis d'Amérique, sans oublier les *Folies-Bergère*, qui, quelle que soit l'assemblée, faisaient toujours l'unanimité au moment des toasts.

Sur ce, une sieste s'imposa, précédée d'un frénétique balayage censé terrifier la gent rampante, qui se contenta de se planquer sous les feuillus, attendant son heure, pattes et antennes frémissantes.

C'est dans ce calme dyspeptique que Louis cogitait, étendu sur sa natte dans l'arrière-cour. Son regard vagabondait sur le fatras de malles et de colis du petit Daumas et, tel un papillon voletant, elle se posa sur le casque de scaphandrier brillant comme un sou neuf. Il imagina Ago-Li-Agbo coiffé du couvre-chef en cuivre et retint un sourire. La dernière fois que lui-même en avait porté un semblable remontait au printemps dernier, à Cannes. Comme cela semblait loin, la Méditerranée, les pins, les cigales !

Il n'arrivait pas à dormir. Il se leva pour aller machinalement tripoter le casque, d'un modèle plus ancien que celui qu'il avait porté alors, prêté par le prince de Monaco. Il laissa sa main courir sur l'alliage patiné, effleura l'embout. Souleva l'objet qui lui parut lourd et le porta à hauteur de son visage avant de beugler un « mille bombes ! » qui fit bondir tout le monde à vingt mètres à la ronde.

Derrière le hublot, les yeux bleus de Simone Francetti le fixaient, exorbités, la cornée striée de rouge. La face était blême. Les lèvres bleues, plaquées contre la vitre, semblaient esquisser un hideux sourire dévoilant de petites dents abîmées.

Sous le choc, Louis reposa lentement le casque qui avait laissé une sombre marque circulaire sur la caisse. Le contact du cou tranché avec le bois verni. Émile qui était accouru en caleçon et sabre au clair baissa sa garde tandis qu'un Albert tout décoiffé mettait ses lunettes et se penchait pour un tête-à-tête funèbre. Wilkes, appuyé à une palissade, leva les yeux de la statuette en bois qu'il était en train d'examiner :

— Que se passe-t-il donc ? demanda-t-il avec son air de vampire courtois.

— La tête de Mme Francetti… dans le scaphandre… marmonna Louis.

— Mon scaphandre ? C'est vraiment dégueulbif ! s'indigna Daumas en boutonnant sa chemise.

Il semblait au bord de la nausée et sautillait sur place. Par contraste, Gando, figé, semblait pétrifié.

— Pauvre petite femme ! murmura Camille. L'assassin est vraiment cruel de lui avoir joué une farce pareille.

— Ma chère mademoiselle, lui couper la tête était déjà un brin cruel, fit observer Wilkes, la cigarette au bec et les mains dans les poches.

— Oui, mais ça... se moquer de son cadavre de cette manière... c'est montrer un tel mépris...

— On se croirait au Grand-Guignol, dit Louis qui s'efforçait de cacher combien il avait été secoué en se trouvant nez à nez avec cette face de carême.

— Il faut apporter la pièce à conviction à l'infirmerie et prévenir le résident, décréta Albert. Et pas un mot pour l'instant à Francetti. Il pourrait se trouver mal. Émile, donnez-moi un coup de main.

— On n'a qu'à poser le casque dans ce plat. Ce sera plus pratique.

Il s'empara d'une large écuelle et c'est ainsi qu'ils se dirigèrent à la queue leu leu vers le local insalubre.

— J'ai tout du maître d'hôtel qui ramène un faisan sous cloche ! dit Émile, porteur du sinistre plateau.

— Il vous en manque juste les bonnes manières, susurra Camille.

— Oh, pour ça, elles sont meilleures que celles du gonze qui a raccourci madame ! Moi, au moins, je sais me servir de mes couverts sans que ça se termine au cimetière !

— Un peu de respect pour les morts ! protesta Gando. Ce n'est pas un sujet de plaisanterie.

— Excusez-moi, mon vieux. Mais j'en ai tant vu et tant enterré...

— L'humour est une forme de défense, précisa Albert en enfilant ses gants. Émile est un vieux sanglier, il a le cuir épais, mais le cœur tendre.

— Vous savez ce qu'il vous dit, le sanglier ? Méfiez-vous donc de ses défenses, il est comme l'éléphant et la mule du pape, il a la rancune tenace !

— Posez donc ceci sur cette table bancale, merci. Gando, occupez-vous de prévenir les autorités, voulez-vous ? Maintenant, je vous demanderai à tous de bien vouloir sortir, sauf Louis et vous, la mule du pape : je vais avoir besoin de vos gros sabots pour extraire la tête de sa cachette.

— Elle aurait dû tomber toute seule. La loi de la pesanteur, etc., fit remarquer Louis.

— Oui, vous avez raison… on dirait que… zut et flûte, ce sont ses cheveux qui se sont coincés dans la valve… il me faut des ciseaux… hop !

Le chef de Simone Francetti atterrit sur la toile cirée avec un bruit sourd et Émile le saisit vivement par une oreille avant qu'il roule sur le côté.

— Beurk ! C'est la deuxième fois que vous me faites jouer aux boules humaines !

— Elle n'est pas défigurée, marmonna Albert, déjà tout à son examen. Le crâne est intact. Pas d'estafilades. Les dents ne sont pas brisées. La langue n'a pas été arrachée. Hum. Le visage ne l'intéresse donc pas, j'avais raison. C'est à la créature sexuée qu'il en veut. À croire qu'il lui a tranché le cou juste pour faire comme avec les autres. Et pas de récade. Pourquoi ?

Il ouvrit grande la bouche de la victime, farfouilla avec un abaisse-langue.

— Ah ! si, là, un bout de bois, difficile à attraper, ma pince… je l'ai.

Il posa le fragment dans un bol, sans cesser de soliloquer.

— Loupe. Hum. Gravures incompréhensibles, comme d'habitude. Lignes, traits… Pas de blason reconnaissable. Curieux. Et la double hache ? Il manque le pommeau. Donc impossible de vérifier.

Et avec cette pluie, on ne retrouvera plus rien sur les lieux. Mercredi de mercredi !

— Nonobstant que nous sommes jeudi, si je comprends bien, on n'est pas très avancés.

— Exact, Émile.

— La cible reste mouvante et non identifiée. Ses escarmouches font mouche et on est en train de se faire dépasser. Il faut un plan de contre-attaque de toute urgence.

— Je vous entends bien. Vous avez quelque chose à proposer ? Je vous rappelle que ces crimes sont du ressort du résident et des instances judiciaires. Nous ne sommes que des quidams en goguette.

— À d'autres ! Le résident s'en bat les rouflaquettes et l'inspecteur Trucmuche est en mission au fin fond de la jungle. M'est avis que ces meurtres plairaient beaucoup à Lacassagne. Vous êtes venu étudier les crimes rituels, on vous en sert six ou sept sur un plateau, à domicile ! Trop de veine !

— Pour une fois, je partage l'opinion d'Émile, dit Louis, resté silencieux et pensif. On ne peut pas laisser la maréchaussée locale saloper l'enquête. Nous devons trouver l'auteur de ces meurtres. Il est forcément proche de nous.

Albert se tapota la joue avec sa pince souillée :

— Qui d'autre qu'un indigène aurait intérêt à agir de la sorte ?

— Nos amis américains peuvent avoir gardé des liens spirituels puissants avec les croyances locales. Je vous fais remarquer que le vaudou règne à La Nouvelle-Orléans.

— Vous ne soupçonnez quand même pas…

— Non, mais on ne peut écarter cette possibilité. De même, des aigrefins patentés comme Kerry ou Wilkes peuvent parfaitement posséder des récades.

— Et quels seraient leurs motifs ?

— Provoquer des troubles politiques autour d'Ago-Li-Agbo ? Générer des tensions sociales, qui sait, une révolte anti-Français ?

— Mettre la main sur un trésor ! lança Émile.

— Quel trésor ?

— Celui dont les rois défunts révéleront l'emplacement ! Le trésor d'Abomey caché par Béhanzin lors de sa fuite !

— Une contribution fort intéressante, merci Émile. Kerry et Wilkes sont donc fétichistes et tuent à tour de bras pour qu'on leur envoie une carte au trésor de l'au-delà. Et vous, Louis, une autre idée constructive ?

— Celle d'Émile me plaît bien. Blague à part, tant que nous ne comprendrons pas le choix des victimes et la teneur des missives, nous continuerons à pédaler dans la semoule de maïs.

Un grand gaillard en uniforme, escorté de deux brigadiers indigènes, interrompit leur échange.

— Garde principal de première classe Bouvier ! annonça-t-il avec l'accent normand. On vient de me prévenir.

Son visage aux traits plats, ses yeux clairs, son nez cabossé et sa silhouette massive évoquaient pour Louis les robustes maquignons qu'il croisait les jours de marché dans son enfance. Le garde Bouvier parut fort choqué de voir la tête livide et marbrée de Mme Francetti posée sur la table. Il se fit expliquer en détail la macabre découverte, bientôt rejoint par le sous-secrétaire adjoint de la résidence, un gros type en sueur, les cheveux plaqués sur un crâne ovoïde. Il ne s'était pas encore présenté à eux parce qu'il « s'en était piqué une », selon l'expression consacrée pour parler des accès de fièvre du pays. Il triturait un sachet vide de sulfate de quinine. À la vue du carnage, il blêmit et se mit aussitôt à glapir :

— Quel malheur ! Il ne faut pas que Francetti voie cette horreur !

— Vous avez une glacière ? demanda Albert de sa voix posée.

— Une glacière ? Vous plaisantez ? Il y a bien le garde-manger creusé dans la brique… Vous voulez… Oh, non ! C'est là que je mets mes sandwiches !

— Nous devons conserver le corps. Il s'agit d'un meurtre ! Cela relève de la police judiciaire, n'est-ce pas, garde principal Bouvier ?

— Tout à fait !

Visiblement décontancé, celui-ci tripotait machinalement tantôt la tresse en argent qui ornait sa manche, tantôt la crosse de son revolver d'adjudant d'infanterie.

— Quel embêtement que l'inspecteur de première classe Dubois ait dû s'absenter ! lâcha-t-il, et avec lui l'inspecteur de deuxième classe Robert !

— Vous n'en avez même plus de troisième classe ? demanda Louis, perfide.

— Hélas, non ! Le pauvre vient de périr de la fièvre hématurique et le nouveau n'est pas encore nommé. Saleté de climat !

Le sous-secrétaire, qui les écoutait, tira un mouchoir neuf de sa poche, l'autre étant trempé, et recommença à s'essuyer le front.

— Un gramme de quinine dilué dans de l'eau avec des cristaux d'acide tartrique. Je le dis toujours ! Il faut prendre ses précautions, se surveiller, observer sa routine ! Du quinquina, du fer, de l'antipyrine ! Quel malheur ! se lamenta-t-il à nouveau. Quel besoin aussi d'aller zigouiller cette pauvre petite Simone ! Elle ne souhaitait que rentrer en France. Daumas doit être bien chagrin.

— Daumas ? Pourquoi ça ? s'étonna Louis.

— Heu… eh bien… ils s'entendaient bien… jeunes tous les deux… à la mode… on devient vite camarades quand on est à l'étranger, vous savez.

Louis se rapprocha, bien décidé à le cuisiner plus avant.

— Il faut que je remplisse les constatations d'usage ! lança Bouvier, un formulaire à la main.

— Et pour le prince Soglo ? Vous avez pu avancer ? voulut savoir Albert.

— Bah ! C'est un vrai nid de vipères là-bas dedans. Ils mentent tous comme des arracheurs de dents. Celui qui a tué Soglo est aussi bien caché dans le palais qu'une poule dans son poulailler.

— Faites le renard, débusquez-la ! proposa Louis.

— Facile à dire, monsieur. Dès que je pose une question tout le monde se met à crier ou à pleurer et puis avec ce tam-tam on ne s'entend pas ! Faudra qu'on y aille en force. Mais je crois pas qu'on saura jamais la vérité. Ils se serrent les coudes.

— Le garde principal Bouvier a raison ! lança Émile. À la fin, ils lui donneront un coupable, mais ce ne sera pas le bon. Ce sera un pauvre type condamné par son *Fa*, son destin, ou désigné par le *bokonon* après consultation des noix magiques, ou même simplement victime de la vindicte des autres. Vous vous imaginez mener une enquête chez les courtisans de Louis XIV ? C'est la même chose. Intrigues et mensonges en tout genre. Chacun en profite pour régler ses comptes.

— Mais la personne qui a tué ce flagorneur de Soglo a également tué Simone Francetti ! s'emporta le sous-secrétaire. Que dirons-nous devant le Conseil d'appel ? Oh, tous ces princes pinaillaient trop pour qu'on puisse mener une enquête efficace ? Oh ! je suis foutu, foutu ! Aussi pourquoi Simone est-elle allée se balader en pleine nuit ? A-t-on idée, je vous le demande ! Ah ! les femmes !

— Elle a pu être entraînée de force par son agresseur… dit Louis, qui n'y croyait pas.

— Pas de marques de doigts sur ses bras ni ses poignets, pas de trace de bâillon, pas de signe qu'on l'ait obligée à venir là, objecta Albert.

— Un rendez-vous secret qui tourne mal ! soupira le sous-secrétaire. Ce pauvre Francetti…

— Précisez donc votre pensée, lui enjoignit Louis que la remarque sur Daumas avait mis en éveil.

L'autre désigna Bouvier du regard, baissa la voix tel un conspirateur, et l'entraîna à l'écart :

— Hé, mon bon monsieur, ce pauvre Francetti a des cornes aussi hautes qu'une antilope, il peut tout juste passer les portes… Simone était une gentille petite, mais trop gentille justement… gentille avec tout le monde… vous me suivez ?

— Je vous précède. Et donc Daumas et elle…

— Daumas s'en était entiché. Il la trouvait chic. C'est peut-être bien lui qu'elle est allée rejoindre.

— Vous vous rendez compte de ce que vous sous-entendez ?

— C'est vous qui entendez ce que vous voulez. Je me doute bien que ce pauvre Daumas ne lui a pas coupé la tête. Quelqu'un d'autre a dû surgir une fois leur affaire finie, je ne sais pas, moi !

— Et avec vous, elle était gentille aussi, Simone ?

— Non mais dites donc ! Je suis marié, moi ! Ma femme est en métropole, mais doit me rejoindre bientôt. Et puis Simone… merci bien… une fille… brûlante… si vous me comprenez…

— Ah ! Apparemment, ça ne rebutait pas les autres.

— Ils ne le savaient pas ! Moi, je l'ai deviné en la voyant rencontrer le guérisseur en cachette. Pourquoi une femme blanche consulterait-elle l'*azongbeto* si ce n'est à propos d'un mal honteux qu'elle n'ose confier au médecin du camp des Français ? La blennorragie et la syphilis font des ravages dans ce pays. La faute aux mœurs relâchées !

Louis, qui trouvait que la population vivait tout à fait comme tous les villageois de France, dans un carcan de règles et de coutumes fort éloignées des images d'Épinal sur la lubricité dans les contrées exotiques, ne répliqua pas. Albert saurait bien si Simone était atteinte d'une quelconque pathologie.

Bouvier prit enfin congé en claquant des talons pour retourner chez le résident. Quatre ans à peine s'étaient écoulés depuis la reddition de Béhanzin et la justice civile marquait encore le pas derrière l'organisation militaire. La France avait mis en place des juges de paix à compétence étendue, rôle dévolu non à de vrais magistrats mais aux fonctionnaires d'État en place. La garde civile, chargée de la police générale, restait inféodée aux objectifs de sécurité intérieure. La délinquance minime de la région préoccupait moins les colons que le maintien du nouvel ordre établi. Et face à une série de crimes aussi atypiques, c'était toute la structure qui se trouvait démunie. D'habitude, les explications ne manquaient pas : mauvais alcool, colère, bagarre, querelle de voisins… Ces décapitations, c'était du crime *mauvais,* du meurtre sans mobile apparent.

Un désordre effrayant et qu'on ne savait pas maîtriser.

Avant qu'Albert range ses instruments, Louis lui demanda à voix basse s'il était exact que Simone Francetti souffrît de syphilis ou autre. Albert retourna donc faire des prélèvements sur le corps qui se délitait à vue d'œil. Il ne disposait pas de chlorure de chaux, de jets d'eau, d'hypochlorite de sodium…

Il faudrait l'enterrer très vite, la « glacière » ne serait pas suffisante. On comprenait pourquoi certaines tribus fumaient les cadavres comme des jambons. Les analyses toxicologiques devaient se faire immédiatement, car rien n'était disponible pour la conservation des échantillons. La médecine légale était tributaire des aléas climatiques. Il y aurait du travail sous ces latitudes avant que les instances judiciaires puissent fonctionner correctement.

Le sommaire examen qu'il put faire confirma un soupçon de blennorragie. Mais en l'absence de sperme et donc sans doute de relations sexuelles, il était peu probable que l'agresseur ait été contaminé.

— Je suis curieux de savoir si Daumas est poivré ! chuchota Louis.

— Décidément, vous voyez le mal partout !

La loupe vissée à l'œil, il saisit les deux longs cheveux blonds qu'il avait ramassés sur les lieux du crime.

— Pointe conique très fine. Ces cheveux n'ont jamais été coupés. Ce sont bien ceux de Simone Francetti. Sur les cheveux d'homme et les poils de barbe, régulièrement coupés, la pointe est plate, transversale ou oblique. Pas de chance ! maugréa-t-il.

Il était en train de ranger sa fiole de sels de mercure d'un bleu soutenu quand il se souvint soudain de l'*ochoumaré*. C'était à la ceinture d'Achébé qu'il avait vu une pierre semblable ! Elle devait toujours se trouver ensevelie sous la boue avec le corps du disciple du tonnerre. Olakonitan en portait-il une ? Personne n'avait songé à trier et à emballer les diverses amulettes et ornements des défunts.

Il sortit et avisa Figdabé et Gumma, occupés à discuter, accroupis dans un coin de la cour.

— Que veut dire *ochoumaré* ? demanda Albert au jeune garçon.

— « Pierre venue du ciel », répondit Figdabé.

— Où les trouve-t-on ?

— Près du village sur l'eau. Elles remontent parfois du lac.

— Pierres très puissantes, ajouta Gumma.

— Bonnes ou mauvaises ?

— Protections contre esprits malins.

On ne pouvait pas dire que ça avait marché ! songea Louis qui écoutait.

— Réservé aux initiés de Ko, ajouta Figdabé.

Encore cette satanée forêt, pensa Albert.

— Bidossessi aussi avait *ochoumaré*, continua Figdabé en sortant un morceau de silicate bleu nuit de l'étui à amulettes qu'il portait au cou.

Qu'était-ce à dire ? Les victimes mâles appartenaient-elles à une confrérie ?

— Pourquoi cette pierre est-elle réservée aux hommes de Ko ?

— Société secrète, répondit Figdabé pendant que Gumma le foudroyait du regard.

— Mais encore ? intervint Louis.

Figdabé haussa les épaules.

— Secret.

— Je t'en ficherai, du secret ! Tu vois bien qu'un cinglé assassine des gens à tour de bras !

— Si tu n'as pas mangé le cancrelat, tu n'as pas la nausée.

— Mille bombes, je…

— Louis, arrêtez de vous énerver contre un enfant innocent.

Louis manqua s'étrangler tandis qu'Albert attachait la bride de son casque d'un air décidé et se tournait vers l'Amazone :

— Gumma, nous allons visiter les tombeaux royaux.

— Comment cela ? On laisse tomber l'enquête ? s'indigna Louis, éberlué.

— Pas du tout ! On la met en suspens.

— Vous avez autant de suite dans les idées qu'un hareng saur !

— Qui vous dit qu'ils n'en ont pas ? Je vous rappelle que je dois rendre compte au commanditaire de cette expédition. Et que nous reprenons le bateau dans quinze jours.

— Je ne vois pas en quoi ces tombeaux ont un rapport avec les fêtes des Coutumes.

— Détrompez-vous. Les rois ont prétendument été enterrés avec une partie de leurs gens afin qu'ils les servent dans l'au-delà. Nous n'avons aucun reste des sacrifiés à notre disposition, sauf peut-être dans ces sépultures.

— Et vous croyez qu'on va vous laisser y farfouiller à votre aise ? chuchota Louis

— Nous ne sommes pas censés nous livrer à des fouilles en règle. Simplement les visiter.

— J'ose à peine imaginer toutes les malédictions auxquelles nous nous exposons ! En fin de compte, cette pierre tombée du ciel servira peut-être à quelque chose.

— Météorite ! s'écria Albert avec l'air extasié de Newton venant de recevoir une pomme sur la tête.

— Pardon ?

— Un fragment de météorite ! « Pierre venue du ciel. » Réveillez-vous, Louis !

— Vous avez raison ! Et elles remontent du lac…

— Le cratère ! s'exclamèrent-ils en chœur.

— Le scaphandre de Daumas va servir à quelque chose ! ajouta Albert, enthousiaste.

— Si vous croyez que je vais enfiler ce truc…

— Bah, on le désinfectera, ne faites pas votre délicat.

— Je crois rêver ! Vous, le plus timoré, le plus maniéré, le plus…

— Dr Féclas, M. l'administrateur de cercle attend votre compte rendu ! cria le garde principal Bouvier, les faisant sursauter.

Albert le suivit en pestant contre ce contretemps tandis que Louis allait chercher le Cinématographe et les lampes au magnésium. Qu'on filme au moins l'intérieur de ces caveaux !

En arrivant par la porte d'Adonon, on trouvait tout d'abord les mausolées de Glélé, Houegbadja et Agadja. Du côté de la demeure du Méhou s'élevait, solitaire, celui du roi Tegbessou. Et près de la place Simbodji étaient regroupés ceux d'Agonglo, Guézo et Kpengla. Tous construits sur le même modèle : rectangulaires et enduits de kaolin blanc, coiffés d'un toit de palmes conique qui descendait quasi jusqu'au sol. Avant le règne de Guézo, l'emplacement des tombes était dissimulé sous l'herbe, pour éviter les profanations lors des guerres tribales incessantes. Avec l'établissement de la puissance dahoméenne, il était devenu inutile de les cacher. Cependant, les informations les plus diverses circulaient. Les rois étaient tantôt censés être inhumés debout face au sud, tantôt dans des cercueils de pierre, tantôt en compagnie de leurs serviteurs et épouses, emmurés vifs ou égorgés selon les témoignages des divers marchands et missionnaires. On mentionnait parfois des souterrains, des vases contenant les crânes royaux, des tombes au ras du sol. Bref, des légendes. Les autochtones interrogés restaient dans le vague.

Albert décida d'inspecter en premier lieu la dernière demeure du roi Glélé, paré de toutes les vertus aux yeux de son peuple. Accroupie devant une case étroite, une gardienne d'un âge avancé se tenait toute courbée sous un parasol mangé aux mites. Louis vit Gando lui remettre un petit paquet enveloppé dans une feuille de bananier. La gardienne, sans hocher la tête ni sourire, se leva et se prosterna plusieurs fois devant le mausolée, imitée par Gando, puis elle se releva et entreprit de balayer le sol sans plus les regarder, laissant l'accès libre.

— Pourquoi est-il permis de visiter ces tombes ? demanda Louis. Ne sont-elles pas sacrées ?

— Un des princes s'est mis d'accord avec le résident. Il perçoit une petite taxe sur les visites des *adoxo*.

— Ah, je comprends mieux ! Allons-y.

Avant d'entrer, il jeta un coup d'œil alentour. Les Anglais et Daumas, décidément inséparables, avaient leur propre cicérone, un cabécère avec qui ils étaient « en affaires », et se trouvaient de l'autre côté, près de la tombe de Kpengla. Cela convenait à Gando qui craignait qu'ils ne dérobent des « souvenirs », si tant est qu'il en restât, et préférait qu'ils visitent sans lui. Tyler n'avait pas souhaité se joindre à eux, préférant accompagner les *cooks* chasser le gibier du soir, tandis que Coleman usait du télégraphe pour joindre ses contacts au Togo, opération fastidieuse.

À l'intérieur il faisait très sombre. Albert alluma sa lampe à piles électriques, précieuse invention, et en dirigea le faisceau tout autour d'eux. Ils se trouvaient dans une pièce assez vaste, où l'on tenait debout sans problème.

Au centre, un étroit lit de pierre recouvert d'une natte en toile écrue et d'un oreiller indigo curieusement froissé, comme si une tête y avait récemment laissé son empreinte.

Contre un des murs se trouvaient une jarre et une bouteille à col évasé et contre l'autre s'alignait une série d'objets hétéroclites.

— L'eau et la liqueur destinées à étancher la soif du souverain, expliqua Gando. Et les insignes de la fonction royale, tels que les *afokpa*, les sandales, l'*avotita*, le pagne tissé et décoré de motifs peints, ou encore le *kataklè*, le tabouret à trois pieds, son crachoir et son hamac. Et les biens préférés du roi.

Louis nota deux tricornes, un sceptre, trois casse-têtes en bronze, une horloge, une clepsydre, un bouclier recouvert de peau de lion, un diadème, des bijoux en fer, un parasol dont le tissu s'effilochait, un fusil, un miroir au tain piqueté et le *hwi*, le sabre, dont la large lame était marquée de taches sombres.

Les autels des ancêtres étaient alignés les uns derrière les autres, bien astiqués et garnis d'un mélange de mil et d'huile rouge.

Camille fut la première à apercevoir une pile de caracos blancs.

— La tenue d'apparat des épouses sacrifiées, dit Gando.

— Et où sont leurs dépouilles ?

— Dans un tombeau séparé, celui dit des « 41 épouses ». On peut le visiter, mais il est vide.

Albert, contrarié de l'apprendre, laissa échapper un soupir.

— Mais à la fin, où sont donc les restes des victimes de meurtres rituels ? Je croyais qu'on les emmurait près de leur souverain !

— Il ne faut pas croire tout ce qu'on raconte, répliqua Gando avec une certaine raideur. Le sang était récupéré pour être incorporé aux murs, les crânes pour être exposés, les os broyés pour les poudres médicinales et la chair donnée à manger aux animaux.

— Et les serviteurs ?

— J'ai longtemps cru comme vous qu'on les alignait contre le mur du mausolée, soupira Gando. Comprenez bien que ces cérémonies étaient totalement secrètes, même pour la Cour. Les prêtres seuls et le bourreau savent ce qui se passait vraiment dans l'intimité de ces moments. Dans notre société, tout ce qui est royal est sacré. Pouvez-vous imaginer que même les tatouages de la personne royale ne devaient être vus de personne ? Que le souverain pouvait charger un autre homme de l'incarner afin de détourner sur lui les intentions hostiles ?

— La pensée magique, murmura Albert pour lui-même. En fait, les cadavres n'ont pas d'importance en eux-mêmes. C'est le sacrifice qui donne sens à la mort.

— Exactement !

Louis se rapprocha de Camille qui examinait le lit mortuaire. Une calebasse trouée était gravée sur le flanc droit du curieux tombeau.

— Que signifie ce symbole ? demanda-t-il.

— Le roi a beau placer ses doigts dans les trous, ils sont trop nombreux et il a besoin de son peuple pour tous les boucher et retenir l'eau dans la calebasse, expliqua Gando. C'est un symbole d'unité.

— À la vie, à la mort ! commenta Émile. Bon, il faut ouvrir cette tombe, décréta-t-il. J'ai apporté un pied-de-biche.

— C'est de la profanation ! protesta Camille.

— On n'a pas fait ces milliers de kilomètres pour rien ! répliqua l'ancien sapeur, pressé de manier l'outil.

Et, sans attendre la réponse de personne, il souleva le couvercle avec un « han » sonore.

Chacun s'avança pour regarder à l'intérieur.

Le tombeau était vide.

— Bah, tout le monde est au courant que les Amazones ont emporté les ossements pour éviter qu'ils tombent aux mains de l'armée française ! laissa tomber Émile. Je voulais juste vérifier.

— Mince alors ! pesta Albert. Savez-vous quelque chose, Arthur ?

— L'*adoxo* est une tombe symbolique. L'autre, la vraie, n'est connue que de quelques initiés.

— Tout de même… Cela fait des jours que je vous parle de mon désir de voir les tombes royales !

— Excusez-moi, mais je pensais que cela vous intéressait d'un point de vue historique et non pas que vous désiriez contempler des squelettes !

— Saperlipopette, je suis criminaliste, les cadavres m'intéressent plus que les vivants ! C'est incroyable comme personne ne comprend rien à ma mission ! Bon, je suppose que Gumma doit savoir où se trouvent les vraies sépultures.

— Elle ne vous l'apprendra jamais, jeta Gando en se redressant de toute sa taille. Ce n'est pas une esclave !

— Qu'est-ce que vous avez contre les esclaves ? demanda Delany. Vous croyez qu'ils ont eu le choix de leur servilité ?

— Un vrai guerrier meurt, mais ne se rend pas.

— Et les femmes ? Et les enfants ? Oh ! et puis que voulez-vous que ça me fasse ! Vos vieux tyrans tombés en poussière !

Il ressortit avec brusquerie.

— Cet homme ne sait plus où se trouve son *hennu,* son clan, marmonna Gando.

— Comme vous, lui renvoya Louis. À cheval entre deux mondes.

— Moi, j'ai choisi, répliqua Gando. Je ne retournerai pas en Europe. C'est un leurre. Mon destin est ici.

— À ce propos, vous avez pu trouver les remèdes pour votre mère ?

La question, posée à brûle-pourpoint, venait de Camille.

— Je veux dire, reprit-elle, que si vous avez décidé de vivre au sein de votre *akota*, vous avez de lourdes responsabilités.

— Qui vous a appris ce terme ?

— Figdabé.

Gando soupira :

— À vrai dire, j'aimerais moi aussi retrouver les dépouilles royales. Elles sont inhumées avec de puissantes amulettes et le séjour dans l'autre monde en renforce les pouvoirs. La magie terrestre est trop faible.

— Vous croyez à ces sornettes ? ne put s'empêcher de lancer Émile. Un zigue éduqué comme vous !

— N'est-ce pas une médaille de saint Christophe que je vois pendre à votre cou ? Et n'êtes-vous pas tatoué comme n'importe quel guerrier dahoméen ? répliqua Arthur.

Albert haussa ses frêles épaules :

— Faut-il toujours en revenir à ce manichéisme fratricide : Blanc ou Noir, Africain ou Européen, croyant ou idolâtre !

— Colonisateur ou vaincu ! jeta Gando en sortant à son tour.

— Délicieuse ambiance, commenta Louis, donnant un tour de manivelle, éclairé par Émile. Pas de crânes, pas de trésor, pas de passage secret… Une pauvre petite chambre pleine d'un fatras de brocanteur, c'est sûr que ça ne va pas faire courir les Champs-Élysées !

— Nous ne sommes pas là pour tourner une réclame ! Nous allons rapporter un témoignage ethnographique.

— Regardez, la récade royale !

Émile désignait l'élégant bâton à message orné d'un lion argenté. Il reposait sur un haut tabouret recouvert d'un tissu rayé aux couleurs bleue et verte à présent fanées.

Louis s'approcha pour filmer.

Juste à côté, un petit autel portatif contenait ce qui ressemblait à des fragments de papier. Les Dahoméens n'écrivaient pas. Abandonnant l'appareil posé sur son trépied, il en saisit un.

— Ça alors ! C'est de l'anglais !

Albert se précipita.

— On dirait qu'on a essayé de brûler une lettre. Il reste des paragraphes entiers. Laissez-moi lire : « Comme Dieu créa aussi bien les Blancs que les Noirs et assigna aux gouvernements européens de régner sur les Européens, de même, moi, le roi du Dahomey, je dois régner sur la côte occidentale de l'Afrique. » Et là, encore : « … spécialement les Français, quand ils arrivent chez moi sur la côte de l'Afrique, en général, ils pillent… » Et ceci : « Vous êtes un empereur puissant et respectable en Europe, de même je suis un roi puissant et respectable… » C'est daté du 16 janvier 1892.

— Ce n'est donc pas Glélé qui a pu l'écrire, fit observer Louis. Ce ne peut être que Béhanzin, c'est lui qui régnait.

— Il écrit à un empereur européen. Y en a qu'un, celui des Alboches ! lança Émile.

— Guillaume II ? Mais pourquoi lui écrire en anglais ?

— Parce que la personne qui a rédigé la lettre ne parlait pas allemand. Sans doute un commensal de Béhanzin sommé de lui rendre service, suggéra Louis.

— Et pourquoi être venu la brûler en ces lieux ?

— Pour que le vieux roi soit au courant de ce que faisait son successeur ! lança Émile. Il y a autre chose là-dedans, ajouta-t-il en farfouillant dans les cendres.

Il en retira un morceau de pierre noircie sur laquelle il souffla.

— *Ochoumaré !* s'écria Louis. La pierre bleue venue de l'espace !

— Vous avez lu vous aussi ce machinchose Wells, grommela Émile. Celui qui voit des Martiens partout.

— Éclat de silicate détaché d'une météorite se fragmentant en percutant la Terre, déclara Albert. Ce n'est pas une invention d'écrivain. Ces pierres sont rares et ont une grande valeur dans le royaume. Nous avons à présent deux liens entre les victimes : la forêt de Ko et l'*ochoumaré*.

— Sauf en ce qui concerne Simone Francetti, fit observer Émile. Elle détonne dans la parade.

— Je me suis souvenu à quoi me faisait penser ses mutilations, dit soudain Albert d'un air grave.

Réunis dans cette pièce sombre et silencieuse, hors du temps, les quatre amis s'étaient rapprochés et chuchotaient.

— À quoi donc ? demanda Camille.

— 1888. Il y a dix ans. Les meurtres du Ripper à Londres.

— Nom d'un vieux fût de canon ! rugit Émile. Vous rigolez ?

— J'ai l'air ? La série de meurtres de prostituées s'est brusquement interrompue et son auteur n'a jamais été arrêté.

— Simone Francetti n'était pas une… protesta Camille.

— Bof, dit Louis, on n'en est pas loin.

— Ce serait quand même surprenant que l'Éventreur ait été africain ! lança Camille. Un gentleman noir à Londres se serait vite fait repérer.

— La présence africaine est forte dans cette ville, répliqua Albert.

— Chez les domestiques et les bateleurs ! fit valoir Louis. Camille n'a pas tort. Les Africains riches ne sont pas légion.

— Qui vous dit que l'Éventreur était un gentleman ?

— Tous les témoignages !

— Bah ! Pour ce qu'ils ont servi !

— Et les principaux suspects étaient blancs : un boucher juif et un aliéné russe ! continua Louis. Aucun témoin n'a jamais mentionné un homme de couleur !

— Ils n'ont rien mentionné du tout, sinon une cape ou un chapeau, entrevus dans l'ombre ! Si quelqu'un avait vu le visage du tueur, on en aurait une description, ce qui n'est pas le cas !

— D'accord ! L'Éventreur est africain, il est revenu sur sa terre natale et, comme il est un peu désœuvré, il se met à tuer d'anciens camarades de la forêt de Ko, persifla Louis.

— Et il téléphone aux habitants de Mars pour qu'ils lui apportent des pierres bleues avec leurs aéronefs, renchérit Émile.

— Vous êtes stupides !

Albert se tut. Kerry, Wilkes et Daumas venaient d'entrer, parlant et riant fort, escortés par leur guide. Les deux groupes se jaugèrent puis le guide vit que le couvercle du lit funèbre avait été ôté et se mit à glapir ce qui ressemblait fort à des insultes. Albert, ne sachant quoi faire, lui tendit une poignée de billets et l'homme se calma, non sans leur indiquer du bras de déguerpir. En vain.

Encore un individu conquis par l'idéologie des colonisateurs, se dit Louis. L'avancée de la civilisation n'était que le triomphe d'un système fondé sur l'utilisation et la vénération de l'argent. Les fétiches seraient-ils bientôt relégués dans les musées ou fondus pour leur poids de ferraille ?

Albert informa Kerry et Wilkes que le corps du roi ne reposait pas là.

Wilkes le regarda, l'œil aussi vif qu'un poisson mort, et Kerry haussa ses anguleuses épaules :

— Ça n'est pas grave. Les restes humains n'ont pas grande valeur sur le marché, hormis les momies ou les têtes réduites jivaros, bref ce qui est un peu spectaculaire. Dommage que ces Dahoméens ne se soient pas fait embaumer. Voyons un peu ces objets… ajouta-t-il en s'approchant des offrandes.

— Pas toucher ! cria le guide. Sacré !

— Bien sûr, cher ami, bien sûr. Je suis étonné que les gars de votre général Dodds n'aient pas fait main basse sur ce qui se trouve dans ce caveau, reprit-il à l'intention d'Albert.

— Sacré ! répéta l'homme.

— Sans doute n'était-ce pas assez pittoresque, continua Kerry avec son petit sourire en coin. Je sais qu'il a fait emporter en France les deux grandes portes qui fermaient le mausolée. Ce n'est donc pas le sacré qui l'a retenu. Nous avons pu aussi admirer dans votre musée d'ethnographie du Trocadéro les satues royales polychromes grandeur nature ainsi que l'étrange statue de fer d'un dieu de la Guerre.

Albert opina avec impatience. Lui aussi avait contemplé la statue à tête de requin qui représentait Béhanzin, celle à tête de lion dite de Glélé et celle anthropomorphe censée représenter Guézo. Quant à la statue en fer, haute comme lui, elle était vraiment étrange. On aurait dit un arrosoir pourvu d'une tête et de deux jambes filiformes. Une de ses connaissances, Maurice Delafosse, lui avait montré qu'elle était composée d'éléments métalliques de diverses origines : ancres de marine, blindage de navire, abri de canon, boulons européens, hameçon, clochettes… De ce fait, on l'avait assimilé au symbole guerrier du dieu Ebo.

— Or, continuait Kerry avec son accent snob, je me suis renseigné. Les statues résidaient habituellement dans l'*adanjeho* du roi, la case de la bravoure où il se recueillait avec ses soldats avant de partir livrer bataille. Elles étaient censées parler au roi dans une langue secrète et l'accompagnaient à la guerre. Et pendant les Coutumes, on les promenait sur des chariots à travers la foule.

— Comme les statues de saints dans nos processions, fit remarquer Louis

— Exactement. Ce qui confirme qu'elles avaient donc une valeur religieuse, ce dont vos militaires n'avaient rien à faire ! Je vais vous dire, moi, pourquoi ils ont laissé ici tout ce bazar : parce qu'à des yeux européens il n'a aucun intérêt, voilà tout. Une vieille paire de sandales ? Un bicorne décousu ? Pourquoi pas un pot de chambre tant qu'on y est !

Louis trouvait le persiflage de Kerry exaspérant. Même s'il avait raison, on sentait chez lui le plaisir d'être cynique. Il lui rappelait certains collègues, jamais aussi heureux que lorsque les choses allaient mal. La jubilation des oiseaux de malheur, se dit-il.

— On remonte ? lança Wilkes, tout aussi indifférent. Ça pue le renfermé là-dedans.

Celui-là non plus n'était pas des plus sympathiques, avec sa tête de croque-mort.

Il se tourna vers Daumas qui soupesait du regard les différentes pièces posées par terre et acquiesçait : ça ne valait pas grand-chose. Émile se tenait devant l'autel portatif que sa corpulence masquait. Tout le monde ressortit à la queue leu leu, les fragments de lettre bien à l'abri dans l'une des vastes poches d'Albert.

Louis en profita pour se rapprocher de Daumas afin de lui parler d'homme à homme.

— Dites-moi, mon vieux, vous connaissiez bien les Francetti ?

— Oh… comme ci comme ça…

— Tss tss ! J'ai bien vu comme Simone vous regardait l'autre soir. Vous lui aviez tapé dans l'œil !

Daumas se rengorga, réajusta son casque et toussota.

— C'est que nous avions le même âge et je lui rapportais les dernières revues à la mode, avec les tout nouveaux modèles de patrons. Elle était très coquette, la pauvre fille.

— Salement accrochée au laudanum aussi, souffla Louis. Et je ne suis pas sûr qu'elle crachait sur l'opium, pour autant qu'on en trouve par ici.

— Les natifs mâchent du kât, que leur refilent les marchands arabes. C'est puissant !

— Et donc… Simone et vous… ça marchait bien ?

— Comme de bons amis.

— Elle vous a filé la chaude-pisse en toute amitié ?

Daumas faillit s'étrangler à l'ombre de l'auvent.

— Comment savez-vous que…

— Féclas est médecin, je vous le rappelle.

— Nom de Dieu, moi qui pensais avoir attrapé ça à Cotonou ! Vous êtes sûr que…

— Certain. Elle ne vous a rien dit ?

— Nous n'en avons pas parlé ! En tout cas, ce n'est pas moi qui… La dernière fois que… je n'étais pas…

— Compris ! Quelqu'un était-il au courant de votre liaison ? reprit Louis. À part le sous-secrétaire ?

Daumas blêmit :

— Il sait ?

— C'est lui qui m'en a parlé. Et s'il s'en est rendu compte, Francetti a pu s'en apercevoir aussi.

— Non ! Impossible ! Nous étions discrets !

— Dans ce cas, comment le sous-secrétaire l'a t-il su ?

— C'est une vraie langue de… Il passe son temps à potiner comme une vieille bigote ! Il a dû nous espionner.

— Quoi qu'il en soit, pensez-vous que, si Francetti était au courant, il ait pu en vouloir à son épouse au point de…

— Non ! C'est absurde ! Et puis même, il est armé, comme nous tous. Pourquoi aller la décapiter au lieu de lui tirer dessus ?

— C'est ce que je me suis dit. Mais peut-être voulait-il déguiser son crime ?

— Ce n'est pas un calculateur ! Il est brave, comme on dit chez moi. C'est même pour ça que Simone s'ennuyait à mourir.

— C'est le cas de le dire !

— Daumas ! lança Kerry. On nous attend chez le Méhou.

— Ne me dites pas que vous allez lui fourguer vos cochonneries ? ricana Louis.

— Bien sûr que si ! Il collectionne les décorations militaires et les soldats de plomb. Et les Anglais espèrent faire main basse sur quelques sculptures en bois pas piquées des vers.

Il s'éloigna non sans avoir demandé à Louis de surtout ne rien dire à personne, ce que celui-ci promit de bonne grâce : tout le monde était déjà au courant, sauf le cocu peut-être.

Le messager des Ombres longeait les murs d'enceinte en songeant à leur splendeur d'avant la guerre. Le symbole de la puissance, de la dynastie n'était plus qu'éboulis. Maudits Français, stupides nobles ! Le Dahomey ne se relèverait pas de sa honte sous le règne d'Ago-Li-Agbo, souverain fantoche ! Il fallait un vrai roi, capable de fédérer la révolte. Il avait choisi les meilleurs messagers. Un initié de Ko pour chaque roi défunt. Un porteur d'*ochoumaré*, un porteur d'étoile. Douze rois, douze messagers. Le treizième roi serait bientôt révélé. La constellation de la Panthère prendrait sa juste place au firmament, au milieu des Mondes et des Anges. Alors tout pourrait s'accomplir. La foudre abattrait Ago-Li-Agbo, l'eau noierait les campements étrangers, la terre s'ouvrirait sous les pas des intrus et le Dan-Homè rejaillirait de ses cendres, guidé par l'homme de demain.

Il se retourna pour observer discrètement les silhouettes éparses qui déambulaient à travers les palais ruinés et les terrains en friche.

Lequel d'entre eux avait donc assassiné Simone Francetti en essayant de se faire passer pour lui ?

Et pourquoi ?

Le Voyageur n'était pas inquiet. Même si Albert Féclas venait à soupçonner quelque chose, il ne pourrait jamais rien prouver. Tout était différent ici. Ce n'était pas tant la nouveauté des sons, des couleurs ou des odeurs. On avait l'impression d'évoluer dans un labyrinthe de miroirs déformants où les usages les plus familiers se présentaient distordus et de ce fait étranges. Les palais étaient d'argile et de chaume. Les femmes à demi nues. Les enterrements réclamaient des chants et des danses. Et Dieu se dissimulait dans chaque brindille.

Seule la mort restait la même. La composition interne du corps humain était identique sous tous les gouvernements et toutes les latitudes. Ainsi, le Voyageur avait beau voyager, au moment de tuer il n'était jamais dépaysé.

CHAPITRE XV

Camille se pencha par-dessus l'épaule de Louis, courbé sur son calepin.

— Oh là là, mon petit tsar, tu traces des diagrammes ? Tu te lances dans la criminologie scientifique ? Tu veux que je t'offre une règle à calcul ?

— Tu sais qu'ici les femmes ne parlent que lorsque leur époux les y autorise ?

— Tu t'ennuierais à mourir sans mon doux pépiement à tes oreilles. Voyons donc… « Daumas », une flèche vers « Simone Francetti ». Ajoute donc un cœur. Ah ! « Coleman », deux flèches, une vers « Paris », une vers « Londres », ça se corse. Tyler, pas de flèches, une mention : « Trop jeune ». Delany, un tas de points d'interrogation et une question : « Tatouages ? ». « Wilkes et Kerry » entourés et soulignés, flèches vers Paris et Londres. Et voici un très joli croquis du repas pris sous la tente, un autre des palais… M. Monet peut dormir tranquille. Et le résultat ?

— N'importe qui a pu commettre ces crimes.

— Certes, mon choupinet, mais pourquoi serait-ce l'un d'entre nous ?

— Parce que ça a commencé ici, que ça s'est poursuivi à Paris et que ça a recommencé ici ! Et qu'il y a cette nouvelle lubie d'Albert de remonter aux meurtres du Ripper.

— Tu viens de dire quelque chose d'intéressant. « Ça a commencé ici. » Sodjebedji a tué Alougbine. Puis quelqu'un a tué Olakonitan et Bidossessi, mais ça ne peut pas être Sodjebedji qui n'est pas venu en France.

— Ils sont deux évidemment ! Deux conjurés.

— Ah ! On tape dans le complot, à présent. Vas-y, éclaire-moi, mon tsarévitch.

— Le Liberia ! s'écria Louis sans répondre directement et tout en griffonnant « Coleman », une flèche vers « Liberia », une autre vers « Indépendance Dahomey », une dernière vers « Origines ».

— Dois-je comprendre que nous en sommes à présent à suspecter Me Coleman de fomenter une révolte antifrançaise afin de créer un État noir indépendant comme le Liberia, État que George Washington Coleman dirigerait sans doute en despote éclairé ? continua Camille en faisant la moue.

— Vérifie s'il était à Londres il y a dix ans !

— Oui, tsar adoré ! J'y cours de ce pas ! Mais peux-tu me dire pourquoi la préparation d'une insurrection antifrançaise nécessiterait des décapitations en série ?

— Pour s'attirer les bonnes grâces des souverains défunts. Coleman, de même que Tyler et Delany, est certainement originaire de cette région d'Afrique.

— Comme des millions d'autres déportés. Le Dahomey et le golfe de Guinée ont fourni le gros du contingent de la traite.

— Et ont répandu le vaudou aux États-Unis. Vaudou. Coleman. Liberia. C'est là qu'il se rend, c'est un fait, conclut Louis en tapotant le mot de la pointe de son crayon.

— Monsieur le reporter, pouvez-vous nous expliquer comment vous reliez les meurtres du Ripper à l'actuelle série d'homicides, que vous définissez vous-même comme politique ou religieuse ? demanda Camille, faussement sérieuse. Massacrer des prostituées, est-ce vraiment une manière d'honorer les fétiches ?

— Le piapia de la pie n'atteint pas le noble lion !

— Une dernière question : pourquoi Me Coleman se serait-il débarrassé de son complice Sodjebedji et surtout où et quand l'aurait-il rencontré ?

— File !

Avant même qu'elle se soit éloignée, Louis recommençait à gribouiller dans son carnet. Ça commençait à bien faire, cette histoire. On n'allait pas assister impuissants à la mise à mort d'encore au moins quatre pauvres types.

Ochoumaré. La pierre de l'espace. Un aéronef avait-il pu se poser ici et… Non ! Ne pas se laisser entraîner sur la voie des divagations. Rester aux pieds de la Raison, tel un chien savant discipliné.

Et Delany ? Que savait-on de ses croyances ? En fouillant ses bagages, trouverait-on un éclat bleuté ? Louis savait que les esclaves américains n'avaient pas eu le droit de pratiquer leurs rites ni de posséder d'instruments de musique. Il avait également lu que la plupart avaient dû abandonner les noms traditionnels au profit des noms imposés par les maîtres. Une fois l'esclavage aboli s'était posée la question des noms de famille de cette population.

Contrairement aux Antilles françaises où les officiers d'état civil avaient attribué d'autorité des patronymes aux anciens esclaves, ceux des États-Unis avaient pu choisir librement le leur. Ils avaient opté de préférence pour des prénoms et des patronymes appartenant à la culture anglo-saxonne : Bible, politique, société. Il y avait nombre de Moïse ou de Washington, comme Coleman. Mais comment ne pas croire que nombreux avaient dû continuer à pratiquer leur religion en cachette ? Et garder des noms secrets ?

Il se rappela que Tyler lui avait d'ailleurs raconté quelques anecdotes amusantes sur la manière de nommer les enfants, qui n'était pas sans rappeler le système en vigueur chez les Fons. Jeux de mots, éléments de proverbe, etc. Ainsi, la sœur aînée de Tyler, Vick, tenait son prénom de la phrase de la Bible : « *O Grave, where is thy Victory ?* » La cadette, elle, s'appelait Miss. Tout simplement pour obliger les Blancs qui s'adressaient à elle à lui témoigner du respect.

On ne pouvait pas savoir si James T. L. Delany avait arboré des tatouages tribaux, témoins de son allégeance aux antiques croyances, puisqu'il était défiguré. Mais quelle aurait été sa motivation ? se demanda de nouveau Louis. Ressusciter les rituels de ses ancêtres ?

En fin de compte, les raisons avancées par les Américains pour se trouver sur le bateau étaient-elles les vraies ?

Il ratura furieusement une flèche, traça deux lignes droites et un carré, barra deux mots, en souligna trois autres.

Et les Anglais ? N'étaient-ils pas de meilleurs candidats aux meurtres du Ripper ? Oui, mais comment les relier aux décapitations des indigènes ? Quels seraient leurs mobiles ?

Wilkes ou Kerry avaient-ils la force nécessaire pour trancher net un cou musclé ?

Gumma !

L'Amazone avait une force prodigieuse. Elle savait combattre, tuer, dépecer. Elle était fidèle à la dynastie renversée. Mais pourquoi assassiner des camarades de combat ? Des initiés ?

À moins que ce ne fût un honneur pour eux d'être sacrifiés ? Après tout, rien n'indiquait qu'ils se fussent débattus ou eussent tenté de fuir.

Il froissa la dernière page avec colère, en fit une boule qu'il enfonça dans sa poche.

Gumma. Loyale. Obstinée. Puissante.

L'Amazone avait tout perdu avec la défaite. L'honneur, le commandement, son souverain, ses perspectives d'avenir. Elle n'était plus qu'une pauvre femme de couleur dans un monde à présent dominé par les colons blancs. Il ne lui restait que sa fierté et sa soif de vengeance.

Une excellente candidate au titre de décapiteur en chef. Mais sans aucun rapport avec Jack the Ripper. Bon, peut-être qu'Albert avait trop forcé sur les coïncidences. Mais pourquoi Gumma aurait-elle assassiné Simone Francetti ? Une vendetta personnelle contre le secrétaire général ? Un avertissement à l'encontre de l'administration ?

La pensée qui avait précédé le meurtre de Simone Francetti était différente de celle qui avait inspiré les autres décapitations. C'était une certitude.

Il ressortit son bout de papier froissé, le déplia, ajouta « Gumma », puis « rois défunts ».

Une idée le frappa soudain. Qui avait brûlé la lettre de Béhanzin sur l'autel portatif ? Gumma ne savait pas écrire. D'ailleurs le Dahomey ne connaissait pas l'écriture. Il s'agissait donc de quelqu'un qui soit avait participé à la rédaction de la missive, soit était capable de la déchiffrer.

Mais non, il s'égarait encore. Il suffisait que Gumma ait su l'importance de ce courrier pour qu'elle veuille l'incinérer près de Glélé. Pas besoin de savoir déchiffrer des signes pour saisir l'importance d'un symbole.

Mille bombes, tout cela commençait à lui taper sur le système ! Il fourragea dans son épaisse chevelure blonde, et tous ses épis se dressèrent. Incapable de tenir en place, il déambulait parmi les caisses, les malles, les tentes et les cases. Tiens, pendant que Camille tirait les vers du nez à Coleman, pourquoi ne pas fouiller les habitations à la recherche d'indices ?

Après s'être assuré que personne ne lui prêtait attention, il se faufila chez les Américains. Tout était à sa place, le sol balayé, les quelques objets rangés. Près du premier lit, un costume sous sa housse était suspendu à une traverse du plafond. Une malle renfermait deux autres costumes semblables, des chaussettes en fil d'Écosse, une trousse de toilette, un manuel de droit constitutionnel, des dossiers cartonnés concernant l'économie du Liberia et son organisation politique. Il s'approcha de la couchette suivante, ouvrit une valise défraîchie : elle ne contenait que les chemises de rechange de Delany, ses sous-vêtements et ses décorations militaires. À côté du lit de Tyler – son casque colonial était posé sur le drap –, un carton avec des gants de boxe, des bandes de crêpe, un short bleu, un calibre 38 et des tricots de corps.

Il ressortit et fila dans la case que partageaient Daumas et les Anglais. Ces messieurs du commerce avaient entassé un tas de bric-à-brac dans leur sombre logis. Sous la première couchette, il trouva pêle-mêle des cartes postales de Provence, un pichet vide, des guêtres, un jeu de boules, un tas de lettres entourées d'un ruban, les lettres de la chère maman de Daumas. Et le portrait d'une mulâtresse en robe de taffetas qui souriait à l'objectif. Sa bonne amie de Cotonou, d'après l'adresse au verso. Déterminer où dormait Wilkes et où dormait Kerry était plus compliqué. Les draps étaient tirés, les moustiquaires en place. Il se baissa pour regarder au-dessous, tira un carton à lui. Des bottes éculées, il ne se souvenait plus à qui elles appartenaient, un faux-col, un plastron, la photographie d'une femme blonde à l'air éméché. Elle tenait un châle contre sa poitrine et louchait, son chignon à demi défait. Une femme pauvre, se dit Louis. Il lui manquait deux dents et son visage était grêlé par la variole. D'autres clichés, des femmes encore, dans des ruelles misérables d'un quartier ouvrier. Impossible de deviner qui était le photographe amateur : il n'avait encore vu ni Wilkes ni Kerry avec un appareil à la main.

Il remit tout à sa place et plongea sous le dernier lit. Un mille-pattes détala et il jura en silence. La bestiole était aussi longue que son avant-bras et presque aussi musclée ! Avec précaution, il ouvrit une valise enveloppée de papier huilé. Pas d'insectes, juste des vêtements propres, et un coffret en métal. Fermé à clé. Le coffret ressemblait à ceux dans lesquels les bouquinistes proposaient des cartes postales, mais qui irait verrouiller une collection de cartes postales ? À moins qu'il ne s'agît de vues plus osées, de ces tirages confidentiels qu'on proposait sous le manteau. Impossible de le savoir à moins de fracturer l'objet, ce qui serait malvenu. Une deuxième boîte, en aluminium, cylindrique, portait une simple mention : « Papier émulsionné Eastman ». Kerry ou Wilkes s'intéressait donc à la cinématographie. Mais la technique était ancienne. On utilisait à présent du Celluloïd. Il se rappela leur enquête à Londres, sur les traces de Louis Augustin Leprince, le prédécesseur des frères Lumière.

C'était à la fois si loin et si proche. Quelques années à peine. Un monde sans films ! Sans actualités, sans fantasmagories de Méliès, sans salles de projection, sans discussions ni controverses autour des effets et des conséquences de l'invention. Certes, l'usage de l'appareil restait relativement restreint, mais tout de même, les foules se déplaçaient pour rire des mésaventures de Bébé ou contempler le tsar menant la parade. Le monde entier s'invitait dans les théâtres cinématographiques, danseuses de flamenco, derviches tourneurs, pyramides d'Égypte.... Albert avait raison, il fallait rapporter des images de cette partie de l'Afrique.

Du bruit. Il referma tout, sauta sur ses pieds et se dirigea vers l'extérieur avec assurance. Daumas, debout dans la courette, le dévisagea, surpris.

— Ah, vous êtes là ! lança Louis, je vous cherchais. Auriez-vous par hasard de la pellicule dans votre caverne d'Ali Baba ?

— Non pas du tout. Vous êtes à court ?

— Pas encore, mais j'aurais bien aimé avoir plus de marge. Les Anglais n'ont pas de Cinématographe ?

— Je ne crois pas, sinon on l'aurait déjà vu. Voulez-vous écouter un cylindre de chants rituels que j'ai enregistrés au palais ?

— Heu, tout à l'heure, merci.

— Je ne crois pas que ce soit vendable à Paris, mais il y a toujours des amateurs d'exotisme.

Louis hocha la tête et s'éloigna pendant que le fracas des tam-tams et la psalmodie des danseurs s'élevaient derrière lui dans le nasillement du phonographe.

Camille venait à sa rencontre, en sueur sous sa voilette. Il chassa galamment une mouche de sa capeline et ils s'assirent sur deux tabourets massifs après en avoir délogé quelques chenilles poilues.

— J'ai vu Me Coleman, annonça-t-elle. File-moi donc une cibiche.

— Tu te fais payer, maintenant ?

— La fumée éloigne les moustiques. J'en ai ma claque de leur servir d'abreuvoir. Bon, tu vas être content ! Coleman s'est rendu à Londres deux fois pour des conventions de juristes. La première en 1880 et la seconde en 1888. Tu ne sautes pas en l'air en criant : « Je le savais ! » ?

— 1888 ! Je le savais !

— Il est resté là-bas tout l'été car sa femme l'accompagnait et ils en ont profité pour faire du tourisme. Ils ont même été reçus par la reine.

— Tu te rends compte de ce que ça implique ?

— D'être reçue par la reine ? Des heures d'entraînement à la révérence.

— C'est notre seul lien entre tous ces événements. Un Afro-Américain. Qui était à Londres lors des meurtres du Ripper. Qui a visité le village dahoméen de Gantois à Paris. Et qui se trouve à présent au Dahomey. Il a pu commettre tous les meurtres !

— Sauf celui d'Alougbine.

— Pourquoi faites-vous des messes basses ? demanda Albert en surgissant derrière la palissade.

Un doigt sur la bouche, Louis lui fit signe d'approcher et le mit au courant.

— N'importe quoi ! s'exclama le jeune médecin.

— Je vous parle de faits, pas de suppositions.

— De coïncidences. Très franchement, vous voyez Coleman sacrifier aux fétiches ?

— Les trois quarts des Français croient bien que l'hostie est le corps du Christ !

— Ce n'est pas la même chose !

Ils s'affrontèrent du regard en silence, puis Albert reprit :

— Vous n'êtes qu'un idiot d'anarchiste athée.

— Merci, c'est un compliment.

— Je vais vous dire ce qui pèche dans votre théorie, c'est que Coleman n'a pas la carrure nécessaire pour décapiter qui que ce soit d'un seul coup ! Et ça, c'est un fait ! J'en témoignerais devant n'importe quel tribunal !

— Il se fait aider par Delany.

— Ben voyons !

— Tiens, d'ailleurs, que signifie T. L. ?

— T. L. ? répéta Albert.

— James T. L. Delany.

— Tueur Loufoque, ricana Camille.

— Ne fais pas ta Mistinguett ! lui renvoya Louis, de mauvaise humeur.

— The Last, dit une voix juvénile.

Tyler les regardait, une cigarette à la bouche.

— The last quoi ?

— The Last. Cela signifie que sa mère espérait qu'il serait le dernier enfant qu'elle devrait mettre au monde. Pourquoi parlez-vous du caporal ?

— Pour rien, comme ça.

— Vous mentez mal. Remarquez, je m'en fous. J'ai décidé de signer demain mon engagement dans la Légion.

— Quel dommage ! ne put s'empêcher de s'exclamer Camille. Vous avez une si belle carrière de boxeur devant vous.

— Je suis poids lourd, Miss, et les Noirs n'ont pas le droit de combattre contre les Blancs dans cette catégorie ! Je ne serai jamais que le champion d'une moitié du monde.[1]

— Mais ça va changer, tout va changer, demain c'est le XXe siècle, Tom !

— Peut-être, et peut-être que ce sera pire.

— Vous allez vous retrouver mêlé à des guerres de conquêtes et vous le regretterez, comme Delany !

1. Le premier Noir américain à pouvoir affronter un Blanc pour le titre officiel sera Jack Johnson qui deviendra champion du monde des poids lourds en 1908, à Sydney, Australie.

— C'est gentil de vous inquiéter de mon sort.
— Réfléchissez encore, promettez-le-moi !
— Tom Freeman Tyler vous le promet. Je vais retrouver Figdabé, je lui donne quelques leçons, crochets, uppercuts, jabs… il est doué, le môme ! Je le verrais bien sur un ring, « le Kid d'Abomey ».

Il s'éloigna de sa démarche souple et dansante et Louis en ressentit un certain soulagement. Il fallait bien l'avouer : tout sympathique que fût Tyler, il était toujours ravi de le voir ficher le camp lorsque Camille était dans les parages. Et le pire était qu'il ne doutait pas du jeune boxeur, mais d'elle ! Elle le trouvait séduisant, il en était certain ! Il se força à ramener son attention sur la discussion en cours.

Camille lui sourit. Quel idiot ! Elle aimait bien Tyler, mais comme une grande sœur, soucieuse de le voir faire les meilleurs choix. Il était trop jeune pour elle, trop chien fou. De son côté, elle regrettait une fois de plus l'absence de Proust. Son intelligence si vive et l'opiniâtreté qu'il mettait à disséquer une soirée ou une conversation dans ses moindres détails, l'objectivité de ses jugements soigneusement soupesés. Un garçon qui répétait souvent que l'homme ne connaît les autres qu'en soi et ment en disant le contraire, celui qui affirmait que « les liens entre un être et nous n'existent que dans notre pensée » faisait preuve de la froideur d'analyse nécessaire à l'enquête policière. Oui, se dit-elle, Marcel aurait fait un excellent détective. Tatillon, observateur et n'ayant pas peur du cynisme. Louis s'emportait vite et débordait d'imagination, ce qu'elle aimait chez lui. Sa fougue. Louis faisait partie des bondissants, de ceux qui piaffent et caracolent et vous emportent dans le rire et la passion, tandis que Marcel pouvait incarner dès à présent un vieux et sage hibou, suivant de son regard perçant les allées et venues du petit peuple humain.

Qu'aurait pensé le hibou de ce puzzle morbide chauffé à blanc par le soleil ?

— Figdabé, dit Louis lentement.

Ils le regardèrent et Camille haussa les épaules.

— Tu ne crois tout de même pas que…

— Il était à Paris. Il connaît tous les protagonistes. Il sait d'où vient l'*ochoumaré*. Il croit aux fétiches et il est anti-Français. Et nous n'avons que sa version à propos du meurtre de Bidossessi.

— Je le crois tout à fait incapable de mentir, répliqua Albert. C'est un garçon honnête.

— Les fanatiques honnêtes peuvent être amenés à manifester de la ruse pour arriver à leurs fins.

— Oui, comme les poseurs de bombes !

— Je n'ai jamais prôné la violence.

— Qui vole un œuf tue un bœuf ! assena Émile.

— Messieurs, dit Camille, vous n'êtes plus au jardin d'enfants et je n'ai pas envie de jouer les nounous. Donc si vous voulez bien arrêter de vous chamailler… Tout à l'heure, Louis a évoqué la possibilité qu'il y ait deux meurtriers.

— Cela semble plausible, dit Albert, et expliquerait en tout cas les différences de *modus operandi*.

— Et ramènerait les soupçons sur les Anglais ou Daumas, pour ce qui est du meurtre de Simone Francetti.

— Daumas n'a pas la carrure du Ripper ! s'esclaffa Émile. Vous le voyez éventrer des tapins ? Et puis il y a dix ans, il était en culottes courtes !

Un silence se fit. Les visages ambigus de Kerry et de Wilkes semblèrent flotter au-dessus du petit groupe.

— Mille bombes, marmonna Louis. Nous tenons quelque chose. Vous imaginez si…

— Chut ! Les murs ont des oreilles !

Camille, rompue aux rouages dramaturgiques, leva le doigt :

— On peut aussi penser que le tueur a opéré différemment parce que ses motivations étaient différentes. Il assassine les Dahoméens dans un but religieux et Simone Francetti dans un but personnel. Dans le premier cas, il organise, dans le deuxième, il improvise.

— Arrête de fréquenter les auteurs dramatiques, il leur faut des rebondissements à chaque acte !

À peine avait-il prononcé ces paroles qu'un hurlement retentit.

Le messager des Ombres n'avait pas eu le choix. Il était agenouillé devant la termitière sacrée et observait les insectes blanchâtres courir sur ses avant-bras, laissant des traînées de mucus. Il s'imprégnait de leur résistance et de leur détermination. Comme chez les fourmis, chaque minuscule résident de la haute cité ocre avait une fonction précise et les soldats étaient accourus en masse à l'approche d'un intrus. Mais leurs crochets ne cherchaient pas à s'enfoncer dans sa chair. Leurs pattes minuscules traçaient des signes sur sa peau, des signes qu'il comprenait. « Dans la difficulté, il faut s'accrocher. » « Il a survécu. » Lors de certains rites, il fallait ingérer une reine termite grasse et épaisse pour acquérir force, détermination et virilité. Mais pas celle de cette termitière-ci, investie du pouvoir du *vodun*.

Il sortit de sa poche sa propre *ochoumaré* et la leva vers le ciel pour que le soleil la fasse étinceler comme l'étoile qu'elle avait été. Les anciens disaient que la grosse pierre venue du ciel était tombée et s'était brisée. Le feu avait ravagé la brousse, les hommes avaient fui. Le *vodun* des nuages avait fait pleuvoir pour arrêter le feu, la pierre divine s'était refroidie et les hommes avaient ramassé les éclats au fond du grand trou qu'elle avait creusé. Ils tenaient entre leurs mains calleuses des morceaux de l'univers. Le *vodun* du tonnerre avait fait jaillir la foudre, le *vodun* des eaux souterraines avait fait jaillir l'eau et rempli le cratère. Mais les hommes savaient plonger et respirer sous l'eau avec les roseaux. Les hommes étaient obstinés et tenaces comme les termites. Nombreux s'étaient noyés. Nombreux avaient rapporté des fragments de la pierre sacrée. Des fragments d'étoile endormie. Car, disaient les anciens, c'est parce qu'elle s'est endormie qu'elle est tombée du lit sacré du ciel et qu'elle a chuté jusque sur notre Terre.

L'*ochoumaré* était un portail qui donnait accès à l'au-delà de l'humanité. Le messager était ainsi plongé en prière, et les termites grouillaient à présent sur son corps tout entier, recouvraient son visage, bienheureuse caresse frémissante du savoir ancestral.

C'est alors qu'il avait entendu du bruit. Un infime déplacement dans les feuillages. Il n'aurait jamais dû le percevoir mais tous ses sens étaient affûtés par le jeûne et la transe. Il s'était courbé en deux, posant le front dans la poussière, et sa main s'était refermée sur la poignée de la hache sacrée plaquée contre son torse. Et quand il avait senti l'ombre voiler le soleil sur son dos, il avait fait volte-face.

Statue vivante d'insectes brandissant une lame étincelante. Il avait bondi et tranché. Et le sang avait aspergé les termites, aspergé l'homme-carapaces et dessiné un ananas dans la poussière. Et cela était juste, car Agonglo était le septième roi et son nom disait « La foudre tombe sur le palmier, mais l'ananas – *agon* – y échappe ».

— Un des porteurs a été assassiné ! lança Wilkes en surgissant, un peu décoiffé.

Ils le suivirent en courant sur près de trois cents mètres, jusqu'à une petite clairière excentrée, dissimulée derrière d'épais buissons. Des tirailleurs formaient un cercle autour d'un corps étendu à terre. Louis entrevit des jambes musclées et nues, un pagne écru souillé de rouge sombre, une sorte de vareuse en haillons.

Et un cou déchiqueté d'où s'échappait encore un filet de sang.

Les soldats marmonnaient. Louis fit signe à Camille de se hâter. Kerry surgit soudain, une badine à la main.

— *Shocking !* laissa-t-il tomber.

Le garde principal de première classe Bouvier arrivait à son tour en boutonnant son dolman, l'air furieux, deux gardes indigènes sur les talons.

Louis nota que les tirailleurs portaient leurs armes et leurs paquetages et en déduisit qu'ils revenaient de l'exercice. Sans doute étaient-ils passés là par hasard.

Une brise légère faisait onduler les feuillages. Un baobab semblait somnoler. L'air sentait la poussière et l'herbe sèche. Un curieux édifice était érigé à quelques mètres d'eux. Haut d'environ trois mètres, on aurait dit des grandes orgues en terre rouge. La mort semblait incongrue dans un tel paysage, si calme. Un oiseau s'envola en pépiant. Un singe passa de branche en branche, en poussant de petits cris, avant de se poster derrière le feuillage pour observer les humains.

Bouvier poussa les soldats et lâcha un juron en voyant le cadavre décapité.

— L'administrateur est prévenu ? demanda Albert, étonné de ne pas le voir accourir.

— Il est malade ! Il a sa fièvre, répondit Bouvier.

La fameuse fièvre. Albert et les autres étaient arrivés depuis trop peu de temps pour s'inquiéter de leur santé, mais c'était une obsession et une peur constante chez les résidents que de tomber malade. Tous subissaient à un moment ou à un autre les attaques de ce mal endémique, sans parler de ceux qui succombaient à la terrible fièvre hématurique. Les accès subis par l'administrateur expliquaient mieux son apparent désintérêt pour les meurtres.

— C'est moche de s'attaquer à un de ces pauvres diables, dit Daumas tout essoufflé, se faufilant au premier rang.

— Diablesse, rectifia Émile. J'ai l'œil !

Et de la pointe de son godillot il retourna le corps, laissant apparaître la forme d'une poitrine menue mais incontestablement féminine.

— L'Amazone ! lâcha Kerry, renonçant pour une fois à son air blasé.

— Quelle Amazone ? demanda Bouvier déjà ruisselant.

— Gumma. Elle s'était engagée comme porteur, résuma Albert. Permettez…

À genoux, il examinait le corps.

— Tranché net ! marmonna-t-il. La tête ne devrait pas être très loin. Vu les gouttelettes que nous avons par ici, on peut en déduire qu'elle a dû voler ou rouler dans cette direction et que donc…

Il s'arrêta, toujours à quatre pattes, et leva les yeux.

Il se trouvait au pied du monument ocre et prit lentement conscience qu'il avait le nez à moins de deux centimètres de milliers de *Macrotermes falciger* aussi grands que son pouce.

Et que la tête de Gumma était enfoncée dans la base de leur cité, entièrement recouverte d'isoptères affairés. Un morceau de bois terminé par une double hache argentée sortait de ce qui devait être sa bouche. Albert tendit une main précautionneuse et tira d'un coup sec, ramenant la récade à lui. Les termites cessèrent leur ballet et il eut la sensation – idiote bien sûr – qu'ils se tournaient vers lui pour examiner l'intrus. Il se releva d'un bond, brossant ses habits du plat de la main.

— Il a fourré la tête là-dedans !

Bouvier ordonna à ses gardes de la dégager, ce qu'ils firent sans émotion particulière, en hommes habitués à leur environnement. Les arthropodes faisaient partie de la pharmacopée traditionnelle : poudre de grillon, cendres d'araignée, macération de scorpion… Les termites étaient souvent utilisés par les guérisseurs et leur salive réputée pour ses vertus curatives. Certaines peuplades les mangeaient, soit lors de cérémonies, soit pour leur qualité nutritive, et Albert vit d'ailleurs un des gardes lécher sa manche et absorber quelques insectes.

Louis, surpris et par le meurtre et par la taille de la termitière, courut chercher le Cinématographe. S'il avait disposé d'un tel appareil, aurait-il abandonné son fidèle calepin ?

On chassa délicatement les bestioles avec une feuille de palme afin de dégager le visage de l'Amazone. Ses yeux grands ouverts exprimaient plus la colère que l'effroi, se dit Camille qui venait d'arriver après s'être plusieurs fois tordu les chevilles à cause de ses stupides bottines à talons. Son regard revint au corps étendu et elle vit que la main droite de Gumma était crispée sur un coutelas qu'elle n'avait sans doute pas eu le temps d'utiliser. Avait-elle voulu se battre ? Et pourquoi ici ? Au pied de cet énorme nid de simili-blattes ? Brrr, rien que l'idée qu'un soldat éventre l'édifice avec son sabre et que les bestioles se répandent par millions… Mais pas de danger, comprit-elle. Les termites étaient vénérés. Elle détailla les plumes et les os suspendus au baobab, et les écuelles d'offrande d'huile rouge et de mil déposées autour de leur impressionnante forteresse.

— À quand remonte le crime ? demanda Bouvier en se grattant la pomme d'Adam.

— Moins d'une heure, répondit Albert tout en détaillant la récade.

— Il faut déterminer où se trouvait chacun d'entre nous ! lança Louis tout en filmant l'exotique et sinistre scène du crime.

Bouvier le dévisagea, surpris.

— À quoi cela nous avancera-t-il ? Ce sont les tirailleurs qu'il faut interroger.

Albert flanqua un coup de coude à Louis qui cessa de tourner la manivelle.

— Heu… cela permettrait de savoir si quelqu'un a vu quelque chose et d'innocenter certains soldats à coup sûr.

— Ah ? Oui, pourquoi pas ? Eh bien, voyons, où étiez-vous, monsieur Denfert ?

— En compagnie de Féclas, de Germain et de Mlle De Saëns. Nous discutions. Nous avons aperçu Daumas qui écrivait à sa mère. Et Tom Tyler qui allait boxer avec Figdabé. Nous n'avons pas vu de tirailleurs. M. Wilkes est venu nous avertir de la mort d'un porteur.

— Ah ! Comment avez-vous appris la nouvelle, monsieur Wilkes ?

— J'ai entendu crier et j'ai vu un soldat qui courait vers le camp. C'est lui qui me l'a dit.

— Et où vous trouviez-vous ?

— Près des canons récupérés dans le palais de Béhanzin. J'admirais la facture de certaines pièces anciennes du Portugal.

— Je faisais ma correspondance et c'est en voyant Féclas et les autres partir en courant que j'ai compris qu'il s'était passé quelque chose ! déclara Daumas.

— En ce qui me concerne, dit Kerry de son ton traînant, je me suis promené dans la palmeraie. Je vous ai vus tous rassemblés et je me suis approché.

Louis avait du mal à imaginer Kerry en paisible promeneur. Cupide comme il était, sans doute cherchait-il des objets abandonnés pendant la retraite de Béhanzin. Épées, vareuses, sandales, objets votifs, talismans, autels portatifs…

— Où sont donc MM. Coleman et Delany ? reprit l'indolent Kerry.

— Je leur ai parlé il y a une heure environ, dit Camille, ils étaient en train de déchiffrer un vieux registre saisi sur un navire négrier arraisonné par notre marine et qui comprenait les noms des esclaves emmenés en Amérique.

— Ah oui ! Le sous-secrétaire le garde dans son bureau, acquiesça Bouvier. Il dit que c'est précieux.

— Le sous-secrétaire était avec eux, confirma Camille. Il nous a dit que M. Francetti était toujours sous le choc et se reposait dans son logement.

— Tu ne m'avais pas parlé de ce bouquin ! glissa Louis à l'oreille de la jeune femme.

— Ce n'était pas important.

— Crois-tu ? Ce pourrait être un mobile. Peut-être que les aïeux des victimes avaient fourni des prisonniers à ces pirates. Peut-être que Coleman voulait s'assurer que ses propres ancêtres venaient bien du Dahomey.

— Avec tous ces « peut-être », on mettrait Paris dans une bouteille ! ronchonna Émile qui avait écouté.

— Avec des « si », rectifia Camille.

— « Avec des si » ?

— On dit « avec des si on mettrait Paris dans une bouteille ».

— Avec des *si*, des *do*, des *mi*, ce que vous voulez, la chanson sera la même : du pipeau !

— J'ai vu Gumma se diriger par ici, lança soudain Arthur Gando.

— Quand ça ?

— Il y a peut-être une heure, une heure et demie. J'ai pensé qu'elle voulait interroger la reine *vodun*. La termitière sacrée est réputée pour ses bienfaits.

— Et vous-même, où étiez-vous ?

— Je préparais une décoction de plantes et de chair de margouillat pour ma mère souffrante. Je dois lui rapporter des remèdes prescrits par le *bokonon*.

— Donc, résuma Bouvier en suçotant son crayon, aucun de vous n'a vu ou entendu quelque chose de suspect ?

— Non, répondirent-ils quasi en chœur.

— C'est embêtant. Il ne me reste que M. Tyler… Espérons que…

— Je suis là, lança en français le jeune boxeur. Figdabé a disparu, ajouta-t-il dans la foulée.

— Disparu ? On l'a attaqué ?

Bouvier brandissait son crayon. Camille avait blêmi.

— Non, je veux dire, il est parti, il s'est enfui ! rectifia Tyler.

— Enfui ? répéta encore le garde principal, avec une lueur gourmande dans l'œil. Enfui ? Et pourquoi se serait-il enfui ?

— Que voulez-vous que j'en sache ? Nous venions de finir un round, je suis allé boire un peu de l'eau dans la gourde. Un tirailleur est passé et a dit à lui quelque chose dans l'oreille. Figdabé a ramassé ses armes et il est parti en courant comme si le diable courait derrière. J'ai essayé de le suivre, mais il avait disparu !

Louis s'écarta pour qu'il puisse voir le carnage :

— On a décapité Gumma.

Le visage de Tyler exprima la surprise la plus complète. Puis il fronça les sourcils.

— Vous pensez que… Figdabé… c'est pour ça qu'il… ce serait lui qui…

— Finis donc tes phrases, mon garçon ! cria Bouvier, excédé en vrac par les meurtres, la chaleur, l'absence de ses supérieurs, ces hommes de couleur à qui il devait s'adresser avec déférence comme si c'étaient eux les patrons…

Tyler le dévisagea.

— Je croyais toi capable de les finir tout seul, mon petit bonhomme, répliqua-t-il.

Les deux gardes indigènes arrondirent les yeux, prêts à rire sous cape devant l'insolence du boxeur. Bouvier hésita un instant, sentit qu'il ne serait pas épaulé par les personnes présentes, grommela dans sa barbe et brandit son rapport.

— Je vais interroger la patrouille qui a trouvé le corps ! Vous pouvez disposer !

— Je viens avec vous, lança Émile, j'ai l'habitude des régiments, je connais leur langage.

Ils se dirigèrent vers un petit groupe de tirailleurs assis à l'ombre d'un fromager, l'air inquiets.

— Figdabé n'a pas pu tuer Gumma ! dit Albert. C'est un non-sens.

— Dans ce cas, pourquoi s'est-il enfui ? rétorqua Wilkes. Ce gamin m'a toujours paru buté et peu serviable.

— Parce qu'il refuse de se prosterner devant le veau d'or ? répliqua Camille.

— C'est l'argent qui mène le monde, mademoiselle ! intervint Daumas. Sans lui, vous ne seriez vous aussi qu'une sauvageonne à demi nue assise sur son derrière devant son mortier !

— Qui s'en plaindrait ? fit Kerry en ricanant.

Louis tourna vers lui l'objectif de la caméra comme s'il se fût agi d'un revolver et Kerry leva les bras :

— Attention, vous avez failli m'éborgner !

— Souriez, vous êtes filmé !

Kerry cacha son visage derrière sa main.

— Pas question ! Je n'apprécie pas ce vol d'images à l'improviste.

— Les gens se battent pour se faire cinématographier !

— Eh bien, pas moi, Denfert. Je laisse ça au *vulgus pecum.* Je ne vois pas en quoi ma gracieuse personne intéressera la postérité.

— Pour ça, nous sommes d'accord, dit Louis en rangeant l'appareil dans sa valise. Qu'y a-t-il sur la récade ? demanda-t-il à voix basse à Albert qui avait essuyé le bâton.

— Un ananas et un sabre dentelé. Agonglo, le septième roi. La série continue.

Louis claqua le couvercle du Cinématographe, de fort méchante humeur.

— Par où est parti Figdabé ?

Tyler désigna les buissons :

— Droit dedans le brousse.

— Imbécile que je suis ! Gumma a été tuée de face ! lança soudain Albert. La hache a frappé à la volée de droite à gauche, maniée à deux mains comme un sabre. Son assassin devait être couvert de sang.

— Figdabé était tout à fait propre quand je l'ai rejoint, dit Tyler revenant à l'anglais.

— Il a pu se rincer dans une mare, fit observer Kerry.

— Il n'y en a pas du côté de la termitière, objecta Daumas.

— Impossible, contra Albert. Les termites ont besoin d'humidité pour se développer et faire vivre leur cité. Il y a forcément une source à proximité. Une nappe phréatique peut-être…

— Figdabé n'a pas pu s'enfoncer sous terre pour se nettoyer… fit remarquer Camille.

— Il connaît peut-être un accès à un trou d'eau.

— Mais bonsoir de bonsoir, pourquoi voulez-vous qu'il ait tué Gumma ? s'énerva la jeune femme.

— Il faut bien que quelqu'un l'ait fait et c'est le seul d'entre nous tous à s'être sauvé, rétorqua Louis.

— Justement, ça prouve qu'il est innocent. Quel coupable voudrait attirer l'attention sur lui de cette manière ?

— D'accord, mais Figdabé ne s'est pas enfui à toutes jambes uniquement parce qu'il avait un besoin pressant à satisfaire, n'est-ce pas ?

— Il avait peut-être peur que ce ne soit son tour d'y passer ! lança Camille. Au cas où tu ne l'aurais pas remarqué, il est dahoméen, il a une pierre bleue et il est de noble lignée !

— Attends un instant, dit Louis. Les autres victimes étaient-elles nobles ? Alougbine ?

— Alougbine était officier de l'armée de Béhanzin, dit Gondo. Il ne savait rien faire d'autre que la guerre. C'est un honneur chez nous.

— Sodjebedji ?

— Gumma m'a dit qu'il avait capturé et vendu des esclaves, lança Albert.

— Il était fils de chef de clan, précisa Gando.

— Bidossessi était *zangbeto*, continua Louis, et Olakonitan ?

— Un cabécère en disgrâce auprès d'Ago-Li-Agbo, dit Gando. D'où la tournée en France.

— Achébé était féticheur du Tonnerre. Soglo, prince de sang, et Gumma, Amazone. Que du beau linge ! constata Louis. Tous envoyés en mission auprès des ancêtres. Cela voudrait dire que notre tueur choisit ses proies honorables.

— Pour un émule français de Sherlock Holmes, vous pataugez un peu, non ? laissa tomber Wilkes. Trop de grenouilles au déjeuner ?

Louis ne répondit rien, il fourrageait dans ses cheveux, exaspéré par la tournure des événements.

— Il faut retrouver le gamin ! lâcha-t-il. Faisons une battue.

— Sans vouloir vous vexer, vous n'arriverez à rien, dit Gando. Figdabé est un excellent chasseur, il va se fondre dans la nature. Je vais rassembler quelques porteurs pour m'accompagner, mais j'ai moi-même peu d'espoir de le débusquer.

— Vous avez peur que nos gros sabots sonnent à ses oreilles ? demanda Tyler en français. Je suis très vif, vous savez.

— Je n'en doute pas. Mais… Figdabé vous entendra arriver à cent mètres !

Il s'éloigna pour rassembler quelques hommes. Tyler, contrarié, faisait rouler ses puissantes épaules. Puis, sans rien demander à personne, il s'éloigna au trot, décidé à suivre la piste du gamin.

— On a déjà perdu trop de temps, Figdabé a pu se rendre n'importe où ! grommela Louis. On ne le retrouvera jamais.

— Quand je pense que c'était ce petit bonhomme le meurtrier ! laissa tomber Wilkes en bâillant. Vraiment !

— Ce n'est pas encore prouvé ! riposta Camille.

Contrariée, elle alla s'installer à l'ombre du vieux parasol. La chaleur tapait, les mouches bourdonnaient, elle se sentait passablement énervée. Une lettre de Daumas traînait sur la table, l'enveloppe était ouverte, la lettre dépassait. Elle tira un peu vers elle et lut en biais : « Très chère Maman, je vais toujours très bien. Ne t'inquiète pas, je n'ai pas eu de fièvre depuis plus d'un an. Je rentrerai en France de janvier à mars et nous passerons bien du temps ensemble. Je t'embrasse bien fort, Fernand. »

La fièvre, toujours. Elle repoussa la lettre en soupirant. Coleman et Delany arrivaient au pas de course, suivis du sous-secrétaire trottinant.

— On n'a jamais vu ça ! répétait le bonhomme en s'essuyant le front et le visage. Ce doit être le climat. Ça frappe sur le ciboulot à la longue.

Delany résista à la tentation de répliquer que les champs de coton de Virginie n'étaient pas moins ensoleillés ou le delta du Mississippi moins humide.

Camille leur apprit les soupçons gravissimes qui pesaient sur Figdabé et Coleman soupira, soucieux. Il voyait déjà le garçon montant sur l'échafaud à Dakar, lieu des exécutions capitales de l'Afrique-Occidentale française. Étant américain, il n'aurait même pas le droit d'assurer sa défense. Non pas qu'il eût souhaité l'assister uniquement parce qu'il était noir. Me Coleman était d'une grande impartialité et son seul *credo* était le droit, dans toute sa rigueur et toutes ses subtilités. Et il estimait que Figdabé devrait avoir droit à un vrai procès avec de vrais magistrats, pas juste des fonctionnaires en poste dont ce n'était pas le travail.

— Si vous avez du courrier, dépêchez-vous de le cacheter, le sac postal passe dans une demi-heure, dit le sous-secrétaire en montrant la lettre.

— Heu, c'est Fernand Daumas qui écrit à sa mère…

— Eh bien, donnez, donnez, sinon le pli ratera le bateau !

Il lécha l'enveloppe et la fourra dans sa poche.

Ils rejoignirent Louis, Albert et les autres, en effervescence. Chacun y allait de son opinion, de sa théorie. Gando et le petit groupe de porteurs s'étaient éparpillés, lancés à la poursuite de Figdabé, tandis que les gardes indigènes s'y mettaient de leur côté sous la direction de leur supérieur de seconde classe. Le garde principal Bouvier rédigeait son rapport, accablé.

— Et Simone Francetti ? Que vient-elle faire là-dedans ? demanda Delany pour la énième fois.

— Rien, dit Louis, elle n'a rien à y voir, j'en suis de plus en plus persuadé. Et d'ailleurs, nous en avons la preuve ! ajouta-t-il en claquant des doigts. *Cretinum* que je suis ! La récade ! Elle comporte les attributs du septième roi. Agonglo. Or, nous avons huit cadavres ! C'est bien la preuve que Simone ne compte pas dans la série !

— Mince, fit Albert, comment n'ai-je pas pu m'en rendre compte ?

— Ramollissement cérébral dû à la chaleur ! diagnostiqua Louis, soudain ravigoté.

CHAPITRE XVI

« Comment ai-je pu passer à côté de ça ? » se dit le Voyageur. Dans l'exaltation de l'instant, il avait simplement pensé à fourrer une récade dans la bouche de sa proie. Ce petit Féclas avait tout du rat de bibliothèque accompli, mais Louis Denfert était très différent. Sa haute taille, sa stature, sa fougue… Le Voyageur avait l'impression de se voir, jeune et enthousiaste, alors qu'il commençait à exercer, prêt à mordre la vie à belles dents. À présent, c'était son fidèle scalpel qui mordait à sa place.

Comment cela avait-il commencé ? Quand avait-il compris qu'il était un enfant de la nuit, un enfant de l'Obscur ? S'il était resté avec Lady E., sa vie aurait-elle pris un tournant différent ? Mais Lady E. aimait trop l'aventure, les défis, les autres hommes… Et lui aimait déjà trop la mort. Il l'avait su quand il s'était surpris à désirer ces femmes avachies et vulgaires, souvent phtisiques, ces épaves alcooliques qui déambulaient sur les pavés. Lui qui entretenait une des plus jolies femmes de la capitale ! Ils s'étaient quittés sans pathos, sans regrets, en grands fauves tranquilles. Plus tard, on lui avait dit que Lady E. était enceinte lorsqu'ils s'étaient séparés et qu'à la naissance elle avait confié l'enfant à une famille d'accueil.

Il avait donc sans doute un descendant quelque part dans le monde. Tout ce qu'il espérait, c'était de ne lui avoir rien légué de sa part de ténèbres.

Sur ce, il était temps de mettre les voiles une fois de plus, littéralement cette fois ! Le prochain navire des Chargeurs réunis partait deux jours plus tard à destination de Bordeaux. La France… pas très drôle. Mais de là il pourrait gagner l'Europe centrale, une de ses destinations préférées. Les vieilles rues, la bruine, le rire gras des prostituées réchauffant les nuits fraîches…

Il regagna sa case pour préparer ses bagages. Ce pauvre Féclas ne se douterait jamais qu'il lui avait subtilisé son scalpel le temps d'accomplir son œuvre. Il l'avait ensuite soigneusement rincé et remis à sa place dans sa boîte gainée de velours. L'arme du crime était entre les mains des enquêteurs, mais ils ne le savaient pas. En homme délicat, il appréciait cette délicieuse ironie.

Tout en rangeant ses maigres possessions, il se demandait s'ils allaient jamais mettre la main sur le Décapiteur. « Ils ont des yeux mais ne voient pas ! » comme il était dit dans le Coran, sourate 7, verset 179. Il avait eu le temps de l'étudier quand il s'était réfugié à Tanger. Il caressa la boîte qui contenait son portrait. Le seul portrait de lui qui existât. Du moins taché du sang d'une de ses victimes. Et en mouvement qui plus est. Satanées vues animées.

Il quitta le camp sans se faire remarquer, un gros sac à l'épaule, et se dirigea vers le marché grouillant de monde pour recruter des hamacaires. Direction l'Ouémé, une pirogue, Porto-Novo. Nouvelle vie, nouveaux sacrifices. *Adios* Dahomey, *ciao* la compagnie ! *Odàbo !* Au revoir !

Il traversa les vastes étendues des palais en ruine, longea celui de Glélé. Les bas-reliefs s'effritaient sous le soleil de plomb et bientôt la pluie les attaquerait. Tout le passé d'un peuple se déliterait, argile informe, « car tu es poussière et tu redeviendras poussière », Genèse, 3, 19. Vingt dieux, qu'avait-il avec les citations religieuses ? Foin de tout ce fatras superstitieux, comme aurait dit Denfert. En route !

Une silhouette agenouillée près d'une des sculptures attira son attention. C'était lui ! L'Autre ! Le Décapiteur. Il semblait plongé dans une profonde réflexion. Ses doigts malaxaient la terre friable, son front était maculé de poussière. Il se releva soudain et se dirigea vers la case de bravoure. Le Voyageur se faufila derrière un pan de mur de brique et attendit quelques instants, le temps que l'autre fasse ses dévotions sans doute. L'herbe jaunie crissa. Le Décapiteur ressortait du temple. Il serrait contre son cœur ce qui ressemblait à une photographie. Était-ce une offrande faite à Glélé ? Ou un objet que le Décapiteur avait caché là ?

Le Voyageur n'avait pas le temps de suivre son homologue. Leurs destins divergeaient à cette seconde précise. Il regarda s'éloigner l'Ombre qui tenait contre son flanc un objet étincelant. La hache. La hache sacrée.

Drôle de pays, drôles de mœurs, se dit-il en changeant son sac d'épaule.

Me George Washington Coleman avait recopié soigneusement les indications contenues dans le rôle du navire négrier arraisonné en 1826 par la marine française. La traite était interdite depuis 1818, mais se poursuivait sporadiquement de façon clandestine. Il était dépité car les bordereaux parcheminés ne mentionnaient pas les noms des captifs, seule une vague indication ethnique. « 20 Aradas, 22 Fons,

35 Mahis, 23 Nagos, 25 Barbas… » Mentions d'autant plus imprécises que beaucoup de prisonniers avaient été amenés par des caravanes et identifiés sommairement par les négriers selon leurs tatouages tribaux ou la langue qu'ils parlaient, langue souvent partagée par plusieurs communautés. Le bateau était parti de Juda, sur la côte. C'est au retour de son triste voyage qu'il avait été intercepté, après que sa cargaison avait été, hélas, livrée en Martinique et aux États-Unis.

Camille suivit des yeux les lignes manuscrites à l'encre pâlie. Quelle infamie ! Aurait-elle pu être mariée à un de ces marins ou armateurs qui transportaient et vendaient des êtres humains comme du bétail ? Non, elle ne s'accommoderait jamais de vivre avec un être malfaisant, tout gentil qu'il soit avec elle ou leurs enfants. Elle était fière de l'intégrité morale de Louis. Elle releva la tête et éprouva comme un étourdissement. Elle avait tellement chaud ! Pourvu qu'elle n'ait pas attrapé le mal du pays ! Elle se sentait dolente, avec une migraine croissante, un peu nauséeuse…

Si Arthur Gando avait été là, il aurait pu lui proposer la médication traditionnelle appropriée, se dit-elle tout en s'accrochant à la table. Il lui semblait que les natifs devaient savoir mieux que les envahisseurs comment soigner les maux typiques de leur contrée. Elle avait vu dans sa besace des petits paquets enveloppés dans des feuilles de bananier. Il en avait donné un à Danjou et celui-ci l'avait remercié avec chaleur. « Avec ça, la fièvre vous laissera tranquille quelques mois », avait dit Gando. Des paquets noués avec un ruban de raphia. Elle les reconnaîtrait très bien. Il suffisait de marcher jusqu'à son baraquement sans tanguer.

Et sans vomir.

Elle se leva et longea les masures mi-bois mi-brique passées à la chaux, jusqu'à la case où logeait Gando, seul, eu égard à son statut princier. Il n'y avait pas de porte à pousser. Pas de rideau à écarter. Une paillasse recouverte d'un matelas de mousse sèche, un foyer noirci où s'empilaient les jarres, une étagère pleine de coupelles, pots et préparations empaquetées. Elle repéra aussitôt ce qu'elle était venue chercher. Réprimant une nausée, elle tendit la main pour en prendre une et laissa son geste en suspens en apercevant une enveloppe. À demi cachée sous un gros pot de terre qui dégageait une odeur âcre de beurre de karité et de crottes de bique.

Curieuse, elle saisit la lettre. Le rabat n'était pas collé et, après un bref regard coupable alentour, elle en sortit une feuille de papier couverte de lignes manuscrites, tracées à l'encre bleue. C'était indiscret, grossier, indigne d'une dame convenable, mais bon Dieu ! quelle femme normale pouvait résister à un courrier privé, secret, caché ?

Et elle commença à lire.

« *A noir, E blanc, I rouge, U vert, O bleu : voyelles…* »

Ça alors ! Le poème de Rimbaud ! Elle l'avait découvert dans la revue *Lutèce* il y avait bien quinze ans. Un beau poème, lyrique à souhait, très agréable à réciter pour une tragédienne. Était-ce Gando qui l'avait recopié ? Elle était étonnée que les Pères blancs enseignent Rimbaud à leurs ouailles. Bon, c'était sans importance. Elle remit la feuille dans son enveloppe et la plaça de nouveau sous le pot odorant.

— Vous cherchez quelque chose ? fit une voix glaciale dans son dos.

— Arthur ! Vous m'avez fait peur ! Je vous croyais à la recherche de Figdabé.

— Les autres s'en occupent. Que faites-vous là ?

— Je cherchais une potion, je crois que j'ai la fièvre.

Arthur Gando s'approcha et posa une main sèche sur son front, puis, sans se soucier de la bienséance, prit son pouls, la main posée sur son poignet.

— Indigestion, dit-il. Vous avez trop mangé, trop vite.

Camille rougit.

— Tenez, ajouta-t-il en lui tendant une fiole en céramique, buvez ceci.

Elle vit son regard s'attarder sur l'étagère et s'aperçut qu'on distinguait la trace de ses doigts dans la poussière, juste devant l'enveloppe. D'ailleurs, il lui tournait la main et contemplait ses pulpes salies.

— Que cherchiez-vous vraiment ? demanda-t-il d'une voix plate et très peu chaleureuse.

— Je vous l'ai dit, un de vos remèdes !

— Vous avez lu mon courrier ?

— Non ! Jamais ! Pour qui me prenez-vous ?

— Pour ce que vous êtes.

— Je ne vous permets pas…

— Vous aimez la poésie ? dit-il tout à trac.

— Oui, beaucoup, balbutia Camille, désarçonnée. Je suis comédienne.

— Ce poème est vibrant, n'est-ce pas ? Et d'actualité. « A, noir corset velu des mouches éclatantes Qui bombinent autour des puanteurs cruelles, Golfes d'ombre… »

— « E, candeurs des vapeurs et des tentes, continua Camille en y mettant le ton, Lances des glaciers fiers, rois blancs, frissons d'ombelles… » Heu… désolée pour les rois blancs.

— Ils ont leur place aussi dans l'histoire. Votre diction est parfaite.

— Merci. Je vous laisse, à tout à l'heure.

Sans un mot, il s'écarta et elle se retrouva sous le soleil éclatant avec un certain soulagement. Elle se sentait beaucoup mieux. Plus de vertiges ! Mais un mal au ventre qui confirma le diagnostic de Gando et l'obligea à courir vers les latrines sommaires en priant pour qu'elles soient libres.

Figdabé ne reviendrait jamais. Il ne voulait pas servir de messager auprès des rois défunts. Quel que soit son courage et sa piété, son respect filial des traditions, son *Fa* lui dictait de prendre un autre chemin, un long chemin de vie. Il n'avait pas eu besoin de consulter le devin. Il le savait, comme une évidence dans ses reins.

Il allait rejoindre le village lacustre et se joindre aux chercheurs d'*ochoumaré*. Il apprendrait à nager comme une carpe rapide et silencieuse, à flotter entre deux eaux tel un silure au ventre blanc, il deviendrait un initié du lac, un *vodunsi* des eaux profondes, un pêcheur d'étoiles.

Quelque chose le troublait plus encore que les meurtres, c'était la colère qu'il sentait dans les actes du tueur. Il semblait agir selon les rites, et en même temps il les bafouait. Il déposait la tête de Soglo sous l'arcade de bambou et celle de Gumma dans la termitière sacrée. Il laissait la tête de Bidossessi rouler dans le caniveau de la ville de pierre. C'était mal. Il n'avait pas de respect. Et il agissait seul, sans le secours des prêtres, au mépris des règles. Ce n'était pas un homme pieux, c'était une louve solitaire qui poursuivait un songe creux. Un homme qui s'était mis à aimer le sang pour le sang.

Le sang ne devait être versé qu'à bon escient. Quand Figdabé aurait acquis beaucoup de puissance avec les pierres du ciel, il rassemblerait des guerriers capables de chevaucher le vent et fomenterait la révolte contre les colons. Plus tard. Quand il serait devenu un homme complet. Un initié.

Louis passa une nouvelle fois la main dans son abondante chevelure et se retrouva avec une coiffure porc-épic des plus réussies. Il réfléchissait. Kerry avait le Cinématographe en horreur. Le papier huilé

Eastman ne lui appartenait sûrement pas. C'était donc Wilkes l'amateur de vues animées. Quelle importance cela avait-il ? Eh bien, si on considérait que le propriétaire du lit sous lequel se trouvait le papier huilé était également le propriétaire des photographies de pochardes et de pauvresses et qu'on mettait cette information en relation avec a) l'hypothèse d'Albert concernant le retour du Ripper, et b) le fait que Simone Francetti était bel et bien en mauvaise santé et peut-être adonnée à l'alcool et à l'usage de l'opium, Wilkes était Jack l'Éventreur.

Voilà, c'était dit.

Mille bombes, était-ce possible ?

Il se précipita vers Albert et faillit se cogner dans Camille qui revenait des toilettes.

— J'ai une indigestion, lui dit-elle.

— Ah, parfait !

— Tu débloques, mon petit tsar ? Au fait, tu sais ce que j'ai trouvé chez Gando ?

— Heu… de la langue de singe rouge mélangée à de la graisse de python ?

— Le poème de Rimbaud, tu sais, *Voyelles* !

— Passionnant. Excuse-moi, je cherche Albert.

— C'est lui que tu veux épouser ?

— Idiote. Écoute – il baissa la voix –, c'est Wilkes. L'Éventreur, c'est Wilkes !

— C'est bien ce que je disais ! Tu délires.

— Pas du tout. J'ai un raisonnement !

— Si tu crois que ça me rassure.

— Albert ! Arrêtez de tripoter ces cadavres et venez là !

Albert sortit de la pièce qui faisait office de morgue, sale et en sueur, son long tablier de cuir gluant de matières organiques.

— Gumma n'a aucune autre blessure. Je me demande quel est l'homme qui a été capable de la vaincre. J'ai réexaminé le cou. La lame a frappé légèrement de biais, de bas en haut, comme un swing de golf. Sacrément puissant. Je ne suis pas sûr que Figdabé…

— Les Dahoméens sont beaucoup plus forts que nous, regardez les charges qu'ils transportent, fit observer Louis.

— Oui, mais Gumma était une guerrière expérimentée. Et elle s'est laissé avoir par surprise.

— Quelqu'un qu'elle aimait bien ? Dont elle n'attendait pas de mauvais coup ?

— Sans doute. Que vouliez-vous me dire de si urgent ?

— Wilkes. C'est lui qui a tué Simone. Il aime les femmes débauchées. J'ai trouvé un carton de photographies qui le prouvent. C'est lui, le Ripper.

— Nom d'une pipe en bois ! Où est-il ? Si vous avez raison, il ne faut pas qu'il se sauve.

Ils s'élancèrent à travers le camp, tombèrent sur Émile à qui on expliqua brièvement la situation.

— Wilkes ? ! Cette face de carême est en train de prendre l'apéro avec Daumas. Ils sont juste là…

Occupé à siroter du vin Mariani, Wilkes les regarda arriver avec son flegme habituel, ses longs cheveux noirs balayant son visage incolore. Il semblait tout à fait tranquille et détendu, comme la sale vipère qu'il était, se dit Louis. Daumas, lui, était blême, les yeux cernés et ruisselant de sueur. Camille nota que la main qui tenait le verre tremblait. Une vraie tête de coupable, se dit-elle, intriguée.

— Alors ? On a réussi à rattraper le garçon ? demanda Wilkes.

— Pas encore. Gando est à sa recherche.

Camille secoua la tête :

— Mais non, je viens de te dire que je l'ai rencontré dans sa case. Le poème, tu te rappelles ?

— Gando est poète ? ricana Wilkes.

— Il aime Rimbaud, en tout cas.

— Ce pauvre fou qui est venu faire du trafic d'armes en Afrique et qui est mort misérable ?

— Ce pauvre fou, comme vous dites, a écrit des vers admirables !

— Bah, c'est tout à fait le genre de poésie capable de faire passer à l'acte un esprit dérangé. D'ailleurs, sauf erreur, votre Verlaine a tiré sur ce Rimbaud il y a environ vingt-cinq ans, non ? Je me suis toujours méfié de la littérature.

— Vraiment ? persifla Louis. Vous préférez la réalité des rues mal famées ?

— Pas spécialement. Ce que j'aime, ce sont les belles pièces d'art ancien. Et les voyages.

— Et filmer ou photographier les créatures des pavés.

— Vous avez fouillé dans nos affaires ? C'est très incorrect.

— Nous ne sommes pas à une *garden party* ! Nous enquêtons sur des meurtres, Wilkes !

— Je ne me souviens pas que l'administrateur en chef vous ait confié cette mission. Vous êtes policier, Denfert ?

— Albert Féclas est médecin légiste.

— Chacun ses goûts. Moi, les morts ne m'intéressent que pour leur héritage.

— Jolie mentalité ! gronda Émile.

— Ça ne va pas, Fernand ?

Camille s'était tournée vers Daumas, de plus en plus pâle, qui semblait sur le point de s'évanouir.

— Je ne me sens pas très bien, concéda le jeune homme, j'ai la tête qui tourne.

— Essayez de moins boire ! lui lança Louis en revenant vers Wilkes.

— C'est mon premier verre de la journée ! protesta Fernand Daumas.

— Madame votre mère doit être contente de vous revoir bientôt, lui dit Camille à brûle-pourpoint.

Louis fit les gros yeux : comment pouvait-elle s'occuper de questions aussi futiles alors qu'on était en train de coincer Jack l'Éventreur ?

— Oui, elle est tellement contente ! répondit Daumas en s'essuyant le front. Cela va faire bientôt deux ans que nous ne nous sommes pas vus. Elle avait si peur que je tombe malade...

— Bien, coupa Wilkes en se levant, ce n'est pas que je m'ennuie...

— Restez assis ! lança Émile en lui appuyant lourdement sur l'épaule.

— Je ne vous permets pas...

— On sait tout, mon salaud !

Pour la première fois, Wilkes eut l'air inquiet.

— De quoi parlez-vous ?

— De Simone Francetti et des autres ! Les prostituées ! tonna Émile.

— Vous êtes devenu fou, Germain ! Vous trouvez que j'ai une tête à payer des tapins ? Les femmes me tombent dans les bras !

— Ah oui ? Et les photographies sous votre lit ? Je suis sûr que vous les filmiez également, vos victimes ! s'emporta Louis.

— Moi ? Moi !

— Le papier huilé Eastman !

— Espèce de cinglés de Français, foutez-moi la paix ou j'appelle !

— C'est ça !

— Kerry sera furieux de savoir que vous avez tout tripoté ! Il portera plainte.

— On ne cause pas de Kerry !

— Mais si ! Vous me causez de *ses* photos et de *sa* pellicule huilée !

— Vous mentez mal, Wilkes ! Kerry m'a dit haïr le Cinématographe.

— Kerry a un humour spécial. Demandez-lui donc si ce n'est pas à lui. Qu'il ose dire le contraire devant moi !

— J'y cours, dit Albert.

Ils restèrent là autour de la planche de bois qui faisait office de table à se surveiller mutuellement. Daumas semblait vraiment mal en point et Camille lui glissa qu'il devrait aller s'allonger, mais il secoua la tête.

— Je veux savoir qui a tué Simone ! marmonna-t-il.

— Ce n'est pas moi ! aboya Wilkes. Je n'aime que les jolies femmes bien en chair !

Et ce disant, il dévisagea Camille de façon assez impertinente. Elle imagina ce vampire planter ses canines dans son cou tendre et articula silencieusement « non merci » dans le dos de Louis.

Albert revenait à toute vitesse.

— Je ne l'ai pas trouvé ! Pas plus que la boîte de papier huilé ou la collection de clichés.

— Vous avez éliminé Kerry parce qu'il avait tout deviné, c'est ça, espèce de cloporte à scalpel ? rugit Émile.

— Le seul ici qui possède un scalpel, c'est Féclas ! répliqua Wilkes. C'est ce que m'a fait remarquer Kerry l'autre jour. Oui, mon petit monsieur, ça pourrait bien être vous, l'assassin de Simone Francetti ! Avec votre allure coincée et vos airs de premier communiant, vous avez tout d'un pervers de premier ordre !

— Moi ? s'étouffa Albert. Moi qui suis incapable d'écraser une mouche !

— Je confirme, dit Louis.

— Féclas, vous avez tué Simone ? s'indigna Fernand Daumas en essayant de se lever, mais il vacilla et retomba sur sa chaise.

— Il est brûlant de fièvre ! dit Camille.

— Non, pas la fièvre, je n'ai pas la fièvre ! protesta Daumas, les pommettes marbrées de rouge. Je vais bien.

— Camille, si tu pouvais cesser cinq secondes de jouer les infirmières... susurra Louis les lèvres pincées. Wilkes accuse Albert d'être l'Éventreur.

— Vous croyez que je serais assez bête pour voyager avec Jack l'Éventreur sans m'en rendre compte ? lâcha Wilkes, excédé.

Le silence se fit.

— Un, Kerry a mis les bouts, dit Émile.

— Deux, avec le papier huilé et les photos, ajouta Louis.

— Trois, il est londonien, compléta Albert.

— Mille bombes, il faut le retrouver ! Appelons les gardes.

— Mais tout le monde est à la recherche de Figdabé ! objecta Émile.

— Je ne peux pas croire... continuait à grommeler Wilkes.

Il s'empara de la bouteille de vin à la cocaïne et s'en servit une large rasade avant d'en proposer machinalement à Daumas qui refusa et se redressa.

— Je vais rentrer, dit-il d'une voix pâteuse, avant de se plier en deux dans un spasme et de vomir un long jet rouge sombre.

— Il dégueule tout son pinard ! dit Émile qui avait sauté en arrière.

— Non, fit sombrement Albert, ce n'est pas du vin, c'est du sang.

— C'est faux ! couina Daumas en s'essuyant la bouche, c'est faux !

— Camille, aidez-le à se coucher, je vais chercher la quinine et le reste.

— Mais... l'Éventreur... protesta Louis.

— Cet homme a besoin d'un médecin. Je ne vais pas le laisser risquer la mort pour attraper votre Éventreur qui doit déjà se trouver à Tombouctou.

— Mais… l'assassin du siècle !

— Pas plus que Vacher. Les siècles sont toujours prolifiques en matière d'assassins, ne vous inquiétez pas.

Il se précipita vers leur case afin d'en rapporter les médicaments dont il disposait. Camille tenait Daumas par le bras pour l'aider à marcher, mais il titubait et elle appela Delany à la rescousse. Toujours penché sur les notes recopiées dans le registre du négrier, il comprit immédiatement la situation et empoigna fermement le jeune agent de commerce. À eux deux, ils le firent entrer à l'ombre et l'allongèrent sur une des couchettes étroites. Delany essuya la bouche et le visage du malheureux commis avec un linge propre avant d'aller chercher une cuvette d'eau.

— Albert Féclas arrive tout de suite, dit Camille en pressant la main de Fernand. Si vous pouvez l'attendre ? Je reviens.

Delany hocha la tête. Il avait souvent veillé des camarades malades, blessés, mourants. Il avait l'impression de sentir en permanence cette odeur de linges souillés, de sanies, de pus, ces odeurs d'hôpital, comme celui où il était resté si longtemps, souffrant le martyre, nourri à la paille, sans avoir le droit de se regarder dans un miroir. L'appareil en métal inséré sous son palais pour lui servir de mâchoires, le temps que les greffes prennent. La douleur. Omniprésente. Oui, il connaissait la souffrance de l'homme tombé à terre. Il posa la serviette imbibée d'eau sur le front de Daumas qui gémit.

Camille trottinait encore une fois vers la case de Gando. Ce coup-ci elle avait vraiment besoin du petit paquet de poudre médicinale ! Il fallait qu'il vienne voir Daumas, ça ne vexerait pas Albert, il était assez intelligent pour comprendre qu'il fallait mettre toutes les chances du côté du malade. Dire qu'ils avaient identifié Jack l'Éventreur et qu'il leur filait entre les pattes ! Et le Décapiteur ? Pourvu qu'il épargne Figdabé. Ce pays avait l'air si indolent, et il s'y passait des choses si terribles ! Ce ne pouvait tout de même pas être à cause de Louis, ce paratonnerre à catastrophes, comme disait Émile. Non, il s'y était toujours déroulé des événements sanglants, entre les guerres, les razzias et les fameuses Coutumes. C'était juste qu'on avait l'impression trompeuse que le climat aurait dû être associé au farniente, à la méditation tranquille sous un ventilateur… Mais la mort ne connaissait de repos qu'éternel. Tiens, elle proposerait ça à Rostand.

Elle s'engouffra dans la case toujours aussi sombre et cligna des yeux. Gando était reparti. Elle renifla, gênée par une forte odeur. On se serait cru chez un tanneur.

Elle cligna des yeux pour s'habituer à la semi-pénombre. Une peau pendait du plafond, tendue entre deux poutres. De la vache, se dit-elle. Recouverte d'inscriptions. Elle s'approcha. Les lettres avaient été tracées avec une encre carmin et partaient dans tous les sens. Mais elle reconnut aussitôt le texte. « O, suprême Clairon plein des strideurs étranges, Silences traversés des Mondes et des Anges : O l'Oméga, rayon violet de Ses Yeux ! »

La dernière strophe du poème de Rimbaud.

Là, dans cet endroit sombre et face à ces mots exaltés, un sentiment de danger s'empara soudain d'elle.

Elle recula et se heurta à quelqu'un. Un bras sombre se posa sur le sien, elle se retourna, le cœur battant, et se sentit soupirer comme un pneu de bicyclette crevé. C'était Tyler.

— Je vous ai vue entrer, dit-il. Qui a écrit ça ? demanda-t-il en désignant les lignes enchevêtrées.

— Gando, sans doute. Vous vouliez me parler ?

— Je sais où est Figdabé. Mais je ne le dirai pas.

— Pas de problème, venez, sortons d'ici, Fernand Daumas est au plus mal, Louis dit que John Kerry est Jack l'Éventreur, et…

— Je ne vous dérange pas ? lança une voix forte.

La haute stature de Louis bouchait quasi complètement l'ouverture et ils se retrouvèrent presque dans le noir.

— Tu nous as fait peur ! protesta Camille.

— Je m'en doute.

— Je cherchais un remède pour Daumas, expliqua la jeune femme.

Louis haussa les épaules. Ses cheveux si blonds touchaient le linteau.

— Il va mourir, laissa-t-il tomber.

— Ne dis pas de bêtises.

— Albert a sa figure des cas désespérés. Le pauvre gars est vraiment mal en point. Et pour vous, Tom, tout va comme vous voulez ?

Perplexe, Tyler acquiesça. Denfert était vraiment lunatique !

Louis dut s'écarter pour laisser passer Émile :

— Albert demande que je lui ramène une décoction…

Il s'arrêta net devant le texte tracé en rouge.

— C'est quoi ce charabia ? Le clairon, la traversée des mondes, les anges, l'œil violet de l'*ochoumaré*… on n'est pas loin du clafoutis vaudou.

— Le regard de Dieu, murmura Louis pour lui-même. L'oméga. La fin d'un cycle.

— Vous êtes mûr pour la poésie, la bleusaille ! se gaussa Émile. Où est-ce que Gando planque ses remèdes miraculeux ? Ah !

Il rafla une poignée de sachets sur l'étagère et ressortit en courant. Tyler semblait pensif.

— Le type qui a écrit ce poème, dit-il, il s'appelle Arthur, non ?

— Oui, concéda Louis, toujours bouillant de jalousie.

— Et Gando ?

— Gando également, mais franchement…

— Les yeux bleus, murmura Camille.

— Non, violets, ma puce.

— Les yeux bleus d'Arthur Gando ! De qui les tient-il ?

Louis haussa les épaules :

— Ne commence pas avec tes petits pois de Mendel, Albert nous a déjà assez soûlés avec ça.

— Les lois de la génétique, mon petit tsar. Toi, tu es sûrement d'origine slave, Émile d'origine mammouth et Gando…

— N'importe quoi !

— Pas du tout ! Tu t'y connais peut-être en meurtres immondes, mais moi je m'y connais en littérature ! protesta Camille en poussant Louis pour sortir à l'air libre.

Les deux hommes la suivirent tandis que Louis grommelait qu'il ne voyait pas le rapport entre la génétique et l'art, décidément c'était difficile de suivre le raisonnement d'une femme !

— C'est parce que les femmes pensent trop vite pour vous, messieurs. Nous sommes capables de sauts intellectuels dignes des meilleurs acrobates, tandis que vous suivez ce fameux fil de la raison dont tu nous rebats les oreilles, pas à pas, comme un bébé suit sa nourrice !

— Ma pauvre chérie, tu es la preuve vivante des ravages que causent les féministes ! souffla Louis, faussement atterré.

— Imbécile ! Tu te souviens de Philomène, la bonne amie de Verlaine ? reprit-elle. Je l'avais connue quand elle faisait le trottoir devant le théâtre, une brave fille un peu brindezingue, mais bon.... Je l'ai revue lorsque Verlaine est tombé si malade et, pendant que tu signais des articles à sensation pour épater les bourgeoises, j'allais lui porter du potage et bavarder avec lui.

— Je crois que Tom s'est endormi.

— Mais non ! s'indigna Tom Tyler.

Camille ne s'émut pas de l'interruption :

— Tu te doutes bien qu'il radotait pas mal sur Rimbaud, et le passé, et patati et patata, continua Camille. Comme s'il construisait une hagiographie. Et Rimbaud traversant les Alpes enneigées à pied, et Rimbaud s'engageant dans l'armée batave avant de déserter une fois arrivé à Batavia, et Rimbaud revenant en bateau tel le fils prodigue... Et il souriait et me montrait des dessins : Rimbaud chez les Cafres, Rimbaud en roi nègre... Et il me disait : « C'est lors de son escale au Dahomey, le sultan a failli le manger, cet idiot ! » Des trucs comme ça, quoi.

— Si je suis ta démonstration biscornue, tu es en train de suggérer qu'Arthur Gando est le fils d'Arthur Rimbaud ?

— Tout à fait !

— Ça me semble logique, fit observer Tyler. Pourquoi s'appellerait-il Arthur, sinon ? Ce n'est pas un prénom très répandu par ici, il me semble.

— Un prénom comme preuve ! Et de vagues indices fondés sur des racontars. Personne ne sait ce que Rimbaud a fabriqué après avoir foutu le camp de l'armée. Ses amis s'empoignent même sur la date et le lieu de son retour en Europe !

Camille agita son éventail :

— Un faisceau de présomptions suffit à emporter la conviction d'un jury, tu le sais bien. Tout de même, mon petit tsar, un Dahoméen prénommé Arthur, dont on ne connaît pas le père, qui a l'âge qu'aurait le fils de Rimbaud, qui cache ce poème manuscrit et qui en recopie les vers sur une peau de zébu, ça te semble normal ? Anodin ?

Louis acheva de transformer sa coiffure en buisson ardent.

— Et je présume que, dans ce cas, ce bout de papier, là, serait écrit de la main de Rimbaud lui-même ? grogna-t-il.

Le boxeur hocha la tête.

— *Why not ?* L'encre est vieille et pâlie, le papier froissé.

— Tyler, vous êtes encore plus midinette que Camille !

Celle-ci se tourna vers Tom.

— Vous avez dit que vous saviez où se trouvait Figdabé. Il faut nous le dire. Vite !

— Allons bon ! On en était à peine à débusquer le fils du poète, voilà qu'on doit courir sus à ce pauvre Figdabé. Un deuxième enfant caché ?

— Louis ! Réveille-toi ! Gando est le Décapiteur. Et Figdabé est revenu pour le mettre hors d'état de nuire.

— Pourquoi le fils d'Arthur Rimbaud voudrait-il tuer des hommes afin d'envoyer des messages aux rois défunts ? Il y a quelque chose qui m'échappe.

— Les rois blancs du poème ! Arthur Gando est prince de sang. Sa mère est sœur de Béhanzin. Il aurait pu prétendre au trône s'il n'avait pas été un bâtard d'Occidental. Ça a dû lui monter à la tête. Il a voulu convaincre les anciens rois qu'il était digne de leur succéder. Il a tué ses camarades de la confrérie de l'*ochoumaré* et il espérait être adoubé depuis l'au-delà.

— Ma puce, tu deviens pire qu'Émile.

— Tu sais bien que j'ai raison. Tu es juste contrarié parce que c'est moi qui ai résolu cette énigme.

— Gando est le Décapiteur… murmura Louis. Mille bombes, tu as raison, c'est lui, je le sens !

— Ah ! la bonne vieille intuition féminine !

Louis secoua la tête, indifférent au sarcasme. Il était en chasse, les oreilles et la truffe frémissantes :

— Le A, les mouches, la mort en corset, le E, les vapeurs de l'aube, les tentes des soldats, les lances… le I, le sang, le rictus, la colère, l'ivresse de la drogue initiatique, le U qui évoque les cycles du temps, la mer assimilée dans ce pays à l'au-delà, les champs et les pâturages, les anges et ce O, ce O fatal ! Où est Figdabé ? demanda-t-il à son tour à Tyler.

— Je l'ai aperçu vers la termitière. Il m'a fait signe de me taire. Je vous préviens, je vous empêcherai de le livrer aux soldats.

— Il n'est pas question de le livrer, mais de le protéger ! Allons-y ! Camille, attends-nous ici !

— C'est toujours pareil ! Je vais m'acheter des pantalons et des bottes et tu vas voir comme je courrai, moi aussi !

— Je ne veux pas avoir le souci de ta sécurité.

— Je sais très bien tirer au pistolet !

— Tais-toi et reste là !

— Sale tyran !

Les deux hommes s'éloignèrent en courant et elle restait là à ruminer lorsqu'elle aperçut deux hamacaires qui revenaient nonchalamment d'une course. Elle les héla aussitôt.

— À la termitière !

Les porteurs s'élancèrent, de leur trot souple et aisé. Camille, ballottée dans sa litière, plongea la main dans son réticule en velours vert pomme, à la recherche de son pistolet de dame, un tout petit calibre 22.

Les abords de la termitière étaient déserts. Pas de tirailleurs ni de gardes. Tout le monde courait derrière Figdabé, l'assassin présumé. La cité ocre des insectes se dressait telle une des forteresses médiévales chères à Conan Doyle. Louis et Tyler restèrent un moment immobiles. Louis revoyait la tête de Gumma grouillante de bestioles. Le tueur avait-il de nouveau utilisé l'édifice d'argile et de salive pour y fourrer un corps ? Il s'approcha, se pencha. Rien. À moins de se glisser à l'intérieur… et ça, certainement pas, même pas un bras !

Tyler le rejoignit et montra des gouttelettes sombres sur l'herbe jaunie. Elles formaient comme un ruban qui serpentait vers les fourrés. Sans un mot, ils s'avancèrent, côte à côte, essayant de ne pas faire de bruit, ce qui était difficile. Louis avait l'impression que l'on n'entendait qu'eux.

Ils débouchèrent dans une minuscule clairière, face à un iroko majestueux. Des piquets fichés dans le sol formaient un cercle autour du tronc massif. Ils étaient surmontés de plumes et de linges blancs. Par terre, une série d'*asen*, avec leurs coupelles d'offrandes. Une forêt sacrée, se dit Louis. La piste sanglante semblait contourner l'arbre. Il s'attendait presque à voir jaillir une nuée de guerriers empanachés et brandissant leurs javelots, comme dans les spectacles exotiques en vogue.

À la place, il entendit une voix froide et posée s'adresser à lui en français.

— Continuez à avancer bien gentiment, *gentlemen*. Faites le tour de l'iroko. Par la gauche, oui, très bien. Vous êtes-vous jamais demandé pourquoi les aiguilles d'une montre avancent de la gauche vers la droite afin de faire leur rotation ? Et cela, même chez les peuples qui lisent de droite à gauche. N'est-ce pas curieux ?

Arthur Gando semblait très calme. N'eût été le pistolet d'ordonnance qu'il braquait sur eux d'une main et la grande hache scintillante qu'il tenait levée et prête à s'abattre de l'autre, on aurait pu croire qu'il leur faisait les honneurs de sa demeure. Que voulait-il dire avec son histoire de montre ?

— Encore quelques pas... Monsieur Tyler, n'essayez rien, je m'en voudrais de voir votre belle tête d'homme libre voler à dix pas.

Louis n'avait pas vraiment envie de voir la face cachée de l'arbre. Il songeait à la force avec laquelle cette hache s'était déjà abattue sur sept nuques. Courir n'aurait pas servi à grand-chose, à part à en sentir le tranchant se planter dans son dos... à moins que ce ne fût le mordant d'une balle.

— Grâce à vous, je vais pouvoir compléter ma série plus vite que prévu, dit Gando en le poussant en avant d'une bourrade.

Figdabé était attaché au tronc. Du sang coulait d'une blessure à son flanc.

— Il m'a donné du fil à retordre ! lança Gando, amusé. Un sale petit rat de brousse ! Tyler, agenouillez-vous là, près du tertre de Sakpata. Et vous, Denfert, attachez-lui les poignets avec cette corde. Vite, où j'achève le gamin, pour commencer.

Louis hésita, puis se résolut à obéir. Tyler tendit ses muscles au maximum pour gagner un peu de jeu et Gando pressa Louis de serrer fort. Puis il lui sourit :

— J'ai pris la valise contenant la caméra. Installez-la, je vous prie.

— Pas question.

Gando leva sa hache vers Figdabé.

Louis soupira et déplia le trépied.

— Allez-y, tournez la manivelle ! J'ai un film à envoyer !

Il semblait très content de lui et Louis, tout en obéissant, cherchait une échappatoire. Mais quoi ?

— Et voilà ! Le clairon peut résonner, les clameurs de ma gloire vont jouer leur douce musique aux oreilles de nos souverains, déclama Gando face à l'objectif.

— Nous savons que vous êtes le fils d'Arthur Rimbaud !

— Je suis le fils du vent !

Faisait-il allusion au surnom du poète, « l'homme aux semelles de vent » ?

— Le fils de la tempête qui va s'abattre sur cette contrée pour tout purifier ! Le Dahomey redeviendra libre ! Le Dahomey a besoin d'un vrai roi !

Louis tournait rageusement la fichue manivelle :

— Et cela nécessite de décapiter de braves types ?

— Évidemment ! Vous ne voudriez pas que j'envoie comme messagers des crétins ou des incapables ? Vous offrez des cadeaux minables, vous ?

Louis pensa avec désespoir que le gars était sérieusement atteint. Paré à être interné et soigné par Albert. C'était dommage parce que les fous étaient moins réceptifs à la peur et au raisonnement que les crapules ordinaires. Mais, mille bombes, il n'allait quand même pas crever dans cette brousse des mains du fils de Rimbaud ! C'était ridicule !

Gando avait passé son pistolet à la ceinture, et, la hache levée, continuait à déclamer des propos décousus, tantôt en français, tantôt en fon-gbe.

— Et votre mère ? demanda Louis. Elle est au courant ? Elle sait que vous...

— Fermez-la, Denfert ! Je ne vous permets pas de parler de ma mère.

— Sa mère est morte ! cria Figdabé. Elle est partie en voyage hier !

Cela expliquait sans doute cette frénésie. La nouvelle de la disparition de Sélèmè avait précipité la crise homicide, comme aurait dit Albert.

— *Hun ma jo gan do !* lança encore Figdabé.

« Gan do » ? Comme « Gando » ? se dit Louis, surpris.

— *Hun ma jo gan do*, répéta le garçon et Gando le frappa au visage du plat de la hache, lui brisant le nez, avant de se retourner vers ses invités, souriant.

— Mon nom signifie : « L'orchestre n'abandonne pas le rythme du gong ». Dans la difficulté, il faut continuer. Vous comprenez ?

— Sa mère a été battue par ses frères, lança Figdabé. Mais le bébé est né quand même. Son prénom de naissance, c'est « *è ga* », « Il a survécu ».

— Garde tes bavardages pour Glélé !

Glélé ? Mais ce n'était pas le prochain roi sur la liste, Figdabé était censé entrer en contact avec Adandozan, le tyran déchu. Il fallait deux cadavres avant Glélé, cela signifiait-il que…

— Je suis revenu venger Gumma ! cria Figdabé. J'ai été lâche de fuir. Mais *hun ma jo gan do. Fa na lo*. Le *Fa* l'a voulu.

— Tu vas te taire, oui ?

Gando tira de sa ceinture une récade acérée.

— Encore un mot et je te cloue à l'écorce avec le *makpo*.

Le bâton de violence n'avait jamais si bien porté son nom. Figdabé cracha par terre. Simultanément, Louis vit Tyler se préparer à bondir, espérant renverser Gando à demi tourné. Il voulut crier « Non ! », mais le boxeur s'élançait déjà.

La lame étincelante fendit l'air à une vitesse ahurissante et faucha Tyler en plein élan. Horrifié, Louis la vit s'enfoncer dans sa gorge et sa tête s'envoler, comme un ballon de football, avant de rouler au sol. Il réprima une nausée à la vue du sang qui jaillissait à gros bouillons des artères tranchées. Tyler était mort !

Et il se rendit compte qu'il n'avait pas arrêté de filmer ! Il éloigna sa main de la manivelle avec répulsion.

Gando émit un petit rire saccadé :

— Avec sa peau américaine, je préparerai un remède pour ma mère. La musique là-bas est puissante, elle plaira aux génies.

Mort. C'était impossible. Et il avait assisté à ça sans rien faire, comme un lâche et un incapable et l'autre déblatérait toujours...

— C'est aussi bien, Adandozan ne mérite qu'un ancien esclave.

« Maintenant, ça va être votre tour, mon cher Denfert. Je garde le garçon pour la fin, c'est le plus honorable, et Glélé est notre plus grand roi. Tu chercheras mon grand-père honoré, mon garçon, tu te prosterneras devant lui, tu te couvriras la tête de terre...

— Celle qu'il portera sous son bras ? coupa Louis, amer.

— Imbécile ! Taisez-vous ! Tu lui diras que je t'envoie pour lui donner des nouvelles de ce qui se passe ici, reprit-il, grandiloquent. Tu lui diras que son descendant le vénère, mon garçon, qu'il se souvient avec orgueil de ses grandes victoires. Dis-lui que tout son peuple le regrette et l'espère heureux et en bonne santé dans l'autre vie. Dis-lui que les douze porteurs d'*ochoumaré* seront bientôt réunis et que la panthère reprendra sa course dans le ciel. Dis-lui que bientôt le royaume recouvrera sa gloire et que moi, fils du vent, de l'Océan et de la panthère, je ranimerai sa flamme !

Il s'interrompit en proie à la plus grande exaltation et Louis comprit qu'il était prêt à expédier littéralement Figdabé *ad patres*, quand son excitation retomba comme un soufflé et qu'il se retourna vers lui.

— Mais ça va attendre quelques instants. Je dois d'abord m'occuper de vous. Il est vrai que vous n'avez pas d'*ochoumaré*, mais vous êtes blanc et cinématographiste, ce sera mon cadeau surprise à Guézo ! Une caméra pour filmer l'au-delà ! Imaginez les images d'enfer, Denfert ! Dommage que je ne puisse pas enregistrer votre disparition. Tenez, mettez-vous à genoux, ce sera plus pratique.

— Certainement pas ! Je vous emmerde !

— Ah oui ? Quel courage ! Ça donne du goût aux sacrifiés.

Il leva sa hache fatale. Louis bomba le torse, raffermit les épaules. Il allait foncer sur ce connard et tant pis…

— Stop ! cria une voix délicieusement douce.

— Que…

Louis vit le tranchant fondre sur lui, c'était fini, et…

La détonation fracassa le silence du bois sacré. La lame passa à moins d'un centimètre de sa joue et se planta dans une souche qu'elle traversa sans difficulté jusqu'au sol. Quelque chose de chaud lui arrosa l'autre joue. Face à lui, Gando titubait, l'air un peu moins satisfait. Il se tenait la poitrine. Le sang salissait sa chemise. Louis recula d'un pas. Il ne ressentait qu'un immense soulagement.

— Tu es arrivée juste à temps, dit-il à Camille.

— Je ne rate jamais mes entrées en scène, lui répondit-elle en se jetant dans ses bras, le pistolet fumant à la main.

Les porteurs de hamac s'étaient enfuis en courant, sans doute pour prévenir les gardes. Louis serra Camille contre lui.

— Il a tué Tyler, lui chuchota-t-il.

Elle agrippa sa main, sans rien dire. Dieu merci – si tant est qu'on pût l'en remercier –, la tête du jeune boxeur avait roulé derrière les hautes herbes et Camille ne pouvait pas la voir. Mais son corps musclé gisait devant eux.

Arthur Gando était tombé à genoux, ses mains cherchaient la hache, fouissaient dans la terre ocre. Il essayait de parler sans y parvenir. Pour finir, il s'étala à plat ventre et ne bougea plus. Comme il semblait soudain tranquille, allongé dans la poussière…

Louis alla détacher Figdabé. Le jeune garçon porta la main à son nez cassé et d'un geste précis remit sa cloison nasale en place, dans un grand *crac*. Puis il s'approcha du corps de Gando et posa le pied dessus, avant de le retourner et de lui enfoncer posément la récade dans la gorge.

— Ton message, porte-le toi-même ! lança-t-il au cadavre. Maintenant, je pars. Adieu.

Frémissement de feuilles, coassement d'un crapaud dérangé, puis le silence.

— C'est fini, dit Louis.

Ils retournèrent vers le camp, lentement au début puis de plus en plus vite. Le garde principal Bouvier accourait, suant et soufflant, suivi de deux subordonnés.

Louis lui résuma la situation.

— Vingt dieux ! C'est donc enfin terminé, cette affaire-là ! C'est M. l'administrateur qui va être content ! On va se remettre à chasser nos voleurs de poules bien tranquillement.

Me Coleman, Delany et Émile étaient rassemblés devant la case où était alité Fernand Daumas.

— On l'a eu ! leur cria Louis. Le Décapiteur ! Camille l'a abattu ! C'était Gando ! Une histoire complètement tordue !

— Et Tyler ? coupa Delany. Il n'est pas avec vous ?

Louis baissa la tête et Camille se mordit les lèvres.

— Ce salaud l'a tué. Je suis désolé.

— La guerre… soupira Delany. C'est toujours la guerre. Partout. Tout le temps. J'en suis fatigué.

Ils restèrent quelques secondes silencieux, troublés. C'est alors qu'Albert sortit, tête basse.

— Je n'ai rien pu faire, dit-il. Fernand Daumas est mort. Accès hémorragique fulgurant.

— Oh, mon Dieu, s'écria Camille, et sa mère qui va recevoir sa lettre lui disant que tout va bien ! Elle sera si contente et lui, il sera déjà enterré ! C'est affreux !

Albert soupira.

— C'est la vie qui est affreuse. Aussi affreuse que merveilleuse.

Plus tard dans l'après-midi, Albert s'aperçut que le Cinématographe avait disparu.

— C'est Gando qui l'avait emprunté, dit Louis, je vais le chercher.

Il passa chez le résident, pensant qu'on avait ramené l'instrument mais on lui dit que non, personne n'y avait pensé.

En retournant vers la clairière, il serra les poings en pensant qu'il avait filmé l'assassinat de Tyler, malgré lui. Il faudrait détruire la pellicule. La mort réelle d'un homme projetée sur un écran… l'idée était choquante. Et puis… cette distorsion dans le temps entre un événement accompli et celui qui se déroulait pourtant encore devant les yeux du spectateur… Aussi étrange que de songer que les étoiles que l'on contemplait étaient pour la plupart éteintes depuis longtemps. Le Cinématographe n'était qu'un écho. Un univers de fantômes de Celluloïd.

Il arriva sur les lieux, mal à l'aise. Les tirailleurs avaient emporté les corps. Leurs godillots avaient piétiné la scène du drame.

Le Cinématographe n'était plus là.

Au moment d'entamer son périple de retour vers la civilisation occidentale, le Voyageur s'était soudain souvenu que son image avait été, encore une fois, capturée par ce maudit cinématographe. Il leur suffirait de développer le film, d'en faire des copies et de le distribuer aux policiers pour qu'on le retrouve et qu'on l'arrête, perspective infiniment peu réjouissante.

Il avait éliminé sans problème la précédente personne qui l'avait ainsi cinématographié, mais là, ce serait un peu plus compliqué. Aussi quand, revenu en catimini sur ses pas, il avait vu Gando installer l'appareil dans un bosquet sacré, il s'était dit qu'il serait bien plus simple de le subtiliser et de le détruire.

Il avait donc assisté du fond de sa cachette végétale à tout leur petit théâtre, avec deux *deus ex machina*, et, dès que Louis et Camille avaient tourné les talons, s'était précipité pour récupérer le fichu engin et ses bobines qu'il avait ensuite jetés au fond d'une mare après les avoir piétinés.

C'est donc l'esprit libre qu'il s'en était reparti sur les chemins. Direction les plaisirs interdits. Monsieur le Voyageur, en voiture s'il vous plaît ! Ce train ne s'arrêtera nulle part. Descente impossible. Bon voyage en enfer !

— Mais enfin, Louis ! Vous vous rendez compte ! Les premières vues de l'Afrique de l'Ouest ! Perdues !

Accoudés au bastingage, ils regardaient s'éloigner Cotonou et la côte.

Quatre jours plus tôt à Abomey, Coleman et Delany avaient fait leurs adieux.

— Le moment est venu de nous séparer, avait dit Coleman, je reprends ma route vers le Liberia.

— Vous aussi, Delany ?

— Non. J'ai changé d'avis. Je vais utiliser une des pirogues dont parlait Daumas et remonter vers le nord, vers l'inconnu. Vers mon passé perdu.

Ils s'étaient mutuellement souhaité bonne chance. L'homme défiguré semblait apaisé pour la première fois depuis que Louis l'avait rencontré. Coleman leur avait laissé son adresse, les pressant de rendre visite à sa famille s'ils passaient à Atlanta, ce qui sembla à Camille aussi peu probable que le *Voyage dans la Lune* de leur ami Méliès, mais qui sait ? Elle s'était bien retrouvée au Dahomey !

Émile, très attristé par le décès de Tyler et tenaillé par la nostalgie de l'uniforme, restait silencieux, massif, monolithique.

— Arrêtez de faire votre tête de termitière, vieux briscard ! lui lança Louis avec affection. Songez plutôt qu'il est fort probable que Jack l'Éventreur est sur ce paquebot. Que diriez-vous d'une petite excursion dans les divers ponts ? Ah ! Je vois la moustache du limier frémir ! Allons donc boire une absinthe pour commencer. Vous venez ?

Albert et Camille déclinèrent l'invitation. Le vent obligeait à retenir son chapeau de la main. Des pirogues dansaient sur la barre.

— Paix à ton âme, Tom Freeman Tyler, dit Camille.

Et, ouvrant la main, elle souffla un peu de poussière ocre vers l'Océan.

L'orchestre se mit à jouer. Une marche entraînante et gaie. En route pour l'avenir !

POSTFACE

Ce fut pour moi un très grand plaisir et un très grand enrichissement personnel que cette plongée dans la société du Dahomey (aujourd'hui : République du Bénin).

Souvent, lorsque je lis un roman historique, j'ai envie d'approfondir certains détails, de me renseigner sur ce qui m'a interpellée ou intéressée. C'est pourquoi je me permets de donner ci-dessous quelques éléments bibliographiques pour le lecteur curieux de ce royaume disparu.

Notre colonie du Dahomey / G. François / Émile Larose, libraire-éditeur / Paris, 1906.

L'Ancien Royaume du Dahomey / A. Le Hérissé / Émile Larose, libraire-éditeur / Paris, 1911.

Deux années au Dahomey / Henry Hentsch / Imprimerie Berger-Levrault / Nancy, 1916.

Le Monde moderne, revue mensuelle illustrée / Albert Quentin Éditeur / Paris, 1898.

Le Dahomey / Édouard Foà / A. Hennuyer, imprimeur-éditeur / Paris, 1893.

Almanach Hachette, 1899.

Villages noirs et visiteurs africains et malgaches / J.-M Bergougniou, R. Clignet, Ph. David / Éditions Karthala / Paris, 2001.

L'Image du Dahomey dans la presse française (1890-1895) : les sacrifices humains / Véronique Campion-Vincent / Cahiers d'études africaines, vol. 7, n° 25 / 1967.

La Fête des Coutumes au Dahomey / Annales Économies, Sociétés, Civilisations, 19e année, n° 4, 1964.

Site des palais royaux d'Abomey, plan de conservation, de gestion et de mise en valeur / Direction du patrimoine culturel, République du Bénin, UNESCO / avril 2007.

Magistrats et administrateurs en Afrique-Occidentale française (1887-1912) / Laurent Manière / Clio@Thémis n° 4 / 2011.

Les Forêts sacrées du couloir du Dahomey / Kouami Kokou, Nestor Sokpon / Bois et Forêts des Tropiques, n° 288 / 2006.

Contributions to Reparative Surgery / Gordon Buck / D. Appleton and Compan / Broadway, 1876.

Le Père Peinard, Articles choisis, 1889-1900 / Les Nuits rouges / Paris, 2006.

Le Cinéma des origines / J. Rittaud-Hutinet / Éditions du Champ-Vallon / Seyssel, 1985.

Mon cher petit, lettres à Lucien Daudet / Marcel Proust / Gallimard / Paris, 1991.

Ainsi que les nombreux et si utiles sites Internet et blogs, dont l'excellent site des musées royaux d'Abomey – merci Grace Dan –, tous les sites consacrés à la mémoire de l'esclavage, à la présence africaine en Europe avant le XXe siècle et aux zoos humains, la revue *La Nature*, consultable sur le site du CNUM, Pensée.org, inépuisable source de connaissances, et enfin les articles de presse d'Émile Pouget, éternel indigné.

MIXTE
Papier issu de
sources responsables
FSC® C003309
FSC
www.fsc.org

10/18, une marque d'Univers Poche,
est un éditeur qui s'engage pour
la préservation de son environnement
et qui utilise du papier fabriqué à partir
de bois provenant de forêts gérées
de manière responsable.

Impression réalisée par

CPi
BRODARD & TAUPIN

La Flèche (Sarthe), 3001069
Dépôt légal : septembre 2013
X05391/01

Imprimé en France